KB181244

한 권으로
백 권읽기

한 권으로
백 권읽기
Ⅱ

초판 1쇄 발행 | 2022년 3월 15일

지은이 | 다니엘 최
펴낸이 | 최대석
펴낸곳 | 행복우물
편 집 | 이수연
디자인1 | 서미선
디자인2 | 김진영, FCLABS

등록번호 | 제307-2007-14호
등록일 | 2006년 10월 27일

주 소 | 경기도 가평군 가평읍 경반안로 115
전 화 | 031)581-0491
팩 스 | 031)581-0492

이메일 | contents@happypress.co.kr
홈페이지 | www.happypress.co.kr
ISBN 979-11-91384-09-3(03810)
정 가 16,000원

※이 책의 국립중앙도서관 출판예정도서목록(CIP)은 서지정보유통시스템 홈페이지(http:••seoji.nl.go.kr)와 국가자료공동목록시스템(http:••nl.go.kr•kolisnet)에서 이용하실 수 있습니다.(CIP 제어번호 CIP2019052585)

한 권으로 백 권 읽기

다니엘 최 지음

고고학-문사철-사회과학-자연과학-인공지능까지!

행복우물

"폭넓은 지식을 사모하는 독자들에게!"

책을 시작하며

빌 게이츠와 일론 머스크는 왜 존경 받는가?

독자들이 다 아시듯 빌 게이츠와 일론 머스크는 세계 부자 순위에서 최고 상위권에 랭크되어 있는 사람들이다. 최근 포브스 지가 발표한 세계 부자 순위에 의하면 1위는 아마존의 제포 베이조스, 2위는 루이비통의 베르나로 아르노, 3위는 빌 게이츠, 4위는 일론 머스크이다. 그러나 단순히 200조 원, 150조 원의 돈을 가지고 있다고 해서 그들이 존경받는 것은 아닐 것이다.

그들이 높게 평가 받는 이유는, 돈을 좋은 용도로 쓰려고 하는 점 때문일 것이다. 우리가 잘 아는 대로 빌 게이츠는 아내와 함께 설립한 빌앤멀린다게이츠 재단을 통하여 25년 동안 대략 100조 원 가까운 돈을 전 세계의 질병퇴치와 구제사업에 썼다. 자신이 힘들게 번 돈을 가난한 이웃들을 위하여 쓴다는 것은 얼마나 아름다운 일인가. 빌

게이츠는 여기에서 멈추지 않고 지구를 환경오염으로부터 구하기 위하여 활발한 저술활동을 벌이고 있다. 바로 이 책에서 소개하는 ≪지구재앙을 피하는 법≫이란 책도 빌 게이츠의 작품이다. 우리가 살다가 언젠가는 떠날 푸른 별 지구를 온전하게 후손에게 물려주는 일은 다른 어떤 일보다 더 중요한 일이 아닐까.

그들이 높게 평가받는 진짜 이유

일론 머스크는 또 어떠한가? 그는 다른 사람들이 감히 생각하지도 못했던 '인류 화성 이주의 꿈'을 일찍부터 꾸어 온 사람이다. 그리고 그 꿈을 실현시키기 위하여 저렴한 비용으로 우주선을 발사하고 또 사용했던 우주선을 재활용하는 기상천외한 아이디어를 실천에 옮기고 있다. 그것도 NASA 같은 미국 정부기관에서 직접 만드는 비용의 십분의 일, 백분의 일 정도의 저렴한 비용으로 말이다.

2021년 6월 1일자 신문에는 1년 후로 다가 온 우주여행에 관한 기사가 실렸다. 오디션 프로그램을 통하여 모집한 우주인들을 우주선 스페이스X에 태워서 국제우주정거장(ISS)을 방문하는 여행 상품이라고 한다. 8일 간의 관광비용은 1인당 5,500만 달러(660억원)에 달하지만 이미 판매가 완료됐다 한다. 그의 기상천외한 아이디어, 그리고 그것을 실행에 옮기는 추진력은 어디서 왔을까?

꽤나 알려졌지만, 그들은 모두 책을 사랑하는 사람들이다. 어쩌면 둘의 가장 큰 공통점은 '독서'라는 덕목을 아주 소중하게 생각한다는 점일 것이다.

우리가 잘 아는 대로 빌 게이츠는 '생각주간'이라는 단어를 만들어 냈다. 그는 1년에 한 번 반드시 휴가를 내어 아무도 없는 곳에서 순전히 이런 저런 생각을 하며 지낸다. 그의 휴가지에는 전화도 없고 인터넷도 없다. 있다면 자신이 읽고 싶은 책 몇 십 권이 있을 뿐이다.

일론 머스크도 이에 못지 않다. 그는 남아공에서 살던 어린 시절에 동네 도서관의 책을 다 읽었으며, 서점에 있는 책들까지도 모두 읽으려고 하루 종일 책방에 틀어박혀서 공짜로 책을 뒤적이다가 서점 주인에게 쫓겨나기까지 하였다고 한다. 그뿐인가? 심지어는 브리태니커 백과사전 두 질을 통째로 다 외워버리려고 시도했다고 한다. 그의 그러한 왕성한 독서욕이 오늘날의 테슬라 왕국을 건설하는 데에 밑거름이 된 것이다.

아이들의 미래가 눈에 보인다

서울의 대형서점을 가 보면 젊은 엄마들이 꼬마 아이들을 데리고 서점 산책을 하는 걸 볼 수 있다. 그들은 아이들과 이런 저런 책을 고르며 시간을 보낸다. 그야말로 서림(書林) 산책을 하는 것이다. 돌아 갈 때 그들의 손에는 일곱 여덟 권의 새 책 보따리가 들려있다. 내 눈에는 그들이 데리고 온 아이들의 미래가 보인다. 어느 집을 방문해보면 방안 가득 책이 빼곡한 광경을 보게 된다. 그런 가정의 아이들이 10여 년 후에는 좋은 학교를 가고 또 다시 10여 년 후에는 소위 사(士)자가 붙은 전문직에 종사하거나, 대기업의 중역이 되거나, 창업을 하여 CEO가 되거나, 자영업을 하여 큰돈을 벌거나, 아니면 과학자로, 발명가로 또는 예술가로 이름을 날리는 사람들이 된다. 어째서 그런 예측이 가능한가? 그것은 인류 역사에서 성공한 사람들은 예외 없이 다독가(多讀家)였다는 사실이 이미 통계로 입증되었기 때문이다.

폭넓은 독서를 하자는 것이다

《사피엔스》로 유명한 유발 하라리는 옥스퍼드에서 '전쟁사'로 박사학위를 받은 것에 만족하지 않고 자기 전공분야 밖으로 꾸준히 영역을 넓혀서 인류학, 고고학, 문화학, 인공지능 등의 다양한 지식을 축적하였다. 그 결과 지금은 '세계 최고의 지성'이라는 찬사를 받게 되었다. 그는 현재의 자신이 있게 된 원동력을 '분야횡단적 접근'이라는 다양한 독서경험에서 찾는다.

지금껏 전 세계에서 네 번째로 많은 노벨상 수상자를 배출한 미국 시카고대학교의 비결도 다름 아닌 위대한 고전읽기 프로젝트(The Great Books Program) 때문이라고 한다. 존 D. 록펠러가 '시카고대학을 인수한 것이 내 인생 최고의 투자였다'고 밝힌 바 있으나, 정작 시카고대학교를 유명하게 만든 사람은 1929년 총장으로 부임한 로버트 허친슨 박사였다. 허친슨 총장은 부임 직후 학생들에게 학교에서 추천한 인문고전 도서 100종을 모두 읽어야만 졸업을 시키겠다고 선언을 했다. 철저한 독서교육의 결과 지금 시카고대학교는 전 세계에서 네 번째로 많은 노벨상 수상자를 배출한 대학교가 되었다.

내가 이 책(II)에 벌써 2년 정도를 투자하고 있는 이유는 독자들의 폭넓은 독서에 무언가 일조를 할 수 있으리라는 믿음 때문이다.

읽는 기쁨, 소장하는 기쁨

시중에는 독서를 권하는 책들이 넘쳐난다. 그러나 대개는 인문학 분야의 책들을 권하는 선에서 그친다. 나는 모름지기 지식인이라면 철학이나 심리학뿐만이 아니라 물리학도 알아야 하고 통계학도 알아야 한다고 생각한다. 우리가 어디에서 왔고 어디로 가는지를 알려면 고고학이나 생명과학도 알아야 하고, 지구의 미래를 생각한다면 환경 문제에 관한 도서도 읽어야 한다는 생각이다. 지금 현재의 한국에만 머물 것이 아니라 3천 년 전 지구의 반대편 사람들이 무슨 생각을 했는지도 알아야 한다고 믿는다.

이 책에는 나름의 기준으로 선별한 도서 100종이 각각 4 ~ 5페이지에 걸쳐 아주 간략하게 소개되어 있다. 그 짧은 해설을 위하여 어떤 책은 무려 3천 페이지를 읽었고, 또 어떤 책은 두 번, 세 번 읽기도 하였다. 심지어는 영화로도 그 내용을 다시 확인하였다. 그러나 내가 아무리 심혈을 기울여 책을 선정하고 해설하였다고 하더라도, 그것은 단지 '이렇게 좋은 책이 있다' 또는 '이 책은 이런 내용이다' 정도를 소개하는 다이제스트일 뿐이다. 그 책을 아주 깊게 이해하고 분석하여 자신의 지식으로 만드는 일은 독자들의 몫이다.

저자로서 나는 독자들이 이 책을 그냥 읽고 마는 데에 그치는 것이 아니라, 그중 감동적인 책 30 ~ 40종은 반드시 서점에서 구입하여 주기를 바란다. 독자들이 책을 읽는 기쁨과 함께 소장하는 기쁨도 동시에 누렸으면 하는 것이 출판을 업으로 하는 사람의 소망이기 때문이다.

폭넓은 지식에 자신의 연구 분야가 더해진다면…

그 결과 독자들의 지식과 사고의 폭이 넓어지고, 거기에 자신이 파고들었던 전문 분야의 지식이 추가되어 서로가 시너지효과를 일으킬 때, 대한민국 최초의 노벨상 수상(문학상이든, 생리의학상이든, 화학상이든, 물리학상이든)이라는 쾌거를 이룰 수 있다는 생각이다.

Daniel Choi

CONTENTS

100
BOOKS

CONTENTS

100
BOOKS

CONTENTS

GROUP 11

한국문학 III ··· 227p

41 서편제
이청준 저 • 문학과지성사 2013 • 416p(서편제 26p) • 12,000원

42 겨울 나그네
최인호 저 • 열림원 2005 • 715p(전2권) • 22,000원

43 떠도는 땅
김숨 저 • 은행나무 2020 • 280p • 13,500원

44 달러구트 꿈 백화점
이미예 저 • 팩토리나인 2020 • 300p • 13,800원

GROUP 12

세계명작 I ··· 247p

45 전쟁과 평화
레프 똘스또이 저 • 맹은빈 역 • 동서문화사 2016 • 2,558p 20,000원

46 붉은 수수밭
모옌 저 • 심혜영 역 • 문학과지성사 2014 • 642p • 19,000원

47 양철북
귄터 그라스 저 • 최은희 역 • 동서문화사 2010 • 644p • 15,000원

48 서부전선 이상없다
이리히 마리아 레마르크 저 • 홍성광 역 • 열린책들 2008 • 326p • 9,800원

CONTENTS

GROUP 13

세계명작 II … 267p

GROUP 14

세계명작 III … 287p

GROUP 15

세계명작 Ⅳ … 307p

추리소설 … 327p

CONTENTS

CONTENTS

GROUP 23

생물학 - 진화론 … 467p

89 판다의 엄지
스티븐 제이 굴드 저 • 김동광 역 • 사이언스북스 2018 • 464p • 19,800원

90 노화의 종말
데이비드 싱클레어 저 • 이한음 역 • 부키 2020 • 624p • 22,000원

91 생명이란 무엇인가 – 5단계로 이해하는 생물학
폴 너스 저 • 이한음 역 • 까치 2021 • 226p • 16,000원

92 찰스 다윈 평전
재닛 브라운 저 • 이경아 역 • 김영사 2010 • 990p • 19,000원

GROUP 24

수학 - 컴퓨터 … 487p

93 이것이 인공지능이다
김명작 저 • 슬로우미디어 2021 • 196p • 14,800원

94 당신이 알고 싶은 음성인식 AI의 미래
제임스 블라호스 저 • 박진서 역 • 김영사 2020 • 420p • 18,000원

95 석세스 에이징
대니얼 레비틴 저 • 이은경 역 • 와이즈베리 2020 • 644p • 23,000원

96 수학의 쓸모
닉 폴슨, 제임스 스콧 저 • 노태복 역 • 더퀘스트 2021 • 382p • 22,000원

GROUP 25

환경 - 미래 ··· 507p

GROUP 01

신화 - 고고학

1.북유럽 신화 - 바이킹의 신들

케빈 크로슬리 홀랜드 저 • 서미석 역 • 현대지성 2016 • 415p

어떤 사람은 '북유럽 신화를 모르면 인류역사의 절반을 모르는 것과 같다'고 말하기도 하고, 또 다른 사람은 북유럽 신화를 '그리스-로마 신화와 함께 세계 신화의 양대 산맥'이라고 말하기도 한다. 도대체 북유럽 신화는 우리에게 어떤 의미가 있을까? 그리고 어떤 재미기 있을까?

우선 북유럽을 대표하는 용어인 '바이킹'이라는 단어부터 알아보자. 책에서는 Viking이란 뱃사람(hay-man) 혹은 전사(fighting-man)라는 뜻이라고 설명하고 있다. 또한 출판사에서는 북유럽 신화를 ≪어벤져스≫, ≪스타워즈≫, ≪토르≫, ≪반지의 제왕≫ 같은 영화들의 원전이라고 소개하고 있다. 출판사의 소개를 조금만 더 인용해 보자.

(…) **저자는 무엇보다도 신화의 지리적 배경에 대해서도**

기존의 원전들과 아이슬란드를 직접 돌아보고 얻은 지식을 바탕으로 눈앞에 펼쳐지듯 생생하게 그려낸다.

북유럽 신화의 주요 배경으로는 신들의 세상 아스가르드, 인간들의 세상 미드가르드, 거인들의 세상 요툰하임, 죽은 자들의 세상 니플하임 등이 나온다. 이 세상 안에는 다양한 신, 거인, 난쟁이, 요정, 인간 들이 존재하는데, 실질적으로 이 책의 3대 주인공은 오딘, 토르, 그리고 로키다.

흥미로운 점 하나를 소개하자면 토르(Torr) = 목요일(Thursday), 프레이야(Freija) = 금요일(Friday)과 같이 북유럽 신화가 요일의 영어 표기의 어원이 되었다는 것이다.

(…) 모든 신화의 시작이 황당하지만 북유럽의 신화 역시도 처음은 좀 황당하다. 요약하면 다음과 같다.

얼어붙은 북쪽 땅 니플하임과 불타오르는 남쪽 땅 무스펠하암 사이에서 얼음이 녹아 물방울이 생겨났고, 그 흘러내린 물방울에서 서리가 생겨나서 두 형태를 이루었는데, 그것이 바로 '서리 거인'이라고 불리는 북유럽 모든 신들의 조상 이미르와 암소 아우둠라이다. 암소가 얼음을 핥아 인간이 생겨났고, 그 최초 인간의 세 손자가 바로 신들인 오딘(Odin), 빌리(Vili), 그리고 베(Ve)다. 이 세 형제들은 거인 이미르를 죽여 그 몸으로 아홉 세계를 창조한다.

북유럽 신화에서는 특히 아홉이라는 숫자가 중요한데, 그 이유는 9가 한 자리 숫자의 끝이기 때문이라는 설과 9라는 숫자에 어떤 주술적인 힘이 들어 있기 때문이라는 설이 있다.

책에 등장하는 북유럽의 신들을 간략하게 소개해 보자.

①오딘: 시와 전쟁과 죽음의 신, 모든 이의 아버지

②토르: 하늘과 천둥과 풍요의 신

③로키: 불의 신으로 못된 짓을 일삼는 신

④프리가: 오딘의 아내, 가정의 여신, 여신 중 최고신

⑤발키리: 죽은 자들을 선별하는 여신

⑥헤임달: 신들의 파수꾼인 수호신

⑦티르: 용감한 전쟁의 신

⑧이둔: 청춘의 여신

⑨발더: 순수함과 정의와 빛의 신

⑩프레이르: 풍요의 신

⑪프레이야: 사랑과 미의 여신

⑫아에기르: 바다의 신

⑬브라기: 시와 웅변의 신

여러 신들의 이야기 중에서도 이 책은 상당부분을 오딘

의 이야기로 꾸려간다. 그만큼 오딘이 북유럽 신화에서 차지하는 비중이 크다고 할 것이다.

내가 이 책을 훌륭하다고 추천하는 이유는, 유명한 화가들이 그린 신화에 관련된 그림과 사진 들이 여기저기에서 많이 소개된다는 점과, 저자가 신화 연구에 아주 탁월한 사람이라는 점 때문이다. 케빈 크로슬리-홀랜드는 카네기 메달 수상 작가이자 유명한 시인이다. 그의 수상작, 아서≪Arthur≫ 3부작은 전 세계 25개 언어로 번역되어 백만 부가 넘게 판매되었다고 한다. 판타지 영화나 게임을 좋아하는 사람들, 특히 그런 작품들의 원천을 연구해 보고 싶은 사람들은 반드시 읽어야 할 책이라고 생각한다.

2.수메르, 혹은 신들의 고향

제카리아 시친 저 • 서근영 역• AK 2009 • 592p

저자인 제카리아 시친(1920 ~ 2010)은 유대계 미국인으로 전 세계에서 수메르어 및 아카드어를 읽고 해석할 수 있는 몇 안 되는 학자 중 한 명이라고 알려져 있다. 그는 이 책을 통하여 수메르 문명과 신화, 종교, 문학, 과학을 종횡무진으로 누비며 이야기를 풀어낸다.

이 책의 제일 큰 장점은 책 속에 수많은 삽화를 그려 넣은 점이 아닐까 싶다. 대략 200여 개의 삽화가 있는데 그것들이 거의 다가 점토판을 복원한 것들이다. 아마도 점토판을 그대로 사진으로 찍어서 보여주면(물론 점토판 사진들도 많다) 선명도에 문제가 있어서 그림으로 재생해 놓은 것이라고 생각된다.

먼저 목차를 살펴보자.

1. 인간은 진화의 결과가 아니라 진화의 예외다
2. 예고 없이 시작된 수메르 문명
3. 하늘과 땅의 신들
4. 수메르, 모든 신들의 고향
5. 네필림, 불 뿜는 로켓을 탄 사람들
6. 12번째 행성
7. 창조의 서사시
8. 하늘의 왕권
9. 지구 착륙
10. 신들의 도시
11. 아눈나키의 폭동
12. 인간을 창조하다
13. 대홍수와 인간의 종말
14 지구를 떠나는 신들
15 지구의 왕권

이 책을 아주 짧게 요약해 보면 '맛보기 성서고고학' 또는 '외계로부터 온 문명연구' 정도가 어떨까 싶다. 원체 내용 자체가 광범위해서(고고학에서부터 성경해석까지, 신화에서부터 외계생명체 이야기까지) 종잡을 수가 없긴 하지만, 책 속에는 매우 흥미로운 사실들이 널려 있다. 그중 몇 군데를 소개해 보려고 하다.

①수메르라는 지역: 우선은 수메르가 문명이 시작된 곳이라는 것은 알겠는데 그곳이 정확히 지금의 어디에 해당하는가? 나의 이 오래된 의문에 확실하게 설명해 준 지도가 책 속에 있다. 지도를 보면 수메르 지역의 유물이 가장 많이 발견된 곳은 지금의 이라크의 바스라 지역과 쿠웨이트 지역으로 유프라테스강과 티그리스강이 합쳐져서 걸프만으로 흘러들어가는 곳이라는 사실을 알 수 있다.

②인쇄술: 구텐베르크 인쇄술을 발명하기 수천 년 전에 수메르인들은 이미 여러 가지 활자를 사용하였고 윤전기의 효시라고 할 수 있는 원통형 인장을 널리 사용하였다. 원통형 인장은 대개 조그만 원통형의 돌에 원하는 글자나 형태를 음각해 넣은 것으로, 그것을 젖은 점토판 위에 대고 돌려 그 위에 양각의 흔적을 남기는 것이다.

③60진법: 흔히 60진법이라고 불리는 수메르의 수 체계는 평범한 숫자 10을 하늘의 숫자 6과 결합시켜 만든 숫자 60을 기본으로 한다. 원의 360도, 피트, 인치, 다스(dozen)와 같은 단위들은 오늘날까지도 우리 생활 곳곳에 남아 있다.

④신들의 계보: 그리스 신화, 힌두 신화, 히타이트 신화, 가나안 신화, 이집트 신화, 아모리 신화와 그 신화의 주인공들을 소개하는 대목이 재미있다. 특히 4장에서는 수메르 신들이 여타 다른 지역의 신, 신화, 그리고 성경의 창세기에 어떻게 영향을 미쳤는지를 소개한다.

⑤신화에 로켓을 탄 사람들?: 책의 거의 전반에 걸쳐 반복하여 나오는 '로켓' 모양의 점토판 그림들은 도대체 무엇일까? 실제로 복원된 점토판 그림들에는 다단계로켓처럼 생긴 것도 있고, 우주비행사 복장을 한 여인의 모습도 있다. 또 저자가 예를 들어 보여준 수메르 쐐기문자들을 보면 로켓이 불을 뿜는 듯한 모양의 글자들도 눈에 많이 뜨인다. 저자는 이런 것들을 성경 창세기의 네필림 이야기에 교묘히 끼워 맞춘다.

출판사에서 제공한 서평을 읽어 보는 것도 이 책의 내용 이해에 큰 도움이 되지 않을까 싶다.

… 수메르의 이 점토판들 가운데 가장 눈길을 끄는 것은 창조의 서사시(창세기의 원전)와 길가메시 서사시(에녹 이야기의 원전) 그리고 대홍수 이야기(노아의 홍수의 원전)로 알려진 것

들이다. 이 서사시들에는 태초에 태양계가 어떻게 형성되었는지, 누가 왜, 그리고 어떻게 인간을 창조했는지가 자세히 기록되어 있다. 노아의 홍수로 알려진 대홍수의 이야기가 지구에서 실제로 언제 어떻게 일어난 사건인지도 자세히 기록되어 있으며, 노아를 피신시킨 구체적인 신(신들 가운데 한 명의 신)이 누구인지까지 소상히 적혀 있다. 신들의 계보와 관계, 신과 인간들의 갈등까지 상세히 기록되어 있으며, 이로써 우리는 성경에 기록된 이야기들이 실은 수메르 서사시의 일부를 번안한 것이며, 그 과정에서 일부 내용이 왜곡되었다는 사실을 알 수 있다.

3.인류는 어떻게 역사가 되었나

헤르만 파르칭거 저 • 나유선 역 • 글항아리 2020 • 1,126p

뮌헨 대학에서 박사학위를 받고 스키타이 유적 발굴로 세계적인 명성을 얻은 파르칭거 박사의 역작이다. 무려 1,100쪽이 넘는 이 책은 고고학 • 인류학 연구 중에서도 특히 원시 인류사회의 생활상에 초점을 맞추고 있다.

인류의 기원에 대하여 저자는 오스트랄로 피테쿠스 아파렌시스(350만 년 전) → 호모 루돌펜시스(250만 년 전) → 호모 에르가스터(170만 년 전) → 호모 하이델베르겐시스(50만 년 전) → 호모 사피엔스(3만 5천 년 전)를 인류 기원의 정통으로 본다. 반면 네안데르탈인은 현생인류와 거의 비슷한 체격과(165cm 내외) 몸무게(70kg 내외)를 가졌음에도 불구하고 호모 사피엔스와는 다른, 인류의 방계 정도로 해석한다.

저자는 책의 앞부분(1장 ~ 3장)에서 인류의 기원을 설명하고 있는데, 인류 초기의 직립보행을 크게 중요시하지 않는 대신 사물을 움켜 쥘 수 있는 손가락의 발달이 더 큰 발전요소였다는 관점을 취하고 있다. 아주 초기의 인간은 주로 다른 짐승들이 먹다 남긴 사냥감의 썩은 사체를 먹고 살았다.

그 후 초기 구석기들을 활용하여 먹다 남은 것들을 돌로 절단하고 보관하면서 꾸준히 육식을 하게 되었다. 육식의 결과, 두개골의 용적이 늘어났고 이는 지능의 향상을 가져와 점점 높은 수준으로 진화하게 되었다고 주장한다.

그는 네안데르탈인이 멸종한 이유를 38,000년 전 나폴리 부근에서 일어난 대규모 화산폭발의 영향으로 보고 있다. 네안데르탈인의 화석이나 유적이 겹겹이 쌓인 화산재 층 밑에서만 발견되는 것을 그 근거로 들고 있다. 화산재가 장기간 햇볕을 가렸고 그로 인해 혹독한 추위가 시작되어 결국 멸종되었다는 추론이다. 당시의 화산재가 얼마나 넓게 퍼졌는지는 멀리 우크라이나에서도 두꺼운 화산재 퇴적층이 발견되고 그 밑에서 유적이나 유물들이 발견된다는 사실로도 입증된다는 것이다.

저자가 네안데르탈인과 호모 사피엔스를 비교하는 대목을 살펴보자.

네안데르탈인 다음의 호모 사피엔스는 아프리카에서 왔

고 어느 시기엔가 근동과 유럽으로 진출했다. 이곳에서 네안데르탈인은 아직 멸종되지 않고 살고 있었다. 이는 최신의 고유전자 연구와도 일치한다. 즉, 이 연구에 따르면 한동안 이들은 공존해서 살았음이 거의 확실하다. 호모 사피엔스는 네안데르탈인보다 자연환경에 더 잘 적응했던 것으로 증명된다. 이는 특히 추운 지역에서는 생존을 위해 필수적인 능력이었다. 중요한 것은 호모 사피엔스가 네안데르탈인보다 성적으로 더 일찍 성숙하기에 이르렀고 생식율의 관점에서 볼 때 훨씬 우월했다는 점이다. 기원전 4만 년에서 기원전 1만 3천 년 사이 마침내 현생인류는 전 세계에 퍼져 살게 되었다.(pp962 ~ 963)

저자는 책의 거의 대부분을 문화유물의 해석에 할애하고 있다. 그것도 BC25,000년의 빙하기부터 BC10,000년 이후 홀로세의 석기문화(후기 구석기시대 ~ 신석기 시대 ~ 청동기시대)까지 굉장히 긴 기간 동안의 주거문화, 매장문화, 생활습관을 주로 거주지, 토기, 동굴 벽화, 석물 유적을 가지고 유추하고 해석한다. 재미있는 사실은 고대인들에게서 공통적으로 해골숭배 사상이 발견된다는 것이고, 더 흥미로운 사실은 무려 BC30,000년 경부터 남자와 여자의 성기를 묘사한 낙서와 그림의 흔적이 곳곳에서 발견된다는 점이다. 이런 사실로 미루어 볼 때 우리가 현대에도 흔하게 하는 '변소낙서'는 인류가 태어나면서부터 품어왔던 성에 대한 호기심의 발로라고 할 수 있을 것이다.

무엇보다도 이 책을 원시인류 주거문화사 연구에 기념비적인 작품이라고 평가하는 이유는 바로 전 세계에 널려 있는 유적과 유물을 집대성하여 한 권에 설명하여 놓았다는 점 때문일 것이다.

저자가 강조하는 인류발달요인 중 대표적인 주장들을 살펴보자.

①현생 인류의 발전에서 단연코 결정적인 역할을 한 것은 불의 사용이었다.

②인류는 채식주의 → 동물 사체 취식 → 육식주의의 과정을 거쳤다.

③지금으로부터 30만 년 전에서 4만 년 전에 네안데르탈인이 있었다.

④네안데르탈인은 호모 하이델베르겐시스에서 전환된 인간 종이다.

⑤저승의 개념을 '발견'한 종족은 네안데르탈인이었다.

⑥네안데르탈인과 호모 사피엔스는 상당기간 동안 공존하였다.

⑦인구가 증폭하지 않은 곳은 발전도 정체되었다.

⑧신석기 문화는 이주민인 호모 사피엔스들이 처음 탄생시켰다.

⑨인류의 발전은 꾸준히 이뤄지지 않았으며, 중간 중간에 단절 과정이 자주 나타난다.

⑩인간은 주변 환경에서 생존할 만한 식량과 거처만 확보되면 더 나은 것을 향한 시도를 거의 하지 않았다.

⑪발명정신, 상상력, 계획능력, 전략적 사고라는 측면에서 호모 사피엔스는 조상들을 훨씬 능가한다.

⑫경제적·기술적·정치적·사회적 진보의 핵심 추동력은 자연의 한계를 넘어서려는 인간의 지칠 줄 모르는 욕구이다.

연구 자체가 너무나 방대하여(참고문헌 목록만 102쪽) 자칫 지루하다는 느낌을 받을 수도 있겠지만 인류발달사, 특히 원시시대의 생활상을 연구해 보려는 독자들에게는 이 책만큼 유용한 툴도 없을 것이다.

4.사피엔스

유발 하라리 저 • 조현욱 역 • 김영사 2015 • 636p

이 책을 처음 읽었을 때는 그저 그런 잡학사전 쯤으로 치부하고 별다른 관심을 두지 않았다. 그러나 2019년에 출간된 ≪초예측≫이라는 책에서 유발 하라리가 아주 신선한 주장을 펼치는 것을 보고 다시 한 번 이 책을 정독하게 되었다. ≪초예측≫에서 내가 감명을 받은 부분은 바로 다음과 같은 대목이었다.

"과거에는 이웃나라를 침략하면 그 나라의 금광을 빼앗는다든가 노예를 얻을 수 있었다. 그러나 지금은, 가령 중국이 미국을 침략하여 캘리포니아의 실리콘밸리를 점령한다고 해 보았자 얻을 이익이 없다. 실리콘밸리의 부(기술-정보)는 구글이나 페이스북 같은 IT기업의 엔지니어나 경영자의 머릿속에 있기 때문이다. 그러므로 전쟁은 일어나지 않을 것이다. 얻는 것보다 잃는 것이 더 많기 때문이다."

≪사피엔스≫는 빅 히스토리 류의 책으로 그 부류의 대표작은 우리에게 너무나 유명한 재레드 다이아몬드의 ≪총균쇠≫이다. ≪사피엔스≫의 핵심을 아주 짧게 요약하면, 호모 사피엔스가 세상을 지배하게 된 것은, 첫째, 호모 사피엔스라는 종이 다수가 유연하게 협동할 수 있는 유일한 종이라는 사실과 둘째, 그러한 협동이 가능하게 된 것은 사피엔스만이 오로지 신화를 창조해 낼 수 있는 유일한 종이었기 때문이라고 주장한다.

유발 하라리는 고고학적인 접근으로 이야기를 시작한다. 이 책을 3개의 테마로 나누면, 첫 번째는 '인지혁명'이다. 무엇이 인류를 600만 년 전 꼬리 없는 원숭이로부터 출발하여 250만 년 전 오스트랄로피테쿠스로 진화하고, 마침내 현재의 인간으로 발전하여 '만물의 영장'이 되도록 만들었는가? 그의 주장 중에서 눈길을 끄는 몇몇 주장을 요약해본다.

①**불의 발견:** 대략 80만 년 전 쯤에 인간이 우연히 불을 발견하면서부터 음식물 소화에 필요한 시간을 대폭 줄일 수

있었던 사건을 발전의 동인이라고 본다. 즉, 침팬지는 날고기를 소화하는데 5시간이 걸리지만, 인간은 불로 고기를 구워 먹으면서 소화시간을 1시간으로 줄였고, 남는 잉여시간을 다른 용도로 사용했다.

②**언어 능력:** 5만 년 전까지 지구상에서 공존했던 네안데르탈인이나 데니소바인은 의사소통이 가능했지만 언어는 없었다. 여기서 말하는 언어란 가공의 이야기를 만들어 낼 수 있는 능력을 말한다. 그래서 이야기를 중심으로 집단이 형성되고 이것이 150명의 단위로 그리고 점차 더 커져서 부족이 되고 국가가 되었다.

두 번째는 '농업혁명'이다. 그가 분류한 이 시기는 대략 BC9,500년 전부터 AD1,500년까지이다. 그는 "역사란 90%의 농부들이 땀 흘리며 농사를 짓는 동안, 10%의 엘리트들이 이룩한 그 어떤 이야기의 모음이다"라고 정의하면서 몇 가지 흥미로운 사실들을 밝힌다. 그중 가장 재미있는 예는 BC1776년(아마도 함무라비 치세 기간의 중간 값으로 정한 연도인 듯) 경의 함무라비 법전과 AD1776년의 미국독립기념서 선언문이다.

①**함무라비 법전과 미국 독립선언서:** 함무라비 법전은

처음을 '신이 자신(함무라비)에게 맡긴 사명을 조금도 소홀히 하지 않았노라'고 선언하는 구절로 시작하여 약 3백 건의 판례를 새겨 넣은 2.25m의 돌기둥이다. 반면, 미국의 독립선언서는 '모든 사람은 평등하게 창조되었다'는 선언이다. 그런데 그가 여기서 주장하는 것은 두 가지 모두가 다 평민들에게는 공평하지 않고 지배층에게만 유리하다는 것이다. 그 예로 함무라비 법전은 평민 여자의 몸값을 평민 남성의 한쪽 눈 가격 정도에 해당한다고 한 판결이나, 독립선언서에서 말하는 평등 속에는 여자, 인디언, 흑인 같은 부류는 아예 포함되지 않았다는 사실을 예로 들고 있다.

②**돈과 종교:** 저자는 돈과 종교가 인류를 통합하는데 기여하였고 결과적으로 제국(적어도 세 개 이상의 다른 문화를 가진 국가가 통합된 형태)을 만드는데 기여하였다고 주장한다.

세 번째는 책의 후반부 절반을 할애해서 설명하는 '과학혁명'이다. 그는 과학혁명 덕에 AD1500년까지만 해도 5억 명에 불과했던 사피엔스의 숫자가 오늘날에는 70억 명이 넘는 숫자로 증가하였다고 주장한다. 그는 이렇게 과학이 발전하게 된 가장 근본적인 동기를 우리 인간이 '모른다'는 사실을 솔직히 고백한 데서 찾는다. 그 이전까지는 모든 것을 '신의 뜻'으로만 돌렸던 인간이, 이 시기부터는 본격적으로 자신들의 무지를 인정하고 끊임없이 탐구하는 자세로 임하였다고 주장한다.

저자는 이 책에서 새로운 대륙의 발견이나 과학 발전의 원동력을 '자본가들의 돈을 벌려는 탐욕'으로 본다. 즉 돈을 벌려는 사업가들의 욕심 때문에 과학도 발전했고, 신대륙 탐험도 가능했고, 우주개발도 가능했고, 신제품도 탄생했다는 주장이다. 이를 뒷받침하기 위하여 저자는 콜럼버스의 5전6기의 투자유치 성공담(포르투갈 - 이탈리아 - 프랑스 - 영국 - 포르투갈 - 스페인을 순회하며 투자유치 쇼를 벌여서 마침내 성공)을 인용하기도 하고, 아담 스미스의 국부론을 인용하기도 한다.

GROUP 02

종교

존 버니언
천로역정
"성경다음으로 소중한 책!"
반야심경 마음공부
근심 걱정이 사라지고 인생이 편안해지는
"아제아제 바라아제 바라승아제 모지 사바하"
신곡
차이나는 클라스
방송 도서
Deepak Chopra
죽음 이후의 삶
개정판
LIFE AFTER DEATH

5.천로역정

존 버니언 저 • 최종훈 역 • 포이에마 2011 • 382p

전 세계에서 성경 다음으로 많이 팔렸다고 하는 책들이 몇 종 있는데 그들 중 단연 으뜸을 차지하는 책이다.

존 버니언(1628 ~ 1688)은 12년이나 감옥에 있으면서 5년에 걸쳐 1부(이 책이 바로 1부이다)의 집필을 끝냈다. 2부는 그 처와 자식들이 남편을 따라 같은 길을 가는 것인데, 그 집필 기간까지 합치면 무려 20년이 걸렸다고 알려져 있다.

존 버니언은 영국의 베드포드 근처에서 땜장이의 아들로 태어났다. 그는 젊어서부터 가업을 이어 땜장이 일을 계속했다. 그러던 중 침례교회에 나가기 시작했고 그곳에서 성경지식을 어느 정도 습득한 후 설교를 하러 돌아다녔다. 그런데 당시에는 아무나 설교를 할 수 없는 시대였다. 그는 불법집회를 했다는 죄목으로 체포되어 32세부터 44세까지 감옥생활을 한다. 작품 속으로 들어가 보자.

주인공 크리스천은 세속에 물든 아내와 아이들을 뒤에 두고 천국여행을 떠난다. 그가 이렇게 결심하게 된 데에는, 꿈에서 그의 동네에 하나님의 진노가 곧 임하여 불덩이가 쏟아지고 잿더미가 될 것이라는 계시를 받았기 때문이다. 크리스천은 동네를 떠날 결심을 했다. 가족은 당연히 반대했다. 크리스천은 가족을 뒤로 하고 새 예루살렘 성전이 있는 시온 산을 향하여 떠난다.

크리스천은 여정의 중간에서 수없이 많은 난관을 만난다. '절망의 늪'에 빠지기도 하고, 겨우 겨우 '좁은 문'을 통과하기도 하며 '허망의 시장' 거리를 지나 '곤고 산'을 넘어 마침내 '죽음의 어두운 강'을 건너 천국 문을 통과하여 거룩한 성에 도착한다. 그때까지 동행에 성공한 사람은 단 하나, 소망 씨 뿐이다. 중간까지 함께 여행했던 신실 씨는 재판을 받고 채찍질에 칼부림을 당한 뒤 처참하게 죽었다.

흔히들 이 책을 주인공 크리스천이 온갖 역경을 물리치고 천국 문에 이른다는 종교우화 정도로 이해하고 있지만 사실 이 책은 그보다 훨씬 더 깊은 영성을 설파하고 있다. 즉, 여러 등장인물들, 특히 크리스천, 신실, 소망 이 세 사람의 대화 또는 고백을 통하여 성경의 내용을 풀어 설명하고 있으며, 그 밖에도 수많은 등장인물들의 이야기를 통하여 믿음이란 무엇인가 또는 신앙을 지킨다는 것이 얼마나 힘든 일인가를 알려주고 있다.

크리스천과 신실은 여러 고난을 견디어내고 드디어 광야의 끝자락 도시 허망(Vanity)에 도착한다. 이곳은 일 년 내내 허망시장(Vanity Fair)이란 큰 장이 열리는 곳인데 이곳에서 팔고 사는 물건들은 모두 아무짝에도 쓸모없는, '모든 것이 헛되고 헛되도다'라는 성경의 말씀 그대로이다. 이들은 이곳에서 '진리'를 사고 싶다고 했다가 고소를 당하게 되고 결국은 재판에 넘겨진다. 증인으로 나선 시기심(Envy), 미신(Superstition), 그리고 아첨(Flattery)의 악의에 찬 증언으로 말미암아 결국 신실 씨는 맞아죽고 그 시체는 불에 태워진다.

신실 씨가 죽고 난 후 크리스천은 겨우 목숨을 건져서 탈출에 성공하는데, 곧이어 좋은 동행자 소망 씨(Hopeful)를 만나게 된다. 다음은 신앙의 퇴보 또는 믿음의 올무에 걸리는 원인에 대하여 소망이 크리스천에게 설명하는 장면이다.

"제 소견으로는 네 가지 이유가 있는 것 같아요. 첫 번째 이유는 비록 양심은 깨어났지만 마음은 변하지 않았기 때문이죠. (…) **두 번째 이유는 두려움의 노예가 되어 거기에 휘둘리**

는 까닭입니다. (…) **세 번째 이유는 신앙을 가지는 걸 부끄러워하는 마음을 가진 탓에 돌부리에 걸려 비틀거리는 게 아닌가 싶습니다.** (…) **마지막으로는 스스로 비참한 처지에 떨어졌음을 자각할 때마다 마음에 떠오르는 죄책감과 공포감이 마냥 부담스럽고 괴로운 까닭입니다.”**

마침내 크리스천과 소망은 천국에 도달한다.

하늘나라 백성들은 큰 소리로 외쳤다. “어린 양의 혼인 잔치에 청함을 받은 자들은 복되도다.”(계10:9)

성경의 온갖 구절들을 이런 저런 성격을 가진 사람들에게 절묘하게 붙이고 여러 가지 상황에 맞게 적절히 인용하여 성경 해설서의 완성이라고도 불리는 불멸의 명작 ≪천로역정≫! 출간된 책들 중 좋은 것으로 골라 읽을 것을 권한다.

6.반야심경 마음공부

페이융 저 • 허유영 역 • 유노북스 2021 • 198p

최고의 불경 연구가이자 30년 이상을 부처 사상의 대중화에 앞장서 온 페이융 교수가 불교 경전 가운데 가장 널리 알려지고 많이 읽히는 '반야심경'을 해석하였다.

불경은 수천 권에 달한다. 제대로 다 읽자면 평생을 읽어야 하는 방대한 분량이다. 오죽하면 불교에서는 '중생의 숫자만큼이나 많은 불경이 존재한다'라는 말로 경전의 많음을 표현했을까. 우리들에게 익숙한 경전만을 들어보아도 대략 금강경, 화엄경, 연화경, 무구정광대다라니경, 반야심경, 보협인다라니경, 숫타니파타, 천수경, 아함경, 약사유리광여래본원공덕경 등등, 그 끝이 보이지 않을 지경이다.

석가모니의 가르침과 관련된 대부분의 내용은 아난다가 기억하였던 것을 우팔리와 함께 500 제자들 앞에서 암송하여 그중 반대 의견이 없는 것들을 불경으로 채택하였다고 전해지는데 이것 또한 확실치 않다. 이러한 방대한 불경 중에서도 중요한 경전이 바로 반야심경인데(무려 600권에 달한다), 그 중 일반적으로 독송되는 것은 당의 현장법사가 번역한 260자 반야심경이다.

반야심경을 설법하는 사람은 관자재보살(관세음보살)이며, 그 대상인 청자는 사리자이다. 반야바라밀다심경(般若波羅蜜多心經)의 전문을 한자가 아닌 한글로 소개하여 본다.

관자재보살이 반야바라밀다를 깊이 행할 때에 오온이 공함을 비추어보고 고통과 액운을 넘어서게 된다.

사리자여, 색이 공과 다르지 않고 공이 색과 다르지 않으며, 색이 공이요, 공이 곧 색이니, 수, 상, 행, 식도 그러하다.

사리자여, 모든 법은 공하여 생겨나지도 않고 사라지지도 않으며 더럽지도 깨끗하지도 않고, 늘지도 줄지도 않는다. 그러므로 공 가운데는 색이 없고, 수, 상, 행, 식도 없으며, 눈, 귀, 코, 혀, 몸, 마음도 없고, 색, 소리, 향기, 맛, 촉감, 법도 없으며, 눈의 경계도, 의식의 경계까지도 없다.

무명도 무명이 다함까지도 없고, 늙고 죽음도 늙고 죽음

이 다함까지도 없다. 고, 집, 멸, 도도 없고, 지혜도 얻음도 없다.

얻을 것이 없으므로 보살은 반야바라밀다에 의지하여 마음에 걸림이 없고, 걸림이 없으므로 두려움이 없어서, 뒤바뀐 헛된 생각을 멀리 떠나 완전한 열반에 들어간다.

삼세의 모든 부처님도 반야바라밀다를 의지하므로 최상의 깨달음을 얻느니라.

반야바라밀다는 가장 신비하고 밝은 주문이며, 위가 없는 주문이고 무엇과도 견줄 수 없는 주문이니 온갖 괴로움을 없애고, 진실하여 허망하지 않음을 알아야 한다. 이제 반야바라밀다를 말할 것이다.

아제아제 바라아제 바라승아제 모지사바하.

부탄의 라마승인 종사르 켄체 린포체는 반야심경의 윤회사상을 기계에 비유했다. 그는 기계가 시계 방향으로 돌아가는 것이 윤회이고, 시계 반대 방향으로 돌아가는 것이 열반이라고 했다. 또한 기계에는 세 개의 부품이 있는데 첫째는 무명(無明), 둘째는 업(業), 셋째는 과(果)이다. 그는 또 '이 기계는 아주 빠르게 돌고 있어서 그것이 언제 시작되고 어떻게 끝나는지 우리는 볼 수가 없다. 이 기계가 돌고 있을 때 우리가 부품 몇 개를 빼내면 기계는 멈추어 버린다. 우리가 그 운행을 어지럽히기 때문이다'라고 하였다. 반야심경의 유명한 구절인 색즉시공(色卽是空)이 바로 어지럽히는 것이며 우리에게 익숙한 질서를 깨뜨리는 것이다.

공(空)을 '없다' 또는 '텅 비어 있다'라는 뜻으로 해석한다면 우리 머릿속에 깊게 자리 잡고 있는 인식이 뒤엎어진다. 사물이 분명히 존재하는데 어떻게 없다고 할 수 있을까? 반야의 사전적 의미는 '지혜'다. 그런데 부처가 말한 지혜는 일반적인 의미로서의 지혜가 아니라 공성(空性)을 깨달을 수 있는 지혜, 또는 흑이 아니면 백이라는 이원적인 세계를 초월해 진실에 도달할 수 있는 지혜를 의미한다.

'바라밀다'는 피안에 도달한다는 뜻으로 피안이란 번뇌에서 벗어난 곳을 말한다. 그러므로 반야바라밀다의 온전한 의미는 피안에 도달하는 오묘한 지혜이다. 반야는 불교의 수행방법인 육도를 모두 포함한다. 육도(六度)란 깨달음의 세계인 열반에 이르기 위해서 닦아야 할 여섯 가지 방법인데, 여기에는 보시(布施), 지계(持戒), 인욕(忍辱), 정진(精進), 선정(禪定), 지혜(智慧)가 있다.

반야라는 말에서 대승의 개념이 등장한다. 부처가 열반에 든 후 100여 년이 지나자 부처의 교리에 대한 다양한 해석이 등장한다. 불교에서 말하는 승(乘)이라는 말은 원래 물건을 담는 도구 또는 교통수단을 의미하였다. 그런데 이것이 불교의 수행방법에 적용되면서 대승은 신도들을 속세에 참여시켜 현실생활을 바꿀 것을 강조하는 방법으로, 그리고 소승은 속세와 결별하고 은거하며 자신을 수행하는 방법으로 구분되었다. 대승과 소승을 구분하는 핵심은 바로 보리심인데, 보리심(菩提心)이라는 말은 중생을 이롭게 하려는 마음을 가리킨다.

아제아제 바라아제 바라승아제 모지사바하(揭諦揭諦 波羅揭諦 波羅僧揭諦 菩提娑婆訶)

"가자 가자, 함께 가자. 저 피안의 세계로 가자. 오, 깨달음이여, 축복이어라."

7.신곡

단테 알리기에리 저 • 박상진 역 • 민음사 2013 • 1,120p(전 3권)

일본의 철학자인 이마미치 도모노부 교수는 매주 토요일 밤에 3시간씩 단테의 신곡 원전을 주석 두세 권과 함께 읽으며 노트를 만들어 나가는 습관을 무려 50년 동안이나 지속한 후, 이를 토대로 2년 여에 걸쳐서 ≪단테 신곡 강의≫라는 명작을 출간하였다고 한다. 이렇게 ≪신곡≫을 온전히 이해한다는 것은 지난한 일이다. 그런 엄청난 작업을 나는 불과 두 권의 책만 읽고 여기 ≪백권 읽기≫에 평하려고 하였으니 얼마나 무성의했던가. 그런 반성과 함께 얼마 전에 썼던 서평을 지워버리고 민음사의 ≪신곡(전 3권)≫을 새로 구입하여 온전히 읽고 책 해설을 다시 하는 것이다.

이탈리아의 대문호 단테(1265 ~ 1321)는 피렌체에서 태어나 라벤나에서 사망했다. 단테는 피렌체 정부에 참여하였으나 복잡하고 극심한 정쟁에 휘말린 끝에 그의 나이 35세 되던 해에 추방 선고를 받고 죽을 때까지 망명 생활을 해야 했다.

우선 출판사의 서평을 읽어보자.

신곡을 떠받치는 형식과 구조는 놀랍도록 치밀하고 웅장한 건축물을 연상시킨다. 신곡의 세 부분을 이루는 지옥편, 연옥편, 천국편은 각각 서른세 편의 독립된 곡(canto)으로 구성되며, 지옥편에만 서곡이 추가되어 모두 100곡을 이룬다. 그리고 곡 하나하나는 대체로 140행 안팎에 달하며, 모든 행은 11음절로 구성되고 전체적으로 14,233행에 이른다.

작품은 부활절의 성 금요일을 하루 앞둔 목요일 밤, 잠에서 깨어나 어두운 숲에서 길을 잃고 서 있는 자신을 발견한 서른다섯 살의 단테의 모습에서 시작한다. 세상의 온갖 악을 대면하고 두려움에 떨던 단테 앞에 그가 평소 아버지처럼 존경하던 로마 시인 베르길리우스(BC70 ~ BC19)가 나타나 영원의 세계로 안내할 길잡이가 되어 줄 것을 약속한다. 그리고 금요일 저녁 그들은 마침내 지옥의 문 앞에 당도하고, 이제 죽음 이후의 세계를 향한 일주일간의 순례가 시작된다. 피가 흘러내리고 악취를 풍기며 비명 소리로 귀가 먹먹해지는 지옥에서

사흘을 보내고, 언젠가 다가올 구원의 순간을 갈구하는 참회와 회개의 소리로 가득 찬 연옥에서 또 사흘을 보낸 뒤, 단테는 베르길리우스를 떠나보낸다. 그리고 천국에 오르기에 앞서 꿈에도 그리던 영원한 사랑 베아트리체를 만난다. 베아트리체의 인도를 받은 그는 순례의 마지막 날, 순수한 환희로 빛나는 하느님의 사랑에 눈을 뜬다.

베아트리체의 죽음은 단테가 문학으로부터 철학으로, 그리고 현실 세계로 나아가는 계기가 되었다. 그런데 단테와 베아트리체는 정말로 사랑했던 사이는 아니다. 두 사람은 신체적 접촉은 커녕 말 한 번 제대로 나눠보지 못한 사이였다. 한 마디로 단테의 베아트리체를 향한 사랑은 그저 짝사랑이었고, 어디까지나 상상 속에서만 가능했던 사랑이었다.

이 책의 원 제목은 ≪단테 알리기에리의 코미디아≫이다. 단테가 이 책에 코메디아(희극)라는 이름을 붙인 이유는, 다른 사람에게 보낸 편지에서 밝혔듯이, 이 책이 슬픈 시작(지옥)에서 출발하여 행복한 결말(천국)에 이르기 때문이다. ≪신곡≫이라는 이름이 붙게 된 사연은 일제강점기에 일본 학자의 번역물로 국내에 소개되었을 때의 제목이 '신곡'이었고, 그 후 우리들이 무비판적으로 그 제목을 사용하였기 때문이다.

책의 내용을 살펴보자.

성직자들이 벌을 받는 장면이 많이 등장하는 데서 추정할 수 있듯이, 아마도 단테는 교회에 대하여 부정적인 인상을 갖고 있었던 듯하다.

머리카락이 없는 이 자들은 교황들과 추기경들이었지. 이들은 지나치게 탐욕을 부렸어.(지옥편7곡)

≪신곡≫에는 성경뿐만이 아니라 그리스 신화나 고전의 내용도 다수 등장한다.

아직 왕자의 모습을 지니고 있다니! 저자가 용기와 지혜로 콜키스 사람들에게서 황금 양털을 빼앗은 이아손이란 사람이다.(지옥편18곡)

단테가 연옥에서 묘사한 아래의 구절은 바로 성경의 에스더서의 등장인물들이다.

앞에는 위대한 아하스에로스가 서 있었고, 그의 부인 에스델과, 언행이 일치했던 정의로운 모르드개가 서 있었다.(연

옥편17곡)

아래 구절은 성경 히브리서 11장 1절을 그대로 베껴 놓은 듯하다.

믿음은 바라는 것들의 실상이며 보지 못하는 것들의 증거입니다. 이것을 저는 믿음의 본질로 생각합니다.(천국편24곡)

다음 구절을 읽노라면 마치 노자의 ≪도덕경≫을 읽고 있는 것은 아닌가 하는 착각에 빠질 수도 있다.

아, 말이란 얼마나 약하며, 내 생각에 얼마나 미치지 못하는가! 내가 본 것이 그러하니 그저 '아무것도 아니다'라고 말해야 하리라.(천국편33곡)

결론적으로 ≪신곡≫은 단테가 하느님을 찬미하는 신앙고백서이자, 자기가 어린 시절 만났던 소녀 베아트리체를 평생 잊지 못하여 보낸 연애편지이고, 20년 이상을 망명지에서 고향인 피렌체를 그리워하며 써내려간 애향시이며, 또한 자신의 희곡, 고전, 역사서, 성경 등의 지식을 총 망라하여 완성한 문학작품이라고 평해도 무방할 것이다.

8.죽음 이후의 삶

디팩 초프라 저 • 정경란 역 • 행복우물 • 344p

미국 하버드대 의학박사이자 타임지 선정 '20세기를 움직인 100인' 중 한 사람인 저자가 심혈을 기울여 밝혀낸 삶과 죽음, 영혼 문제에 관한 책이다. 현재 미국에서 초프라 행복센터(Chopra Center for Well-being)를 운영하고 있는 저자는 이 책을 통하여, 인간의 의식세계는 온 우주와 연결되어 있다는 점을 주장하고 있다.

우리들의 모든 관심사 중에서 가장 중요한 것을 꼽으라면 누구나 '돈' 과 '죽음'을 꼽지 않을까 싶다. 그만큼 죽음이라는 문제는 인간에게는 최대 관심사임에 분명하다. 우선 책의 목차를 살펴보자.

1. 문 앞에서 기다리는 죽음(죽음은 기적이다 / 영혼의 대답 -

과 삼스카라 / 염력 이야기)

14. 창조의 구조(사트 치트 아난다)

책은 사비트리라는 여인이 남편 샤트야완을 낚아채 가려고 하는 죽음의 신 야마와 끈질긴 싸움을 벌이는 인도의 설화가 한 축을 이루고, 삶과 죽음을 인도 철학과 현대 과학으로 설명하는 내용이 또 다른 축을 형성하고 있다. 그래서 시종일관 흥미진진하다. 과연 사비트리는 남편을 구출해 낼 수 있을까? 현자 라마나는 사비트리에게 어떤 도움을 줄 수 있을까? 죽음의 신 야마에게는 어떤 계획이 있는가? 등등이 마치 우리나라의 옛날이야기처럼 재미있게 전개된다.

또한 삶과 죽음에 관한 카르마, 코샤, 아카샤, 삼스카라, 데바타와 같은 인도철학 용어는 대학의 철학과 강의실에 들어온 듯한 착각을 일으키기에 충분하고, 양자장, 확률론, 의식론, 텔레파시, 진동, 에너지, 파장 같은 용어들은 물리학 전공도서 제목 같기도 하다. 한마디로 이 책은 삶과 죽음에 관한 백과사전 같은 폭 넓은 지식을 가르쳐주는 학교라고 해도 무방할 것이다. 책의 흥미로운 곳을 살펴보자.

1960년대에 많이 있었던 이와 유사한 실험 중에서도 아주 놀라운 실험이 하나 있다. FBI 전문가인 클리브 백스터는

인간의 피부가 함유한 수분의 정도 변화를 측정해 진술의 진위를 검사하던 거짓말 탐지기를 식물의 잎사귀에 연결시켜 보았다. 그 다음에 일어난 일에 대한 그의 증언을 들어보자.

"탐지기를 연결하고 나서 실험일지 상 15분 55초가 지났을 때였다. 갑자기 내가 보고 있는 잎사귀를 불에 태우는 상상을 문득 하게 되었다. 물론 말로 표현한 것은 아니었다. 잎사귀를 만지지도 않았고 기계를 건드리지도 않았다. 식물에 영향을 미칠 만한 것을 굳이 꼽자면 내 머릿속에 떠오른 이미지뿐이었다. 그런데 식물은 아주 광폭한 반응을 보였다. 그래프의 종이 폭이 맨 윗부분에서 아랫부분까지 이어질 정도로 큰 변화를 보인 것이다."

1966년 2월에 놀라운 관찰을 하고 난 후, 그는 식물을 상대로 또 다른 실험을 실시했다. 두 화초를 서로 보이지 않는 장소에 멀리 떨어뜨려 놓고, 한쪽 식물에 거짓말 탐지기를 설치해 놓고 다른 장소로 옮긴 식물에게 외형적 상처를 입혀보는 실험이었다. 거짓말 탐지기가 연결된 식물은 다른 식물이 상처를 입자 마치 자신이 상처를 입은 듯 그래프 상에서 큰 동요를 보여주었던 것이다. - 14장 염력이야기 중에서

이 책의 핵심 사상은 곧 "인간의 정신과 의식세계는 전

우주와 연결되어 있으며, 사람의 몸은 죽어도 정신세계는 살아있다"는 것이다. 저자는 이런 주장을 뒷받침하기 위하여 양자물리학에서부터 텔레파시 연구까지, 제로 포인트 장에서부터 영매의 이야기까지, 다양한 연구결과와 사례들을 소개한다. 또한 중간 중간에 인도 베다시대 현자들의 이야기를 곁들여가면서 독자들을 전혀 지루하지 않게 끌고 간다.

특히 흥미로웠던 부분은 12장 '꿈은 계속된다'의 환생이야기였다. 여기서 저자는 환생의 용어설명에서부터 시작하여 스페인의 어느 지방에 환생한 달라이라마의 이야기, 2차대전 때 추락한 미군 전투기 조종사의 전생 이야기, 현생에서 내세로 넘어가는 영혼복귀 이야기 등등, 여러 가지 흥미로운 이야기들을 들려주고 있다.

GROUP 03

철학I

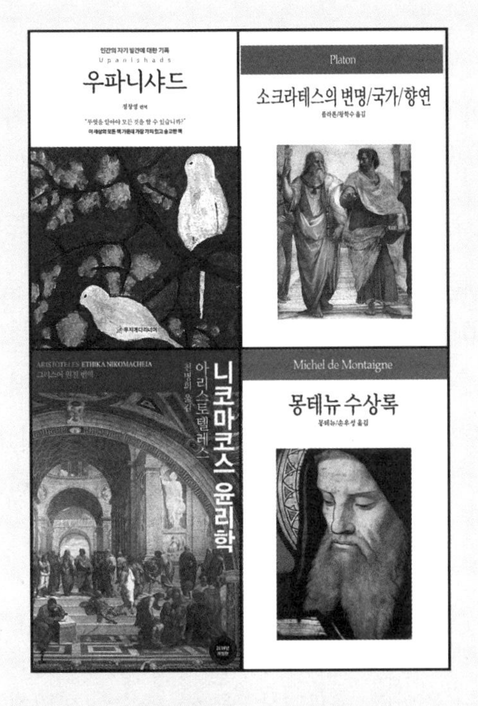

인간의 자기 발견에 대한 기록
Upanishads
우파니샤드
"무엇을 알아야 모든 것을 알 수 있습니까?"
Platon
소크라테스의 변명/국가/향연
ARISTOTELES ETHIKA NIKOMACHEIA
니코마코스 윤리학
아리스토텔레스
천병희 옮김
Michel de Montaigne
몽테뉴 수상록

9.우파니샤드

저자 미상 • 정상역 편역 • 무지개다리너머 2016 • 400p

우리가 말은 많이 들었지만 실제로 '우파니샤드'가 어떤 책이냐?라고 물으면 여기에 대답을 할 수 있는 사람은 별로 없을 것이다. 인도철학? 힌두교의 원전? 인도의 오래된 전승들?

실제로 누가 언제 어떻게 ≪우파니샤드≫를 썼는지는 아무도 모른다. 현존하는 ≪우파니샤드≫는 108개에 달하며, 없어진 것까지 합치면 그 수는 얼마인지도 모른다. 이 책은 인도의 영적인 전통을 부활시킨 8세기의 사상가였던 샹카라라는 사람이 그중 11개를 베다(성스러운 지식) 전통으로 보고 그에 대한 주석을 붙인 것이다.

산스크리트어로 '우파'는 가까이, '니'는 아래로, '샤드'는 앉는다는 뜻이다. 우파니샤드는 곧 '스승의 발밑에 앉아서 전수받은 가르침'을 뜻한다. 스승과 제자가 일상생활 속에서 질문을 주고받는 식으로 전개되며, 때로는 아내가 스승인 남편에게 질문을 하기도 하고, 왕이 현자를 찾아가 질문을 하기도 한다.

신이나 동물들에게 가르침을 받는 경우도 있다. 이 책에서 스승은 직접 지식을 전해 주지 않는 대신 지고한 실재에 대한 깨달음과 체험을 강조한다.

책은 총 11개의 장으로 구성되어 있다.

①카타 우파니샤드: 죽음의 신 야마의 가르침

②문다카 우파니샤드: 두 종류의 앎

③슈베타슈바타라 우파니샤드: 신의 세 얼굴

④프라쉬나 우파니샤드: 생명의 숨

⑤만두키야 우파니샤드: 깨달음의 방편

⑥브리하다란야카 우파니샤드: 숲 속 현자들의 가르침

⑦이샤 우파니샤드: 내면의 통치자

⑧찬도기야 우파니샤드: 성스러운 노래

⑨아이타레야 우파니샤드: 인간 내면의 우주

⑩케나 우파니샤드: 누가 주인공인가?

⑪타이티리야 우파니샤드: 다섯 가지 몸과 음식

고대 인도에는 지식의 책이라는 ≪베다≫가 있었다. 베다는 BC 8세기 ~ BC 3세기에 이르러 보다 철학적인 가르침으로 발전한다. 이것이 후일 힌두교로 들어가 교리에 근간을 이루고 불교에도 상당한 영향을 미친다. 우파니샤드가 만들어진 시기는 동서양 철학이 꽃을 피운 소위 '축의 시대'에 해당한다. 이 시기에 세계적인 철학자와 사상가 들이 쏟아져 나왔다. 그리스에서는 탈레스, 아낙시만드로스, 프로타고라스, 소크라테스, 플라톤, 아리스토텔레스가 연이어 등장했다. 인도에서는 석가모니가, 이스라엘에서는 이사야, 예레미야, 모세, 에스라가, 이란에서는 짜라투스트라가 나왔고, 중국에서는 노자, 장자, 공자, 맹자가 나왔다.

그러면 실제로 ≪우파니샤드≫에는 어떤 구절들이 있는가? 몇 군데 예를 들어 본다.

카타 우파니샤드에 나오는 요가에 대한 설명이다.

의식이 흔들리지 않으면 마음이 고요해지고, 마음이 고요해지면 감각기관의 활동도 멈춘다. 현자들은 이런 상태를 최상의 단계라고 부른다. 이런 완벽한 정지상태와 합일상태를 '요가'라고 부른다.(제1장 10-11)

찬도기야 우파니샤드에는 이런 이야기도 있다. 마치 중

세 시대에 유럽에서 행해진 마녀사냥의 재판과정과 아주 흡사하다. 어쩌면 인도의 고대 전승이 유럽으로 옮겨가서 그곳의 사상으로 자리 잡은 것일지도 모른다.

사람들이 재판장에게 어떤 사람의 두 손을 꽁꽁 묶은 채로 끌고 와서 "이 사람이 도둑질을 했으니 벌을 내려주시기 바랍니다"라고 했다. 그러나 끌려온 사람은 도둑질을 하지 않았다고 끝까지 부인했다. 재판장은 그렇다면 도끼 자루를 불에 달구어서 그 자루를 잡아 보라고 했다. 그러면 겁을 집어먹고 자백을 하든지 아니면 뜨거운 도끼자루를 잡아 손을 데고 형벌을 받게 되든지 한다. 그러나 정말로 도둑질을 하지 않았다면 그는 자신의 결백을 맹세하고 도끼 자루를 잡는다. 그가 진정으로 결백하다면 그 진실이 그를 보호하여 뜨겁게 달구어진 도끼 자루를 잡아도 손을 데지 않을 것이다.(16장 1-3)

결국 ≪우파니샤드≫는 중동 지역의 천일야화 같은 고대 인도의 전승집이며, 성경의 잠언과 같은 지혜서이고, 사람들의 삶을 인도하는 경전이자 기도집이라 할 수 있다.

10.소크라테스의 변명

플라톤 저 • 왕학수 역 • 동서문화사 2019 • 834p

나훈아의 '테스 형'으로 유명해진 소크라테스(BC470 ~ BC399), 그의 사상을 어떻게 요약하면 좋을까? 한마디로 말하면 그의 철학은 무지(無知)의 지(知)라고 할 수 있을 것이다. 설명하자면 이렇다.

어느 날 친구 카이레폰이 아폴론 신전의 무녀에게 소크라테스보다 더 지혜로운 자가 있는지를 물었다. 그랬더니 그녀는 "그보다 더 지혜로운 사람은 아무도 없다"고 대답하였다. 소크라테스는 친구를 통하여 이 말을 듣고 나서 이렇게 생각하였다.

"대체 신은 내게 무슨 말을 하려는 걸까? 나는 내가 지혜로운 자가 아니라는 사실을 잘 안다. 그럼에도 불구하고 신은 내가 가장 지혜로운 자라고 한다. 신은 거짓말을 할 리가 없다. 그렇다면 신의 계시를 확인해 보는 수밖에 없겠다."

이렇게 하여 그는 스스로 지혜롭다고 여기는 자들을 찾아다니며 그들의 무지를 깨우쳐주려고 했다. 하지만 그들은 스스로가 타인들보다 더 지혜로운 줄로 알고 있었다. 소크라테스와 그들의 차이라면, 소크라테스는 자신은 아무것도 모른다는 사실을 안다는 것이었고, 그들은 그러한 사실조차 모르면서 아는 체하는 것뿐이었다.

그래서 소크라테스는 아테네를 주유하며 그들의 무지를 깨우쳐주려고 했다. 그러나 돌아온 것은 냉대와 중상모략뿐이었다. 그들은 소크라테스를 '신들을 인정하지 않는 자'라든가 '빈약한 이론을 가지고 잘난 체 하는 자'라고 비방하며 궁지에 몰아넣을 궁리만 하고 있었다.

위의 사건이 그가 30대 후반이었을 때의 일인데, 그 후 소크라테스는 10여 년 간을 포티다이아 전투, 델리온 전투, 그리고 암피폴리스 전투에 참가하였다. 그가 여러 전투에서 용감하게 싸웠던 이유는 당시 보통 사람들의 생각과 마찬가지로 "폴리스가 있고 나서 개인의 행복도 있다"라는 지극히 당연한 생각을 갖고 있었기 때문이다.

소크라테스는 50세를 전후하여 크산티페와 결혼한 것으로 추정되는데, 플라톤의 ≪파이돈≫에 따르면 아내는 애정이 많은 여자였던 모양이다. 보통 사람들이 알고 있듯이 그의 아내가 악처였다는 기록은 별로 없다.

기원 전 413년, 스파르타가 아테네를 침범하여 다시 전쟁이 일어난다. 이때 소크라테스의 제자였던 알키비아데스가 아테네 군의 사령관이 되어 전투에 임하였다가 스파르타로 도망치는 사건이 발생한다. 제자의 배반행위로 소크라테스는 궁지에 몰리게 된다. 결국 기원 전 403년, 스파르타는 아테네를 정복하였고, 스파르타의 장군 뤼산드로스는 아테네에 30인의 참주를 내세워 독재정치를 펼치게 된다.

소크라테스는 자신이 아무리 열악한 처지에 놓여 있더라도 할 말은 하는 사람이었다. 그는 참주들의 악행을 두고 이렇게 일갈했다.

"소치는 목동이 소떼의 수를 줄이고 자기 소들이 말라가고 있는데도 자기가 서툰 목동임을 인정하지 않는다면, 이것은 기묘한 일이다. 그런데 만약 국가의 지도자가 된 사람이 자기 시민의 수를 줄어들게 하고 국가 도덕의 질을 저하시켜 놓고도, 그걸 부끄럽게 생각지 않고 자신이 형편없는 지도자라고 생각하지 않는다면, 그것은 더욱 기묘한 일이다."

그러자 권력자들은 그에게 '반역자를 양성하는 자'라는 비난과 함께 500인 평의회에서 재판을 받을 것을 명령한다.

여기에서 소크라테스는 그 유명한 '변명'을 한다. 죄목과 변명의 핵심 내용은 다음의 세 가지이다.

①지하 및 천상의 사상을 탐구하고, 악한 일을 억지로 꾸며내고 가르친다는 주장에 대하여: 소크라테스는 아리스토파네스의 희곡 《구름》을 예로 들어가며 이 주장이 허구라는 것을 증명한다.

②청년들을 타락시킨다는 죄목에 대하여: 그는 말 조련사의 예를 들며, 한 사람의 훌륭한 조련사(소크라테스 자신)가 말들을 훌륭하게 조련하는 것이지, 수많은 시민들이 마구잡이로 말들을 조련시킬 수는 없다는 말로 항변한다.

③앞으로 더 이상 탐구나 사색을 하면 사형에 처하겠다는 죄목에 대하여: 그는 숨을 쉬는 한 계속 지혜를 사랑하고 찾기를 그만두지 않을 것이며, 만나는 사람에게 충고를 할 것이고, 아테네 시민들의 영혼 향상에 힘쓸 것이라고 고집한다.

이렇게 하여 소크라테스의 판결은 500명의 배심원 표결에 부쳐졌고, 결국 그는 280대 220이라는 결과에 따라 사형에 처해지는 것이다. 그의 최후 변론을 들어 보자.

"…. **이제 물러나야 할 때가 왔습니다. 나는 죽기 위해, 여러분은 살기 위해 가야겠지요. 하지만 우리 가운데 누가 더**

좋은 운명을 만나게 될지는 신만이 아실 것입니다."

소크라테스는 생전에 자신의 저작물을 하나도 남기지 않았다. 만약 그의 제자 플라톤(BC427 ~ BC347)이 없었다면 오늘 날 우리는 소크라테스라는 위대한 철인의 가르침을 접할 수 없었을 것이다. 플라톤의 4대 복음서라고 하는 ≪소크라테스의 변명≫ ≪파이돈≫ ≪향연≫과 ≪크리톤≫을 읽어 보면, 그것만으로도 플라톤이 그의 스승과 어떤 관계에 있었는지를 충분히 알 수 있게 된다.

이 책은 ≪소크라테스의 변명≫이 대략 50쪽, ≪국가≫가 450쪽, ≪향연≫이 100쪽, ≪소크라테스 평전≫이 200쪽, 그리고 끝으로 ≪플라톤의 생애와 사상≫이 100쪽으로 구성되어 있다. 번역도 아주 훌륭하다.

11.니코마코스 윤리학

아리스토텔레스 저 • 천병희 역 • 도서출판숲 2013 • 410p

소-플-아(소크라테스-플라톤-아리스토텔레스)로 약칭되는 서양 철학의 큰 계보에서 소크라테스(BC470 ~ BC399)는 '이성적 사유와 일치하는 삶'을, 플라톤(BC427년 ~ BC347)은 '좋음의 이데아'라는 지고한 가치를 추구했다. 그렇다면 그리스 철학의 상속자인 아리스토텔레스(BC384 - BC322)의 철학은 무엇이었을까?

그가 말한 삶의 궁극적 가치는 바로 '행복한 삶'이었다. 그의 아들 니코마코스에게 들려준 ≪니코마코스 윤리학≫은 관념적이지 않고 소박하며, 행복한 삶이란 '상식'에서 출발한다고 밝히고 있다. 그리스어로 행복(eudaimonia)은 만족한 삶, 성취한 삶, 그리고 활발히 활동하는 삶을 뜻한다.

그런데 책 제목이 왜 니코마코스 윤리학인가? 그것은 아리스토텔레스의 아버지의 이름도 니코마코스이고 그의 아들 이름도 니코마코스였기 때문이다.

아리스토텔레스가 이 책에서 가장 강조하고 있는 단어 또는 개념은 '중용'이라는 덕목이다. 그는 책의 곳곳에서 중용이라는 용어를 끊임없이 사용하고 있다.

이 책의 각 장에서 중요한 내용들은 다음과 같다.

제1권: 도덕적 책임 편

①인생의 목적은 행복이다.

②모자람이 없는 상태가 행복이다.

③정치학의 목적은 좋은 시민을 양성하는 것이다.

④훌륭한 사람의 행복은 흔히 일어나는 불행으로 망가지지 않는다.

제2권: 도덕적 미덕 편

①미덕에는 지적 미덕과 도덕적 미덕이 있다. 지적 미덕은 교육에 의해 생기고 도덕적 미덕은 습관화함으로써 형성된다.

②두려움에 도전하는 습관을 들이면 용감해지고, 용감해지면 두려움을 잘 견딘다.

③쾌락과 고통을 잘 다루면 좋은 사람이 되고, 잘못 다루면 나쁜 사람이 된다.

제3권: 도덕적 책임 편

①미덕과 악덕은 우리 자신에게 달려 있다.

②용기는 두려움과 자신감의 가운데(중용)이다.

③어릴 때부터 어떤 습관을 들이는가에 따라서 모든 차이가 생겨난다.

④무지해서 용감한 사람은 용감해 보이기는 하지만 결코 용감한 게 아니다.

제4권: 다른 미덕들 편

①미덕은 남에게 베푸는 데 있고 고매한 행위를 하는 데 있다.

②자수성가한 사람보다 재산을 물려받은 사람이 더 후한 것 같다.

③자부심이 강한 사람은 천천히 걷고 조용히 말하는데, 경박한 사람은 빨리 걷고 급하게 말한다.

제5권: 정의 편

①정의는 합법과 공정, 불의는 불법과 불공정을 의미한다.

②정의란 어느 선분(Line)의 가운데에 있는 것인데, 거기에는 모든 미덕들이 다 들어있다.

③공정한 사람은 부당하게 자기 권리를 주장하지 않는다. 오히려 그는 남보다 덜 받는다.

④올바른 통치자는 남을 위해 애쓰는 사람인데, 반대급부로 그는 명예를 얻는다.

제6권: 지적 미덕 편

①수학자는 지식만 있으면 되기 때문에 소년이라도 될 수 있지만, 철학자는 경험이 필요하기 때문에 아무나 될 수 없다.

②영리함이란 목적을 달성하는 능력이다. 그러나 목표가 나쁘면 영리함은 악랄함이 된다.

③형이하학(기술)은 형이상학(철학)을 지배하지 못한다.

제7권 자제력 편

①동물이든 인간이든 모두 쾌락을 추구한다는 사실은 쾌락이 최고선이라는 증거이다.

②행운이 지나치면 걸림돌이 되어 행운이라고 불릴 자격을 상실한다.

제8권~9권 우애 편

①유용성이나 쾌락 때문에 남을 사랑하는 사람들의 우애

는 계속될 수가 없다.

②완전한 우애란 서로 비슷한 미덕을 가진 사람들 사이의 우애이다.

③서로 떨어져 있는 시간이 길어지면 우애조차 잊어버리게 된다.

④한 사람에게 친구가 아주 많다면 그것은 친구가 한 명도 없다는 말과 같다. 또한 어려울 때 도움을 주는 친구가 진정한 친구이다.

제10권: 쾌락 편

①쾌락을 물리치기가 분노와 싸우기보다 더 어렵다.

②인간에게는 지성에 걸맞은 철학적 삶, 관조적 활동이 가장 큰 행복이다.

③좋은 사람이 되려면 좋은 교육을 받아야 하고, 좋은 습관을 들여야 하며, 자발적이든 비자발적이든 나쁜 짓을 해서는 안 된다.

12. 몽테뉴 수상록

미셸 에켐 드 몽테뉴 저 • 손우성 역 • 동서문화사 2007 • 1,344p

출판사에서는 책 소개를 이렇게 하고 있다. "르네상스 인문주의의 도달점이자 프랑스 모럴리스트 문학의 원천을 이루고 있다고 평가받는 ≪몽테뉴 수상록≫의 완역판, 전3권의 독립된 107장으로 되어 있는 이 책은 개인과 사회와의 관계, 신앙과 과학, 어린이 교육, 남녀평등과 성 문제 등, 인생의 전 영역에 걸친 문제들에 대해 몽테뉴 자신의 생각을 피력하고 있다."

좀 더 구체적으로 들어가 보자. 이 책은 몽테뉴(1533 ~ 1592)가 평생 동안 독서하고 사색하면서 터득한 지혜와 철학을 집대성한 것이다. 예를 들면, 슬픔에 대하여, 생각이 우리들의 행동을 판단한다, 예언에 대하여, 한 사람에게만 이로운 것은 다른 사람에게 해롭다, 식인종에 대하여, 옷 입는 습관에 대하여, 술주정에 대하여, 명예의 포상에 대하여, 신앙의 자유에 대하여, 로마의 위대성에 대하여, 모든 일에는 저마다 때가 있다, 분노에 대하여, 세네카와 플루타르크의 변호, 자손들이 조상을 닮음에 대하여, 기분 전환에 대하여, 인상에 대하여, 경험에 대하여… 등등, 무려 114가지의 이런저런 주제에 대하여 몽테뉴 자신의 생각과 판단을 적어 놓은 것이다.

후일 존 로크나 장 자크 루소에게도 지대한 영향을 끼쳤다고 알려진 몽테뉴는 어떤 인물일까?

미셸 에켐 드 몽테뉴는 16세기 프랑스의 대표적 사상가이자 우리가 흔히 요즘 말하는 '에세이'라는 글쓰기 장르의 원조라고 할 수 있다. 그는 1533년 프랑스 서남부 도르도뉴에서 태어났다. 교육열이 높은 아버지 덕분에 어려서부터 가정교사에게 맡겨져 라틴어를 모국어처럼 익혔고 6세 때 보르도 인근의 학교에 입학해 중학 과정을 마쳤다. 16세 때부터 툴루즈 대학에서 법학을 공부한 후 1554년경 페리괴 조세법원의 법관에 이어 1557년 보르도 고등법원의 법관으로 일했다.

1568년에는 사망한 아버지 피에르의 뒤를 이어 몽테뉴 영주로서 영지를 상속받았고, 아버지를 잃은 지 얼마 안 되어 남동생이 요절한데다 몽테뉴 자신이 낙마 사고로 죽을 뻔했다. 1570년에는 첫아이가 태어난 지 두 달 만에 세상을 떠난 것을 시작으로 딸 여섯 명을 모두 어린 나이에 잃고 말았다. 이렇듯 죽음을 연이어 경험했을 뿐만 아니라 1562년 이래 종교 전쟁의 참화에 휩싸인 프랑스에서 살던 몽테뉴는 언제 어떻게 죽을지 모르는 불안 속에서 삶과 죽음에 대해 깊이 고민하고 성찰하게 되었다.

공직 생활에 부담과 환멸을 느껴 1570년 37세의 나이로 보르도 고등법원 법관직을 사임하고 몽테뉴 성의 서재에 은둔하며 독서와 글쓰기에 몰두했다. 이후 보르도 시장으로 선출되었으며 두 번째 임기에는 종교 전쟁과 페스트로 인해 피난을 떠나는 등 고초를 겪기도 했다.

평생을 담석증으로 고생했다고 알려진 몽테뉴는 20년 가까운 세월 동안 자신의 글을 다듬고 또 다듬어서 마침내 ≪수상록≫을 완성하였다.

≪수상록≫의 특징은 그의 천재성과 박학다식함을 입증이라도 하듯이 하나하나의 주제마다 과거 그리스나 로마

의 지혜자들의 말이나 시구를 인용하면서 자신의 의견을 피력해 나간다. 예를 들면 이런 식이다.

… 반지를 코에 꿸 뿐만 아니라, 입술이나 볼, 발가락에도 끼며… 아이를 낳지 못하는 여자를 팔아치우는 족속도 있으며…. 신탁을 받도록 하기 위하여 제관들의 눈알을 빼는 곳도…. 어떤 데서는 인사할 때에 손가락으로 땅을 짚고… 이 고장에서는 사람이 사람의 살을 먹으며…. 어떤 데서는 한 평생 머리도 손톱도 깎지 않는다.(pp119 ~ 136 습관에 대하여)

"점토는 부드럽고 축축하다. 어서어서 서두르자. 끊임없이 돌아가는 틀 바퀴에 넣어 형체를 만들자." - 페르시우스

어린애의 교육에는 욕망과 애정을 돋우어주는 것보다 더 좋은 방법은 없다. 그렇지 않으면 책을 짊어진 당나귀밖에 만들지 못한다.(p198 아이들의 교육에 대하여)

"고통은 죄 없는 자에게도 거짓을 강요한다"-루블리우스

고문은 위험한 발명품이다. 그것은 진실을 시험하기보다는 참을성을 시험한다. 고문을 참아낼 수 있는 자는 진실을 감추고, 그것을 참아내지 못하는 자도 역시 그렇다. 어째서 고통

은 있었던 사실을 있다고 불게끔 하기보다도, 없는 사실을 있다고 자백하게 하는 것인가? - 고문에 대하여

몽테뉴는 책의 후반부에서 자신의 일상을 이렇게 소개한 바 있다.

몽테뉴 성이라고 알려진 집에 있을 때에 나는 좀 더 자주 서재에 들며, 거기서 집안일도 보살피곤 했다. 나는 정원과 양계장, 안마당, 그리고 집안의 내부를 내려다본다. 거기서 나는 이때에는 이 책, 저때에는 저 책을 아무런 생각 없이 들춰 보며, 때로는 몽상도 하고, 때로는 이리저리 거닐면서 내 생각을 적기도 한다. 서재는 탑의 4층에 있다. 2층은 나의 예배실이고, 3층은 거처하는 방인데 나는 내 생애의 대부분을 이 서재에서 보낸다.(p911)

GROUP 04

철학II

13.노자 도덕경

노자 저 • 황병국 • 범우사 1992 • 142p

노자는 춘추시대에 도가사상(道家思想)을 창시한 철학자로 이름은 이이(李耳)다. 그의 생몰연대는 확실하지 않다. 일설에 의하면, 공자(BC551 ~ BC479)가 젊었을 때 노자를 찾아가 예(禮)에 관한 가르침을 받았다고도 하는데, 이를 근거로 노자의 생애를 BC571 ~ BC472로 추정하기도 한다.

사마천의 『사기』 중 ≪노자열전≫에 따르면, 노자는 초나라의 고현에서 태어났으며, 춘추시대 말기에 주나라의 장서실 (오늘날의 국립도서관)의 관리로 있었다고 한다.

주나라가 쇠퇴하자 노자는 은둔하기로 결심하고 낙향하는 도중 함곡관의 관문지기인 윤희라는 사람을 만났다. 그의 요청으로 '도'자로 시작되는 도경(道經)과 '덕'자로 시작하는 덕경(德經)을 집필하는데, 그것이 5,000자 분량 81편의 짧은 글로 이루어진 ≪도덕경(道德經)≫이라는 것이다.

그런데 여기에 대한 반론도 만만치 않다. 즉 도덕경은 노자 한 사람의 저작물이 아닌 BC600년경부터 그 후 공자-맹자의 시대까지 여러 사람들이 지은 것을 BC300년경에 집대성한 것이라는 주장이다. 그 저작연대나 과정이야 어찌되었던 간에 ≪도덕경≫의 가르침은 동서고금의 많은 사상가나 위인들에게 엄청난 영향을 미쳤다. 공자와 맹자를 비롯한 동양의 사상가들은 말할 것도 없고, 톨스토이, 헤겔, 하이데거, 니체, 프로이트, 빌 게이츠 등, 서양의 철학자들이나 지도자들도 모두 ≪도덕경≫을 탐독하였다고 알려져 있다.

핵심 구절들은 다음과 같다.

①**설명할 수 있는 도는 영원한 도가 아니며, 부를 수 있는 이름은 영원한 이름이 아니다:** 道可道非常道 名可名 非常名 **(도가도 비상도 명가명 비상명)**

②**도는 빈 그릇이지만 아무리 퍼내더라도 다시 채울 필요가 없다.**

③**가장 훌륭한 군주는 백성들이 다만 임금이 있다는 것을 알 뿐이다. 그 다음가는 군주는 백성들이 친근감을 가지고 그를 칭찬한다. 가장 나쁜 군주는 백성들이 그를 두려워하고 꺼린다.**

④육친이 화목하지 않을 때 효자가 생겨나고, 국가가 혼란할 때 충신이 있게 된다. 六親不和 有孝子國家昏亂 有忠臣(육친불화 유효자 국가혼란 유충신)

⑤형체는 없지만 완전한 그 무엇이 있어 하늘과 땅보다 먼저 생겼다. 그것은 소리도 없고 텅 비어 있으며 짝도 없이 홀로 있다. 우리는 그것의 이름을 도(道)라고 부른다.

⑥사람은 땅을 규범으로 하고, 땅은 하늘을 규범으로 하고, 하늘은 도를 규범으로 하고, 도는 자연을 규범으로 한다.

⑦훌륭한 여행가는 수레바퀴 자국이나 발자국을 남기지 않는다.

⑧남을 아는 사람은 훌륭한 사람이지만, 자신을 아는 사람은 더욱 훌륭한 사람이다.

⑨도는 늘 아무 일도 하지 않지만, 하지 못하는 일이 없다. 道常無爲 而無不爲(도상무위 이무불위)

⑩덕이 높은 사람은 스스로 덕이 있다고 생각하지 않는다. 그런 까닭에 절로 덕이 있는 것이다. 上德不德 是以有德(상덕부덕 시이유덕)

⑪으뜸가는 사람은 도를 들으면 힘써 그것을 실천하고, 중간의 사람은 도를 들으면 반신반의하며, 변변치 못한 사람은 도를 들으면 그것을 비웃는다.

⑫만족할 줄 알면 굴욕을 참게 되고, 그칠 줄 알면 위태하지 않게 된다.知足不辱 知止不殆(**지족불욕 지지불태**),

⑬천하에 금기가 많으면 백성들은 더욱 가난해진다.

⑭나라의 온갖 욕됨을 한 몸에 지는 사람을 사직의 주인이라고 하고, 나라의 온갖 재앙을 한 몸에 떠맡는 사람을 왕이라 한다.

누가 날보고 요즘의 정치가들이 노자의 ≪도덕경≫에서 마음에 새겨야 할 핵심적인 교훈 한 가지를 꼽아보라면 나는 72편에 나오는 民不畏威 則大威至(민불외위 즉대위지)라는 구절을 들고 싶다. 즉, 백성들의 생업수단을 함부로 제한하지 말라는 말이다. 이 구절이야말로 자유민주주의와 시장경제의 핵심을 요약한 말이 아닐까 싶다.

백성들이 두려워할 것을 두려워하지 않으면 곧 큰 두려움이 닥칠 것이다. 그들이 살고 있는 곳을 좁히지 말라. 그들의 생활수단을 억누르지 말라. 오직 그들을 억누르지 않는 까닭에 그들이 무거운 짐을 힘겨워 하지않는 것이다.

14.논어

공자 저 • 소준섭 역 • 현대지성 2018 • 412p

≪논어≫는 공자와 제자들의 언행을 기록한 책으로 그 내용은 공자의 말과 행동, 공자와 제자들의 대화, 공자와 당시 통치자들의 대화, 그리고 제자들 간의 대화로 구성되어 있다. 책의 주된 목적은 인을 핵심으로 예를 회복하는 데 두었다.

논어는 총 20편으로 구성되어 있는데 각 편의 제목은 맨 처음 글자를 따서 붙였다. 만약 子曰(자왈)로 시작한다면 그 다음에 나오는 두 글자 또는 세 글자가 편의 제목이 된다.

각 편의 주제와 핵심 구절을 하나씩만 소개해 보겠다.

제1편 학이(學而): 도덕의 문으로 이끌어주는 장이다.

학이시습지불역열호(學而時習之不亦說乎): **"배우고 때에 맞추어 이를 실천하니 이 또한 즐겁지 아니한가."**

제2편 위정(爲政): 국가를 다스리는 도리를 말한다.

십오지학(十五志學) **삼십이립**(三十而立) **사십불혹**(四十不惑) **오십지천명**(五十知天命) **육십이순**(六十耳順) **칠십종심소욕**(七十從心所欲): **"나는 십오 세에 학문에 뜻을 두었으며, 삼십에 자립하였고, 사십에는 미혹되지 않았고, 오십에는 천명을 알았으며, 육십에는 어떤 말이든 그대로 이해되었다. 그리고 일흔에는 마음이 하고자 하는 바를 좇아도 법도를 넘지 않았다."**

제3편 팔일(八佾): 예악과 활쏘기에 대한 공자의 가르침을 기록하고 있다.

제4편 이인(里仁): 인덕(仁德)의 도리를 말하고 있다.

덕불고 필유린(德不孤 必有隣) **"덕은 외롭지 않고 반드시 그 이웃이 있다."**

제5편 공야장(公冶長): 고금의 인물에 대한 평가를 하고 있다. **교언영색주공 좌구명치지 구역치지**(巧言令色足恭 左丘明恥之 丘亦恥之) **"화려한 미사여구와 좋아하는 척 하는 모습, 그리고 지나친 공손을 좌구명은 수치로 여겼는데, 나 또한 이를 수치로 여긴다."**

제6편 옹야(雍也): 공자와 제자들의 언행으로 이루어져 있다. **자왈 지지자불여호지자 호지자불여락지자**(知之者不如好之者 好之者不如樂之者): **"학문을 아는 사람은 그것을 좋아하**

는 사람만 못하고, 학문을 좋아하는 사람은 그것을 즐기는 사람만 못하다."

제7편 술이(述而): 공자의 용모와 언행을 기록하고 있는데, 유명한 구절들이 제일 많다. 두 개의 문구만 인용해 본다. **"자왈 삼인행 필유아사언 택기선자이종지 기불선자이개지"**(三人行 必有我師焉 擇其善者而從之 其不善者而改之): **"공자가 말했다. 세 사람이 함께 길을 가면 그 중에는 반드시 본받을 만한 사람이 있다. 나는 그 장점을 취하여 배우고 그 단점은 가려내어 고칠 것이다." 자왈 "군자 탄탕탕 소인 장척척"**(君子坦蕩蕩 小人 長戚戚): **군자는 평탄하여 여유가 있고, 소인은 늘 걱정스러워 한다.**

제8편 태백(泰伯): 공자와 증자(증삼)의 대화와 옛날 사람들에 대한 평가로 구성되어 있다. **자왈 "민가사유 불가사지"**(民可使由 不可使知): **"백성들을 교화하고 이끌 수는 있지만, 그들에게 강요해서는 안된다."**

제9편 자한(子罕): 주로 공자가 일을 처리하는 모습을 기록하였다. **세한연후 지송백후조야**(歲寒然後 知松柏後凋也): **"날씨가 추워진 뒤에야 비로소 소나무와 잣나무가 늦게 시듦을 알 수 있다."**

제10편 향당(鄕黨): 공자의 언행과 삶의 모습을 담았다.

제11편 선진(先進): 공자의 교육관과 제자들에 대한 평가를 다루고 있다.

제12편 안연(顔淵): 공자가 제자들에게 인과 정치, 그리고 처세를 가르친다.

자왈 "기소불욕 물시이인"(己所不欲 勿施於人): **제자 중궁이 인이 무엇인가를 묻자 공자가 말했다. "자신이 하고 싶지 않은 것을 남에게 강제하지 말아야 한다."**

제13편 자로(子路): 자로는 공자보다 9살 어린 제자로 가장 오랫동안 스승을 섬겼다. 여기서는 주로 사람됨에 대하여 논한다.

자왈 "군자화이부동 소인동이불화"(君子和而不同 小人同而不和): **"군자는 서로의 생각을 조절하여 화합을 이루기는 하지만 이익을 얻기 위하여 주관을 버리고 상대방에게 뇌동하지는 않는다. 소인은 이익을 얻기 위하여 주관을 버리고 상대방에게 뇌동하기는 해도 서로의 생각을 조절하여 화합을 이루지는 못한다."**

제14편 헌문(憲問): 주로 수신(修身)의 문제를 다룬다.

제15편 위령공(衛靈公): 공자가 주유천하 할 때의 일화들이다. **자왈 "군자우도불우빈"**(君子憂道不憂貧): **"군자는 도를 걱정하지 가난을 걱정하지 않는다."**

제16편 계씨(季氏): 군자의 수신과 예법에 대해 말한다.

제17편 양화(陽貨): 인덕과 예악에 대하여 논한다.

제18편 미자(微子): 고대 성현들의 사적에 대하여 이야기 한다.

제19편 자장(子張): 학문하는 자세에 대하여 논하는 내용과 제자들의 공자에 대한 존경을 기록하고 있다.

자장 왈 "사견위치명 견득사의"(士見危致命 見得思義): **자장이 말했다. "선비는 위태로움을 보면 목숨을 바치며, 이익을 보면 의를 생각한다."**

제20편 요왈(堯曰): 고대 성현들의 언행과 공자의 사상이 담겨있다.

15.자성록 • 언행록 • 성학십도

이황 저 • 고정일 역제 • 동서문화사 2008 • 602p

많은 사람들이 퇴계를 그저 '성리학의 대가' 정도로만 알고 있지만, 이 책을 몇 차례 정독하다보면 과연 퇴계 이황 선생이야말로 우리 조선이 배출한 걸출한 철학자요 사상가임을 깨닫게 된다. 그의 일대기를 살펴보면서 저술 하나하나를 음미하여 보자.

이황은 조선시대를 피로 물들인 사화가 한창이던(1498 무오사화 ~ 1504 갑자사화) 1501년 경상도 안동 근처에서 태어났으나, 겨우 일곱 달 만에 아버지가 요절하고 홀어머니 슬하에서 어렵게 성장한다.

과거시험에 세 번이나 낙방하였지만 계속 응시하여 27세 때인 중종 22년에 진사시에 합격하고 33세에는 성균관에 들어간다. 42세에는 어사로 충청도와 강원도를 순찰하였으며, 관청으로부터 수탈당하는 백성들의 궁핍한 실상을 목격하며 이때부터 본격적인 애민사상이 싹트게 된다.

1544년 중종이 죽고 그 다음해에 인종도 몇 달 만에 죽고, 중종의 둘째 아들 명종이 왕위에 오른다. 때마침 쓰시마 도주가 왕에게 서한을 보내 평화롭게 지내고 싶다는 의견을 피력하지만 조정은 이를 즉시 거절하였다. 이에 이황은 여진족들의 위협이 막 시작되는 시점에서 다시 왜를 자극하는 것은 현명한 처사가 아님을 왕에게 고한다. 그러면서 왜의 요구를 무조건 들어주지도 말 것이며 조선에 도발하지 못하도록 단단히 단속해야 한다는 주장도 곁들인다. 그러나 이때는 권신들이 권력투쟁만을 일삼던 때였던지라 그의 상소는 별다른 빛을 발하지 못한다.

48세에 퇴계는 충청도 단양군수가 되었고 곧이어 풍기군수로 전보된다.

1년 뒤 벼슬에서 물러나 퇴계라는 곳에 자리를 잡고 학문에 정진한다. 57세 때에는 안동 도산에 4년 여에 걸쳐서 서당을 세우니 이것이 지금의 도산서원이다. 58세 때에는 당시 23세였던 율곡 이이(1536~1584)가 찾아와 학문을 배우고 돌아가기도 하였다.

퇴계는 평생을 벼슬과 낙향을 반복하면서 검소하고 소탈하게 살았다고 전해진다. 한번은 서울에서 기거하고 있을 때에 좌의정 권철이 찾아와 함께 식사를 한 적이 있었는데, 그가 돌아가면서 퇴계의 찬이 너무나 초라한 것을 보고 자신의 호사스러운 생활을 반성하였다는 일화도 있다. 그는 인권을 존중하여 양반이나 중인이나 상인이나, 그 신분의 고하를 일체 가리지 않고 누구에게나 똑같은 예로서 대했다고 전해진다. 이것이 바로 퇴계학의 바탕이 되는 인본사상(人本思想)이다.

①**자성록**(自省錄)

자성록은 퇴계가 그의 사상적 원숙기라고 할 수 있는 55세 ~ 60세 때까지의 시기에 문인들에게 보낸 서간 가운데서 수양과 성찰에 도움이 되는 편지 22통을 모아 편집한 책이다. 그 주제는 초학자들의 병폐를 고치는 요령, 학문하는 기본자세, 학문하는 방법, 그리고 명성을 탐하는 데 대한 경계 등, 네 가지로 구분할 수 있다.

②**언행록**

퇴계는 언어와 행실에서 지극히 바르고 겸손해서 무릇

세인의 모범이 되었다. 그의 매화향기처럼 깨끗하고 고결한 품격을 책으로 썼으니 그것이 바로 ≪언행록≫이다. 언행록은 6권 3책으로 구성되어 있다. 권1은 학문 공경 덕성, 권2는 자질과 몸가짐, 권3은 벼슬살이의 생활규범, 권4는 이(理) 기(氣) 예(禮), 권5는 바른 학문과 바른 인생, 그리고 권6은 경의지행(敬義知行)을 관통하는 일생에 관하여 논하고 있다.

③성학십도

퇴계는 68세 되던 해에 평생 동안 쌓아 올린 학문적 지식을 쏟아 부어 이제 막 임금이 된 17세 소년 왕(선조)에게 마지막으로 충성하는 뜻에서 ≪진성학십도차≫라는 제왕학 교본을 지어 바친다. 그 이유는 선조가 계속하여 퇴계에게 벼슬길에 나와 달라고 부탁하였는데, 자신은 이미 늙어서 더 이상 벼슬에 뜻이 없다며 거절하였기 때문이다. 그 내용을 살펴보면, 제1도는 태극도, 제2도는 서명도, 제3도는 소학도, 제4도는 대학도, 제5도는 백록동규도, 제6도는 심통성정도, 제7도는 인설도, 제8도는 심학도, 제9도는 경제잠도, 그리고 제10도는 숙흥야매잠도와 오설, 제사, 규약 등의 부속서류로 되어 있다. 이것은 모두 이황의 작품만이 아니고 대학(大學)과 같은 중국 선현의 교훈도 있고 퇴계 자신이 직접 저술한 부분도 있다.

'퇴계 이황' 하면 빼놓을 수 없는 것이 바로 사단칠정론(四端七情論)이다. 그의 제자이자 경쟁자였던 기대승(1527~1572)이나 이이(1536 ~ 1584)와의 논쟁으로도 유명한 사단칠정론은 상당히 이해하기가 어렵다. 간단히 요약하여 보면, 퇴계는 이(理)는 귀하고 기(氣)는 천한 것으로 보아, 이를 군주에 그리고 기를 신하에 비유한다. 사단이란 측은지심(惻隱之心), 수오지심(羞惡之心), 사양지심(辭讓之心), 시비지심(是非之心)의 네 가지로, 각각 인의예지신(仁義禮智信)의 본성에서 나오는 정감이다. 칠정은 희노애구애오욕(喜怒哀懼愛惡慾)으로 인간심리를 망라한 것이다. 이 이론은 후일 영남학파-기호학파 또는 주리파-주기파라는 학파의 성립으로 발전한다.

퇴계의 학문은 임진왜란을 통하여 일본으로 건너가 정작 우리나라보다는 일본에서 더 많이 발전하게 되는데, 도쿠가와 막부 정권의 이데올로기에 큰 영향을 주었다고 알려져 있다.

16.자유론

존 스튜어트 밀 저 • 박문재 역 • 현대지성 2018 • 218p

존 스튜어트 밀은 1806년 영국의 미들섹스에서 태어났다. 학자 출신이었던 스코틀랜드 계 아버지는 밀을 영재로 키우기 위하여 3살 때부터 그리스어와 라틴어를 가르쳐서 밀이 8살 때에는 이미 헤로도토스, 플라톤, 오비디우스, 투키디데스 같은 사람들의 책들을 원어 그대로 읽을 수 있는 수준에 이르렀다. 또한 친구였던 데이비드 리카도를 자주 집으로 초대하여 밀에게 경제학에 대한 기초를 심어주려고 노력하기도 했다.

이러한 부모의 영재교육 덕분에 밀은 논리학이나 철학은 물론 화학이나 고등수학 같은 학문에까지 조예가 깊은 사상가가 되었다. 그는 세인트앤드루스 대학의 학장을 역임하였으며 하원의원으로도 활동하여 헌정 사상 최초로 여성의 참정권을 주장하기도 하였고, 보통선거권과 같은 선거제도의 개혁도 주장하였다.

그렇다면 밀의 ≪자유론≫의 핵심은 무엇일까? 먼저 그가 활동하던 시기는 조지4세(1820~) - 윌리엄4세(1830~) - 빅토리아여왕(1837~)으로 이어지는 산업혁명과 계몽주의의 시대였다. 이러한 시대에 밀은 '최대다수의 최대행복'으로 유명한 제러미 밴덤의 제자가 되어 공리주의의 원칙을 좀 더 확장해 나간다. 눈에 띄는 것은 밴덤의 공리주의가 모든 형태의 행복 또는 쾌락을 대등한 것으로 파악한 반면, 밀은 육체적인 행복보다는 도덕적인 행복이 더 높은 가치를 지닌다면서 다음과 같은 말로 자기의 주장을 압축하였다.

"만족한 돼지가 되기보다는 불만족한 소크라테스가 되는 것이 낫다."

밀은 자유론의 목적을 다음과 같이 적었다.

"이 글의 목적은, 사회가 법률적 벌칙이라는 형태의 물리적인 힘을 수단으로 해서든, 여론에 의한 도덕적 강압을 통해서든, 개인을 강제하고 통제하는 것을 절대적으로 규율하는 데 사용할 수 있는 아주 간단한 원칙을 천명하는 것이다."(p46)

그의 사상을 다음과 같이 요약하여 보았다.

①모든 개개인에게는 '사상의 자유'와 자신의 의견을 거리낌 없이 표현하고 토론할 수 있는 '표현의 자유'가 반드시 필요하다. 이런 자유들을 허용하지 않는 어떤 개인이나 집단은 '자신들은 절대로 틀릴 수 없다'는 가정을 전제로 하는 것인데, 그것은 곧 독선이고 독재이다.

②지배자는 국민에 대하여 실질적으로 책임을 지게 해야 하고, 국민은 언제든지 지배자들을 쫓아낼 수 있어야 한다.

③진리가 승리한다는 말은 짧게 보면 사실이 아니다. 그렇지만 진리의 진정한 이점은 이것이다. 즉, 어떤 옳은 의견을 박해해서 한 번, 두 번, 또는 수십 번 매장해버리는 것은 가능하지만, 세월이 흐르면 그 의견을 다시 내놓는 사람들이 계속해서 생겨나게 마련이다. 그때마다 박해가 계속되다가도 어떤 좋은 환경을 만나 박해를 피하게 되면, 이후의 모든 박해를 이겨낼 만한 힘을 기를 수 있게 된다. 그러면 그 옳은 의견(정의)는 결국 인류 사회에 뿌리내리게 된다.

④독재는 왜 나쁜가? 그것은 자신의 의견이 틀릴 가능성이 없다는 절대적인 믿음으로 인해서 그 의견에 대한 옳고 그름을 논하는 토론이 허용되지 않기 때문이다. 이는 살아 있는 진리가 아니고 단지 죽은 독단적 의견일 뿐이다.

⑤두 개의 상반된 의견이 대립할 때, 어느 한 의견이 전적으로 옳고 다른 의견은 전적으로 틀릴 가능성은 별로 없다. 따라서 민주주의 사회에서 다수결에 의하여 다수설을 채택하더라도 반드시 소수설도 참고하여 다수설의 미비한 점을 보충해주어야 한다.

⑥질서나 안정을 추구하는 정당(보수정당)과 진보나 개혁을 주장하는 정당(진보정당)이 공존하는 것이 건전한 정치 생태계를 형성하는데 필수적이라는 것이 거의 상식처럼 되어 있다. 이 둘이 공존해야 하는 이유는 둘 중 어느 하나도 완벽하지 않기 때문이다.

⑦기독교도들이 타 종교인들로부터 정당한 대우를 받고자 한다면, 그들 스스로가 불신자들을 정당하게 대우해주어야 한다. 기독교 윤리가 계속 존재하고 번성하려면 다른 윤리와 나란히 공존하여야 한다.

⑧자유와 다양성이라는 두 가지 조건이 갖추어질 때 개개인의 활력과 다양성이 생겨나고, 이 둘이 합쳐져서 창조성이 생겨난다.

⑨이 시대에 권력이라고 불릴 수 있는 것은 대중의 권력뿐이다. 정부의 권력도 존재하기는 하지만, 정부는 이미 대중이 원하는 것을 따라하는 기관이 되어 있다.

⑩자신의 시간을 자기 뜻대로 사용해서 자영업을 하는 사람들에게 법으로 정한 휴일을 지키도록 강제하는 공권력의 행사는 정당하지도 않고 옳지도 않다.

⑪자유를 향유하기 위해서는 일정 정도의 지적 역량(intelligence)이 필요하다.

⑫모든 시대에서 신앙을 지니지 않은 사람들 중 다수가 훌륭한 인격자들이었다.

⑬어떤 사람이 순전히 자기 자신에게 관련된 행동을 했다고 하더라도 그 행동이 다른 사람이나 사회에 명백한 해악을 입혔거나 그럴 위험이 있는 경우, 그런 행동은 자유의 영역에 해당하지 않고 도덕이나 법의 규제 아래 놓이게 된다.

⑭아내에게는 오직 한 남편만을 섬기도록 강요하는데 반해 남자들은 여러 부인을 소유할 수 있다면 , 이것은 서로가 동등한 의무를 져야 한다는 자유의 원리를 정면으로 깨는 것이기 때문에 결코 허용할 수 없다.

⑮자유를 포기할 수 있는 자유는 없다. 따라서 자신을 노예로 파는 행위는 금지된다.

GROUP 05

한국사

삼국유사
三國遺事
낯선 조선 땅에서 보낸 13년 20일의 기록
하멜표류기
책 읽어드립니다
조선을 유럽에 알린 최초의 책!
닥터 홀의 조선회상
조선은 우연히 망한 것이 아니다

17. 삼국유사

일연 저 • 이민수 역 • 을유문화사 2013 • 620p

삼국유사(三國遺事)는 고려 충렬왕 때의 스님 일연이 쓴 이야기 형식의 역사책이다. 딱딱한 사실 기록보다는 다분히 설화가 중심을 이룬다. 1281 ~ 1283년에 쓴 것으로 추정된다. 을유문화사의 책은 원래 5권이던 것을 한 권으로 묶은 것으로, 그 목차를 살펴보면 다음과 같다.

제1권: 신라, 고구려, 백제, 가락국 및 후삼국의 연대표와 전해 내려오는 이야기들.

제2권: 통일신라시대를 비롯하여 백제, 후백제 등에 관한 이야기들.

제3권: 불교의 전래와 절의 유래에 관한 이야기들.

제4권: 고승들의 불교 득도에 관한 행적.

제5권: 효행과 선행에 관한 이야기들.

책은 처음 고조선(왕검조선) 시대 환인의 서자 환웅의 이야기로 시작한다. 우리가 잘 아는 곰과 호랑이의 전설로 곰이 여자로 변하여 환웅과 결혼하여 단군왕검을 낳았다는 이야기이다.

87페이지에는 우리들에게 '독도는 우리 땅'이라는 노래로 잘 알려진 지증왕의 이야기가 나오는데 그게 마치 음담패설과도 같아 재미있다.

왕은 음경의 길이가 한자 다섯 치(40cm?)나 되었다. 배필을 구하기가 어렵던 차에 어느 날 길거리에서 개 두 마리가 북만큼이나 큰 똥 덩어리를 놓고 서로 싸우고 있었다. 관리가 그 똥 덩어리의 주인이 누구인지를 수소문하여 그 집을 찾아갔더니, 그 여자는 키가 7척 5촌(225cm)나 되었다. 이 사실을 왕께 아뢰자 왕이 수레를 보내어 그 여자를 궁중으로 모셔다 왕후로 맞이하였다.

≪삼국유사≫는 역사책이기도 하기 때문에 당나라 군대가 백제를 쳐들어 온 이야기, 백제의 멸망과 후백제 견훤, 궁예 이야기 등, 사실 기록에 근거한 이야기도 꽤 많은 분량을 차지한다. 그렇지만 역시 스님이 지은 책답게 불교와 고승들에 관한 이야기가 내용의 절반 이상을 차지한다. 황룡사 구층탑 이

야기, 오대산 월정사의 다섯 성자 이야기, 원효대사가 요석공주와의 사이에서 설총을 낳은 이야기, 자장법사가 계율을 정한 이야기, 의상법사가 화엄종을 전한 이야기 등등, 끝이 없을 정도이다.

533페이지 이하에 나오는 '김현이 호랑이를 감동시키다'라는 제목의 설화가 재미있어 축약하여 소개해 본다.

원성왕 때 김현이라는 화랑이 밤이 깊도록 탑을 돌다가 어떤 처녀와 눈이 맞았다. 처녀와 정을 통한 후 처녀의 집에 함께 찾아가니 할머니가 둘을 맞이하였다. 처녀도 할머니도 모두 호랑이 가족이었다. 할머니는 내키지 않는 눈치였지만 어쩔 수 없이 두 사람을 집에 묵게 한다. 잠시 후에 호랑이 세 마리가 으르렁거리며 들어오더니 사람의 말로 말하였다.

"집에서 사람의 냄새가 나는구나. 잡아먹어야겠다."

할머니가 소리쳤다.

"너희들 코가 잘못됐구나. 무슨 사람 냄새냐?"

이때 하늘에서 소리가 들려왔다.

"너희 놈들이 사람의 생명을 너무 쉽게 해치니 이제 너희들 중에 한 놈을 내가 죽여야겠다."

그 말을 들은 호랑이들은 꽁무니가 빠져라 도망쳐버렸다. 그러자 처녀가 자초지종을 김훈에게 고하였다.

"실은 저희 가족은 모두 호랑이입니다. 비록 종족은 다르지만 저와 낭군은 이미 한 몸이 되었으니 부부의 연을 맺은 것입니다. 저희들의 악함은 하늘까지도 미워하고 계시니, 이제 제가 낭군의 손에 죽어서 그 속죄를 하겠습니다. 제가 내일 성안으로 들어가서 사람들을 해치면 임금께서는 반드시 저를 죽인 사람에게 상을 내리실 것입니다. 그러니 낭군은 겁내지 말고 저를 죽이십시오. 저는 낭군의 창에 맞아 죽을 것입니다."

"사람이 사람과 사귀는 것이 도리이지만 이렇게 된 이상 어찌 배필의 죽음을 팔아 내 출세를 하겠소. 나는 못하오."

"낭군께서는 주저 마시고 저를 죽이시어 그 상금으로 절을 지어주십시오."

이렇게 하여 그 다음 날 김현은 처녀로 둔갑한 호랑이를 죽이고 높은 벼슬에 올랐으며, 그때 받은 상금으로 호원사(虎願寺)라는 이름의 절을 지어 처녀를 기렸다고 한다.

18.하멜표류기

핸드릭 하멜 저 • 김태진 역 • 서해문집 2003 • 142p

360년 전, 외국인의 눈에 비친 조선의 상황은 어땠을까? 여기 그 의문에 답을 해주는 사람이 있다. 조선 땅에 표류하여 장장 13년 20일 동안(효종 - 현종 치세 기간) 지내다 가까스로 탈출에 성공하여 기록을 남긴 핸드릭 하멜이 바로 그 사람이다. 그는 네덜란드 동인도연합회사에서 스페르베르 호의 포수로 일하고 있던 중, 일본 나카사키로 가다가 일행 36명과 함께 제주도에 표류한다. 참고로 당시 동인도회사의 배들은 상선이지만 거의 다가 중무장을 갖추었다. 이들은 통상과 선교를 목적으로 한 일종의 허가된 해상 무력조직이었던 셈이다.

하멜 일행은 타이완을 거쳐서 일본의 나가사키로 가던 도중 1653년 8월 16일 새벽녘에 제주도에 표류한다. 선원

64명 중 선장을 포함한 28명은 배가 산산조각 나면서 현장에서 죽고 36명만이 살아남았다.

최초로 제주목사의 심문을 받고나서 이들이 묵게 된 곳은 광해군이 유배되었다가 일생을 마친 곳이었다. 이들은 이후 한양으로 압송되었다가 그곳에서 임금의 호위대로 편입된다. 그러나 호위대라고 해서 왕을 경호하는 업무를 맡은 것은 아니고 일종의 왕궁 소속 '볼거리'였다. 이들은 이곳저곳 양반들의 집에 끌려다니면서 그들의 호기심을 충족시켜주는, 말하자면 인간 원숭이였던 셈이다. 책에는 얼굴이 희고 코가 크며 머리카락이 금발이라는 사실 때문에 양반과 상인을 가릴 것 없이 수많은 사람들이 자기네들을 보고 싶어했다고 기록되어 있다.

기록을 보면 당시 이들이 억류 생활을 한 제주, 한양, 영암, 강진 등지의 조선 실상이 꽤 소상하게 적혀 있는데, 특이한 점은 당시의 지도층의 성향에 따라 이들이 천국을 가기도 하고 지옥을 경험하기도 했다는 사실이다. 즉 관찰사나 목사와 같은 지방관리가 수시로 바뀌는데 그들이 어떤 사람이냐에 따라서 비교적 좋은 대우를 받기도 하고, 먹을 것을 손수 구하러 들판을 쏘다니기도 하는가 하면, 거의 벌거벗은 채로 산으로 나무를 하러 다니기도 하였다고 한다.

그래도 이들은 한시도 탈출이라는 희망의 끈을 놓지 않았다. 한 예로, 청국의 사신이 수시로 조선을 방문하는데, 한 번은 숲속에 숨어있다가 그들 앞으로 뛰쳐나가서 자신들을 방면시켜 줄 것을 호소하기도 하였다. 결과적으로 돌아온 것은 관리들의 심한 매질뿐이었지만 그래도 하멜 일행은 계속 탈출의 기회를 엿보며 지낸다. 그러다나 마침내 1666년 9월 5일 새벽에 탈출에 성공하여 나가사키의 네덜란드 상관(商館)에 인계되는 것이다.

표류기는 하멜의 경험담을 쓴 '하멜일지'와 조선에 대한 보고를 담은 '조선국에 관한 기술' 두 부분으로 이루어져 있다. 하멜의 눈에 비친 우리 조상들의 생활과 당시 조선 사회에 대한 나름대로의 묘사가 솔직하게 표현되어 있다. 몇 군데를 예로 들어 보자.

①우리들의 몸에는 큰 칼이 씌워졌고 두 손은 수갑에 채워졌으며 목에는 사슬이 채워졌다.

②한양에서 어느 날 국왕 앞에 끌려갔다. 국왕은 우리들의 석방 간청을 묵살하고 조선은 외국인을 국외로 내보내는 관례가 없다며 죽을 때까지 여기서 살다가 죽으라고 했다.

③연말쯤에 꼬리를 단 별들이 나타났다. 이 사건은 조정

에 큰 소동을 일으켰는데 과거에 청나라가 침범했을 때나 왜적들이 난을 일으켰을 때도 이와 같은 징조가 있었다고 한다.

④1662년 ~ 1665년에는 기근이 심하여 도처에 도둑들이 들끓었으며, 백성들은 소나무껍질, 도토리 가루, 풀뿌리 등으로 연명하였다. 그 와중에 우리들 일행도 13명이 죽었다.

⑤왕이 형수에게 바느질을 시켰는데 형수가 옷소매 속에 왕을 저주하는 약초를 넣어서 꿰맸다. 나중에 발각되어 형수는 더운 방에서 찜질을 당해 죽었다. (이것은 하멜이, 효종이 형수인 소현세자의 부인 강씨를 죽인 사건을 사람들로부터 듣고 옮겨 적은 것이다.)

⑥여행자들이 하룻밤 묵을 수 있는 여관은 없다. 여행자들은 길을 가다가 날이 저물면 어느 집이든지 들어가 잠을 청하고 자기가 먹을 만큼의 쌀을 내놓는다.

⑦조선의 언어는 똑같은 것을 가리키는 데도 여러 가지 다른 이름을 붙이기 때문에 배우기가 무척 어렵다.

⑧중국 사신이 도착하면 국왕은 손수 고관들을 대동하고 한양 교외에까지 나가 환영해야 하며, 경의를 표하기 위하여 정중하게 절을 해야 한다.

⑨관리들은 비행을 저지르지 않는 한 80세까지 재직할 수 있다.

⑩남편을 죽인 아내는 여러 사람들이 다니는 길목에 목만 남겨놓은 채로 땅에 묻어 놓고 지나가는 행인들에게 옆에 세워둔 톱으로 목을 한 번씩 자르도록 한다.

마침내 하멜 일행은 바타비아(인도네시아의 자카르카)에 도착하여 식민지 의회에 그들의 밀린 봉급을 이 ≪하멜 표류기≫의 기록을 근거로 하여 청구하게 된다. 온갖 어려운 여건 속에서도 끈질기게 탈출을 시도하다가(적어도 다섯 차례 정도?) 끝내는 탈출에 성공하여 고향으로 돌아가 자유를 찾고 가족들의 품에 안긴 하멜과 그 동료들에게 경의를 표한다.

19.닥터 홀의 조선회상

셔우드 홀 저 • 김동열 역 • 좋은씨앗 2009 • 736p

조선시대 말기 - 대한제국 시기 - 일제 강점기를 거치면서 우리는 외국인 선교사들에게 많은 빚을 졌다. 그 분들은 모두 본국에서 살았더라면 편안하게 한 평생을 지낼 수 있었음에도 불구하고 '조선'이라는 당시의 서구 사람들이 전혀 알지도 못했던 동방의 미개한 나라에 와서 자신들의 삶을 송두리째 바쳤다.

그분들 중 대표적인 몇몇 분들의 이름을 거론하면 아펜젤러, 언더우드, 알렌, 모페트, 홀 등을 들 수 있다. 여기 그중 3대에 걸친 희생과 헌신의 이야기가 있다. 바로 ≪닥터 홀의 조선회상≫이다.

셔우드 홀의 아버지 윌리엄 제임스 홀은 1860년 캐나다에서 태어났다. 17살 때 목수 견습공이 된 그는 당시 유행하던 폐결핵에 걸렸다. 당시만 해도 치료약이 거의 없었던 시절인지라 그는 집에 와서 죽을 날만을 기다리는 신세가 되었다. 그런데 뜻밖에도 건강을 되찾게 되는 놀라운 일이 발생하였다. 청년이 된 제임스 홀은 공부를 하면서 자신의 남아있는 삶을 하나님을 위하여 봉사하고 싶다는 결심을 하였고, 교사가 되어 열심히 돈을 벌어 퀸즈대학교에 들어가 그곳에서 의학을 공부하였다. 얼마 지나지 않아 그는 펜실베이니아 여자의대를 졸업한 로제타를 만나서 결혼하게 된다.

젊은 부부는 예수님의 사랑을 실천하기 위하여 의료선교사를 지망하여 감리교 본부로부터 중국으로 파견될 날만을 기다리고 있던 중 극적인 반전이 일어난다. 바로 메리 스크랜턴 여사의 후임으로 조선 땅으로 가서 봉사하라는 명령을 받는 것이다. 스크랜턴 여사는 1885년에 아펜젤러, 언더우드와 함께 조선에 와서 1891년 안식년 휴가로 미국으로 돌아갈 날을 기다리던 중이었다.(그녀가 세운 이화학당은 후일 이화여자대학교로 발전한다.)

조선에 도착한 부부는 평양에서 복음선교와 의료선교를 시작하게 되는데 얼마 지나지 않은 1893년에 아들인 셔우드 홀이 태어난다. 기쁨도 잠시인가? 제임스 홀은 평양에 병원을 세워 헌신적으로 결핵환자들을 돌보던 중 그만 발진

티푸스에 걸려서 세상을 떠나고 만다. 아들 셔우드 홀이 불과 두 살 때였다.(부인 로제타 홀이 설립한 경성의과전문대학은 현재의 고려대학교 병원으로 발전하게 된다.)

서울에서 태어나 평양에서 자란 셔우드 홀은 토론토 의과대학에서 공부하고 의사인 메리안과 결혼하여 1925년 다시 조선으로 돌아왔다. 닥터 셔우드 홀은 황해도 해주 바닷가 앞에 '해주 구세병원'을 세웠는데 이것이 조선 최초의 결핵 전문 치료 병원이었다. 셔우드 홀은 원장 겸 내과의사로 일하면서 수많은 조선의 결핵환자들을 살려 낸다. 당시만 해도 전염력이 강했던 결핵은 조선 사람들에게는 걸리면 그냥 속수무책으로 죽을 날만 기다리는 그런 질병이었다.

그는 해주에 결핵요양소를 세워 전국의 환자들을 치료하는 한편, 요양소 운영비도 마련하고 결핵의 심각성을 일깨우기 위하여 1932년 남대문을 그린 우리나라 최초의 크리스마스 실(seal)을 발행했다. 1960년대에는 편지를 부칠 때면 크리스마스 실을 같이 사서 부쳤던 나의 10대 때의 기억이 아직도 생생하다.

이 책은 셔우드 홀과 메리안 홀 부부가 조선 땅을 떠나 인도에서 선교사로 일하면서도 항상 잊지 못하던 조선을 그리면서 1978년에 쓴 홀 패밀리(윌리엄+로제타 - 셔우드+메리안)의 가족사이자, 그 당시의 조선 풍경을 이해할 수 있는 기록물이기도 하다.

다음은 셔우드 홀이 신부 로제타 양과 결혼식을 치르는 장면과 이방인의 눈에 비친 조선 사람들의 흥미롭고 기묘한 관습이다.

"신부의 결혼식 예복을 구경한 조선 사람들은 대경실색했다. 이 여의사(로제타)는 흰옷은 상중에나 입는다는 것을 모른단 말인가?"(p103)

"글을 읽는 선비나 지위가 높은 사람이면 여름이건 겨울이건 간에 하나같이 접었다 폈다 하는 부채를 가지고 다닌다."(p67)

닥터 로제타 홀이 자신의 피부까지 떼어내서 화상을 입은 처녀를 수술해 주는 장면에서는 의술은 인술이라는 말이 전혀 과장이 아님을 실감하면서, 그리스도 정신으로 무장한 선교사의 비장한 마음을 엿보게 된다.

다음은 조선 처녀 김점동을 미국으로 데려가 의학공부

를 시키는 장면이다.

"그동안 홀 부인의 조수로 병원과 전도 사업에서 성실하게 일했던 에스터 박이 자기도 데려가 달라고 부탁했다. 1896년 10월 1일, 그녀는 볼티모어 여자의과대학(현재의 존스홉킨즈 대학교)에 입학했다. 그녀는 서양의학을 공부한 최초의 한국인이 되었다."(p181)

이렇게 헌신적으로 조선인들을 위하여 일했던 이들 부부를 일제가 곱게 볼 리 없었다. 일제는 1940년 셔우드 홀에게 범죄자라는 누명을 씌워서 조선 땅에서 그들 부부를 내쫓아 버린다.

1984년 91세의 닥터 셔우드 홀과 88세인 닥터 메리안 홀, 그리고 장남인 윌리엄 홀은 대한결핵협회의 초청으로 한국을 방문하는 기회를 갖게 된다. 44년 만에 다시 한국 땅을 밟은 것이다. 한국 정부에서는 닥터 셔우드 홀에게 모란장을 수여하고 명예 서울시민권과 행운의 열쇠도 증정하였다. 지금 이들은 모두 양화진의 외국인 묘지에 안장되어 있다.

20. 실록소설 이야기독립운동사

이이녕 저 • 대전교육문화원 2016 • 4,540p(전15권)

일반 서점에서는 팔지 않는 진귀한 도서다. 책은 한일합방부터 해방까지의 역사적 사실을 기초로 하고 있다. 을사늑약부터 백성들의 한을 담은 이야기가 시작되며, 보통 한 권에 두 개 내지 세 개의 큰 사건들을 다루고 있다. 각 권의 제목을 살펴보면 이 책의 내용을 대략 알 수 있을 것이다.

제1권: 조선은 우연히 망한 것이 아니다(을사늑약)

제2권: 나에게 죄가 있다면(신민회 • 토지조사령)

제3권: 살아서 백 년, 죽어서 천 년(안중근의 이토 히로부미 저격 사건)

제4권: 아! 대한민국, 빼앗긴 산하(한일합방)

제5권: 1919-3-1(삼일운동 전후의 과정이 자세히 나와 있다.)

제6권: 남산 위의 저 송백은(강우규 의사의 일본 총독 암살 미수 사건)

제7권: 봉오동 전투와 청산리 대혈전

제8권: 임시정부와 우남 이승만

제9권: 민족의 심판, 매국노를 처단하라(양근환 의사의 매국노 민원식 처단 사건)

제10권: 조국아 내가 왔다(의열단원 김상옥과 일본 경찰의 대치)

제11권: 관동대지진과 동아일보의 수난

제12권: 조선독립군을 죽이면 20원, 사로잡으면 50원

제13권: 배신과 음모, 추악한 일본인들(장작림 폭사 사건과 김좌진 장군 암살 사건)

제14권: 젊은 사자들(1929년 광주학생 사건)

제15권: 폭탄아, 터져다오!(이봉창 의사의 천황살해 기도와 윤봉길 의사의 홍구공원 폭탄 투척)

이 책은 한 권 한 권이 마치 영화를 보듯 흥미진진하다. 그중에서도 내가 이 책을 (오자가 많음에도 불구하고) 좋게 평가하는 이유는 두 가지이다. 그 시대의 독립을 위한 활동들이 아주 자세하게 나와 있다는 점이 그 첫 번째이고, 또 그 시대

의 희귀사진들이 곳곳에 많이 등장한다는 점이 그 두 번째 이다.

1919년이 끝나갈 즈음에 일어난 의친왕 이강(고종의 7남)의 상해 탈출기도 사건 같은 것은 그야말로 한 편의 드라마이다. 비록 압록강 건너 안동 땅에서 일경에 체포되어 국내로 다시 송환되기는 했지만, 만약 그가 상해 임시정부로 가서 활동하였다면 우리나라의 독립운동사는 크게 달라졌을 것이다. 또 김상옥 의사의 신출귀몰하는 활동은 읽는 내내 가슴이 통쾌하기까지 하다. 후암동 여동생 집을 탈출하여 무려 1천여 명이 넘는 군인들이 몇 겹으로 포위하고 있는 남산을 유유히 통과한 후 안정사(지금의 행당동 근처)까지 맨발로 탈출한 김상옥 의사는 가히 초인이라고 불러도 무방하겠다.

두 번째의 장점인 사진의 예를 들어 보면, 1905년 남산에서 일본군이 포사격을 하는 사진, 1907년에 찍은 일본군 20사단 용산 본부 사진, 비슷한 시기에 찍은 덕수궁과 그 일대 사진(마치 어느 산골 동네 사진 같다.), 총독부의 전신인 통감부 본부(왜성대) 사진, 1914년의 남대문역(현 서울역) 사진, 청산리 전투 당시 조선독립군이 사용했던 박격포와 기관총 사진, 1915년 경복궁에서 열린 공진회(박람회) 사진, 두만강 유역 주둔 일본군 75연대의 도강 훈련 사진, 1920년 훈춘사건 당시 일본군들에 무참하게 파괴된 조선인들의 가옥 사진, 1920년대의 종로거리 풍경 사진, 1921년 압록강 얼음 위에서 스케이트 대회를 하는 사진, 바닥과 뚜껑만 있고 옆에 창이 없는 조선 최초의 전차 사진… 등등, 끝이 없다.

출판사에서는 이 책의 궁극적인 메시지를 일본인들의 망언과 만행을 탓하기에 앞서 역사의 아픈 모습을 되돌아보아야 한다고 했는데, 나 역시도 그 의견에 100% 공감한다. 그리고 우리가 흔하게 말하는 '친일파'라는 말을 함부로 사용해서는 안 된다는 생각이 더욱 확고해졌다.

우리가 지금 편하게 살면서 과거 그 엄중한 시대를 겪은 선조들을 함부로 재단하는 우를 범해서는 안 되겠다. 예를 들어 보자. 이 책에 등장하는 수많은 독립투사들 중에서 일부 불학무식한 분들도 있지만, 대개는 일본에서 고등교육을 받은 분들이다. 단순히 일본에서 공부하였다는 이유로, 또는 일본의 사관학교를 다녔다는 이유로 그들을 함부로 친일파라고 낙인찍어서는 안 된다는 게 나의 지론이다.

친일파의 대명사라는 이완용의 예를 들어보자. 삼일운동을 전 민족적인 행사로 치르려고 주최 측의 최고 어른인 손병희 선생이 이완용을 찾아가서, 명단에 대감의 이름을 올리게 해 달라고 사정하는 대목이 나온다. 그때 손병희는 그날까지 확정된 30여 인의 이름을 이완용에게 모두 알려주었다. 그러면서 동참을 호소한 것이다.

그러나 이완용은, 자신은 지금까지 지은 죄가 너무 많아 거기에 이름을 넣을 수 없노라고 거절하면서, (사흘 후에 있을) 그 만세운동이 꼭 성공하여 자기가 지금 살고 있는 옥인동에서 자기를 죽이려는 사람들 손에 자신이 죽기를 바라노라고 하였다. 그리고는 끝내 일본에 삼일운동의 주동자 명단을 알리지 않았다고 한다.

GROUP 06

세계사

특정계약 번역 개정판
WHAT IS HISTORY • E. H. CARR
역사란 무엇인가
E. H. 카
김택현 교수 옮김
「역사란 무엇인가」를 이해하는 데 핵심이 되는 카의 서문과 데이비스의 논문이 수록된 제2판
HISTOIRE DE LA FRANCE
프랑스사
앙드레 모루아
세상에서 가장 재미있는
미국사
★ 만화로 배우는 미국의 모든 것!
Cartoon History of the United States
발취편
The Second World War
제2차 세계대전 하
윈스턴 처칠
차병직 옮김

21. 역사란 무엇인가?

E. H. 카 저 • 김택현 역 • 까치 2015 • 265p

역사 분야에서 너무나도 유명한 고전 중의 고전이다. E. H. 카(1892 ~ 1982)로 잘 알려진 에드워드 카는 런던에서 태어나 케임브리지 대학교 트리니티 칼리지를 졸업한 뒤 웨일스 대학교 국제정치학 교수, 옥스퍼드 대학교 베일리얼 칼리지의 정치학 교수를 역임하였다. 카는 거의 평생을 역사, 그중에서도 특히 소련사에 매달렸던 인물이다. 그가 1950년부터 1978년까지 거의 30년에 걸쳐서 쓴 ≪소비에트 러시아의 역사 - 전14권≫은 매우 훌륭한 책이라고 알려져 있지만 아쉽게도 국내에는 소개되지 않고 있다.

카의 저술 중 가장 널리 알려진 ≪역사란 무엇인가?≫는 역사학도라면 반드시 읽어야 하는 필독서이지만, 엄밀하게 말하자면 이 책은 역사서가 아니고 '역사철학' 책이라고 해야 맞는다. 왜냐하면 이 책은 수많은 철학자, 사상가, 역사가, 문학가, 정치가의 이름과 사상을 소개하면서 '역사를 어떻게 볼 것인가?'라는 담론을 풀어나가기 때문이다.

이 책은 그가 1960년에 케임브리지 대학교 학생들에게 여섯 차례에 걸쳐 강의한 내용을 묶은 것이다. 카는 생전에 역사에 관하여 수많은 명언을 남겼지만, 그중에서 가장 유명한 구절은 아마도 "역사란 과거와 현재의 끊임없는 대화이다"라는 말일 것이다. 그러나 이 책에서는 그보다 훨씬 더 다양한 견해들이 피력된다. 예를 들자면 이런 것이다.

역사는 확인된 사실들을 모아 놓은 것이다. 역사가는 생선장수의 좌판 위에 있는 생선처럼 비문(碑文) **등에 있는 사실들을 집어 들 수 있다. 역사가는 그것들을 모은 다음 집에 가지고 가서 자기 마음에 드는 방법으로 그것들을 요리하여 내놓는다.**(p18)

흔히 사실은 스스로 이야기한다고 말한다. 그러나 이 말은 진실이 아니다. 사실은 역사가가 허락할 때에만 이야기한다. 즉 어떤 사실에 발언권을 줄 것이며 순서나 선후관계를 어떻게 할 것인가를 결정하는 사람은 바로 역사가이다.(p21)

역사를 쓴다는 구실로 재판관처럼 부산을 떨면서 여기에서는 유죄판결을 내리고 저기에서는 용서를 해주는 사람들,

그런 것이 역사가의 직무라고 생각하기 때문에 그렇게 하는 사람들은 일반적으로 역사 감각이 없는 자들이다.(p108)

그러나 이 책의 가장 핵심은 우연적인 사건들, 예를 들면 클레오파트라의 코, 바야지드(오스만 제국의 통치자로 1386년 십자군을 물리치고 술탄 칭호를 받았다)가 관절통에 걸린 것, 원숭이가 알렉산드로스(그리스의 왕으로 1920년 원숭이에게 물려 패혈증으로 죽었다) 국왕을 물어 죽인 것, 레닌의 사망과 같은 사건들 때문에 세계의 역사가 바뀌었을 것이라는 억측을 어떻게 해석할 것인가를 두고 장편의 논리를 전개한 다음 부분이 아닐까 싶다.

클레오파트라의 코나 바야지드의 관절통이나 알렉산드로스가 원숭이에게 물린 것이나 레닌의 죽음이나 로빈슨의 흡연 등이 이러저러한 결과들을 낳았다는 것은 사실이다. 그러나 장군들이 전투에서 패배하는 것은 아름다운 여왕들에게 홀렸기 때문이라든가, 전쟁이 발발하는 것은 왕들이 애완 원숭이들을 키우기 때문이라든가, 사람들이 담배를 피우기 때문에 길을 건너다가 죽는다든가 하는 식으로 말하는 것은 일반적인 명제로서는 성립하지 않는다.

(…) **이러한 문제에서도 우리는 합리적인 원인과 우연적**

인 원인을 구별해 내야 한다. 합리적인 원인은 다른 나라, 다른 시기, 다른 조건에서도 언젠가 적용될 가능성이 있기 때문에 결국 유익한 일반적인 원인이 되는 반면, 우연적인 원인은 그야말로 그대로 독특한 것이기 때문에 어떠한 교훈도 가르쳐주지 못하며 어떠한 결론도 가져다주지 못한다. 클레오파트라의 코에 안토니우스가 반했다는 따위의 그 이중적 목적에 기여하지 못하는 것들 모두는 역사가의 관점에서 볼 때 죽은 것이고 무익한 것이다.(pp142 ~ 148)

이 책에서 카의 결론은 다음의 짧은 문장으로 요약될 수 있을 것이다.

"역사가 과거를 연구하는 학문이지만, 그 과거에 대한 연구는 어디까지나 현재의 문제를 제대로 해명하고 동시에 미래에 대한 전망을 올바르게 세워나가는 데에 기여해야만 한다."

22.프랑스사

앙드레 모루아 저 • 신용석 역 • 김영사 2016 • 847p

앙드레 모루아(1885 ~ 1967)는 20세기 프랑스를 대표하는 평론가이자 역사가(철학박사)이다. 이 책은 그의 ≪영국사≫ ≪미국사≫에 이어 집필한 '역사서 3부작' 시리즈의 완결편이다.

이 책은 소설 같은 역사서? 아니면 이야기 프랑스사?와 같은 표현들이 적당하지 않을까 싶을 정도로 재미있다. 850쪽에 달하는 결코 만만치 않은 분량이지만, 사실 프랑스의 역사를 불과 1천 쪽도 안 되는 책 속에 다 서술한다는 것 자체가 어불성설이기는 하다. 그래서인지 저자 또한 사건 위주로 프랑스 역사를 개괄하여 나갔다.

나는 이 책을 두 차례 정독하였는데 그러니까 어느 정도 프랑스의 전체적인 윤곽이 잡히는 듯했다. 내 나름대로 아주 크게 유럽의 역사를 정리하면, 우선 로마(그리스 포함)가 초창기를 이끌어갔다면, 그 다음에는 프랑스가 나폴레옹의 시기까지 유럽의 종주국이 되었다가, 그 후에 비스마르크의 시대에 독일로 잠시 넘어간 후, 처칠 이후에 영국으로 가서, 지금은 독일, 영국, 프랑스가 유럽을 이끌어가고 있다고 본다. 그런 측면에서 생각한다면 러시아나 스페인, 오스트리아는 결국 슬쩍슬쩍 스쳐지나가는 유럽 역사의 조연 정도에 불과하다는 생각이 든다.

우리가 이 책에서(또는 프랑스 역사에서) 가장 주목하여 볼 부분은 루이 16세의 처형 이후 나폴레옹의 등장과 그의 퇴진, 그리고 나폴레옹 3세 치세까지의 100년(1770 ~ 1870)이다. 그때가 프랑스의 국력이 가장 왕성하였던 시기였을 뿐만 아니라, 가장 격심한 변혁을 겪었던 시기이기 때문이다. 우리들이 잘 아는 ≪레미제라블≫의 배경이 되었던 시기도 다름 아닌 1830년 전후의 혁명 시기였다. 그러면 프랑스 역사의 중요한 장면들을 몇 개만 살펴보자.

①**백년 전쟁**: 책은 122쪽에서부터 193쪽까지 70쪽을 할애하여 백년 전쟁을 다룬다. 전쟁의 원인은 영국왕 에드워드 3세가 프랑스의 왕위를 노린 데서부터 시작된다. 프랑스

를 전장으로 하여 여러 차례 휴전과 전쟁을 되풀이하면서, 1337년부터 1453년까지 116년 동안 단속적으로 지속된 전쟁을 우리가 편의상 '백년 전쟁'이라고 부른다.

당시 영국과 가깝던 노르망디, 브르타뉴, 오를레앙 지역을 영국이 사실상 지배하고 있었기 때문에 전쟁의 양상은 매우 복잡하다. 마치 청일전쟁이라고 말은 하지만 그 전쟁터가 조선 땅이었던 것과도 흡사하다. 책에 기술된 잔 다르크(1412 ~ 1431)의 활약상을 간략하게 소개해보자.

1429년 3월 한 젊은 처녀가 왕세자를 알현하고자 한다. 양치기 소녀는, 자신이 신으로부터 외국인에게 침략당한 프랑스를 구출해내라는 계시를 받았다고 주장하며 당당하게 영국군에게 프랑스에서 철수할 것을 요구한다.

적군의 눈에 비친 잔 다르크는 마녀이자 이단자였다. 그렇지 않고서야 어찌 소수의 병력만을 가지고 짧은 기간에 연전연승할 수 있겠는가? 1430년 5월, 그녀는 부르고뉴파에게 잡혀 영국인에게 팔렸다. 그리고는 곧바로 종교재판에 회부되었다. 당시 파리대학의 교수들을 포함한 75명의 재판관이 그녀를 '마녀'로 몰고 가는 판결을 내렸다. 그녀는 1431년 5월 30일 시장에서 산채로 화형 당했다. 후일 역사가 알프레드 코빌은 이렇게 평가했다.

(…) **이후 그녀는 프랑스 국민의 영웅으로 떠올랐고, 좌우 진영에서 분열이 있을 때마다 그녀를 서로 끌어들이려고 혈안이 되었다. 좌파는 그녀가 하류계급의 딸이었다는 이유로, 그리고 우파는 그녀의 깃발이 흰 백합꽃이었다는 이유에서였다.**

②**루이14세:** 책은 또 35쪽 정도를 할애하여 태양왕 루이14세를 소개한다. 우리나라의 영조(52년 치세)는 감히 발뒤꿈치도 따라갈 수 없을 정도로 긴 기간인 무려 72년(다섯 살 때부터 77세 죽을 때까지) 동안 왕 노릇을 한 사람이다.

③**나폴레옹1세:** 지금도 프랑스 국민으로부터 최고의 영웅으로 추앙받고 있는 나폴레옹1세(1769 ~ 1821)의 후반부를 저자는 시시포스의 신화를 닮았다고 평가했다.

급히 스페인으로 출동한 그는 그곳에서 치열하게 반항하는 폭도를 보았다. 파리에서 탈레랑과 푸셰가 음모를 꾸민다는 소식을 듣고 급히 파리로 귀환한 그는 불온분자들을 당황하게 했으나… - p527

레지옹 도뇌르 훈장을 만든 때도 이 시기였고, 루이지애나를 미국에 양도한 것도(공과는 접어두고) 이 시기였다. '처음에는 사람이 일을 끌고 가지만 조금 있으면 일이 사람을 끌고 간다'거나 '신은 폴란드에 제5원소를 창조했다. 그것은 진흙이다'라는 유명한 말을 한 것도 그였다.

④격변의 시기 100년: 1779년 혁명에서부터 1878년 파리박람회까지의 100년은 그야말로 정신이 팽팽 돌아갈 정도로 혁명 - 반혁명 - 왕정 - 제정 - 공화정 - 왕정 - 제정 - 공화정으로 바뀌어가는 격변의 시기였다. 그런데 참으로 역사의 아이러니라고 할 수밖에 없는 것은, 혁명에서 루이 16세를 단두대에 보냈던(1793) 인물들이 똑같이 역사의 희생물이 되어서 그 다음 해에 단두대에서 목이 잘린다는 사실이다. 그 대표적인 인물이 당통과 로베스피에르이다. 파리코뮌의 법무장관을 했던 당통은 로베스피에르에 의하여 단두대에서 목이 잘리었고, 로베스피에르 역시도 몇 달 지나지 않아 군중들에 의해 단두대의 이슬로 사라졌다.

23.세상에서 가장 재미있는 미국사

래리 고닉 저 • 노승영 역 • 궁리 2021 • 406p

이 책은 만화인데, 만화책에는 그림이 있어서 재미있고 또 책이 술술 넘어가는 즐거움도 있다. 이 책 ≪세상에서 가장 재미있는 미국사≫는 래리 고닉이라는 화가 겸 작가가 내놓은 '세상에서 제일 재미있는' 시리즈 10권 중 하나이다. 하버드 대학 수학과를 최우등으로 졸업한 사람답게 그의 저술 거의 다가 화학, 통계학 등 과학에 관한 것이며 역사에 관한 것으로는 '세상에서 제일 재미있는 세계사(전5권)'가 유일하다.

이 책은 총 19개 장으로 구성되어 있는데 목차를 살펴보면 다음과 같다.

①영국이 남긴 유산

②새 식민지와 병아리

③식민지가 성장하면 무엇으로 먹고 살까?

④작은 비버에게서 힘센 황소가 자라다

⑤총을 들고 행복을 찾다

⑥신발, 신화, 헌법, 기타 등등

⑦제퍼슨씨가 당을 만들다

⑧명백한 치과 진료 또는 위대한 뿌리뽑기

⑨지상의 철도와 지하의 철도

⑩전쟁의 이유

⑪파괴와 재건

⑫철도의 굉음

⑬노동의 고통

⑭불운의 시작

⑮전쟁과 평화, 그리고 워렌 하딩

⑯대공황 충격 요법

⑰밝고 새하얀 빛

⑱혁명의 기운

⑲그 뒤로 행복하게 살았답니다

제1장 '영국이 남긴 유산'은 메이플라워호를 타고 미 대륙으로 건너 온 사람들의 이야기이다.

… 식민지 개척자들은 상륙에 앞서 메이플라워 서약에 조인했다. 이것은 식민지 규칙을 따르겠다는 서면 합의였다. (…) 매사추세츠에 상륙한 그들은 자신들이 세 가지 축복을 받았음을 깨달았다. 첫째, 상륙 직전에 역병이 돌아 인디언이 떼죽음을 당하여 싸울 필요가 없었다. 둘째, 첫해 겨울에 식민지 개척자 중에서 절반만이 목숨을 잃었다. 셋째, 그들에게는 원주민 스콴토가 있었다. 그는 포툭세트족 출신으로 1616년에 영국으로 납치된 덕에 역병에 걸리지 않았으며 1619년에 돌아왔다. 그는 영어를 유창하게 구사했다. 스콴토에게 농사법을 배운 덕에 필그림들은 1622년에 풍작을 거두었다.

다음은 제5장 '총을 들고 행복을 찾다'에서 새러토가 전투 이후의 양상을 그린 장면이다. 새러토가 전투는 1777년 9월 ~ 10월 사이에 치러진 영국군과 독립군의 전쟁에서 분수령이 된 전투이다.

새러토가 전투는 혁명의 진화 과정에서 전환점이 되었다. 왜 전환점이었을까? 새러토가 전투 결과에 흥분한 루이 16세가 이성을 잃고 위험한 민주국가인 미합중국과 대놓고 동맹을 맺었기 때문이다. 아메리카는 은밀한 지원이 아니라 프랑스 군대의 참전을 이끌어 낸 것이다.

이쯤 되자 양국 간의 전투는 여섯 집단이 얽힌 전쟁으로 커졌다.

①혁명군: 백인과 자유민 흑인이 민주주의 이상으로 무장한 채 단 하나의 목표를 위해 싸웠다.

②영국: 그저 식민지를 잃고 싶지 않았을 뿐, 어떻게 해야 할지 몰랐다.

③왕당파: 국왕에게 충성하는 아메리카인들로 처음에는 평화와 법과 질서만을 원했으나 이제는 복수를 원했다.

④노예: 주인이 영국의 지배에서 벗어나려고 싸우는 틈을 타서 주인의 지배에서 벗어나고자 했다.

⑤인디언: 대부분 영국 편에 붙었는데 혁명군이 무엇을 위해 싸우는지 몰랐기 때문이다.

⑥프랑스: 악의 제국 영국을 물리치려 했다.

제7대 대통령 앤드루 잭슨과 인디언 절멸 사건을 묘사한 8장도 흥미롭다.

역대 대통령들은 1대부터 6대까지 모두 유서 깊은 명문가 출신이었다. 반면 잭슨은 아일랜드 이민자의 아들로 일찍이 고아가 된 후 독학으로 변호사가 된 인물이었다. (…) **발상은 지극히 단순했다. 미시시피 강 동쪽에 있는 인디언을 전부**

서부의 인디언보호특별구로 이주시킨다는 것이었다. 의회는 법안을 통과시켰다. 치키소족, 촉토족, 크리크족, 체로키족, 쇼니족, 소크족, 폭스족 등, 온갖 부족들이 기병대의 호위 하에 행군했다. 도합 7만 명이었는데 식량과 침구가 턱없이 모자라 수천 명이 길에서 죽었다. 체로키족만 해도 4,500명이 목숨을 잃었다.

제18장 '혁명의 기운'에서는 워터게이트(민주당사 건물) 도청을 다룬 대목이 재미있다.

1971년 국방부 전략분석가 대니엘 엘스버그가 불만을 품고서 펜타곤 페이퍼를 언론에 유출했다. 이 문서에는 베트남에 대한 정부의 거짓말과 자기기만이 담겨 있었다. 대중은 대통령 못지않게 경악했다. 닉슨은 유출을 막을 비밀 팀 (배관공들)을 창설했다. 그들은 엘스버그의 정신과 의사 사무실에 잠입하여 약점이 될 만한 자료를 찾으려 했으나 실패했다. 1972년 선거를 앞두고 배관공들(비밀 팀)이 워싱턴 DC 워터게이트 아파트 단지에 있는 민주당사에서 전화를 도청하다 잡혔다.

24. 제2차 세계대전

윈스턴 처칠 저 • 차병직 역 • 까치 2016 • 1,469p(전2권)

노벨문학상은 거의 다가 문학작품을 쓴 사람들에게 돌아갔다. 그런데 그중에서 특이하게도 전기가 수상의 배경이 된 경우가 있다. 바로 윈스턴 처칠의 1953년 노벨문학상 수상 케이스이다.

우리에게 가장 익숙한 처칠의 이미지는 정치인으로서의 처칠이다. 그러나 그는 ≪남아프리카 종군기≫ ≪동부전선≫ ≪영어 국가 사람들의 역사≫ 등, 수많은 책을 집필한 저술가요, 종군기자이며, 프로급의 화가이기도 하다.

처칠은 제1차 세계대전 전부터 이미 상공장관, 내무장관, 해군장관, 군수장관 등의 경험을 쌓았다. 그런 그가 제2차 세계대전이 터지자 해군장관에 다시 임명된 것은 어찌 보면 세계대전 전체에 비친 서광이었다고 평가할 만하다. 우리들이 흔히 체임벌린 수상을 히틀러의 야욕을 제대로 간파하지 못한 무능한 평화주의자로 알고 있지만, 처칠의 회고록을 읽어보면 그 역시도 훌륭한 지도자였음을 알 수 있다.

1938년 9월 30일, 히틀러의 뮌헨 사저에서 체임벌린 수상은 히틀러 총통과 협정을 맺고 돌아온다. 런던으로 돌아와서 환영 나온 군중들에게 선언문을 흔들어 보이면서 "이것이야말로 평화의 상징이다"라고 소리친다. 그러나 히틀러는 이미 전쟁을 위하여 착실한 준비를 해 놓고 있던 터였다. 전쟁이 터지자 체임벌린 내각은 물러나고 처칠이 수상직을 맡는다. 여기서 우리에게 감동을 주는 장면은 처칠이 그를 '오판 자'라고 비난만하지 않고, 그에게 추밀원 의장직을 맡아 하원을 이끌어달라고 부탁하는 대목이다. 결국 체임벌린이 힘을 보태 전쟁을 승리로 이끌게 된 것이다.

처칠은 전쟁을 수행하기 위하여 수상 자리는 물론 국방장관 직책까지 겸하면서 제2차 대전 전체를 조망하고 미국과 러시아를 끌어들여 히틀러-무솔리니의 침략군에 효율적으로 대응한다. 그는 전쟁 초기 미온적이던 미국을 보다 적극적으로 끌어들이기 위하여 당시 독일의 유보트가 장악하고 있던 대서양을 죽음의 위험에도 불구하고 여러 번씩 넘나들며 아이젠하워 대통령을 만났다.

그 뿐만이 아니다. 이 책을 읽어보면 처칠은 카이로, 테헤란, 퀘벡, 트리폴리, 카사블랑카, 모스크바 등, 세계 곳곳의 전장을 때로는 배나 군용 수송기를 타고, 또 어떤 때는 육로로 수없이 누비고 다녔다.

그가 그렇게 현장을 누빈 이유는 런던에서 탁상회의만 해서는 전쟁을 적절히 지휘할 수 없었기 때문이다. 그는 포탄이 쏟아지는 현장에서 야전 군단장들을 직접 대면하며 상황을 파악하였고, 그때그때 적절한 지휘권과 인사권을 행사하여 전쟁을 효율적으로 이끌었다. 또한 귀국하자마자 곧바로 의회를 찾아 자신이 다녀온 결과를 의원들에게 보고하여 의원들의 동의를 이끌어 내곤 하였다.

이 책은 전쟁에 대한 기록이지만 중간 중간 가슴을 뭉클하게 하는 부분이 있다. 처칠은 1943년 12월 알제리와 리비아 사이에 있는 튀니스를 방문한다. 그런데 그 전부터 강행군을 한 탓에 심한 열병에 걸려 사경을 헤매게 된다. 이 때 자신을 수행하던 딸 새러가 아버지를 위해 침대 맡에서 제인 오스틴의 소설 ≪오만과 편견≫을 읽어주는 대목, 처칠의 아내가 영국에서부터 죽음의 위험을 무릅쓰고 남편 간호를 위하여 달려오는 장면은 가족의 가치를 새삼 느끼게 해준다.

우리들이 흔히 '사상 최대의 작전'이라고 알고 있는 '대

군주 작전'을 위하여 처칠이 고군분투하며 아이젠하워를 설득하는 장면들이 책의 많은 부분에서 자세히 설명되고 있다.

책의 전체적인 기록들을 보면 독일군이 가장 타격을 입은 것은 스탈린그라드 전투를 전후한 대소전에서 수백만 명의 병력을 잃은 때문이라고 할 수 있겠지만, 보다 더 핵심적인 요인은 물량공세로 인한 제공권과 제해권 상실 때문이라고 해야 할 것 같다. 전쟁 초기에 불과 서너 척에 불과하던 미국의 항공모함이 전쟁이 끝날 때쯤에는 소형 항모까지 포함하면 무려 1백 척에 달했다는 사실은 미국의 산업생산 능력이 얼마나 엄청난지를 설명하기에 충분하다.

끝까지 저항하던 히틀러의 제3제국은 결국 1945년 4월 29일 히틀러의 자살로 저항을 멈추게 되는데, 그 결말이 참으로 비극적이다. 히틀러는 총구를 입에 물고 지하 벙커에서 자살로 삶을 마감했고, 선전상 괴벨스는 여섯 명의 자식들에게 독약을 먹인 후, 친위대원 한 명에게 아내와 자신을 쏘아달라고 부탁하여 최후를 맞았다. 악명 높던 친위대장 힘러는 청산가리를 먹고 삶을 끝낸다. 그보다 며칠 전인 4월 25일, 또 다른 주범인 무솔리니는 이탈리아에서 철수하는 독일군 병사들의 차에 편승하여 독일로 피신하던 중, 이탈리아 빨치산들의 검문에 걸려 체포되어 애인과 함께 총살된다. 빨치산

들은 그들의 주검을 밀라노로 가져가서 푸줏간 쇠갈고리에 꿰어 로레토 광장에 전시했다.(p1357)

10여년 전 북한의 잠수정 공격으로 천안함 장병 46명이 전사한 것이 우리에게 엄청난 충격으로 다가왔는데, 이 책에는 그보다 수십, 수백 배나 더 큰 침몰 사건들이 곳곳에 널려 있다. 하권 제3부(이 책은 총 4부로 되어 있다.) 제8장 '유보트의 천국'이라는 챕터를 보면, 1942년 초부터 1943년 중반까지의 18개월 동안 대서양에서 독일군 유보트에 의하여 침몰된 연합국의 선박은 총 7백만 톤에 달한다. 배가 침몰되면 그중 생존자는 단 한명도 없이 거의 몰살된다. 그렇다면 당시 그 가족들의 슬픔은 얼마나 엄청났을까? 천안함의 톤수가 대략 2,500톤 정도라면 7백만 톤이라는 규모는 실로 상상이 되지 않는 엄청난 규모이다.

GROUP 07

세계사II

25.문화대혁명 - 중국 인민의 역사 1962~1976

프랑크 디쾨터 저 • 고기탁 역 • 열린책들 2017 • 593p

저자인 프랑크 디쾨터는 1961년 네덜란드에서 태어났다. 스위스 제네바 대학교에서 역사학과 러시아어를 복수 전공하고 이후 2년간의 중국 체류 기간을 거쳐 영국 런던으로 이주하였다. 1990년 런던 대학교 SOAS(동양 아프리카 연구 학원)에서 박사 학위를 취득했다. 영국 학술원 박사 후 선임 연구원이자 웰컴 연구원 자격으로 SOAS에 머무르다 2002년에 중국 현대사 학과장에 올랐다. 2006년부터 홍콩 대학교 인문학 석좌 교수로 재직 중이다.

디쾨터는 중국 공산당 기록 보관소의 자료들을 바탕으로, 마오쩌둥의 공산주의가 중국 인민들의 삶에 끼친 영향을 현장감 있게 그려 낸다.

이를 통해 디쾨터가 주목하는 것은 권력의 회랑에서 멀

찍이 벗어나 있는 보통 사람들의 삶이다. 끝없는 상호 비난, 허위 자백, 투쟁 대회, 박해로 요약되는 당시 중국 인민의 파괴된 일상을 들여다본다는 점에서 이 책의 부제 '중국 인민의 역사'는 그 의미가 명확해진다.

중국의 역사를 아주 개괄적으로 요약하면 다음과 같다.

1934 ~ 1935: 12,500km의 공산당 대장정.
1958 ~ 1960: 대약진 운동 또는 노동력 집중 운동.
1966 ~ 1976: 문화대혁명 기간으로 홍위병의 광란 시대.
1976: 마오쩌둥 사망 -> 4인방 축출 -> 등소평 등장.

학자들은 마오쩌둥의 공산주의 실험인 대약진운동 기간(1958 ~ 1960)에 대략 1,500만 ~ 2,000만 명이 기근으로 사망한 것으로 추정한다. 이 책은 1962년부터 1976년까지 홍위병이라는 광란의 폭풍이 불고 지나간 시대를 다루고 있는데, 그들의 광란이 섬뜩하게 묘사된 대목들이 수없이 등장한다. 아직 사리판단력이 제대로 자리 잡지 못한 10대의 청소년들을 선동하여 정적들을 제거하는 마오쩌둥의 광기를 어떻게 보아야 할까?

톈안먼 광장에서 지지 대회가 열린 이후로 폭력 사태가 수도를 집어삼켰다. 베이징 제3여자중학교에서는 교장이 맞아 죽었고, 학생 주임은 스스로 목을 맸다. 또 다른 중학교에서는 홍위병들이 뜨거운 태양 아래에 교장을 세워 놓고 그에게 끓는 물을 들이 부었다. 베이징 교육대학 산하의 한 중학교에서는 차원이 다른 공포를 선보였다. 생물을 가르치는 한 여교사가 바닥에 내동댕이쳐진 채 구타를 당한 다음에 다리를 잡혀 밖으로 질질 끌려 나왔다. 정문을 통과하고 계단을 내려가면서 그녀의 머리가 콘크리트 바닥에 부딛쳤다. 그녀는 이후로도 몇 시간에 걸쳐 고문을 당한 뒤에 사망했다. 그녀가 사망하자 괴물과 악마라는 이유로 잡혀온 일단의 교사들은 그녀의 시신에 번갈아가면서 매질을 해야 했다. 학생들의 나이가 최대 열세 살을 넘지 않는 초등학교에서도 마찬가지였다. 어떤 교사들은 못이나 배설물을 삼켜야 했고, 어떤 교사들은 머리를 빡빡 밀고 서로의 따귀를 때려야 했다.(p142)

마오쩌둥 어록을 암기하며 날뛰는 학생들을 보면서 후일 한 교사는 당시를 이렇게 회고했다.

새롭게 문을 연 교실에는 모든 것이 부족했지만 마오쩌둥 어록만은 예외적으로 항상 넘쳐났다. 학생들은 아침저녁으로

어록을 외치며 주석을 신격화하는 데에 동원되었다. 이제 학생들은 누가 더 완벽하게 어록을 외우는지를 두고 경쟁했다. 어떤 학생은 단 한 자도 틀리지 않고 270페이지를 전부 외웠다. 어떤 학생은 즉석에서 페이지를 지정하면 그 즉시로 해당 페이지를 정확히 암송하기도 했다.(p275)

책에는 많은 사진이 등장하는데 그 중에서 죄 없는 사람들을 반혁명분자라고 처형하는 장면을 찍은 사진도 여럿 있지만 그것보다 오히려 보는 이의 가슴을 더욱 섬뜩하게 만드는 사진은 따로 있다. 바로 북경의 톈안문 광장을 가득 메운 1966년 10월 1일의 사진이다. 그것을 보면 엄청나게 큰 마오의 동상을 가운데 두고 수만 명의 학생들이 붉은 깃발을 들고(깃발들이 평균적으로 10m는 된다) 그 주변을 수십만 명의 인민들이 도열하고 있는 모습이다.

인간의 광기가 어디까지인지, 군중심리라는 것이 얼마나 무서운 무기가 될 수 있는지, 또는 한 사람의 잘못된 지도자로 인하여 나라가 얼마나 망가질 수 있는지를 보여주는 단적인 증거라고 하겠다.

26.동방 견문록

마르코 폴로 저 • 최호 역 • 홍신문화사 1994 • 426p

세계여행을 한다는 것은 가슴 뛰는 일이다. 그것도 우리가 흔하게 갈 수 없는 중앙아시아 지역이라면 더욱 그렇다. 그런데 지금으로부터 무려 800년 전에 그런 여행을, 그것도 단 몇 달이 아닌 장장 20여 년을 하였다면 어떨까? 여기 우리에게 그 이야기들을 들려 줄 사람들이 있다. 바로 아버지 니콜로, 삼촌 마페오와 함께 장장 20여 년 동안이나 중동, 중앙아시아, 중국, 몽골, 이란, 인도, 수마트라 등지를 여행하며 기록으로 남긴 마르코 폴로이다.

무역상이었던 아버지 니콜로는 마르코 폴로가 태어나기 전 보석 무역을 위해 동생인 마페오 폴로와 함께 동쪽으로 떠났다가 전쟁이 일어나 콘스탄티노플로 돌아올 수 없는 처지가 되고 말았다. 그들은 도중에 원나라의 사신을 만났는데 그의 제안으로 원나라로 가게 되었고, 그곳에서 1년을 여행하면서 동방의 이국적이고 신기한 풍물을 직접 경험하게 되었다. 그러다가 우여곡절 끝에 원나라에 도착하여 쿠빌라이 황제를 알현하게 된다. 니콜로와 마페오는 황제로부터 서방의 교황에게 갈 사신으로 임명되어 콘스탄티노플에 도착했으나 교황이 사망하는 바람에 교황 재선출을 기다리는 동안에 마침내 고향으로 돌아올 수 있었다. 1269년 아버지와 삼촌이 고향인 베니스로 돌아오자 마르코는 15년 만에 아버지를 처음 만나게 되었다.

이번에는 새로 선출된 교황이 이들 3명(아버지, 삼촌, 그리고 마르코)을 쿠빌라이에게 보내는 사신으로 원나라에 파견한다. 이렇게 하여 1271년 지중해를 건너 터키를 지나 호르무즈해협에 도착하였다. 우여곡절 끝에 그들은 해로로 가려던 계획을 포기하고 육로를 이용하게 된다. 그리하여 파미르 고원을 경유하여 타림 분지에 이르렀고, 타클라마칸 사막의 여러 오아시스 도시를 지나, 그야말로 우여곡절 끝에 쿠빌라이의 여름 궁전이 있는 상도(上都:현 네이멍구 자치구의 도시)에 도착하여 쿠빌라이를 알현하였다. 그것이 1274년이었으니 무려 3년의 긴 여행이었다.

당시 20세가 채 되지 않은 마르코는 원체 총명하여 원나라의 말과 습관을 금세 익혔으며 그런 마르코를 쿠빌라이는 극진히 총애하였다. 마르코는 원(중국)에 머물며 여러 차례 황제의 특사로 외국에 파견되었다. 마르코는 17년간 원나라에 머물게 되자 고향으로 돌아가고 싶은 생각이 간절하여 쿠빌라이에게 청하였지만 그를 총애한 칸은 번번히 거절하였다.

그러던 중, 마르코 폴로 일행은 이란의 몽골왕조인 일한국(汗國)의 왕비가 사망하자 그 나라 왕에게 시집가는 원나라 공주의 여행 안내자로 선발되어 겨우 원나라를 떠날 수 있게 되었다. 일행은 이번에는 해로로 자바-말레이-스리랑카-말라바르 등을 경유하여 이란의 호르무즈에 도착하였는데, 또다시 우여곡절 끝에 1295년에야 겨우 베네치아로 돌아왔다. 그런 엄청난 거리를 당시 폭도, 산적, 해적, 풍토병의 위험이 도처에 널려있는 상황에서 20여 년을 여행하고 기록을 남겼다는 것은 거의 기적에 가깝다고 보아야 하겠다.

우리들이 읽는 이 책도 우여곡절 끝에 마르코 폴로가 옥에 갇혀 있을 때 옆 사람에게 구술한 것을, 그나마 원본은 없어지고 여러 사본들(F, FG, VA, P, R, Z본이 있다) 중에서 F본을 바탕으로 하여 책으로 만든 것이다.

책에는 수백 가지의 진기한 이야기들이 있지만 지면상 그 중 몇 개만 소개하겠다.

①마르코 폴로 일행이 소지한 쿠빌라이 칸의 황금패자(일종의 마패로 46cm x 10cm에 2kg 무게의 순금)는 어느 곳에서든지 내보이기만 하면 필요한 모든 물품, 장비, 인원, 숙소 등을 제공받을 수 있다. 만약 어기는 족장, 성주, 국왕은 멸문지화를 당한다.

②티베트의 어느 지방에서는 처녀를 아내로 맞지 않는다. 남자를 모르는 여자는 신이 싫어한다고 믿기 때문이다. 외지에서 손님이 찾아오면 처녀의 어머니는 그에게 제발 자기의 딸과 동침하여 달라고 사정사정한다.

③중국 사천성의 어느 부족은 집에 손님이 찾아오면 자기 아내를 빌려주고 자기는 계속 외부에 머물러 지낸다. 부인은 손님이 갈 때까지 집 문 앞에 손님의 모자나 옷을 걸어 놓아 손님이 아직 머물고 있다는 사실을 알리는데, 남편은 그런 것들이 보이지 않을 때에야 집에 돌아온다.

④수마트라 섬에서는 병자가 죽으면 그 가족들이 죽은 시체를 뼈만 빼놓고 살은 모조리 발라 먹는다. 뼈에 조금이라도 살이 붙어 있으면 벌레들이 파먹게 되는데, 그러면 망자의 넋에 재앙이 닥친다고 믿는다.

⑤인도의 바라문교도들 중 어떤 족속은 완전 나체로 지낸다. 남자건 여자건 그들은 몸에 실오라기 하나 걸치지 않는다. 그들은 인간은 원래 알몸으로 태어났기 때문에 알몸으로 지내는 것이 맞다고 믿는다.

물론 이 책이 모두 사실의 기록만은 아니다. 지팡구(일본)는 손바닥 두께의 황금으로 길이 뒤덮여 있다는 이야기며(이것은 다른 사람으로부터 들은 이야기라고 밝혔다), 바그다드에서는 기독교인들이 기도를 하여 산을 1km나 옮겼다는 이야기, 칸의 궁전에서는 술잔이 이리 저리 공중을 날아다니면서 신하들에게 술을 전달한다는 이야기 등, 믿기 어려운 대목들도 여러 군데 있지만, 그럼에도 불구하고 이 책은 1280 ~ 1290년대 세계의 절반이나 되는 지역의 풍습을 들여다 볼 수 있는 진기한 자료임에는 분명하다.

27.청나라 역대 황제 평전

강정만 저 • 주류성 2019 • 608p

청나라는 1600년대에 정묘호란과 병자호란을 일으키고 수십만 명에 달하는 조선의 백성들을 강제로 끌고 갔다. 또 동학혁명을 진압한다는 명분으로 조선인들을 학살하기도 하였다.

이 책은 296년을 지탱해 온 청나라(1616 ~ 1912) 황제 12명의 면면을 분석한 책이다. 내가 이 책을 읽으면서 가장 크게 느낀 부분은 청나라의 황제들과 조선의 왕들은 그 사고방식이나 행동의 측면에서 커다란 차이를 보인다는 점이다. 청나라 황제들은 대개가 뛰어난 장수였으며(6대 건륭제까지는) 병사들과 함께 수많은 전장을 누빈 역전의 용사들이었다.

①태조 누르하치: 명나라 시절 여진족은 거주 지역에 따라 크게 건주여진, 해서여진, 야인여진으로 구분되는데,

건주여진은 압록강 너머에, 해서여진은 오늘날의 흑룡강성 지역에, 그리고 야인여진은 송화강 북방지역에 거주하고 있었다. 누르하치(1559 ~ 1626)는 건주여진 출신으로 아버지와 할아버지 모두 명나라 군대에 의하여 살해되었다. 소년 시절부터 아버지를 따라 전장을 누빈 누르하치는 1589년에 건주여진 부족을 통일하였고, 그 후 20여 년 동안 끊임없는 전투를 벌여 마침내 1607년에는 여진족 전체를 통일하였다. 1616년이 되자 스스로 칸(汗)의 지위에 올라 금나라의 뒤를 잇는다는 의미에서 후금이라는 나라를 세운다.

여기서 잠시 여진족 통일에 결정적 역할을 한 팔기군에 대하여 알아보자. 팔기군은 원래 사냥 나가는 부족의 병사들을 구분하기 위하여 창안한 제도로 깃발에 색을 칠한 집단이었다. 노란색, 흰색, 붉은 색, 그리고 남색의 네 가지 색깔의 기(정황, 정백, 정홍, 정남)에 테두리를 두른 4기(양황, 양백, 양홍, 양남)를 합쳐서 8기를 이룬다.

②**청태종 숭덕제:** 청태종(1592 ~ 1643)은 누르하치의 여덟 째 아들로 태어났다. 청나라 역사에서는 장자가 황위를 계승한 사례가 없다. 수많은 아들들 중에서 가장 똑똑한 사람이 황위를 계승하였다. 청태종은 어려서부터 독서를 좋아

하였다. 그렇다고 우리나라의 왕자들처럼 어려서부터 공맹사상만을 달달 외운 것은 아니었다. 그는 불과 열두 살의 어린 나이 때부터 아버지와 함께 수많은 전장터를 누빈 역전의 용사로 그야말로 문무를 겸비한 지도자였다.

청태종은 여진족은 물론 한족, 몽골족, 조선족 등을 모두 통합하고 1636년 4월 국호를 대청으로 고치고 황제로 등극한다. 우리나라에는 정묘호란과 병자호란으로 많은 피해를 준 오랑캐의 우두머리로 알려져 있다.

③**세조 순치제:** 청태종의 9남으로 태어나서 여섯 살의 어린 나이에 황제의 자리에 앉았으나 삼촌 다이곤의 위세에 눌려 제대로 황제 역할을 하지 못하고 24세에 천연두에 걸려 죽었다.

④**성조 강희제:** 강희제(1654 ~ 1722) 전 세계를 통틀어서도 거의 열 손가락 안에 들 정도로 긴 치세기간(61년)을 자랑하는 황제이다. 그가 중국을 통일하였다고는 하지만 그때까지도 불완전한 통일이었다. 즉 광동지방은 평남왕 상가희, 복건지방은 정남왕 정정충, 운남지방은 평서왕 오삼계 하는 식으로, 각 지방마다 현지 출신의 호족을 왕으로 임명하여

대리통치하게 하였다. 그러다가 강희 20년인 1681년이 되어서 8년이라는 긴 세월 동안 한족들이 일으킨 삼번의 난을 평정한 후 비로소 명실상부한 중국대륙의 통일을 이루었다.

강희제는 이른 아침부터 늦은 밤까지 일에 몰두했으며 인정이 많아 극형도 가급적이면 피했다고 전해지는데, 그런 면에서 보면 우리나라의 세종과 매우 유사한 군왕이었다는 생각이 든다.

⑤**세종 옹정제:** 강희제의 4남으로 태어난 옹정제(1678 ~ 1735)는 아버지의 긴 치세기간 때문에 매우 늦은 44세 때에 겨우 황제로 등극하게 된다. 12년 8개월의 통치기간 중에 왕권을 강화하기 위하여 여러 차례 옥사를 일으킨 것 외에는 그다지 큰 업적을 꼽기 어렵다.

⑥**고종 건륭제:** 건륭제(1711 ~ 1799)는 할아버지인 강희제 못지않게 긴 치세기간(60년)을 자랑하는 황제이다. 그는 이 기간 동안 청나라의 국토를 오늘날의 미얀마, 라오스, 베트남, 그리고 신장 위구르 지역까지 확장하였다.

⑦**가경제 - 도광제 - 함풍제 - 동치제 - 광서제 - 선통제 부**

의: 시인이기를 자처한 건륭제의 후기부터 청나라는 서서히 망국의 조짐을 보인다. 그 원인은, 대외적으로 쇄국을 하려는 청국과 강제로 문호를 개방하게 하려는 외국 세력 간의 이해관계에서 비롯된다.

⑧**서태후:** 서태후(1835 ~ 1908)의 통치기간 동안 중국은 그야말로 역사의 소용돌이에 휘말려 있었다. 동치제의 치세기간 14년, 그리고 동치제가 죽자 그의 네 살짜리 아들을 제11대 황제(광서제)로 만들고 그의 재위기간 34년 동안 사실상 서태후가 중국을 통치했다.

1840 ~ 1842년에는 아편전쟁이 터져 홍콩을 영국에 할양해야 했으며, 1850년에는 태평천국의 난이 발발하여 홍수전을 우두머리로 한 기독교 국가가 양자강 일대를 18년 동안 실질적으로 지배하기도 하였다. 1894년에는 청일전쟁에서 패배하여 거액의 배상금을 물어야 했다. 청일전쟁 당시 북양해군이 일본 해군에게 괴멸당한 이유도 서태후의 환갑잔치에 쓸 선물을 사느라고 해군 예산을 전부 써버렸기 때문이었다고 한다. 그녀가 먹는 음식 한 끼의 비용이 농민 1년 치의 비용에 해당하였다고 하니 더 이상 무슨 말이 필요할까.

28. 일본의 침략근성, 그 실체를 밝힌다

이승만 저 • 김창주 역 • 행복우물 2015 • 352p

건국대통령 이승만 박사가 1941년에 발간한 영문 저서 《Japan Inside Out》의 한국어 번역판이다.

이 책이 처음 나왔을 때만 해도(1941년 6월) 미국에서는 '무슨 미친 소리냐?'라고 이승만을 맹비난했다. 그 이유는 그때까지만 해도 미국 내에서 일본 사람들의 호감도는 엄청나게 좋았기 때문이다. 상냥하고 친절한 데다가 우호적인 세력이 많았으니 그런 반응이 나오는 것은 어찌 보면 당연한 일이었다. 그러나 그로부터 불과 6개월 후, 하와이의 진주만이 기습공격을 당하자 이 책은 순식간에 베스트셀러가 되었고, 미국 내에서 이승만의 인지도는 급격히 높아졌다.

행복우물 출판사에서 이 책을 번역 출간하게 된 계기는 다음과 같다. 아프리카 마다가스카르에서 복음선교 사역(부인은 의료선교)을 하던 역자가 잠시 안식년을 얻어 미국 프린스턴 대학에서 유학한 적이 있었다. 그때 목사님이 도서관에서 이 책의 영문판을 발견하고는 '바로 이거다!'하고 우리 출판사에 연락을 해 온 것이었다. 그런데 행복우물로서는 그 제의를 별로 탐탁하게 생각하지 않았다. 그 이유는 원작이 이미 74년 전에 나온 책이라 그게 과연 시장성이 있을까? 하는 의문이 하나였고, 또 당시에 이미 국내에 ≪일본의 가면을 벗긴다 - 비봉출판사 2015≫ 등, 몇 종의 책이 번역되어 유통되고 있었기 때문이다. 그래도 목사님과의 친분관계 등을 고려하여 마지못해 낸 것이 바로 이 책이다.

그렇다면 책으로서의 상품성은 어땠을까? 이 책은 출간 5년이 지난 지금까지도 꾸준히 독자들로부터 사랑을 받고 있다.

책의 내용은 어떨까? 그에 대한 나의 대답은 '기가 막힌다'라는 말로 압축하여 설명하는 것이 제일 좋겠다. 어쩌면 1939 ~ 1940년대 당시, 인터넷도 없고 우편으로도 자료를 입수하기가 쉽지 않았던 시절에 그토록 방대한 자료를 수집할 수 있었는지, 그저 신기하기만 할 따름이다. 그리고 그 당시에 이미 전 세계의 정세를 한 눈에 꿰고 있었던 이승만 박사의 지식과 혜안에는 새삼 감탄을 금할 수 없다.

책은 서문에서, 지금 커다란 산불이 서서히 몰려오고 있다고 경고한다. 그런데 미국 사람들은 그 산불이 내 이웃에서 난 것이 아니기 때문에 자기들과는 상관없다는 식으로 방관하고 있다는 경고를 한다. 그리고 곧 제1장에서 일본사람들의 정신을 지배하고 있던 천황제도에 대하여 설명한다. 일본 사람들은 천황을 세계평화를 유지하는 책임자라고 여긴다는 것이다.

"세계의 평화를 보존하고 인류의 복지를 증진하는 일은 일본 제국의 황실에 부여된 거룩한 사명이다. 하늘은 일본의 천황에게 이 거룩한 사명을 완수하도록 모든 능력을 부여하였으며 이 사명을 완수하는 황실은 전 인류의 존귀와 숭배를 받을 것이다. 천황 폐하 앞에서는 전 인류가 하나이며 모두가 그 분의 자녀이므로, 천황 폐하는 민족적인 차별을 초월하여 존재하시는 분이시다."(p38)

이런 맥락에서 일본이 다른 나라를 점령하는 것은 그 일체성을 확립하기 위한 하나의 방편일 뿐이라고 자기네들의 침략행위를 정당화시키는 것이다.

제2장의 '타나카 비밀문서'에서는 섬나라인 일본이 과거부터 영토에 대한 욕심이 많았다는 사실을 임진왜란과 만

주사변 등의 경우를 거론하며 설명하고 있다. 특히 1931년 9월에 타나카 수상의 집무실에서 근무하던 한국인이 수상실의 초특급 비밀문서를 빼돌려 중국을 통하여 언론에 공개함으로 해서 일본이 1930년대 초반부터 이미 세계정복의 야욕을 국가적인 차원에서 가지고 있었다는 사실을 폭로한다.

제3장 '일본은 가면을 벗을 때가 되었다'에서는 우리가 전혀 몰랐던 사실이 공개된다. 즉 1930년대 후반 일본이 해군력으로만 보면 이미 미국에 이어 전 세계 2위의 함선 보유국이 되었다는 사실이다. 일본이 1930년대 초반에 체결된 미-영-일 간의 해군조약을 무시하고 야금야금 함정을 건조해 왔던 결과이다.

그 다음 장들에서는 일본이 중국에서 중일전쟁을 일으키면서 미국 및 서양선교사들에게 어떤 악행을 저질렀는지 등등을 폭로한다. 여기서 주목할 점은 일본이 국제조약을 위반한 행위를 했음에도 불구하고 전혀 책임감을 느끼지 않고 변명으로 일관한다는 저자의 지적이다. 저자인 이승만 대통령은 이러한 일본이 앞으로 분명 미국을 상대로 전쟁을 벌일 것이며, 그 때에도 전혀 자기네들에게는 책임이 없다는 식으로 변명할 것이라고 예측한다.

제10장 '일본의 정복야욕과 그 반향'에서는 일본이 상하이, 인도차이나 반도, 홍콩, 버마, 네덜란드의 동인도, 태국, 필리핀, 괌, 등지에서 벌인 침략행위 또는 침략 사전 준비작업을 폭로하면서 머지않아 일본은 틀림없이 미국의 하와이를 기습 공격할 것이라는 놀라운 예견을 한다.

나는 그러한 혜안과 통찰력을 가진 분이 있었기에 우리 민족이 자유민주주의라는 이념을 바탕으로 한 대한민국이라는 나라를 건국할 수 있었다고 본다. 당시 국민의 90%가 문맹이요, 민주주의가 무엇인지 아는 사람이 거의 전무할 때에 그런 선각자를 지도자로 보내주신 것은 분명 하나님의 크나큰 은혜라는 생각을 해 본다.

GROUP 08

사회학-문화학

29.축소지향의 일본인

이어령 저 • 이재영 역 • 문학수첩 2012 • 436p

일본인 또는 일본문화를 분석한 대표적인 책 2종이 무엇이냐고 물으면 누구나 루스 베네딕트 여사의 ≪국화와 칼≫과 이 책 ≪축소지향의 일본인≫을 꼽을 것이다. 내가 이 책을 처음 접한 것은 1980년대 초였던 것으로 기억된다. 그때 얼마나 흥미진진하게 읽었는지 두고두고 기억에 남았는데 이번에 ≪백권읽기 II≫에 이 책을 넣으려고 다시 사서 읽어보니 과연 그때의 그 감동이 되살아나 읽는 내내 즐거웠다.

저자는 초등학교 시절을 일장기가 걸려있는 교실에서 식민사관 교육을 받으며 자랐다고 술회한다. 평생을 교단에서 학생들을 가르치며 살아온 저자는(잠시 문화부장관도 했었다) 일본인들의 삶 곳곳에 스며있는 축소지향적인 면모를 세세하게 파헤친다. 대표적인 항목 10개만 살펴보자.

①하야쿠(短歌): “해와 달을 손으로 쥐는구나, 수라선이여!” - 작은 손부채 속에 해와 달이 들어 있다.

②세계에서 제일 작은 오토바이: 길이 17.5cm, 타이어 지름 5cm, 무게 1.7kg - 제작자인 하세가와는 이 오토바이를 타고 10m나 이동했다.

③한자를 단순화한 가다카나 히라카나: 아이우에오에서 이(ィ)는 한자의 伊에서 尹을 떼어내고 단순화한 것이다.

④서양에서 책을 들여와 작은 문고본으로 만들었고(문고본이 성행하는 나라는 일본뿐이다), 큰 영어사전을 작은 콘사이스 사전으로 축소시켰다.

⑤명함: 명함에 자신의 모든 것을 담는다. 그것을 주는 사람, 받는 사람의 태도를 보고 그 사람의 인격을 평가한다.

⑥분재: 100년 된 노송을 한 자(가로 세로 30cm)의 분재로 축소하여 보며 즐긴다.

⑦정원: 아름다운 산하를 30평 정도의 정원 안에 오밀조밀하게 꾸며놓고 즐긴다.

⑧토끼장: 마치 토끼장 같은 작은 집에서 살면서 만족을 느낀다.

⑨캡슐호텔: 가로 세로 1m에 깊이 2m, 마치 세탁기 안과

도 같은 작은 공간에서 독서를 하고 음악을 들으며 잠을 잔다.

⑩이민이 발붙이지 못하는 사회: 전 세계에서 외국인을 받아들이는 데 가장 인색한 나라이고 국민이다.

저자는 이렇게 일본이 폐쇄지향적이고 축소지향적인 이유를 여러 가지 요인들로 설명한다. 그중에서도 다도문화를 설명하는 대목이 가장 명쾌하다 싶어 여기에 소개한다.

다도문화란 차 마시는 행위가 일본에 들어가서 일본 특유의 문화로 자리 잡은 것인데, 차를 대접하고 마시는 모임(茶會)은 다실이라는 작은 방에서 이루어진다. 다다미 4장의 크기(2.4m x 2.4m)의 방 한 칸에 보통 5 ~ 6명이 들어가서 차를 대접하고 받아 마시며 서로의 친밀감을 확인하는 것이다. 이렇게 일본인들은 우치(內)에는 무한히 친절하지만, 소토(外)에는 반대로 아주 적대적이다. 그래서 임진왜란이나 만주사변, 태평양전쟁 같은 참사가 발생한 것이다.

저자가 다도를 '죽음의 연습'이라고 분석한 대목도 눈길을 끈다.

"자살의 방법 중에서 진짜 자살은 할복 밖에 없습니다. 음독자살이나 가스를 마시는 일, 투신자살은 반은 자살이고 반은 사고이지요. 투신하는 사람은 물에 뛰어든 순간부터 헤

엄치려고 하고, 가스로 자살하려는 사람은 숨을 쉬려고 필사적으로 가슴을 퍼덕입니다. 살려고 하는 자기와 죽으려고 하는 자기가 필사적으로 싸우는 거죠. (…) 그러나 할복은 자기 손으로 자기 몸을 가르는 행위입니다. 그 칼끝에서 죽이는 자기와 죽어가는 자기의 두 개의 모습을 함께 보는 거예요. 어떻게 그런 식으로 할 수 있느냐고요? 할복은 일종의 의식(儀式)이기 때문이죠. 말하자면 죽음을 양식화한 거예요. (…) 일본인들은 그런 훈련, 그런 의식을 자기 집 뜰 앞에 있는 다실에서 수세기 동안 해 온 거예요. 일상의 의식 이치고이에치(一期一會)의 정신! 아시겠어요? 그래요. 다도는 죽음의 연습인 겁니다."(pp265 ~ 266)

30.인구론

T. R. 맬서스 저 • 이서행 역 • 동서문화사 2016 • 570p

아담 스미스의 계보를 이으면서 후일 다윈(1809~), 마르크스(1818~), 케인즈(1883~)등의 후학들에게 영향을 끼쳤다고 알려진 책이다. 이 책을 읽다보면 가레트 하딘의 1968년도 논문 '공유지의 비극' 이론도 결국은 여기서 차용한 것이 아닌가 하는 의심까지 들 정도이다. 그만큼 이 책은 여러 학자들에게 두고두고 영향을 준 책이다.

토마스 로버트 맬서스(1766 ~ 1834)는 런던 남부에서 태어났는데 당시 집안은 꽤 잘 살았다고 한다. 그는 열여덟 살이 되었을 때 케임브리지대학의 킹스칼리지에 입학하였다. 맬서스는 1학년 때 교재로 쓰였던 페일리의 ≪도덕철학 및 정치철학의 원리≫에서 상당한 영향을 받은 것으로 알려져 있다.

일반인들이 흔히 ≪인구론≫하면 가장 잘 알고 있는 두 가지 핵심사항이 있다. 첫째, 인구는 기하급수적으로 증가하나 식량은 산술급수적으로 밖에 증가하지 않으므로 인구와 식량 사이의 불균형이 발생할 수밖에 없다는 것이고, 둘째, 여기에서 기근 · 빈곤 · 악덕이 발생한다는 주장이다. 책은 맨 앞의 제1편(인구와 식량증가율)에서 인구론의 핵심으로 위의 내용을 언급하면서 이렇게 이론을 풀어나간다.

현재 세계인구가 10억이면 인류 총수는 1 - 2 - 4 - 8 - 16 - 32 - 64 - 128 - 256으로 늘어날 것이지만, 생존자원은 1 - 2 - 3 - 4 - 5 - 6 - 7 - 8 - 9로 늘어날 것이다. 200년 뒤에는 인구 대비 생존자원 비율은 256 대 9 …(p22)

물론 이것이 인구론의 핵심주장인 것은 맞다. 하지만 '인구론'에는 우리들이 막연히 알고 있던 것과는 다른 여러 가지의 주제들과 사상들이 담겨져 있다. 우선은 '인구론'이 단 한 번에 완성된 책이 아니라는 사실이다. '인구론'을 검색하면 1798년에 출판되었다고 나오지만 이것은 처음 초판본이 나온 때를 말함이다. 맬서스는 그 후에도 연구에 연구를 거듭하여 현재 우리가 읽고 있는 6판을 26년 만인 1824년에야 완성하였는데, 이것은 분량으로 치자면 초판본 분량의 무려 다섯 배에 달한다. 그러니까 맬서스는 초판본에서 '인구론'의 아주 핵심적인 내용과 연구 방향만을 밝혔다고 할 수 있다.

둘째는 인구론의 내용이 방대하다는 것이다. 우리들이 흔히 알고 있는 위의 두 가지 명제(또는 핵심 사항)은 아주 단편적인 결론일 뿐이다. 그는 이러한 결론을 유도해 내기 위하여 2편과 3편에서(책은 모두 4편으로 되어 있다) 전 세계의 생활습관을 장장 300여 페이지에 걸쳐서 설명하고 있다. 야만사회의 경우, 아메리카 인디언의 경우, 미크로네시아 군도의 경우, 고대 북유럽의 경우, 북이탈리아, 프랑스, 벨기에, 근대 유목국가의 경우, 아프리카의 경우, 시베리아의 경우, 인도, 중국, 일본의 경우까지, 정말 거의 전 세계의 결혼 및 생활습관을 분석하고 있다. 또한 그들 각 지역의 출생과 사망에 관한 통계를 여러 학자들이나 선교사들의 보고서를 인용하여 분석하고 있다. 책에서 강조하는 부분들을 아주 간략하게 살펴보자.

①전쟁, 야만성, 폭력, 강간, 식인습관, 불결한 위생상태, 전염병 창궐과 같은 원인들이 인구를 감소시킨다.

②유목민에게는 강한 이동능력이 있는데, 그것을 곧 전투

능력이라고 불러도 될 것이다. 476년 서로마제국이 멸망한 것도 결국은 훈족의 이동이 게르만족의 연쇄 이동을 불러 온 때문이었다.

③중동-아프리카 지역에는 무더위로 인한 게으름이 만연해 있으며 여자들은 조혼으로 인하여 11살부터 아이를 낳기 시작한다.

④중국은 땅이 비옥하고 통치자가 농업을 장려하는 문화가 있다. 이것이 인구 증가에 기여한다.

⑤그리스-로마의 경우는 많은 숫자의 노예가 인구 증가에 방해요인으로 작용한다.

⑥터키-페르시아의 경우는 일부다처제 때문에 남자의 정력이 30세 전후면 고갈된다.

⑦조혼이 성행하는 가난한 나라의 사망률은 교육환경이 좋고 부유한 나라의 사망률보다 두 배의 차이가 난다.

⑧질병은 자연재해가 아니다. 불결과 게으름 - 전염병 창궐 - 인구 다수 사망과 같은 문제들은 하수도 확충 - 위생개선 - 통풍 개선 - 전염병 근절 - 인구증가의 선순환으로 유도할 수도 있다.

⑨구빈법은 폐지되어야 한다. 아이들은 부모의 사랑 속에서 양육되어야 한다. 사생아들은 일찍 죽는다.

맬서스는 제3편에서 책 전체 분량의 1 • 3을 할애하여 구빈법 제도를 설명하고 있다. '영국 엘리자베스 빈민법' 또는 '구빈법'으로 불리는 이 제도는 1,500년대부터 시행되어 왔는데, 그는 영국뿐만이 아니라 아일랜드, 스웨덴, 프랑스, 네덜란드, 독일, 노르웨이 등등의 다양한 제도를 연구하고 나서, 구빈법은 국가 전체의 자원을 감소시킴으로 사태를 더욱 악화시키며, 극단적인 가난은 구빈제도의 존재와는 상관없이 어떤 인간의 노력으로도 해결될 수 없다고 주장한다.

가장 먼저 지적할 것은, 기부금의 강제적 납부는 필연적으로 노동에 대한 간접세와 동일한 작용을 하며, 애덤 스미스가 적절히 언급한 바와 같이, 결국 이를 부담하는 것은, 그것도 더욱 값비싼 비용을 지불해야 하는 것은, 노동을 구입하는 소비자들이라는 점이다.(p515)

물론 지금 우리는 인구감소를 걱정하는 시대에 살고 있지만, 맬서스의 '인구론'은 곱씹어 보아야 할 명저임에는 틀림없다. 특히 다음 결론은 반드시 명심해야 할 내용이다.

"인간의 이기심이 사회를 발전시키는 원동력이다."(p550 전체 내용 요약)

31. 생각의 탄생: 창조성을 빛낸 사람들의 13가지 생각도구

로버트 루트번스타인 외 저 • 박종성 역 • 에코의서재 2007 • 456p

한마디로 엄청난 '잡학사전'이다. 이 책에 버금갈만한 책은 아마도 ≪독서의 역사≫ 정도가 아닐까 싶다. 이 책은 '다방면으로 사고하고 창조할 수 있는 인재를 길러내는 통합교육'에 그 목적을 두고 있다.

아마도 일반 독자라면 이 책을 접하면서 이런 의문을 갖지 않을까 싶다. "생각도 탄생을 하나?"

그렇다. 이 책은 이러한 의문에 답하기 위하여 로버트 루트번스타인(미시간 주립대 생리학과 교수)과 부인인 미셸 루트번스타인이 공동으로 집필한 책이다.

자자는 사람마다 직업에 따라 그 생각하는 방식이 다르다고 한다. 즉 과학자는 수학적으로 사고하고, 시인이나 작가는 언어적으로 사고하고, 무용수는 육체적으로 사고하며,

화가는 시각적으로 사고하고, 심리학자는 내면적으로 사고하고, 정치가는 인간적으로 사고한다는 것이다.

저자는 현행의 분리된 교육체계야말로 창조적 사고과정이라는 대단히 중요한 부분을 빠뜨리고 있다고 통탄하면서 지금이라도 다음과 같은 13가지의 생각도구들을 활용하여 창조적 사고 습관을 들여야 한다고 강조한다.

①**관찰:** 모든 지식은 관찰에서부터 시작된다. 관찰은 생각의 한 형태이고, 생각은 관찰의 한 형태이기 때문이다.

②**형상화:** 형상화는 시각과 청각은 물론 후각과 미각, 몸의 감각까지 동원해서 이루어지는 사고 과정이다. 생텍쥐페리나 브론테 자매들도 소설을 쓰기 전에 미리 그 내용을 머릿속으로 형상화해 보았다고 한다.

③**추상화:** 추상화란 곧 단순화이자 한 가지 특질만 잡아내는 기술이다. 과학자, 화가, 시인 같은 이들은 모두 복잡한 체계에서 하나만 제외하고 모든 변수를 제거함으로써 핵심적 의미를 발견하려고 애쓴다.

④**패턴인식:** 패턴을 알아낸다는 것은 다음에 무슨 일이 일어날지를 예상하는 것이다. 우리는 패턴에서 지각과 행위의 일반원칙을 이끌어내어 이를 예상의 근거로 삼는다.

⑤**패턴형성:** 단순한 요소들이 결합해서 복잡한 것을 만들어낸다는 사실은 패턴형성에 나타나는 보편적 특징이다. 우리가 보고 있는 모든 색깔들은 빨강, 파랑, 노랑이 일정하게 혼합된 것이다. 오직 4개의 핵산 염기만으로 지구 생명체의 모든 유전자정보가 암호화된다. 우주에 있는 수억 개의 화학물질은 불과 100개 미만의 요소들이 결합되어 만들어진다.

⑥**유추:** 유추란 둘 혹은 그 이상의 복잡한 현상들 사이에서 기능적 유사성이나 일치하는 내적 연관성을 알아내는 것을 말한다. 아이작 뉴턴도 사과를 땅으로 끌어당기는 힘이 있다면 이는 하늘 위로 계속 뻗쳐나갈 것이고, 그렇게 되면 달까지도 끌어당길 수 있을 것이라는 유추에서 '만유인력의 법칙'을 발견해 냈다. 이 장에서는 막스플랑크(1918 노벨상), 아인슈타인(1922 노벨상)의 이론과 슈레딩거, 보롤리, 헬렌 켈러의 이야기를 들려주며, MRI의 작동원리도 설명한다.

⑦**몸으로 생각하기:** 피아니스트들은 근육이 음표와 소나타를 기억하며, 배우들은 몸이 자세와 몸짓을 기억한다. 이 장에서는 몸의 상상력을 설명한다. 오귀스트 로댕의 '생각하는 사람'이나 헨리 무어의 '타원'과 같은 조각품들을 통해 몸으로 생각하는 것이 어떤 작업인지를 설명한다.

⑧감정이입: 감정이입의 본질은 다른 사람이 되어보는 것이다. 감정이입이 가장 두드러진 분야는 심리학과 문학이다. 소설 속의 인물 개개인은 인생을 대신 살았던 작가들이 상상력을 통해 창조해 낸 것이다.

⑨차원적 사고: 이 장에서는 시공간적 경험과 관련된 차원적 사고를 설명한다. 예를 들면 제논의 역설, 시간은 단 한 가지인가? 한 살짜리의 한 달과 100살을 산 사람의 한 달은 같은가? 등 우리들이 곰곰이 생각해 볼 거리가 무궁무진하게 나온다.

⑩모형 만들기: 모형은 실제, 혹은 가정적 상황을 염두에 두고 필요한 규칙과 자료, 절차를 이용하는 시뮬레이션이다. 우리가 정치학이나 역사, 인류학을 배울 때 전투과정이나 건축양식의 혁신, 전통의술의 효능, 경쟁적인 경제활동의 결과물, 종교의식의 목적 따위를 물리적, 기능적, 이론적인 모형으로 만들어 배운다면 매우 효과적일 것이다.

⑪놀이: '창조적인 통찰은 놀이에서 나온다'라는 말처럼, 즐겁게 가지고 놀다보면 거기서 놀라운 발견이나 발명들이 나온다는 사실을 예를 들어가며 설명하고 있다. 알렉산더 플레밍(1945 노벨상)은 페니실린이라는 박테리아를 '가지고 놀다가 우연히' 발견한 것이다.

⑫**변형:** 여러 가지 생각도구들을 연속적, 혹은 동시에 사용하여 생각도구끼리 영향을 주고받거나 작용하게 하는 것을 변형, 혹은 변형적 사고라고 부른다. 변형적 사고는 상이한 분야를 연결해주는 메타패턴을 드러내주어 특정 영역에 치우친 사고보다 더 가치 있는 통찰을 만든다. 이 장에서 저자들은 고고학자 리키의 탄자니아에서의 학문적 발견을 자세히 소개하고 있다.

⑬**통합:** 상상하면서 분석하고, 화가인 동시에 과학자가 되는 것, 이것이 바로 최고의 경지에 이른 종합지(綜合知)적인 사고의 모습이다.

32.감시와 처벌: 감옥의 탄생

미셸 푸코 저 • 오생근 역 • 나남 2020 • 560p

미셸 푸코(1926 ~ 1984)는 평생 동안 콜레주드 프랑스 교수로 재직하면서 다양한 사회 문제를 연구한 사람이다. 특히 정신 문제, 의학, 감옥 체계에 대한 비판과 성의 역사에 대한 사상을 널리 연구하였다. 권력과 지식의 관계에 대한 이론들과 서양 지식의 역사에 관한 담론을 다루는 그의 사상은 많은 토론을 불러일으켰다. 수많은 저서가 있지만 특히 ≪광기의 역사≫와 ≪성의 역사(3부작)≫는 국내 독자들에게도 잘 알려진 수작으로 꼽힌다.

저자는 이 책을 신체형, 처벌, 규율, 감옥의 4부로 나누고 있는데, 특이한 것은 설명의 대부분을 판옵티콘(Panopticon)이라는 단어를 중심으로 전개하고 있다는 점이다.

판옵티콘이란 무엇인가?

영국의 공리주의 철학자 제러미 벤담(1748 ~ 1832)은 소수의 감독자가 자신은 노출시키지 않은 채 모든 수용자를 감시할 수 있는 형태의 감옥을 제안하면서, 그리스어로 모두를 뜻하는 pan과 본다는 말의 opticon을 합성하여 1791년 처음 이 말을 창안했다. 그것은 중앙에 높은 하나의 감시탑과 그 둘레에 여러 방을 배치한 건물구조로, 건물 안에서 진행되는 모든 상황을 한눈에 파악할 수 있는 장점이 있다. 구체적으로는 중앙 높은 곳에 위치한 감시탑은 조명을 어둡게 하고 이와는 대조적으로 주변 수용자의 방은 밝게 만든다. 그러면 감독자는 수용된 다수의 모든 사람을 효과적으로 감시할 수 있으며, 수용자는 감독자의 부재를 인식하지 못하기 때문에 감독자가 없는 경우에도 똑같은 감시효과를 낼 수 있다. 이렇게 되면 죄수들은 자신들이 늘 감시받고 있다는 느낌을 가지게 되고, 결국은 스스로가 규율과 감시를 내면화해서 자기 자신을 감시하게 된다는 것이다.

공리주의자인 벤담의 입장에서는 '최소한의 비용 및 감시로 최대의 효과'를 얻을 수 있는 판옵티콘을 이상적인 사회의 축소판으로 인식했다고 보이는데, 그런 면에서는 미셸 푸코도 같은 생각을 갖지 않았나 싶다. 왜냐하면, 책에서는 처음부터 끝까지 판옵티콘이라는 용어가 계속 등장하며, 책을 읽다 보면 그 단어에 따라 책이 전개된다는 느낌마저 들 정도이기 때문이다.

책은 제1부 '신체형'에서 지난 200여 년 동안 어떤 과정을 거쳐서 신체형(단두대 처형, 사지 절단, 낙인, 채찍질 등)이 소멸되고 대신 정신적 형벌이 등장하게 되었는가를 살핀다.

유럽에서는 1769년 러시아를 시작으로 하여 1810년 프랑스에 이르기까지 신체형이 점차 자취를 감춘 것으로 기록되었다. 과거 범죄자들의 육체를 재판하던 재판관들은 이제는 범죄자들의 정신을 재판하기 시작하였다. 즉, 폭력이나 살인이란 무엇인가? 그것은 환각인가? 우발적 사건인가? 착란인가? 본능인가? 무의식인가? 환경인가? 유전인가? 그것들을 교정하려면 어떻게 하여야 하느냐의 문제가 더욱 크게 부각된 것이다.(pp53 ~ 55)

제2부 '처벌'에서는 수많은 감옥의 교정제도를 미국의 글로스터 감화원, 필라델피아 감옥, 월넛스트리트 감옥 등을 예로 들어 설명하고 있다.

제3부 '규율'에서는 판옵티콘의 유용성을 여러 번 반복하여 설명하고 있는데, 특히 주목을 끄는 것은 판옵티콘의 건축양식이 많은 그림과 함께 등장한다는 사실이다. 여기서 눈여겨 볼 대목은 오늘날에 와서는 판옵티콘이라는 개념이 교도소뿐만이 아니라 병원, 수도원, 군대 막사, 학교 등등의 건축물에 광범위하게 차용되고 있다는 사실이다.

제4부 '감옥'에서 저자는 구금이 재범을 유발한다는 점에서, 그리고 수감자들의 가족을 극빈층으로 몰아넣음으로 해서 간접적으로 범죄자를 길러낸다고 주장하면서, 감옥형에 대하여 매우 비판적이다. 그러면서 여러 학자들의 말을 인용하여 다음과 같은 대안을 제시한다. 이 책의 결론이라고 보아도 무방할 것이다.

①구금은 개인의 태도의 변화를 본질적 기능으로 삼아야 한다.

②수감자들은 그들이 범한 행위에 합당한 형벌에 따라 그들의 나이, 기질, 교정기술, 변화 단계에 따라 격리되거나 분류되어야 한다.

③수감자들이 개선되건 다시 타락하건, 그들의 수감생활 결과에 따라 형벌의 형기가 조절될 수 있어야 한다.

④노동은 수감자들의 인성 변화와 점진적 사회화를 낳는 근본적 부분들 가운데 하나여야 한다.

⑤공권력의 입장에서 볼 때, 수감자 교육은 사회의 이익에 꼭 필요한 예방조치이면서 동시에 수감자에 대한 의무이다.

⑥감옥의 체제는 수감자의 인간교육에 유념하면서 정신적, 기술적 역량을 지닌 전문요원이 책임지고 운영하도록 해야 한다.

⑦수감자가 감옥에서 풀려난 뒤에도 그를 감시해야 할 뿐만 아니라, 더 나아가 그에게 지원과 도움을 주어야 한다.

큰 판형에 550쪽에 달하는 책으로 결코 독파가 쉽지 않지만, 끈기를 갖고 읽으면 지식함양에 상당한 도움이 될 수 있는 좋은 작품이다.

GROUP 09

한국문학

33.소설 임꺽정

벽초 홍명희 저 • 사계절 2008 • 3,908p(전 10권)

일제 강점기 조선을 대표하는 세 명의 천재 문인들이 있었다. 바로 벽초 홍명희(1888~1868), 육당 최남선(1890~1957), 그리고 춘원 이광수(1892~1950)가 그들이다.

소설 ≪임꺽정≫은 홍명희 선생 필생의 역작이며 끝내 그 마무리를 하지 못하고 중단된 작품이기도 하다.

홍명희는 충북 괴산에서 태어났으며 그의 부친 홍범식은 금산군수로 경술국치(1910) 당시 자결한 순국열사이다. 홍명희는 3.1운동과 신간회 사건으로 두 차례에 걸쳐서 옥고를 치른다. 그는 유년시절 향리에서 한학을 수학한 후 서울 중교의숙(中橋義塾)을 거쳐 동경에 유학, 다이세이중학(大成中學校)을 졸업했다. 동아일보, 시대일보 등 신문사 편집국장 및 오산학교 교장 등을 역임한, 당시로서는 조선 최고의 지식인이기도 하였다. 1947년 민주독립당 당수. 민족자주연맹 정치위원장으로 단독정부수립을 반대하고 통일정부수립운동을 추진하던 중, 1948년 4월 남북연석회의 참가 차 평양에 갔다가 북에 남았다. 그 후 북한에서 내각 부수상, 최고인민회의 상임위원회 부위원장 등을 지냈다.

이 책 ≪임꺽정≫은 1928년부터 1940년까지 조선일보에 연재된 소설이다. 그 줄거리나 내용은 많은 독자들이 이미 알고 있으리라고 생각되어 여기에서 소개를 하지 않기로 한다. 대신 약 4천 쪽에 달하는 대하소설을 정독하며 느낀 바를 간단하게 서술하고자 한다.

원래 임꺽정의 난은 명종 14년(1559)의 어전회의에서 처음 그 존재가 부각되기 시작하여 명종 17년(1562) 1월에 임꺽정을 체포하였다는 보고로 끝을 맺는다. 책은 봉단편, 피장편, 양반편, 의형제편, 화적편의 5개 편으로 구성되어 있는데, 아쉽게도 완결을 보지 못한 채로 끝난다. 즉 토포사가 관군들을 이끌고 임꺽정의 소굴인 청석골을 들이치자 임꺽정이 일당을 데리고 피신하면서 끝나는 것이다. 아마도 끝까지 다 썼더라면 평산편과 자모산성편이 더 추가되었을 것이고 필경은 12 ~ 13권까지 이어졌으리라. 그랬더라면 서림이의 배신으로 인하여 쑥대밭이 되는 임꺽정 일당의 본거지와 그들의 처절한 저항, 그리고 임꺽정이 모사꾼 서림이를 원망하는 장면들이 길게 이어졌을 것인데, 한창 클라이맥스 부분에서 이야기가 끝나 여간 아쉬운 게 아니다.

책은 연산군 시절에 이장곤이라는 사람이 귀양을 가는 대목으로부터 시작한다. 이장곤이 홍문관의 교리로 있으면서 궁에서 임직을 하던 중 연산군이 피묻은 적삼을 보여주며 복수할 생각을 비치자, 그는 왕은 덕으로 나라를 다스려야 한다는 간언을 하고, 이에 격분한 연산군은 그를 귀양 보낸다. 그리고 며칠 후 철퇴로 선왕의 왕비들을 내리쳐 죽이고 수많은 사람들을 죽이니 이것이 곧 갑자사화(1504)이다.

귀양살이를 하던 이장곤은 거제의 유배지에서 몰래 도망쳐 나와 북방길에 이르러 마침내 함경도 땅에 들어와서 함흥에서 백정의 딸 봉단이를 만나 혼인하여 신분도 김서방으로 바꾸어 숨어 지낸다. 이것이 제1편 봉단편의 처음 시작인데, 이장곤은 후일 중종반정이 일어나자 동부승지로 복직되어 봉단이와 함께 한양으로 온다. 이장곤은 후일 벼슬이 더 올라서 이조참판이 되고 마침내 봉단이는 정경부인이 되는 것이다.

2권으로 넘어와서는 기묘사화(1519)가 일어나고 중간부터는 임꺽정의 이야기가 나온다. 저자는 왜 이장곤과 봉단이의 이야기를 무려 한 권 반 정도의 분량에 걸쳐서 하였을까? 그것은 임꺽정이 태어나서 살아가던 당시의 시대상황을 자세히 알려주기 위함인 동시에 꺽정이의 출신 배경을 알려주기 위함일 것이다. 즉 저자는 꺽정이의 5촌 외가 아저씨가 되는 이장곤이라는 양반을 통하여 당시의 부패한 나라 형편을 폭로하면서, 꺽정이를 비롯한 여러 의형제(천민)들이 이런저런 연유로 서로 의기투합하여 도적질을 할 수밖에 없는 시대상을 고발하고 있는 것이다.

이 책의 장점은 뭐니 뭐니 해도 우리말의 보고라는 표현이 가장 정확할 정도로 과거의 언어들이 끝없이 튀어나온다는 점이다. 책의 10권에서 그 말들을 각 권별로 정리하여 놓았는데, 그것만도 장장 80페이지 분량이나 된다.

34.무정

이광수 저 • 문학과지성사 2005 • 538쪽

이광수 문학을 대표하는 작품이자 대한민국을 대표하는 연애소설 • 계몽소설이다. 우리 문학계에 큰 족적을 남긴 춘원 이광수(1892 ~ 1950)는 조선왕조의 국운이 기울어 가던 구한말에 평안북도 정주에서 태어났다. 어려서부터 동학당에 가입하는 등 민족정신이 투철하였던 춘원은 두 차례에 걸친 일본 유학(메이지학원과 와세다대학교)을 통하여 근대사상과 문학에 눈뜨고 그것을 한국의 문학계에 접목시킨 인물이다. 특히 그는 마의태자, 원효대사, 사랑의 동명왕, 단종애사, 이순신 등 삼국시대로부터 조선왕조에 이르는 시대적 사건과 인물을 소설화함으로써 일제강점기에 조선인들의 민족혼을 깨우려고 노력하였다.

우리가 춘원 이광수를 특별히 기억해야 할 이유는 그가

1919년 일본 동경에서 벌어진 2 · 8 유학생 독립선언을 주도하였을 뿐만 아니라, 조선청년독립단선언서를 가지고 상해로 망명하여 우리나라의 독립운동사에 커다란 역할을 하였다는 사실 때문이다.

춘원 이광수의 수백 편 작품 중에서 대표작이라 할 수 있는 소설 ≪무정≫은 어떤 내용인가?

≪무정≫은 1917년에 총 126회에 걸쳐 매일신보에 연재되었던 장편소설이다. 경성학교 영어교사인 이형식이 안동 김장로의 딸 선형의 영어 개인교사가 되는 것으로 이야기는 시작된다. 선형은 정신여학교를 졸업하였는데 미국으로 유학을 떠나기 전에 영어 개인과외를 준비 중이다. 평안남도 안주읍에서 내려온 이형식은 서울에는 친척 하나도 없는 청년으로 오로지 학생들을 가르치는 재미 하나로만 살아가는 열혈 교사이다.

책은 초반에 또 다른 여성 영채를 등장시킨다. 열아홉살 기생인 영채는 형식의 하숙방을 찾아온다. 그녀는 형식이 어린 시절 천애고아가 되었을 때에 그에게 몇 년 동안 글을 가르쳐주고 양육시켜주었던 박진사의 딸이다. 자선 교육 사업가였던 박진사와 두 오빠가 감옥을 가고, 영채는 친척 집을 전전하며 구박을 받다가 도망을 친다. 아버지를 구해내기 위해 돈을 벌 양으로 꼬임에 빠져 기생이 되었으나, 장래의 배필을 위해 정절만은 지켜온 처녀이다.

그러던 어느 날 경성학교 소유주의 아들 김현수와 배학감이라는 두 명의 한량들이 전부터 침흘려오던 영채를 정복하려고 청량리 인근의 비밀 장소로 납치하여 성폭행을 시도한다. 불행 중 다행으로 묶여있던 영채를 형식과 친구인 기자, 그리고 종로경찰서의 형사가 들이닥쳐서 구출해 낸다. 영채는 계월향이라는 이름의 유명한 기생이 되어 숫한 남자들의 구애를 받지만, 미래의 남편을 위해 정절을 고집해 오다가 이런 일을 겪게 되자, 평양으로 돌아가 대동강 물에 투신함으로써 오욕을 씻고자 한다며 형식에게 편지를 남기고 사라진다.

평양까지 가서 영채를 수소문하다가 허탕을 친 형식은 결국 김장로의 딸과 약혼을 하고 미국 유학을 떠나기로 한다. 그러나 죽은 것으로 알았던 영채는 사실은 죽지 않고 살아 있었다. 더욱이 은인의 도움으로 일본으로 함께 유학을 떠나게 되는데 그 은인은 황해도 황주에 사는 병욱이란 처녀이다. 그녀는 유복한 집안의 딸로 일본에서 방학을 맞이하여 돌아오는 기차 안에서 영채를 만나는데, 영채의 사정을 알고는 그녀를 황주의 집으로 데리고 와서 동생처럼 아끼며 지낸다.

이 책의 클라이맥스라고 해야 할까, 끝부분이 조금 특이하다. 지금까지(1회 ~ 119회)의 내용이 다분히 연애소설 같은 형식이었다면 마지막 엔딩(120회 ~ 126회)에서는 소설의 내용이 급격히 계몽소설 방향으로 바뀐다.

낙동강 근처의 삼랑진이라는 곳에 도착하면서부터 극심한 폭우로 인하여 열차는 더 이상 가지 못하게 되는데, 이 잠시의 시간을 이용하여 이들이 경찰서의 도움을 받아 역 대합실에서 자선음악회를 벌이게 되는 것이다. 병욱의 바이올린 연주와 영채의 노래로 만들어진 잠시의 즉석음악회를 통하여 80원이라는 돈이 마련되었고, 그 돈을 경찰서장에게 기부하며 음악회는 끝난다. 그리고 이들 일동은 조선을 개화시키는 방법은 교육 밖에 없다는 데에 의견의 일치를 본다.

책의 맨 마지막 페이지에 해설자가 해설하는 대목이다.

아아, 우리 땅은 날로 아름다워 간다. 우리의 연약하던 팔뚝에는 날로 힘이 오르고 우리의 어둡던 강산에는 날로 빛이 난다. 어둡던 세상이 평생 어두운 것이 아니요, 무정하던 세상이 평생 무정할 것이 아니다. 우리는 우리 힘으로 밝게 하고 유정하게 하고 즐겁게 하고 가멸게(넉넉하게) 할 것이다. 기쁜 웃음과 만세의 부르짖음으로 지나간 세상을 조상하는 《무

정≫을 마치자.(p473)

춘원 선생은 한국의 톨스토이라고 이름 붙여도 전혀 무색하지 않을 정도로 작품의 양이나 질적인 측면에서 뛰어난 문인이요 애국자이다. 실제로 선생이 제일 흠모하던 분도 톨스토이였다고 한다. 어떤 사람들은 경찰서장이 착한 역으로 나온다는 끝부분을 두고 이 소설을 친일소설이라고 하기도 하고, 또 춘원 선생께서 말년에 일제를 미화하는 글을 썼다는 이유를 들어 그를 친일작가라고 폄훼하기도 하지만, 우리 후학들의 애국심이라는 것은 그의 발뒤꿈치도 따라가지 못한다는 것이 나의 지론이다. 그 기세등등하던 왜정시대에 밀서를 가지고 동경에서부터 상해까지 갔다는 사실이나, 동아일보, 조선일보에서 활동한 경력, 그리고 흥사단에 입단하고 왜경에 체포되어 서대문형무소를 다녀 온 것만으로도 그분을 흠모하기에 충분하지 않은가?

35.탁류

채만식 저 • 문학과지성사 2014 • 768p

나에게 채만식(1902 ~ 1950) 선생을 평가하라고 한다면 단연코 영국의 셰익스피어나 러시아의 투르게네프에 버금가는 문학가, 따라서 대한민국의 국보적인 존재라고 단언하겠다. 그만큼 선생의 작품은 작품성이 뛰어날 뿐만 아니라 집필 분야 또한 소설, 시, 에세이, 희곡, 평론 등 다양하다. 선생은 무려 300여 편이 넘는 작품을 남겼는데, 어떻게 50년도 안되는 생에 동안에 그 많은 작품을 집필하였는지 참으로 신기하다. 선생은 전북 옥구에서 출생하여 1920년대에 일본 와세다대학교 영문과를 중퇴하였다니 당시로는 대단한 학력의 소지자라고 해도 무방할 듯하다. 이 책은 ≪레디메이드 인생≫ ≪태평천하≫와 더불어 그의 대표작으로 꼽히는 작품으로, 1937년 10월부터 1938년 5월까지 200여 회에 걸쳐 조선일보에 연재되었던 장편소설이다.

소설의 줄거리는 다음과 같다.

탁류(濁流)란 청류(淸流)의 반대말로 금강의 하류를 지칭하는데, 이야기의 배경은 금강이 서해로 흘러들어가는 대처인 군산이다. 주인공으로 등장하는 초봉이는 고등학교를 갓 졸업하고 제중당이라는 약방에서 점원으로 일한다. 약방 주인 박제호는 초봉이의 아버지와 친구 사이로 아내인 윤희의 강짜에 시달리면서 은근히 청순하고 아리따운 초봉이를 훔쳐본다. 1930년대 당시 조선 사람들이 다 가난에 시달렸지만 이 책의 주제 역시도 가난이다.

소설에서는 초봉을 괴롭히는 남자 넷이 등장한다. 하나는 초봉의 아버지인 정주사인데 그는 몰락한 양반의 후손으로 장사 밑천에 대한 욕심 때문에 딸을 고태수에게 결혼시키는 사람이다. 다음이 고태수로 어찌어찌하여 은행에 취직해서 당좌를 주무르는데, 돈을 빼돌리는 행각이 발각되려고 할 즈음에 초봉이와 결혼한다. 결혼 한 후 불과 일주일만에 전부터 정을 통해오던 부인네의 남편에게 몽둥이찜질을 당하여 비명횡사한다. 셋째는 장형보라는 곱추인데 고태수의 막역한 친구를 자처하며 그로부터 받은 당좌를 이리저리 돌려서 구전을 취하고 고태수를 몰락하게 만드는 인간이다. 초봉이를 차지할 욕심에 고태수와 유부녀의 간통시간을 그 남편에게 알려주어 고태수를 죽게 만들었을 뿐 아니라, 고태수가 죽자마자 초봉이를 강간하여 임신하게까지 만든다. 네 번째가 비교적 덜 나쁜 사람의 축에 들지만, 그래도 스무 살짜리 초봉이의 딱한 처지를 이용하여 그녀를 첩으로 삼고 나중에는 초봉이를 나 몰라라 하고 형보에게 내던지고 떠나버리는 박제호라는 이중인격자이다.

이 책은 소설 그 자체로도 내용이 재미있지만, 그에 못지않게 일제 강점기인 1930년대의 시대상을 엿볼 수 있는 귀중한 자료이기도 하다.

≪탁류≫의 가장 극적이고 클라이맥스라고 할 수 있는 장면은 역시 초봉이가 장형보를 죽이는 대목이 아닐까 싶다. 초봉이는 군산에서 결혼한 지 며칠 만에 남편인 고태수가 죽고, 장형보에게도 겁탈을 당한다. 그래서 편지를 써 놓고 몰래 서울로 떠나는데 이리(현 익산)에서 호남선 본선으로 갈아타려는 참에 거기서 약방 주인 박제호를 만난다. 사실 초봉이의 계획도 서울로 박제호를 찾아가서 취직도 부탁하고 거처도 수소문해 보려던 참이었는데 도중에서 우연찮게 만났으니 그 기쁨이 오죽 했을까. 그런데 박제호는 그런 절박

한 심정을 역이용하여 초봉이를 유성온천으로 끌고 가서 자신의 욕심을 채운다. 그리고는 서울로 올라와서 첩으로 삼고 깨가 쏟아지게 살던 중, 초봉이가 장형보의 딸을 낳은 데다가 또 어느 날 장형보가 찾아오자 "엣다 너 먹어라!"하고는 떠나버린다.

이때에 초봉이가 절규하는 장면은 더 후반부에 나오는 장형보 살해 장면의 예고편이기도 하다.

"내가 느희허구 무슨 원수가 졌다구 요렇게두 내게다 핍박을 하느냐? 이 악착스런 놈들아! (…) **아주 죄두 없구, 아무두 건드리잖구 바스락소리도 없이 살아가는 나를, 어쩌면 느이가 요렇게두 야숙스럽게**(….) **아이구우 이 몹쓸 놈들아!"**(p478)

이 작품의 전편에 흐르는 중심 주제는 가난이라고도 볼 수 있지만 그보다는 끈끈한 가족애가 아닌가 싶다. 초봉이는 장녀로 당연하게 자신이 가족 전체를 책임져야 한다고 생각한다. 그래서 아버지의 결혼 권유도 일언반구의 이의 제기 없이 그대로 받아들였고, 자신이 서울로 와서는 당연하다는 듯 박제호에게 집으로 매달 보낼 생활비를 달라고 하고, 장형보와 살게 되면서부터는 동생 계봉이를 데리고 와서 함께 지낸다. 자기 또래의 기생 행화가 동생의 아기를 먹이기 위해 우유를 사는 장면, 동생 계봉이의 애인인 의사 남승재가 기생집으로 돈 200원에(상당한 거금이다) 팔려간 10대 소녀 명님이를 구출하지 못해 안타까워하는 장면을 통하여 1930년대가 지금보다 훨씬 더 정이 넘치는 세상이었다는 사실을 알 수 있다.

작품의 맨 마지막은 살인을 저지르고 승재와 계봉이가 초봉이에게 자수를 하라고 권유하는 장면이다. 그렇지 않아도 원수 같은 인간인데 자기가 애지중지하는 딸 송희를 한 손에 달랑거리며 거꾸로 들고 희롱하는 장형보를 본 순간 초봉이는 이성을 잃어버린다. 이렇게 살인을 하고 넋이 나가 있는 집에 계봉이와 승재가 들이닥치는 장면이 책의 끝 페이지이다. 마치 소설 ≪테스≫에서 테스 - 클래어 - 리자의 관계를 보고 있는 것만 같다.

"언니, 언니 할 수 있수? 정상이 정상이구 또 자술 했으니깐 형벌이 그다지 중하던 않을 테지… 다직 한 십 년, 아니 한 오 년 밖엔 안 될지도 모르니…"

36. 사랑손님과 어머니

주요섭 저 • 문학과지성사 2012 • 318p

일제강점기(1910 ~ 1945) 문학이라고 내 나름대로 분류를 해 놓고 보니 참으로 당시에 훌륭한 작품들이 많이 나왔다는 사실을 절감했다. 당시의 작품들은 대개 다음 네 가지로 분류할 수 있을 것이다. ①폭력(그것도 남편이 아내를 구타하는 경우) ②지독한 가난(빈처, 물레방아, 감자, 독짓는 늙은이) ③장애인 학대(벙어리 삼룡이, 백치 아다다, 무녀도) ④민족 계몽소설(상록수, 흙, 황혼의 노래)이다.

한마디로 거의 다가 어둡고 음울하다고 하겠다. 그런 사조도 일견 이해가 되는 것은 당시의 우리나라 상황이 일제에 의하여 강제 병합된 이후로 언제 나라가 다시 해방될지 전혀 기약이 없었으니, 당연히 문인들의 시각에도 온 세상이 암울하게만 보였으리라.

그런데 여기에 단 하나의 예외가 있으니(나의 관점으로) 바로 '사랑손님과 어머니'라는 작품이다. 이 단편소설은 불과 30쪽 밖에 되지 않지만 전편에 밝고 명랑한 기운이 감돈다. 마치 비극 일색의 외국 소설들 중에서도 ≪오만과 편견≫ 같은 명랑한 작품이 있는 것과 유사하다고 할 것이다. 물론 옥희 엄마의 신세 한탄 또는 넋두리를 들으면 꼭 명랑하다고 할 수는 없지만 그래도 다른 작품들처럼 가난이 넘실대지도 않고 폭력이란 더더욱 얼씬도 안한다. 그래서 이 책은 읽는 내내 기분이 좋다.

소설은 자칭 자신을 '여섯 살 난 처녀애'라는 박옥희의 시선으로 이야기를 풀어나간다. 어느 날 옥희의 집 사랑에 어떤 아저씨가 세를 들어와 함께 살게 된다. 셋집이라고 해서 요즘의 번듯한 셋방이 아니라 중학교에 다니는 외삼촌과 한 방을 쓰는 곁방살이다. 옥희의 아버지는 옥희가 세상에 태어나기 바로 한 달 전에 세상을 떠났다. 어떻게 죽었는지는 나오지 않는다. 결혼할 때 풍금을 사주었다는 걸 보면 죽은 남편의 가정은 결혼 당시 경제적으로 여유로웠음을 짐작할 수 있다.

어느 날 이제 올 봄에 유치원에 들어간다고 좋아서 동

네 아이들에게 자랑을 하다 돌아왔더니 큰 외삼촌이 친구를 데리고 왔다. 바로 이 작품에서 옥희에게 아버지의 애틋한 감정을 남겨주고 떠나는 사람이다. 옥희의 아버지와 큰 외삼촌과 사랑손님, 이렇게 세 명은 모두 친구였단다. 그런데 그 아저씨가 옥희가 사는 동네에 학교 선생님으로 오게 되면서 옥희네 집에서 하숙을 하게 된 것이다.

아저씨가 오면서부터 옥희는 사랑에 가서 아저씨가 보여주는 그림책도 보며 아저씨와 이런 저런 이야기하는 재미에 푹 빠진다. 아저씨가 삶은 달걀을 좋아한다고 하고나서부터는 어머니가 계란을 많이씩 사기 시작한다. 어느 날 아저씨와 뒷동산에 올라갔다 오는데 동네 아이들이 옥희에게 "아빠와 어디 갔다 온다"는 소리를 듣고 옥희가 혼자서 독백하는 장면이다.

그때 나는 얼마나 이 아저씨가 정말 우리 아버지였더라면 하고 생각했는지 모릅니다. 나는 정말로 한 번만이라도 '아빠' 하고 불러보고 싶었습니다.

이 책에서 어린 옥희가 아버지를 애틋하게 그리는 것이 하나의 흥미로운 주제라면, 남자와 여자가 한자리에 앉으면 안 된다는 남녀칠세부동석(男女七歲不同席)의 사회윤리는 또 다른 주제이다. 교회당에서 남자석과 여자석이 구분되어 있다거나, 어린 딸 옥희 하나만을 의지해서 평생을 살아가려는 불과 스물세 살밖에 되지 않은 청상과부의 마음가짐을 표현하는 대목들이 대표적이다.

그 중 두 군데를 소개한다. 첫 번째는 옥희가 엄마를 골려줄 심산으로 다락 속으로 숨어들었다가 슬며시 잠이 들어온 집안 식구들이 한바탕 난리를 치른 후에 엄마가 하는 독백이다.

"옥희야, 옥희야. 응, 인젠 괜찮다. 엄마 여기 있지 않니, 응. 울지마라, 옥희야. 엄마는 옥희 하나문 그뿐이다."

또 한 군데는 자기에게도 아빠가 있으면 좋겠다는 철부지의 말을 듣고 엄마가 딸을 타이르는 장면이다.

"옥희야, 옥희 아버지는 옥희가 세상에 나오기도 전에 돌아가셨단다. 옥희두 아빠가 없는 건 아니지. 그저 일찍 돌아가셨지. 옥희가 이제 아버지를 새로 또 가지면 세상이 욕을 한단다. 세상이 욕을 해. 옥희 어머니는 화냥년이다. 이러구 세상이 욕을 해. 옥희 아버지는 죽었는데 옥희는 아버지가 또 하나 생겼대, 참 망측두 하지. 이러구 세상이 욕을 한단다…"

이 책에는 가슴 뜨거운 감동적인 장면들이 여러 군데

등장한다. 내가 본 대표적인 장면은 보름밤에 흰 옷을 입고 풍금을 치며 눈물을 흘리는 장면, 꽃잎을 성경책 갈피에 끼워 두었다가 필요 없다고 버리는 장면, 달걀장수(영화에서는 김희갑 님이 달걀장수 역으로 나온다)에게 이제는 달걀 먹을 사람이 없어서 더 이상 달걀을 사지 않겠다고 하는 장면, 등등이다.

그 중에서도 가장 극적인 장면, 그리고 언제까지고 가슴이 먹먹해지는 장면은 역시 맨 마지막에 옥희를 데리고 뒷동산에 올라서 떠나가는 기차를 바라보는 장면이다. 옥희는 아저씨가 선물로 준 인형을 들고 있고 엄마는 치맛자락을 날리며 떠나는 기차를 바라보고 있는….

GROUP 10

한국문학II

37. 성황당 외 2편

정비석 저 • 범우사 1980 • 140p

정비석(1911~1991)은 불과 25살의 나이에 성황당을 썼다. 따라서 그의 수많은 작품 중에서도 가장 순수하고 때가 묻어 있지 않은 작품이라고 할 수 있을 것이다. 실제로 그의 후기 작품들(명기열전, 민비, 김삿갓 등)은 외람되기는 하지만 흥미위주로 씌어졌다는 생각이 든다.

불과 40여 쪽에 지나지 않는 작품 속에 어쩌면 이렇게도 아름다운 문장으로 산속 젊은 남녀의 애정행각과 토속적인 멋을 그려낼 수 있었는지, 선생이야말로 진정한 이야기꾼이라는 생각이 든다. 작품의 배경이 되는 곳은 평안북도 삭주 - 의주 근처의 첩첩산골이다. 등장인물도 주인공 순이, 현보, 그리고 이웃총각 칠성이, 산림감독관 김 주사, 이렇게 네 명 뿐으로 아주 단출하다.

산속에서 서른 서넛의 현보는 숯을 구워서 장에 내다 팔며 생계를 유지하고 순이는 그의 일을 도우면서 생활을 해 나간다. 열네 살에 시집 온 순이는 이제는 열여덟이다. 책은 처음을 장에 가면서 고무신과 댕기를 사다주기로 약속한 현보를 애타게 기다리는 순이의 심정으로 시작하고 있다. 그날 밤, 순이는 생전 처음으로 하얀 고무신을 받아들고는 그걸 신어보고 벗어보고 하면서 가슴 설레어한다.

그렇게 오순도순 살아가고 있는 순이네에 어느날 먹구름이 드리워진다. 전부터 순이를 훔쳐보고 있던 산림간수 김 주사가 드디어 행동을 개시하는 것이다. 어느 날 김 주사는 순경을 데리고 와서 현보가 불법으로 소나무를 벌목하고 숯을 만들었다는 혐의를 씌워 주재소로 끌고 가게 만든다. 끌려가는 현보를 따라가면서 순이는 순경에게 얼마쯤이면 돌아올까를 묻자 순경은 "한 10년은 있어야 한다"며 순이에게 겁을 주고 떠난다. 그래도 남편의 석방을 기다리며 현보가 하던 일을 대신하기도 하고 산나물을 캐기도 하면서 지내는데 어느 날 집에 돌아와 보니 김 주사가 떡 허니 방안에 버티고 있지 않은가. 김 주사는 자기 말만 잘 들으면 내일이라도 현보를 나오게 할 수 있다는 말로 순이를 유혹한다. 그래도 순이는 막무가내다. 철석같이 믿는 성황님이 계시기 때문이다. 순이는 집 근처에 있는 성황당에 빌기만 하면 모든 문제는 성황님이 다 해결해주신다는 생각을 갖고 지금껏 살아왔던 것이다.

밤이 깊어도 갈 줄을 모르고 계속 치근덕대는 김 주사 때문에 곤욕을 치르고 있던 순이에게 마침내 성황님이 보낸 사자가 나타났다. 그는 다름 아닌 산 너머에 사는 칠성이다. 현보가 끌려간 후 걱정이 되어 찾아 온 칠성이 덕에 김 주사를 물리치기는 하였지만, 그로부터 며칠 후 칠성이가 다시 찾아와 순이에게 자기를 따라 대처로 가서 함께 살자고 한다. 순이는 처음에는 거절하였으나 칠성이가 "한 3년은 더 있어야 현보가 나온다"는 말에 마음이 흔들린다. 3년을 이 산속에서 홀로 어떻게 지낸단 말인가? 그런 순간에 칠성이는 미리 준비해 온 분홍색 항라 적삼과 수박색 치마를 내놓는다.

그날 저녁에 순이는 칠성이를 따라서 산을 떠난다. 가는 길이 장장 3백리(120km)나 된단다. 내쳐 달려서 30리는 왔는데 칠성이는 그날 밤 중으로 100리는 가야 한다고 보챈다. 순이는 잠시 쉬면서 칠성이가 가자는 곳에도 산이 많은가, 노루나 꿩은 있는가를 묻는다. 그러나 그곳에는 그런 것들은 없고 대신 사람이 많은 대처라는 이야기를 듣고는 생각이 달라진다. 사람 많은 곳에 가서 지금처럼 고운 치마저고리 입고 구겨질세라 제대로 앉지도 못하고 산다면 무슨 소용이란 말인가.

순이는 불현 듯 천마령 자기 집이 그리워진다. 어젯밤에 밤새도록 성황님께 치성을 드렸으니 어쩌면 현보가 올지도 모르지 않은가. 또 아침나절에는 까치도 울어댔는데…. 순이는 잠시 쉬는 짬을 이용해 칠성이에게 뒤를 본다(화장실 다녀온다)는 핑계로 냅다 도망을 친다. 책의 맨 마지막 페이지이다.

캄캄한 산길이건만 순이는 가든가든 걸었다. 얼마쯤 오니까 그제야 "접동 접동 접접동…"하고 접동새 우는 소리가 들렸다. 순이의 마음은 가벼워졌다. 이제야 살 곳을 옳게 찾아온 것 같았다. 마주 건너다보이는 순이네 집에서 빨간 불이 비치었다. "아, 현보가 왔구나!" 순이는 기쁨에 설레이는 가슴을 안고 쏜살같이 고개를 달음질쳐 내려왔다. 다시 언덕을 추어서 집을 향해 올라갈 때 순이는 "성황님, 성황님!" 하고 부르짖었다. 모든 것이 성황님의 덕택 같았다. 집 앞에까지 다다랐을 때 문득 "에헴!" 하는 귀에 익은 현보의 기침소리가 들렸다.

38. 엄마의 말뚝

박완서 저 • 세계사 2012 • 596p

이 책은 사실 시기상으로 구분한다면 '일제강점기 문학' 편에 넣는 것이 맞지만, 저자가 최근까지도 작품 활동을 한 분이기에 근대문학 쪽에 넣었다.

1, 2, 3부의 연작 소설인 ≪엄마의 말뚝≫에는 두 개의 말뚝이 등장한다. ≪엄마의 말뚝 1≫에서 서울 4대문 안에 번듯한 집을 갖기 위해, 그리고 아들과 딸을 출세시키고 신식여성을 만들기 위해 온갖 억척을 떨어가며 엄마가 박는 말뚝이 첫 번째 말뚝이라면, ≪엄마의 말뚝 2, 3≫에서는 그렇게 고생시켜서 번듯하게 키운 아들이 6.25라는 전화에 의용군으로 끌려가서 끝내는 비참하게 죽고, 당신도 늙고 병들어서 죽어 묻힌 공동묘지에서 묘비 역할을 하는 말뚝이다.

삼우날 다시 찾은 산소에서 나는 어머니의 성함이 한 개

의 말뚝이 되어 꽂혀 있는 걸 보았다. 정식 비석은 달포쯤 있어야 된다고 했다. 말뚝에 적힌 한자로 된 어머니의 성함에 나는 빨려들 듯이 이끌렸다. (…) **어머니의 함자는 몸 기**(己)**자, 잘 숙**(宿)**자여서 어려서부터 끝 자가 맑을 숙**(淑) **자가 아닌 걸 참 이상하게 여겼었다.**(p174)

1, 2, 3 연작이라고 해보았자 겨우 170여 페이지 밖에 되지 않는 중편 정도의 소설 속에 박완서는 우리 민족의 애환(일제 치하 - 해방 - 6.25 - 산업화 시대)을 아주 잘 녹여 놓았다. 이 책의 핵심 내용은 1에 있는데, 거기에는 황해도 개풍군의 시골 양반집 며느리에 만족하지 않고 아들과 딸을 교육시키기 위해 맹렬히 분투하는 여성상이 잘 나타나 있다. 안질에 걸린 할머니에게 논에서 거머리를 잡아다 바치는 여덟 살짜리 효녀가 등장하기도 하고(거머리가 피를 빨아먹어서 안질을 고친다), 개성에서 서울까지는 열 정거장이라는 표현에서는 지금은 갈 수 없는 북한 땅을 생각하며 분단된 현실을 느끼게도 한다. 1전짜리 동전, 국화빵, 박하사탕, 순사, 한도바꾸, 히사시카미 등등의 단어에서는 80여 년 전 당시의 풍습을 느낄 수 있다.

또한 서울 인왕산 인근 현저동 산꼭대기 동네의 적나라한 모습과 당시의 시대상도 가감 없이 표현되어 있다. 예를 들면 물장수에게 물을 사먹으면서도 빨래나 세수는 빗물을 받아서 하는 모습, 서대문형무소의 죄수들이 쇠고랑을 차고 끌려 다니는 모습, 석필로 대문에 옆집 여자아이와 여자의 성기를 그리며 장난을 치는 어린 아이들의 천진난만함, 딸을 기어이 사대문 안의 학교에 보내려고 친척들을 수소문하여 딸의 기류계(현재의 가족관계증명)를 그 집으로 옮겨 놓는 장면들이다.

엄마가 개풍군의 시집을 왕래하며 옷 속에 쌀자루들을 주렁주렁 매달고 뚱보가 돼서 돌아왔다는 이야기에서는 아무리 전시이고 상황이 급박해도 자식들을 먹여 살리려는 모성애만은 어쩌지 못한다는 진리를 깨닫게도 된다. 당시 순사들은 그런 사람들을 적발하기 위하여 수시로 열차 속의 행인들을 칼로 쿡쿡 찔러 보았다고 했으니, 엄마의 그런 행동은 결국 목숨을 내걸고 하는 도박이었던 셈이다.

이렇게 하여 아들은 대학을 마치고 버젓이 큰 회사에 취직하여 제대로 된 집도 장만하고, 그야말로 엄마가 희망한 모든 것이 이루어졌다. 하지만 그러한 기쁨도 계속되지는 않는다. 이야기는 연작 2로 넘어오면서 상황이 급변한다. 아마도 40년 가까운 세월이 흐르지 않았나 싶다. 코흘리개 여덟 살짜리 '나'는 어느 사이에 4남매의 엄마가 되었고, 오빠는

6.25전쟁에 의용군으로 끌려갔다가 어느 날 폐인이 되어서 돌아온다. 전쟁 초기에 한강다리가 끊겨서 피난을 가지 못하던 오빠가 의용군에 끌려갔다가 어찌어찌 탈출한 것이다.

어느 날, 기적처럼 아니 흉몽처럼 오빠가 돌아왔다. 그렇게 믿고 기다리던 어머니까지도 감히 오빠를 반기지 못했다. 헐벗고 굶주린 몰골이 흉한 것까지는 예상한 대로였지만 그때 오빠는 이미 속속들이 망가져 있었다. 눈은 잠시도 한군데 머무르지 못하고 희번덕댔고, 심한 불면증으로 몸은 수척했고, 피해망상으로 하루에도 몇 번씩 깜짝깜짝 놀라고 사람을 두려워했다. 가족들한테도 전혀 친밀감을 나타낼 줄 몰랐고 집에 없는 처자식을 궁금해 하거나 보고 싶어 할 줄도 몰랐다. 그동안 무슨 일이 그를 그토록 망가뜨렸는지 알아낼 방법은 없었다. 그는 문을 꼭 잠그고 그 안에서 두려움에 떠는 심약한 집 보는 어린이처럼 자기를 단단히 폐쇄하고 외부의 모든 것을 배척하려 하고 있었다.(pp35 ~ 36)

엄마의 자랑이었던 오빠는 결국 어느 날, 인민군 장교에게 발각되어 여러 발의 총탄을 맞고 비참하게 죽어간다.

그 후로 엄마는 엘리베이터가 있는 아파트에 사는 큰 손자와 작은 손자의 집에 얹혀 지내며 때때로 딸의 집에 머물다 가기도 한다. 그러면서 병 치레를 하는 엄마와 그런 엄마를 간호하고 지켜보면서 딸이 과거를 회상하는 것이 연작 2, 3의 큰 줄거리이다.

박완서(1931 ~ 2011)는 1931년 황해도 개풍에서 태어났다. 교육열이 강한 어머니 손에 이끌려 서울로 와서 숙명여고를 거쳐 서울대 국문과에 입학했다. 그러니까 이 책 ≪엄마의 말뚝≫은 그녀의 자전소설인 셈이다. 1970년 ≪나목≫이 여성동아 공모에 당선되며 등단했고 2011년 타계하기까지 40여 년간 80편의 단편과 15편의 장편소설을 포함, 동화, 산문집, 콩트집 등 수많은 작품을 남겼다.

39.무진기행

김승옥 저 • 문학동네 1995 • 440p

김승옥의 대표 단편인 '무진기행'과 '서울의 달빛 0장'을 비롯한 열다섯 편의 단편소설이 실려 있는 책으로, 그 중에서 무진기행은 고작 30여 페이지 밖에 되지 않는다.

≪무진기행≫은 김승옥이 20대 중반에 쓴 작품으로 도시와 고향, 과거와 현재, 돈 많은 여인(아내)과 가난한 여인(시골 교사)을 교묘히 대비시켜가며 인간의 심리를 섬세하게 묘사한 작품이다.

책은 처음 시작도 무진의 이정표이고 끝나는 결말부도 무진의 이정표이다.

버스가 산모퉁이를 돌아갈 때, 나는 '무진 Mujin 10km'라는 이정표를 보았다.

창밖에는 하얀 팻말에 "당신은 무진읍을 떠나고 있습니

다. 안녕히 가십시오"라고 씌어 있었다. 나는 심한 부끄러움을 느꼈다.

무진에서 태어나고 그곳에서 중학교를 다닌 윤희중은 서울로 올라가 어느 제약회사에 들어간다. 6.25전란 시절에 대학 강사 자리를 잃었다고 하는 것을 보면 당시로서는 많이 배운 인텔리임에 분명하다. 그런데 어찌어찌하여 자신이 사랑했던 여인이 죽었고, 또 어찌어찌하여 남편과 사별한 재벌 제약회사의 딸과 결혼을 하게 된다. 이 책의 대부분은 이제 전무로의 승진을 눈앞에 둔 주인공이 잠시 휴가를 얻어 고향인 무진에 내려와 시골 교사인 하인숙과 아주 짧은 시간, 사랑에 빠져서 보내며 자기 심경을 토로하는 내용이다.

하인숙은 무진으로 발령받아 음악교사를 하고 있다. 말끝마다 대학시절 이야기를 하며 서울에서 지냈던 과거를 그리워하며 처음 만난 윤희중에게 서울로 데려가 달라고 조른다. 윤희중은 잠시 머리를 식히려고 무진으로 쉬러 왔지만 자신을 서슴없이 오빠라고 부르며 몸까지 허락하는 인숙이 싫지 않다.

동갑친구 조는 고등고시를 패스하고 무진에서 세무서장을 하며 나름 출세하였다고 빼기며 지내던 차에 모처럼 내려 온 윤희중에게 자신의 출세를 과시하려고 한다. 그는 하인숙이 자신을 좋아한다는 걸 알면서도 별 볼일 없는 집안인 걸 알고는 더는 마음을 주지 않는다. 그는 여전히 윤희중에게 심한 열등감을 갖고 있다.

하인숙은 서울의 대학에서 성악을 전공한 여자인데 시골 교사로 발령을 받았지만, 시골 생활이 몹시 적적하고 답답해서 서울로의 전근을 모색하고 있는 중이다. 하인숙과 달콤한 사랑에 빠져 있던 윤희중은 이사회 참석이 필요하다는 아내의 전보를 받자마자 급히 상경한다.

소설은 그가 순천을 떠나면서 흔들리는 버스 안에서 자기가 애인(하인숙)에게 서울로의 전근 약속을 적은 편지를 읽다가 찢어버리고, 창밖을 내다보는 것으로 끝난다. 그러면서 주인공은 심한 부끄러움을 느낀다고 했다. 여기서 주인공이 느낀 부끄러움이라는 것이 무엇인지는 밝히지 않았다. 아마도 자신의 출세지향적인 속물근성이 부끄럽다는 말이거나, 아니면 아무런 책임을 지지도 못할 정사를 벌이고, 훌쩍 (무진의 안개 속에서 밝은 세상으로) 떠나버리는 자신이 부끄럽다는 말이 아닐까?

아주 짧은 단편이지만 ≪무진기행≫이 두고두고 사람들의 사랑을 받는 이유는 아마도 짧은 내용 속에 인간의 출세지향적인 속성과 고향을 그리워하는 마음을 적절히 대비시켜 놓았기 때문이라는 생각을 해본다.

같은 책 속에 들어 있는 '서울의 달빛 0장'이라는 작품은 결혼과 이혼이라는 모티프를 통해 가족의 사회적 의미와 1970년대의 출세지향적이고 금전만능주의적인 사회상을 비판한다. 그래서 그런지 책의 곳곳에서 매우 거친 표현들이 등장한다.

사내의 손은 탁자 밑에서 아가씨의 사타구니를 더듬고, 아이, 남들이 보잖아요, 빼내는 손 끝에 묻어오는 것은 냉증 특유의 썩은 냄새일 게 틀림없다. 썩은 냄새, 썩은 음부, 아내의 사타구니에서 풍겨오던 부패 그 자체….

또한 같은 책에 '서울 1964년 겨울'이라는 단편도 등장하는데, 이 작품은 1960년대의 서울풍경을 간접경험해 볼 수 있는 아주 훌륭한 '시대의 거울'이다. 선술집, 오뎅, 군참새, 적십자병원, 네온사인, 아내의 시체를 병원에 판다, 다꾸앙, 통행금지, 월부 책값, 숙박계 등등….

김승옥 선생은 1941년 일본 오사카에서 출생하여 1945년 귀국한 후 순천고등학교와 서울대학교 불문학과를 졸업하였다. 샘터사 편집장을 거쳐 한때 세종대학교 국문학과 교수로 재직하였다. 여담이지만, 내가 세종대학교의 계열회사에 책임자로 근무할 당시 김승옥 교수와 옆자리에 한두 차례 앉아보기도 하였으나 2003년 뇌졸중으로 쓰러진 이후로는 더 이상 소식을 알지 못한다.

40.아제아제 바라아제

한승원 저 • 문이당 2003 • 226p

소설가 한강의 아버지로 유명한 한승원(1939~)의 대표작이다.

우리나라 불교소설 분야에서 대표적인 작품을 꼽으라면 김성동의 만다라와 이 책을 들 수 있을 것이다. 두 작품은 상당한 공통점이 있으며 또한 차이점도 있다. 둘 다 영화화하여 크게 주목을 받은 작품들이다. ≪만다라≫가 젊은 수도승(법운)과 파계승(지산)의 구도여행에 관한 이야기라면 ≪아제아제 바라아제≫는 두 젊은 비구니 청화(순녀)와 진성(수남) 스님의 구도행각과 청화의 파계, 그리고 도화살(桃花煞)이 박혔다고 하는 중생 순녀로서의 세상적인 삶 이야기이다.

이 책에서 단연 주인공은 잠시 청화라는 법명을 가졌던

순녀인데, 이야기는 그녀의 고등학생 시절부터 30대 초반 정도까지의 파란만장한 삶에 맞추어져 전개된다.

순녀의 어머니는 돈놀이를 하는 사람이다. 아버지는 없다. 순녀가 고등학교 3학년 무렵 현종이라는 이름의 국어선생님이 새로 부임해 온다. 그녀는 첫눈에 그 선생님에게 빠져서 여름방학에 그와 함께 백제 유적지 답사를 간다. 현종 선생은 죽은 아내를 위하여 백제에 관한 연구를 계속하며 시를 쓰는 사람이다.

이 여행도 둘이 함께 가기로 미리 약속한 것이 아니라 우연히 기차역에서 서로 만나면서 시작된 것이다. 순녀는 학교에서 보충수업 기간 중에 특별히 학생들에게 내 준 6일간의 방학을 서울의 고모집에 다녀오겠다면서 역에 갔는데, 거기서 우연히 현종 선생을 만난다. 현종 선생은 평소 연구하던 백제문화 유적지 답사를 위하여 막 광주를 떠나려던 참이었다.

그렇게 하여 둘은 대전으로, 부여로, 공주로 해서 고란사의 옛 유적지를 돌아보는데, 거기서 방이 없어 한 방에서 자게 된다. 현종 선생은 부인과 사별한 젊은 선생이었으나 그렇다고 자기의 제자에게 음심을 품은 것도 아니었고, 순녀가 끈질기게 따라 오겠다고 하니까 할 수 없이 동행을 허락한 것뿐이었다. 그런데 이 사건이 학교에 알려지게 되고 문제가 되어 결국 현종 선생은 학교를 그만두고 순녀 역시도 학교를 떠난다. 지도 여선생에게 현종 선생이 사정하는 장면이다.

"지금 사표를 내고 오는 길입니다. 저 아이한테 모든 것을 다 들어 알고 계실 줄 압니다만, 정말입니다. 우리 사이에는 아무 일도 없었습니다. 믿어 주십시오. 그리고 저 아이의 앞날을 위하여 이 선에서 좀 덮어 주십시오. 모든 것은 선생님의 말 한마디에 달려 있습니다."

산으로 들어 온 순녀에게 청화라는 법명이 주어지는데 그곳에서도 청화는 제대로 수행을 할 수 없었다. 현우라는 청년이 죽자 살자 달려들어 결국은 파계를 하게 되고 그때부터 순녀의 방황, 또는 온몸으로 하는 보시의 행각이 시작된다.

맨 처음은 자신을 절에서 끌어내린 박현우다. 그런데 박현우는 둘 사이에 태어난 아기를 어디엔가 갖다 버리고 돌아와서는 순녀와 이별을 선언한다. 두 번째는 팔다리가 없는 사람인데, 그와는 반 년 정도 함께 살다가 헤어진다. 그리고 세 번째는 낙도의 병원에 보건간호사로 취직하여 만난 송

기사라는 사람이다.

섬에 콜레라가 돌자 병원의 직원들이 몇 날 밤을 새워 가며 헌신하는 모습이나 제왕절개를 받는 여인에게 순녀와 송 기사가 헌혈을 해 주는 모습은 가히 자기희생의 표본이라고도 할 만하다. 순녀는 마침내 그와 결혼한다. 그러나 잠시 행복했던 결혼생활도 얼마 지나지 않아 끝나고 만다. 송 기사가 과로로 어느 날 밤에 급사해 버리는 것이다.

이 작품에 거의 주인공 비슷하게 등장하는 인물이 있으니 그가 바로 은선이라는 노 스님이다. 은선 스님은 청화(순녀)가 일찍이 절에서 수행할 사람이 아님을 알아보고 파계를 결정한 분이고, 또 어느 겨울날 새벽에 포대기에 싼 채로 절 앞에 놓고 간 어린 아기가 순녀의 아기임을 간파한 사람이다. 그리고 그녀는 죽는 순간까지 순녀가 자기의 품으로 다시 돌아올 것을 예견하고 그녀를 끈질기게 기다리는 사람이다.

그러던 어느 날, 정말 순녀가 절을 찾아오고, 스님은 순녀의 손을 잡고는 열반한다. 은선 스님의 다비식 장에서 순녀는 절을 찾아 온 윤 보살을 만난다. 그녀는 몇 년 전에 은선 스님으로부터 어린 핏덩이, 즉, 순녀의 아기를 받아간 여인이다. 그녀는 순녀에게 그 아이가 얼마 전에 죽었음을 알리고 통곡을 한다.

순녀는 다비식 장의 잿더미에서 한 줌의 재를 끌어 모아 가지고 절을 떠나 낙도로 향한다. 아마도 30대 초반이나 되었을 순녀는 이후로도 몸으로 하는 보시를 계속해 나갈 것이다. 책은 맨 마지막을 순녀가 ≪반야바라밀다경≫의 주문을 외우는 것으로 끝난다.

"아제아제 바라아제 바라승아제 모지 사바하 (가자, 가자, 더 높은 깨달음의 세계로 나아가자)."

GROUP 11

한국문학III

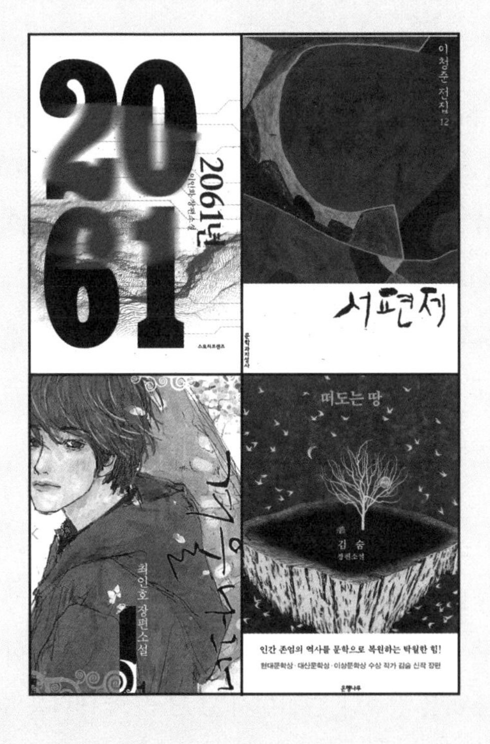

41.서편제

이청준 저 • 문학과지성사 2013 • 416p(서편제 26p)

이청준(전남 장흥 출생, 서울대학교 독어독문학과 졸업)의 대표작 ≪서편제≫를 여러 차례 읽고 또 영화를 몇 번 보면서 과연 작가의 힘이라는 게, 그리고 감독의 힘이라는 게 얼마나 위대한가를 절감했다.

우선 소설부터 이야기하자면, "어쩌면 이렇게나 짧은 단편 속에 그다지도 많은 이야기들을 함축시켜 놓을 수가 있을까?"하는 감탄이 절로 나오는 명작이다.

전라도 보성읍의 산자락 공동묘지 근처 소릿재라는 곳에 남도창을 예사롭지 않게 하는 여자가 주막을 지키고 있다. 하루는 남자 하나가 찾아 와서 막걸리 잔을 기울이며 북을 잡고 소리를 청한다. 그러면서 그 '소리'의 내력을 꼬치꼬치 캐어묻는다. 여자는 춘향가를 뽑으면서, 자신이 언덕 위에 묻혀 있는 무덤의 주인으로부터 소리를 전수받았노라고 고백한다. 그러면서 소설은 내러티브 형식으로 아비, 딸, 그리고 아들의 이야기를 시작한다.

1956~7년의 어느 가을, 읍내 마을의 대갓집 사랑에 한 식객 부녀가 찾아든다. 쉰을 넘긴 아비와 열대여섯 살의 딸은 주인이 홀딱 반할만큼 소리를 잘했다. 부자 영감은 그 소리에 반해 사랑에 계속 머물기를 원했으나 소리꾼은 웬일인지 나가기를 고집했다. 소리꾼 노인이 집을 나가서 정착한 곳이 공동묘지 아래 버려진 빈집이었다. 그들을 딱하게 여긴 부자 영감은 자기 집의 하녀 하나를 그 집에 보내주었고 그녀는 그곳에서 소리를 배우면서 함께 기거하게 된다.

새해가 되었나 싶은 어느 눈보라가 치는 날, 소리꾼 노인은 세상을 떠나는데, 그의 어린 딸은 어찌된 일인지 그곳에서 살기를 고집하고 하녀도 그곳에서 그럭저럭 3년을 함께 산다. 그리고 어느 겨울날 새벽, 소리꾼 처녀는 아비의 삼년상을 마치고 홀연히 자취를 감추었다.

주막의 여자와 함께 수궁가, 흥보가의 몇 대목을 치고 부르며 남자는 서서히 자기의 기억 속으로 빠져든다. 그 기억은 아득한 어린 시절, 남도의 해변가 이글거리는 태양 아래서 밭뙈기 농사를 거두는 엄마를 기다리며 줄에 묶여 있는 자신의 모습이었다.

소설은 이렇게 해서 어느 날, 화자가 자신의 기억을 회상하기도 하고, 또 주막집 여자가 그 집안의 내력을 들려주기도 하면서 이야기를 전개해 나간다.

영화는 어떤가? 비록 영화전문가는 아니지만, 한국 영화 80년사에서 가장 대표적인 영화 10여 편을 꼽아보라면 나는 그중에 하나로 단연 ≪서편제≫를 넣을 것이다. 임권택 감독의 영화는 이청준의 단편에 이야기와 상상력을 듬뿍 가미하였다.

임권택 감독은, 득음을 위해 자식의 눈까지 멀게 한 떠돌이 소리꾼 유봉과, 눈이 먼 누이 송화를 그리워하며 전국을 찾아헤매는 동생 동호(소설에서는 유봉, 송화, 동호같은 이름이 없으며 관계도 오빠와 누이동생으로 나온다)의 이야기를 예술성 높은 영화로 완성해냈다. 1993년 개봉 당시에 단성사 한 곳에서만 하루 평균 4,318명, 6개월 동안 서울 관객 103만 5741명을 기록하면서 국민적 열풍을 일으켰다.

피가 전혀 섞이지 않은 가족인 유봉, 송화, 동호는 득음이라는 소리의 최고 경지를 투고 서로의 마음을 아프게 하지만 또한 서로를 몹시 그리워한다. 아비 유봉이 자신의 소리를 물려주며 송화와 하나가 되었다면, 누이 송화는 자신을 찾아온 동생 동호의 북장단으로 맺힌 한을 풀며 오누이 간의 사랑을 완성한다.

처음 시작은 발가벗은 아이가 이글거리는 태양 아래 엄마를 기다리는 장면으로 소설과 같지만, 영화는 마치 1950년대 우리나라의 변천사를 화폭에 담은 것만 같다.

영화에서는 비참하고 초라한, 그래서 가슴이 먹먹한 장면들이 유독 많이 나오는데 두세 군데만 꼽아보자면 다음과 같은 장면들이 아닐까 싶다.

가을 들판을 (서로 피가 섞이지 않은) 아비, 딸, 아들 세 식구가 흥에 겨워 아리랑 장단에 맞춰 춤추고 노래하는 장면, 닭을 훔쳐 먹고 주인에게 들켜서 흠씬 두들겨 맞는 장면, 고목나무 밑에서 떠나가는 동호를 소리쳐 부르는 누나 송화의 애절한 모습….

그래도 영화의 압권은 맨 마지막에 어린 딸을 앞세우고 지팡이를 더듬거리면서, 눈 내리는 제방 길을 따라 가는 송화 모녀의 뒷모습이다.

42.겨울 나그네

최인호 저 • 열림원 2005 • 715p(전2권)

우리 시대에 한 획을 긋고 떠난 작가 최인호, 그를 기리기 위하여 책 한 권을 선정하여 해설하기로 하였다. 나의 서재에는 최인호 작가의 책이 10여 종(세트물이 많으므로 권수로는 30여 권) 있다. 이는 곧 최인호가 우리 독서계에 많은 영향을 주었다는 사실의 방증이 아닐까 싶다. 그 중에서 나는 대표작으로 ≪겨울 나그네≫를 꼽았다. 아마도 한국인들에게 가장 깊은 인상을 남긴 책은 영화로 크게 히트한 ≪별들의 고향≫이 아닐까 싶지만, 내가 보기에는 이 작품이야말로 1960년대 말의 사회상, 특히 대학가의 풍경을 가장 잘 묘사하고 있는 작품이다.

의대생 민우는 학교 내에서 자전거를 타다가 불문과 학

생 다혜와 부딪친다. (작가가 연세대를 다녔음으로 해서 여기에 배경으로 등장하는 장소들은 다 연세대와 신촌 주변이다.) 이 사건으로 둘은 첫사랑을 시작한다. 민우는 중견기업 사장의 혼외 자식으로 아버지 말고는 모두에게 무시를 받는다. 갑작스런 아버지의 입원과 회사의 부도로 형님은 미국으로 도피하고 폭행사고를 친 민우는 구속된다. 4개월의 감옥살이를 마친 후 그는 의정부에서 미군을 상대로 술집을 하는 이모에게 가서 생활하며 친구 현태와 연인 다혜에게도 연락을 끊고 살아간다.

의정부에서 민우는 새로운 삶을 시작한다. 한 여인(은영)과 가정을 꾸리고 타락한 삶을 살아가다 다시 사고를 치고 교도소로 들어간다. 형을 다 마친 그는 완전히 폐인이 되어 의정부에서 침울한 삶을 이어간다.

현태는 우연히 민우가 의정부에 있다는 소식을 듣고 다혜와 함께 찾아가지만 그의 모습에 실망하고 돌아온다. 민우가 또 한 번 오랜 감옥생활을 마치고 출감했을 때 은영은 그의 아이를 키우고 있었다. 친구 민우를 찾아 함께 다니던 현태와 다혜는 어느 사이에 연인 사이로 변했고 급기야 현태는 다혜에게 사랑을 고백하고 둘은 결혼을 하여 가정을 꾸린다. 민우의 사후에 민우의 처 은영은 민우의 아들을 현태에게 부탁하기 위해 찾아오고 그때서야 현태는 민우의 죽음을 알게 되고 안타까워하며 민우의 아들을 거둔다.

이 소설은 1984년에 동아일보에 1년 동안 연재되었고, 지난 35년 세월에 100쇄가 넘게 꾸준히 인기를 끌며 팔린 작품이다. 1986년에는 영화로 각색되었고, 1989년에는 소설을 원작으로 한 드라마가 TV에 방영되어 큰 인기를 끌기도 하였다.

이 책에는 주인공 한민우를 통하여 과거를 회상하는 장면이 유독 많이 나온다. 다음은 민우가 구치소를 나와서 현태의 하숙방에서 과거를 회상하는 장면이다.

(…) **아아 여전할까. 해마다 새학기가 되면 떼 지어 구호를 외치면서 머리에 띠를 두르고 고함쳐 외치던 학생들도 여전할까. 아아 여전할까. ROTC 학생들은 지금도 목총을 둘러메고 노래를 부르면서 운동장을 오가고 있을까.**

눈 들어 눈을 들어 앞을 보면서, 산도 넓고 물도 섧은 이 강산 위에…(1권 p301)

1권의 2 • 3 정도가 아주 수수한 대학생의 연애이야기라면, 1권의 후반부부터는 현우가 엄마의 언니인 김영숙을 찾아가 몸을 의탁하며 범죄에 빠져드는 이야기로 전환된다. 이

모는 로라라는 이름으로 양공주들을 데리고 양키들을 상대로 나이아가라라는 술집을 운영한다. 민우는 그곳에서 양키 물건들을 밀매하며 이모를 돕는다. 그런 중에 제니라는 이름의 은영이를 만나서 서로 동거하게 된다. 이제는 은영이란 이름으로 돌아온 제니는 민우를 위하여 김치찌개를 끓여주겠다고 골목 밖 정육점을 가고, 그 사이에 민우가 은영의 단칸방을 둘러보며 자신의 소감을 적은 부분이다.

붉은 형광 불빛이 머문 방안은 요란한 향수냄새와 더불어 편안한 휴식을 취할 수 있는 방이라기보다는 잠시 쾌락을 위해 머물다 도망치듯 사라지는 휴게실 같은 느낌이었다. 옷걸이에 걸린 옷들은 흰 누비 천으로 가려두었다. (…) **푸른 호수 위에 백조들이 떠 있는 모습이 수 놓였다. 그 풍경 위에는 스위트 홈이라는 영문자가 커다랗게 색색 글씨로 수 놓여 있었다. 그 수 솜씨는 제니가 고등학교 시절 수예시간에 숙제로 만들어 놓은 것임을 한 눈에 알 수 있었다.**

'스위트 홈'이란 영어 단어가 민우의 가슴에 박혀들었다. 미래를 꿈꾸고 희망에 부푼 그 시절의 제니는 어디에 있는 것일까? (…) **지금은 수많은 남자들의 쾌락의 대상으로 허물어져가고 있다.**(2권 p377)

이 책은 1960년대의 대학풍경을 회상하기에 아주 제격인 작품이다. 군복 점퍼, 고무신, 아르바이트 과외, 데모, 최루탄, 버스타고 다니는 모습, 비좁은 하숙방, 통행금지, 순진한 학생들, 정이 넘쳐나던 사람들의 모습 등등….

43.떠도는 땅

김숨 저 • 은행나무 2020 • 280p

내가 이 책을 사고 난 후 열흘 가량 지났을 때 동인문학상 수상작이 발표되었다. 강영숙의 ≪부림지구 벙커 X≫와 마지막 경합까지 벌여 최종 4:3으로 김숨 작가의 ≪떠도는 땅≫이 수상작으로 선정되었다고 한다.

지금껏 인류 5,000년의 역사 속에서 가장 잔인한 인물이었던 스탈린, 그가 죽인 사람들의 숫자를 대략 5천만 명이라고 한다. 이 책은 그 5천만 명 중에 공식적으로 500명이 죽었다고 발표된(실제로는 1만 명 이상?) 1937년 한인들의 중앙아시아 강제이주의 이야기이다.

김숨 작가는 그들이 영문도 모른 채 명령에 의해 무작정 열차에 태워져 기차 내에서 이동하며 지내야만 했던 40여 일 간의 비극을 다룬다.

소설은 오로지 세 평인지, 네 평인지 모를 조그마한 열차 내에 갇혀서 이동하는 사람들의 소리, 독백, 냄새, 추위, 잠, 회상, 그런 것들 사이로 간간히 스며드는 햇빛에 의지해 이야기를 전개해 나간다.

이야기의 대부분을 차지하는 것은 살던 곳에 대한 그리움이다. 거기에 자신의 고향, 부모의 고향, 조부모의 고향 이야기와 그들의 삶을 지배했던 사상과 이데올로기의 이야기가 곁들여진다.

스탈린은 왜 이런 무자비한 만행을 저질렀을까? 잠시 소설과는 상관없이 당시의 정치적인 상황을 살펴보자. 거기에는 두 가지 이유가 있었다.

원래 연해주 지역(주로 블라디보스토크 인근)은 중국 땅이었던 것을 소련이 북경조약(1860)으로 차지하였는데, 거기에 나라를 잃은 조선인들이 하나 둘씩 모여들어 50여 년 만에 '사람이 살 수 있는 땅'으로 탈바꿈시켜 놓았다. 그러자 소련 당국은 훨씬 척박한 땅인 중앙아시아로 조선인들을 내 쫓으면 머지않아 거기도 훌륭한 땅이 될 것이라고 생각하고 강제이주를 결정하게 된다.

또 다른 이유는, 이 지역은 어느 사이에 일본과 마주하는 최전선이 되어버렸다. 조선의 독립군들이 하나 둘씩 모여들더니 어느 사이에 큰 세력을 형성한 것이었다. 소련 측에서 보면 자칫하다가는 일본군에게 국경분쟁, 더 나아가서는 선전포고의 구실을 줄 수도 있게 되었기 때문에, 그러한 위험 요소를 사전에 제거해 버리자는 정치적인 결정을 할 필요가 있었다.

그래서 소련인민위원회는 1937년 8월 21일 '극동지방 국경 부근 구역에서 조선인 거주민을 이주시키는 문제에 관하여'라는 결의문을 채택한다. 이 결의문은 1938년 1월 1일까지 극동 지방의 모든 한인을 중앙아시아 지역으로 이주시킨다는 것이었는데, 이에 따라 약 17만 명의 한인들이 카자흐스탄과 우즈베키스탄으로 강제 이주하게 된 것이다

이 책은 처음 시작부터가 열차 안이고 끝나는 장면도 열차 안이다.

"엄마, 우린 들개나 승냥이가 되는 건가요?"

열차 사방엔 널빤지가 대어 있다. 열차 위쪽에 내놓은 조그만 창문은 양철 조각을 대고 못을 박아 버렸다. 바닥에는 마구간처럼 건초가 깔려 있다. 사람이 아니라 말이나 염소 같은 가축을 실어 나르는 열차다.(p10)

열차는 들판에서 두 번을 더 섰다. 그때마다 여자들은 미닫이문이 열리기 무섭게 황급히 열차에서 뛰어내렸다. 알 낳을 자리를 찾는 암탉들처럼 시커먼 침목이나 들판 여기 저기 자리를 잡고 앉았다. 엉덩이를 내놓고 하늘을 원망 어린 눈길로 흘겨보며 참았던 오줌을 눴다.(p18)

소비에트 경찰이 신한촌으로 몰려 온 것은 열흘 전 동풍이 불던 날이었다. 그들은 700여 호가 넘는 집집을 돌아다니며 정확히 사흘 뒤 일주일 치 식량과 당장 입을 옷가지만 챙겨 혁명 광장에 모일 것을 명령했다.(p45)

"카자흐스탄이라고 했어요? 그건 러시아 어디에 붙었대요?"

"러시아 서쪽, 어린 아이들이 살 수 없는 곳이지요."

"어린 아이들이 살 수 없다니?"

"모래바람 때문에 나무도 자라지 못하는 곳이니까요."(p85)

"우린 정말 열심히 살았어요. 연해주에 소비에트 정부가 들어서고 평화의 세상이 도래했으니 어디 한 번 잘 알아보자,

동기간을 만나면 다짐했지요. 우린 연해주에 사범대학도 세우고 극장도 지었어요. 그런데 죄수들처럼 열차에 실려 끌려가고 있네요."(p112)

"솔직히 난 내가 누군지 모르겠어. 조선인, 러시아인, 소비에트 인민…"

"그 셋 다 아닌가요? 당신은 조선인이지만 러시아에서 태어났어요. 러시아는 소비에트가 되었고요."

"그 셋 다일 수는 없어."(p101)

내가 옛날에 읽었던 어떤 책에서, 우리 조선의 여인네들이 열차 안에서 오줌을 계속 참고 참다가 얼굴이 누렇게 뜨고 (다섯 시간, 여섯 시간도 쉬지 않고 달리니까) 마침내는 방광이 터져서 죽었다는 글을 읽은 기억이 난다. 이 책 ≪떠도는 땅≫은 자기 나라가 얼마나 소중한지, 나라 없는 국민의 설움이란 어떤 것인지, 국민 한 사람 한 사람의 생명이 얼마나 귀중한지를 깨닫게 해 주는 좋은 책이다.

44. 달러구트 꿈백화점

이미예 저 • 팩토리나인 2020 • 300p

이 소설은 발상이 기발하다. 백화점은 백화점인데 잠이 들어야만 입장 할 수 있는 백화점이고, 옷이나 식품, 또는 전자제품을 파는 백화점이 아닌 꿈을 파는 백화점이다. 백화점 직원들은 꿈을 판다. 그 백화점에 신참으로 페니라는 직원이 입사하며 이야기가 시작된다.

꿈 백화점에서 일어나는 일은 우리들의 상상을 뛰어넘는다. 한마디로 판타지 소설이다.

달러구트라는 노인이 운영하는 꿈 백화점이 소재하고 있는 이곳은 먼 옛날부터 사람들에게 수면에 관련된 상품을 판매하면서 발달해온 도시다. 잠옷 차림으로 돌아다니는 사람들, 숙면을 취하는 데 도움을 주는 요리를 판매하고 있는 뒷골목의 푸드 트럭, 잠든 손님들이 옷을 훌렁훌렁 벗고 다니지 않도록 100벌이 넘는 수면용 가운을 짊어지고 손님들을 쫓아다니며 옷을 입히는 녹틸루카들….

달러구트 꿈 백화점은 어떻게 구성되어 있을까?

백화점의 1층에서는 고가의 인기상품, 한정판, 예약상품들만을 소량 취급하고, 2층에서는 소소한 여행이나 친구를 만나는 꿈 또는 맛있는 음식을 먹는 꿈 등, 평범한 일상에 가까운 꿈들을 판매한다. 3층에서는 하늘을 나는 꿈과 같이 액티비티한 꿈을, 4층에서는 잠을 많이 자는 동물들과 온종일 잠만 자는 아기 손님들을 위한 꿈을 판다. 제일 꼭대기 층인 5층에서는 유효기간이 임박하거나 예약해놓고 가져가지 않은 꿈을 할인 판매하고 있는, 세일 전문 매장이다.

그럼 꿈은 도대체 누가 만들까?

다양한 꿈 제작자들이 꿈을 만들어서 백화점에 납품한다. 아가넵 코코는 태몽 제작자이다. 야스누즈 오트라는 다른 사람의 입장이 되어보는 '역지사지' 꿈 제작자, 애니모라 반쵸는 동물 꿈 제작자, 키스 그루어는 연애와 로맨스 꿈 제작자이다. 셀린 글럭은 판타지와 SF 꿈 제작자, 그리고 니콜라스는 크리스마스 꿈 제작자이다.

이 책에는 재미있는 설정이 여러 군데 있지만 특히 다

음 두 가지가 눈길을 끈다. 책의 중간 중간에 등장하는 '눈꺼풀 저울'이 그 하나이고, 6장 '이달의 베스트셀러'가 또 다른 하나이다.

눈꺼풀 저울은 백화점의 프런트 뒤편에 마치 증권회사의 전광판처럼(책에서는 까마득하게 높은 벽면에 칸칸이 저울들이 들어 있는 모양으로) 설치되어 있다. 꼭 사람의 눈꺼풀처럼 생긴 추가 오르락내리락하면서 상태를 가리키는 눈금을 움직인다. 예를 들면 902번의 눈꺼풀 저울은 '맨정신'과 '졸림' 사이를 빠르게 왔다 갔다 하고, 999번의 저울은 대략 몇 시가 되면 눈꺼풀이 무거워지는 식이다. 그래서 매장 안에 있으면서도 백화점에서는 손님들의 상태가 어떤지, 또는 언제쯤 물건을 구입하러 올 것인지를 예측할 수 있는 것이다. 마치 조지 오웰의 소설 ≪1984≫의 빅 브라더가 '텔레스크린'이라는 감시 장치를 이용하는 것만 같다.

아마도 '이달의 베스트셀러'라는 장은 이 책의 하이라이트가 아닐까 싶다. 매년 12월 한 달 동안 일년 판매량을 집계해서 수여하는 '올해의 꿈' 대회에서 무려 14년 연속 수상의 영예를 거머쥔 꿈 제작자는 달러구트의 친구인 니콜라스이다. 그는 크리스마스 꿈을 전문으로 제작하여 납품하는 사람인데 올해도 당연히 자신이 그 상을 차지하게 될 것이라며 기염을 토한다.

그런데 여기에 반전이 일어난다. 동물 꿈 전문가인 애니모라 반쵸가 최종 수상자로 결정되는 것이다.

그러면 연말 시상식에서 최고의 영예인 그랑프리는 누구에게 돌아갔을까?

사회자가 손에 든 봉투에서 그랑프리 후보 두 사람의 정보가 적힌 종이를 천천히 꺼냈다.

"오호, 이 두 사람이군요. 그 후보를 바로 발표하죠! 킥 슬럼버의 '절벽 위에서 독수리가 되어 날아가는 꿈', 그리고 야스누즈 오트라의 역지사지 시리즈 7번째, '내가 괴롭혔던 사람으로 한 달 살아보는 꿈'입니다.

"올해 최고의 꿈! 영예의 그랑프리는…"

화면 속의 사회자는 긴장감이 최고조에 달할 때를 기다렸다가 침을 한 번 꿀꺽 삼키고 카메라를 보면서 힘껏 외쳤다.

"올해의 그랑프리는 킥 슬럼버의 '절벽 위에서 독수리가 되어 날아가는 꿈'입니다!"

환호성과 탄식이 동시에 터져 나왔다.(pp212 ~ 213)

이 책은 이렇게 현대인들의 아픈 곳을 긁어준다. 취직하기가 하늘의 별따기 만큼이나 어려우니까 페니라는 주인공을 등장시켜 손쉽게 꿈 백화점에 점원으로 취직하게 만들고, 동물을 학대하는 사람들이 많으니까 '주인과 산책하는 꿈'을 만들어 파는 꿈 제작자를 베스트셀러 수상자가 되게 만들고, 다른 사람들로부터 상처를 받는 사람들이 많으니까 역지사지(易地思之) 시리즈가 인기 상품이 되어 '내가 괴롭혔던 사람으로 한 달 살아보는 꿈'이 최종 결선에까지 올라가게 하고, 그리고 우리 모두가 비상(飛上)을 꿈꾸며 살고 있으니까 '절벽 위에서 독수리가 되어 날아가는 꿈'이 그랑프리가 되게 만드는 식이다.

GROUP 12

세계명작 I

45.전쟁과 평화

레프 톨스토이 저 •맹은빈 역 • 동서문화사 2016 • 2,558p (전2권)

안톤 체호프와 막심 고리키로부터 영향을 받았다고 알려진 톨스토이는 1805년의 제1차 나폴레옹 전쟁부터 1812년의 보로지노 전투를 거쳐, 1825년의 혁명운동까지 약 20년에 걸친 러시아 역사를 이 작품을 통하여 재현하였다. 그는 아우스터리츠 전투, 셴그라벤 전투, 보로지노 대회전, 모스크바 대화재, 그리고 프랑스 군의 퇴각장면까지를 사실에 입각하여 최대한 자세히 묘사하였다. 가히 실록소설이라고 불러도 무색하리만큼 알렉산드로 황제의 문서며 나폴레옹의 편지와 연설, 당시의 전투배치도 등, 기록들이 풍부하다. 다시 말해 보로지노 벌판에서의 러시아-프랑스 대회전(大會戰), 나폴레옹의 모스크바 점령, 모스크바 대화재, 프랑스군 퇴각 등, 러시아 국민에게는 잊을 수 없는 기념비적인 대사건이 세세히 묘사되어 있는 것이다.

그러나 이 책이 그러한 역사적인 기록만 담은 것이라면 '세계 최고의 명저'라는 찬사를 받지는 못하였을 것이다. 이 작품 속에는 러시아 민중들은 물론 프랑스 군인들의 생명력이 곳곳에서 살아 숨 쉬고 있다. 그런가하면 페테르부르그의 화려한 저택의 묘사, 황태후의 총애를 받고 있는 관리의 살롱 내부, 오스트리아 궁정의 모습, 로스토프 가문의 귀족적인 생활, 볼콘스키 공작의 검소한 집, 나폴레옹 진영의 막사, 경기병이나 야전포대의 내부생활, 살해당하는 포로들의 참상, 퇴각하면서 나폴레옹이 느꼈을 법한 공포감을 섬세하게 그려냈다.

무엇보다 가슴을 뛰게 하는 대목들은 바로 130여 마리의 개와 수십 명이 함께 하는 겨울철 니콜라이와 동료들의 사냥 광경과(pp673~708) 로스토프 가(家) 근처의 멜류코프 부인 댁에서의 가장 행렬 모습(pp723~737)이다. 이 대목을 읽으면서는 어린 시절 겨울밤에 온 마을을 찬송가를 부르며 돌아다니던 장면들이 생각났다. 그뿐인가? 어느 봄 날, 달빛이 비치는 창가에서 몽상에 빠진 나타샤의 이야기를 엿듣는 안드레이 공작, 무도회의 화려한 장면들, 크리스마스 밤에 설원을 썰매로 달리는 풍경, 오페라극장에서의 사랑, 죽어가는 애인을 간호하는 모습, 등등을 읽자면 이 책은 우리들에게 감동을 주기에 충분한 한편의 연애소설이라고 해도 무방할 것이다.

그러나 이 책이 세계최고의 작품이라고 찬사를 받는 또 다른 이유는 이 책의 전편에 나타나는 기독교 사상과 톨스토이의 철학 때문이다. 기독교를 알지 못하는 독자들은 이 책을(톨스토이의 다른 책들도 마찬가지이지만) 제대로 이해하기 어렵지 않을까 하는 생각이 든다. 이 책에는 주인공 삐에르(베주호프 백작)를 중심으로 한 프리메이슨의 이야기가 많이 나오며, '죽은 자를 묻는 것은 죽은 자에게 맡겨라'라는 등의 성경구절들도 곳곳에 등장한다. 그중에서도 기독교 정신을 가장 극명하게 보여주는 대목은 아마도 마리야가 친구 줄리에게 보내는 장문의 편지(pp665~668)가 아닐까 싶다.

이 책을 관통하는 또 하나의 주제는 '운명론'적인 저자의 사상관이 전편에 짙게 깔려 있다는 점이다. 톨스토이는 나폴레옹이 집권하게 된 것, 그리고 러시아와 전쟁을 벌이게 된 것도 무수한 우연들과 그에 반대되는 우연들의 결과라고 설명한다.(pp1544~1550) 그러한 저자의 사상을 가장 압축적으로 나타내는 대목이 책의 거의 끝부분에 나온다.

사람의 의지를 단 한 사람의 선택된 자에게 신이 복종시

키고, 사람들의 의지는 신에게 복종한다고 하는 옛날 사람들의 생각을 거부한 이상, 역사는 다음 둘 중 하나를 선택하지 않으면 한 발짝도 모순 없이는 앞으로 나아갈 수가 없다. 즉, 신이 인사에 직접 관여한다는 옛날의 신앙으로 되돌아가든지, 또는 역사상의 여러 사건을 낳는 권력이라고 불리는 힘의 의의를 분명히 설명하든가 둘 중의 하나이다.(p1620)

이 작품의 내용을 곱씹으면서 읽으려면 꼬박 한 달 정도가 필요하지만 그럼에도 불구하고 적어도 10년에 한 번씩은 한 달을 충분히 투자해 볼만한 세계 최고 중의 최고 명품 도서임에 틀림없다. 수많은 ≪전쟁과 평화≫ 중에서 내가 동서문화사의 책을 선택한 이유는 이 책이 번역도 훌륭할 뿐만 아니라 책 가격도 2만 원이기 때문이다. 2,500페이지의 큰 판형(153mm x 225mm) 책이 겨우 2만 원이라니….

46.붉은 수수밭

모옌 저 • 심혜영 역 • 문학과지성사 2014 • 642p

이 책은 ≪붉은 수수≫에 이어 ≪고량주≫ ≪개의 길≫ ≪수수장례≫ ≪기이한 죽음≫ 이렇게 모두 다섯 편의 연작소설을 하나로 묶은 것이다.

붉은 수수란 산동성 동북 지방의 대표적인 농작물로 우리들이 중국집에서 흔히 먹는 고량주의 원료이다. 그래서 이 책의 제목도 ≪붉은 수수 가족≫ 즉, 한자로는 홍고량가족(紅高粱家族)이다.

이 연작 소설의 첫 번째 작품 '붉은 수수'를 원작으로 한 영화 ≪붉은 수수밭≫이 베를린 영화제에서 황금곰 상을 수상하면서 국제적으로도 유명해졌으며, 독자들에게는 오히려 책보다 영화 쪽이 더욱 익숙한 작품이기도 하다.

붉은 색으로 시작해서 붉은 색으로 끝나는 중국 영화

≪붉은 수수밭≫은 장예모 감독과 공리라는 여배우를 우리들에게 각인시켜 주었지만, 그 내용에 있어서는 원작인 도서 ≪붉은 수수≫의 절반도 반영하지 못하였다.

2012년 10월 스웨덴 한림원은 모옌을 노벨문학상 수상자로 선정하는 이유를 이렇게 설명하고 있다.

"모옌의 문학은 보편적인 인간조건에 대한 신랄하고 설득력 있고 독창적인 묘사와 파악을 통해 지난 100년간의 중국 역사의 잔혹성, 야만성, 그리고 부조리를 생생하고 깊이 있게 폭로했다."

내용은 1920년대 중반부터 1940년대 초반까지 중국 산둥 성 가오미(高密) 둥베이(東北) 지방을 배경으로 일제 침략군의 만행에 대항하는 민초들의 이야기를 담고 있다. 그러나 작가가 많은 부분을 할애해서 자세히 설명하려고 하는 것은 이름 없는 영웅들의 위대한 삶과 격렬한 사랑, 처절한 투쟁과 찬란한 죽음을 그린, 이를 테면 정제되지 않은 원시적인 생명력이라고 해야 할 것 같다.

일본소설에서 내용의 공통점이 가업을 잇는다거나 인쇄매체를 중시한다는 점이라면, 중국소설의 특징은 가족을 중시한다는 점이다. 그것도 우리처럼 핵가족화 되어 있는 작은 집단으로의 가족이 아니라 동네 전체, 또는 지방 전체가

다 형이요, 삼촌이요, 아버지요, 할아버지이며, 또한 누이요, 이모요, 어머니요, 할머니이다. 심지어는 관청의 최고 책임자인 현장(우리로 치면 군수?) 조차도 문초를 받고 있는 죄인에게는 '아버님'이다. 그래서 이 책에도 등장하는 사람들이 거의 다가 그러한 친척들의 호칭으로 불린다.

책의 내용은 다섯 편이 많이 다르지만 대체로 두 가지 큰 흐름으로 이어지고 있다. 하나는 일제에 항거하는 치열하고 잔인한 전투와 살육 장면이요, 또 다른 하나는 끈끈한 가족애와 1920 ~ 1940년대 중국 시골의 척박한 삶의 모습이다. 이 두 가지 흐름을 하나로 묶어주는 역할을 하는 도구가 바로 고량주라는 술이고 그 술의 원료가 되는 것이 붉은 수수이다. 따라서 책의 전개도 거의 다가 그 지방의 특징인 검은 흙과 거기에 심겨진 끝없이 넓은 붉은 수수밭에서 진행된다. 주인공들이 사랑을 나누는 곳도 붉은 수수밭이고 수없이 많은 중국인들 (또는 일본군인들)이 처참하게 죽어가는 곳도 붉은 수수밭이다.

그런데 이 작품은 이야기의 전개 방식이 조금 독특하다. 소설 속에 '나'가 화자로 등장하여 아버지, 할아버지, 할머니의 활약상을 소개하는데 보통 우리가 아버지라고 하면 어른을, 할아버지 하면 노인을 상상하게 마련이다. 그런데 이 책에서는 아버지의 10대(또는 더 어린) 시절의 이야기가 주로 소개되고 할아버지의 이야기도 20대 초반부터 나중에 늙은 시절까지로 그 이야기의 폭이 상당히 넓다. 할머니의 이야기도 10대 소녀 시절에 가마를 타고 시집을 오는 장면, 가마꾼 중의 하나인 위잔아오 할아버지로부터 강간을 당하는 이야기, 졸지에 술도가를 물려받아 고량주의 장인이 되는 과정에서부터 일본군에 의해 학살당하는 장면까지, 상당히 진폭이 크다. 또한, '나'의 입담과 함께 아버지 '더우관'의 기억에 의존해서 전개되는 이야기들도 관전포인트다.

이 책의 주인공은 위잔아오 할아버지이다. 그는 '나'의 아버지인 더우관의 아버지이자 할머니의 남편인데, 어린 시절에는 날품팔이 노동자에서 살인자, 간통꾼, 그리고 토비(그 지방 토착 도둑떼)의 복합적인 범죄자이지만, 곧 마을의 지도자로 나서서 용감하게 일본군에 대항한다. 그가 바로 이 책에서 가장 큰 사건인 1939년 중추절 가오미 지방에서 있었던 항일전을 승리로 이끈 영웅이다. 일본군과 그에 협조하는 괴뢰군 병력이 전멸한 이 전투와 그에 따른 보복으로 인하여 평화롭던 가오미 둥베이 지방은 큰 화를 당하고, 그런 과정에서 산 사람의 살을 벗기는 등의 잔인한 보복 장면이 소개된다.

책 속에는 당시의 중국 풍습이 많이 소개되는데 그중 하나 전족(塡足)에 관한 설명이다.

할머니는 자신의 발을 자랑스러워했다. 작은 두 발만 있으면 설령 얼굴이 곰보라도 시집 못갈 걱정은 할 필요가 없고, 발이 크면 얼굴이 천사 같아도 달라는 사람이 없을 때였다.(p155)

이 책이 노벨문학상을 받은 가장 큰 이유는 1930년대를 전후한 중국의 토속적인 삶의 풍경을 세세하게 그렸기 때문일 것이다. 물론 전쟁의 참혹함이 전편에 흐르지만 작가가 더 세심하게 소개하려고 했던 것도 당시 생활 풍습, 특히 길게 소개되는 장례 풍경이 아닐까 하는 생각을 해 보았다.

47. 양철북

권터 그라스 저 • 최은희 역 • 동서문화사 2010 • 644p

이 책은 정신병원 수감자 오스카의 회고록이다. 시대도 과거와 현재를 넘나들며, 시점도 일인칭 시점에서 전지적 시점으로 왔다 갔다 한다. 책의 후반부에서는 자기를 고발한 비틀라르란 사람의 시점에서 상황을 설명하기도 한다. 또한 내용도 과격하고 급진적이며, 상당 부분을 외설적인 이야기들이 차지하고 있다. 암시적인 이미지나 반어, 역설, 풍자가 넘쳐나기 때문에 독자들은 바짝 정신을 차리지 않으면 혼란에 빠질 수가 있다.

책은 난쟁이 소년 오스카가 늙어서 정신병원에 있으면서 과거를 회상하는 식으로 이야기를 전개한다. 즉, 오스카 어머니의 탄생 무렵인 1899년부터 그가 서른 번째 생일을 맞이하는 1950년대까지의 일대기이다. 이 시기는 독일이 치른 전쟁과 분단의 시기와 직접적으로 맞물린다.

≪양철북≫은 처음 시작부터가 아주 괴괴하다. 할머니 안나 브론스키가 감자밭에서 모닥불을 피워 놓고 감자를 굽고 있다가 도망치는 작고 뚱뚱한 남자를 네 겹의 치마 속에 감추어 준다. 영화에서는 두 명의 지방경찰이 도망자를 추적하여 할머니를 의심하는 장면이 잠깐 등장하지만, 책에는 그 시간이 무려 30분이라고 적고 있다. 치마 속의 그 짧은 순간에 그 남자는 정액을 흘려 오스카의 어머니를 잉태하게 만드는 것이다.

비사우의 벽돌공장 근처에서는 같은 색의 치마 네 벌 밑에서 연기와 불안과 한숨에 휩싸인 채 비스듬히 내리는 비를 맞으며, 비통하게 성자들의 이름을 소리높이 외치고, 연기로 시선이 흐려진 두 경찰관의 개운찮은 심문을 받으면서, 작고 뚱뚱한 요제프 콜 야이체크가 나의 어머니 아그네스를 잉태시켰다.(p22)

오스카는 세 살 생일날, 지하실로 내려가는 계단에서 떨어져 성장이 멈추고 그때부터 난쟁이로 살아간다. 그가 양철북에 집착하는 이유와 소리를 질러서 유리창을 박살내는 능력에 대한 설명을 들어 보자. 영화에서는 이 능력으로 선생님의 안경알을 깨고 어머니가 불륜을 저지르려고 들어간 호텔의 유리창들을 박살내고 교회의 스테인드글라스마저도 깨버린다.

양철북을 쳐서 나와 어른들 사이에 필요한 거리를 만들어낼 수 있는 능력은 내가 지하실 층계에서 추락한 뒤 바로 무르익었고, (…) **북을 빼앗기면 큰 소리를 지르고, 큰 소리를 지르면 아무리 비싼 것이라도 박살이 나 버리기 때문이다.**(p62)

영화에서는 오스카가 연단 밑에서 양철북을 두드려 고수들의 리듬을 빼앗아 버림으로 해서 연주가 엉망이 되고, 연설회장의 군중은 돌연 '오 다뉴브 강'을 연주하면서 마침내는 1천인지 2천인지도 모를 수많은 군중들이 '하일 히틀러!' 대신 서로 서로 짝을 찾아 흥겨운 왈츠를 추게 한다.

책에서 부두 노동자가 말 대가리를 이용하여 뱀장어를 잡는 장면도 굉장히 기괴한 장면이다.

그는 장화로 떠받쳐서 말 아가리를 벌리고, 막대기 한 개를 곧추세웠다. 그 때문에 말은 노란 입을 크게 벌리고 웃는 듯한 인상을 주었다. 그리고 부두 노동자가 말 아가리 속에 두 손을 집어넣어서 적어도 팔뚝만큼 굵고 긴 놈 두 마리를 금방 잡아냈을 때, 어머니도 큰 입을 딱 벌렸다. 그녀는 아침에 먹

은 것을 전부 토했다.(p153)

친구의 여동생인 마리아를 같은 10대의 소년이자 키 94cm 난쟁이인 오스카가 임신시키고 나서 아버지가 마리아와 성교를 하는 장면은 책에서도 영화에서도 가장 극적인 장면일 것이다. 다리를 벌리고 누워 있는 어린 소녀 마리아의 위에 누워서 성교를 하는 아버지를 바라보면서 무덤덤하게 양철북을 두드리는 오스카의 표정은 충격 그 자체였다. 왜냐하면 이때 마리아는 열일곱이고 아버지 마체라트는 마흔 다섯 살, 그리고 더욱 충격인 것은 이 마리아가 후일 아버지의 아내로 살아간다는 사실이다.

어두운 방에서 마리아를 임신시키고 나서 꽤 오랜 시간이 지난 뒤의 일이었다. 2주 뒤, 아니 열흘 뒤의 일이었다. 나는 잠든 게 아니라 거칠게 숨을 내쉬며 헐떡이고 있는 마리아를 우리 집 소파 위에서 발견했다. 그녀는 마체라트 밑에 누워 있었다. 그리고 마체라트는 그녀 위에 누워 있었다.(p293)

이러한 수많은 외설적이고 충격적인 내용에도 불구하고 이 책이 불후의 명저로 꼽히고 또한 토마스만 상 등, 수많은 상을 받고, 귄터 그라스가 미국 하버드대학교에서 명예박사학위를 받고 노벨문학상까지 받은 이유는 무엇이었을까? 책뿐만이 아니라 영화도 칸 국제영화제 그랑프리와 아카데미상을 받은 이유는 또 무엇이었을까? 그것은 바로 이 책만이 갖는 탁월한 서사 능력이 있기 때문이다. 귄터 그라스는 ≪개들의 시절(1963)≫에서 이렇게 말한다.

"이야기하는 한, 우리는 살아갈 수 있다."

동서분열 이후 서독은 기적의 경제부흥을 이루었고, 재군비와 더불어 사람들은 전쟁의 기억에서 벗어나 주위의 소소한 행복으로 파고들려 하고 있었다. 난쟁이 오스카는 그런 시대적 유아성을 여러 가지 충격적인 이야기들과 섞어서 고발한다. 키 94㎝인 난쟁이의 눈높이에서 나치스 시대부터 전쟁 이후까지를 냉철한 시선으로 바라보고 있는 것이다. 주변에서 흔히 볼 수 있는 약아빠진 독일인들의 생활 속에 나치즘이 자연스럽게 침투해 가는 광경을 양철북이라는 작은 도구를 이용하여 세상에 고발하는 것이다.

48. 서부전선 이상없다

이리히 마리아 레마르크 저 • 홍성광 역 • 열린책들 2008 • 326p

대학에 다니던 18세 청년 레마르크는 제1차 세계대전에 자원입대하여 서부전선에 배치된다. 독일과 프랑스의 접경지대는 독일 쪽에서 보면 서부전선인 셈이다. 이 책은 아주 드물게 제1차 세계대전을 배경으로 한 영화의 원작이며, 영화 역시 전쟁영화 중에서는 아주 드물게 독일인들을 주인공으로 하는 영화이기도 하다.

레마르크는 다섯 번이나 사선을 넘나들며 싸우다 부상을 당했는데 이 작품은 자신의 실제 전쟁경험을 바탕으로 하여 쓴 '자전적 소설'로 1914년부터 1918년까지 계속된 제1차 세계대전의 참상이 고스란히 나와 있다. 특히 영화를 보면 18 ~ 19세의 젊은이들이 공포에 질린 얼굴로 참호 속에 웅크리고 있는 모습, 죽어가며 절규하는 모습이 아주 사실적으로 나와 있어, 전후 세대들에게 전쟁의 침혹함을 일깨워 주기에 충분한 작품이다.

전쟁이 끝난 후 레마르크는 먹고 살기 위한 방편으로 초등학교 교사, 점원, 저널리스트 등의 생활을 닥치는 대로 하였는데, 이 작품(1929년)은 그가 무명의 저널리스트 생활을 10여 년 한 후에 쓴 것으로, 출간되자마자 25개 나라의 언어로 번역되어 무려 350만 부 이상이 팔리는 초베스트셀러가 되었다.

작품 속으로 들어가 보자.

책의 처음은 주인공 파울 보이머 일행이 흰 콩에다 쇠고기를 잔뜩 먹고 포만감에 취해있는 전선의 장면으로부터 시작한다. 밥뿐만이 아니라 담배도 2인분씩을 지급받았으니, 떡이 광주리채로 굴러들어온 셈이다. 어떻게 이런 일이 가능했을까? 그것은 150명의 병사들이 배치되자마자 영국군 포병대의 포격으로 절반 이상이 목숨을 잃었기 때문이다. 중대 취사반은 당연히 150명분의 식사를 준비해 두었는데 겨우 80명만 살아서 돌아왔으니 파울 보이머와 동료들은 졸지에 횡재를 당한 것이다.

파울 보이머와 친구들이 전장에 나간 것은 다분히 담임

선생의 설득 때문이지만 아버지들의 애국심도 상당히 영향을 미쳤다. 책은 담담하게 전장에서 흔히 있을 법한 참상들을 가감 없이 고발한다. 부상당한 동료를 찾아 간 야전병원에서는 두 다리가 절단되었으니 그의 고급 장화가 필요 없으리라고 생각하고 그것을 탐내는 친구들의 모습, 움푹 패인 구덩이에서 포탄을 피해 엎드려 있다 보니 어떤 사람의 잘라진 팔이 자신의 몸에 달라붙어 있는 광경, 독가스 공격에 숨막혀 하며 고통스럽게 죽어가는 모습, 딱딱한 빵 껍질을 쥐가 갉아먹은 것을 아쉬워하며 조금씩 야금야금, 평소보다 세 배 또는 네 배로 천천히 먹는 모습….

우리는 두개골이 없어도 살아 있는 사람을 본다. 우리는 두 다리가 다 날아간 병사가 달리는 것을 본다. 두 무릎이 박살난 어떤 상병은 2km나 되는 거리를 두 팔로 기어서 몸을 끌고 온 경우도 있다. 어떤 다른 병사는 흘러내리는 창자를 두 손으로 움켜잡은 채 응급치료소까지 온 경우도 있다. 우리는 입과 아래 턱, 얼굴이 없는 사람을 본 적도 있다. 또한 우리는 과다 출혈로 죽지 않으려고 이빨로 팔의 정맥을 두 시간 동안이나 꽉 물고 있던 병사를 발견하기도 한다. 어김없이 해는 떠오르고 밤은 찾아오며, 유탄은 쉭쉭 소리를 내고, 사람들은 죽어간다.(p148)

전선에서 어머니를 그리워하는 스물 살 청년의 모습은 우리 누구라도 쉽게 공감할 수 있는 부분이다.

아, 어머니, 어머니! 전 어머니에겐 어린아이에 불과합니다. 왜 저는 어머니의 품에 얼굴을 파묻고 울 수 없나요? 왜 저는 늘 씩씩하고 의젓한 사람이 되어야 하나요?(p195)

파울 보이머가 여러 차례의 죽을 고비를 넘기고 약간 후방으로 배치되어 러시아 군 포로수용소의 보초병이 되어서 느낀 소감이다. 철조망에 유령처럼 어슬렁거리며 멍하니 쳐다보고 있는 러시아 병사들을 보고 느낀 바를 적은 아래 대목, 또 진지전을 하면서 자신의 생각을 적은 대목이 이 책을 '반전문학의 최고봉'이라는 찬사를 받게 만들었다는 생각이 든다.

"이봐, 전우여, 오늘은 자네가 당했지만, 내일은 내가 당할 거야. 용케 살아남게 되면 우리 둘을 망가뜨린 이것과 맞서 싸우겠네. 자네의 생명을 앗아가고, 나의 생명도 앗아가는 이것에 맞서서 말이네. 전우여, 자네에게 약속하겠네. 다시는 이런 일이 있어서는 안 된다고 말이네."(p238)

책의 마지막 부분이다.

때는 가을이다. 이제 고참병 중에서 살아남은 사람은 별로 없다. 같은 클래스의 동급생 일곱 명 중에서 유일하게 나 혼자만 살아 있다. (…) **온 전선이 쥐 죽은 듯 조용하고 평온하던 1918년 10월 어느 날, 우리의 파울 보이머는 전사하고 말았다. 그러나 사령부의 보고서에는 이날 '서부전선 이상 없습' 이라고만 적혀 있을 따름이었다.**(p304)

그렇다! 전선사령부의 입장에서 보면 병사 한 명의 죽음은 아주 사소한 일일 뿐이다. 비록 그와 그의 가족에게는 그것이 온 천하와도 바꿀 수 없는 엄청난 대 사건임에도 불구하고….

1933년 나치가 정권을 잡고 책은 금서가 되었고, 신변에 위협을 느낀 그는 스위스로 이주한 후, 1939년 제2차 세계대전이 터지자 미국으로 망명한다. 말년엔 우울증에 시달렸다고 알려진 레마르크는 72세가 되는 1970년에 사망한다.

GROUP 13

세계명작 II

49. 달과 6펜스

서머셋 모음 저 • 김정옥 역 • 소담출판사 1992 • 288p

세상에는 공교롭게도 같은 해에 태어났다가 같은 해에 죽은 사람들이 많다. 서머셋 모음(1874 ~ 1965)과 윈스턴 처칠(1874 ~ 1965) 역시도 바로 그런 케이스이다. 모음은 파리에서 태어나서 파리에서 자랐다. 아버지는 영국대사관의 고문변호사였고 어머니는 군인의 딸로 작가적 기질을 겸비한 재원이었다. 그러나 그는 열 살 때 고아가 되고 숙부의 집에서 자라게 된다. 숙부는 모음이 성직자의 길을 가기를 원했지만 그는 의과대학에 진학했다. 그러나 곧 자신의 창작열을 주체하지 못하고 학업을 중단한다.

창작 초기에 그는 몇몇 작품들을 발표하였으나 별다른 성공을 거두지 못한다. 41살 되던 1915년에 발표한 ≪인간의 굴레≫ 역시도 별로 좋은 반응을 얻지 못했다. 그러나 그의 진가는 그로부터 4년 후인 1919년에 바로 이 작품 ≪달과 6펜스≫를 발표하고 나서부터 나타나기 시작한다. 줄거리는 다음과 같다.

주인공 찰스 스트릭랜드는 런던의 증권거래소 직원이다. 그의 부인 에이미는 사교계에 드나들기를 좋아하는 그냥 평범한 중산층 가정주부다. 그런데 어느 날 갑자기 스트릭랜드는 집을 떠나 파리로 향한다. 부인은 사랑의 도피행각 정도로 생각하고 작품 속 화자인 '나'에게 남편을 만나 볼 것을 부탁한다. 찾아가 보니 부인의 예상과는 달리 스트릭랜드는 그림을 그리고 싶어서 집을 떠나온 것이었다.

파리에서 식음을 전폐하고 그림에 열중하던 스트릭랜드는 끝내 병으로 쓰러진다. 일찍이 그의 천재성을 간파한 스트로브라는 평범한 화가가 그를 집으로 데리고 왔고, 그의 부인이 극진히 간호한 덕분에 스트릭랜드는 건강을 되찾는다. 그런데 바로 이 대목에서 굉장히 충격적인 장면들이 등장한다. 스트로브의 부인은 처음부터 그를 데려오자는 제안에 극구 반대했던 사람이다.

"제발 부탁이니 스트릭랜드 씨를 데리고 오지 마세요. 다른 사람이라면 누구라도 좋아요. 도둑도 좋고, 술주정꾼도 좋

고 (…) **난 그 사람이 무서워요. 만일 그를 데리고 오면 불행한 일이 생길 거예요.**"(p146)

부인의 예감은 머지않아 현실로 나타난다. 함께 지내면서 스트릭랜드의 매력에 빠진 부인 블란치는 어느 날 그와 함께 집을 나가겠다고 선언하는 것이다. 그러자 마음씩 착한 남편 스트로브는 두 사람에게 집을 양보하고 집을 나가겠다고 제안한다.

여기서 더욱 충격적인 대목은 바로 이것이다. 어떻게 죽기 바로 일보직전의 자신을 집으로 데리고 와서 극진히 간호하여 살려주었을 뿐만 아니라, 그림을 그릴 장소까지 제공하고 또 재워주고 먹여주고 했던 사람에게 그런 배신을 할 수 있는가 하는 점이다. 그것도 친구라고 할 수도 없는 그냥 우연히 알게 된 사이인 사람의 부인까지도 낚아채고 버젓이 그 부인과 살 수가 있는가 말이다.

그런데 더더욱 충격적인 점은 스트로브의 부인 블란치가 자살로 생을 마감한다는 사실과, 스티릭랜드는 털끝만한 양심의 가책도 없이 훌훌 그 곁을 떠난다는 사실이다.

스트릭랜드에게는 오로지 그림을 그린다는 일념밖에 다른 생각이라고는 아무것도 없었다. 그는 런던 - 파리 - 웰

링턴 - 마르세이유 - 시드니 - 오크랜드를 거쳐서 태평양의 외딴 섬 타히티에 도착하여 그곳에서 사는 여인과 또다시 결혼하여 그림을 그리며 산다. 그러던 중 풍토병인 나병에 걸려 온 몸이 문드러지고 시력까지도 잃게 된다. 이때쯤 이미 유명한 화가의 반열에 오른 그는 세상의 평가에는 전혀 관계없다는 듯 오로지 마지막 정열을 다 바쳐서 자신의 오두막 온 벽면과 천장에 천지창조의 그림을 완성하고 죽는다.

이 작품은 폴 고갱(1848 ~ 1903)의 삶을 추적하여 서머셋 모음이 소설로 꾸민 것이라고 한다. 참고로 '달'은 스트릭랜드가 그토록 찾아 헤맨 '이상'이고, '6펜스'는 가장 작은 화폐, 즉 '세속'에 대한 은유라고 한다.

50.폭풍의 언덕

에밀리 브론테 저 • 김종길 역 • 민음사 2005 • 572p

문학작품 중에서 이 책만큼 논란이 많은 작품도 흔하지 않은, 한마디로 '문제작'의 대표 작품이다. 에밀리 브론테가 발표한 유일한 소설인 이 작품은 영문학사의 3대 비극이자 세계 10대 소설 중 하나로, 요크셔의 황야를 무대로 펼쳐지는 거칠고 폭풍 같은 사랑이 작품을 읽는 내내 독자들의 마음을 '불편하게' 만드는 소설이다.

어느 날 록우드라는 사람이 방문하면서 이야기는 시작된다. 록우드는 린턴가문의 사람들이 살던 드러시크로스 저택의 새로운 세입자이다. 그는 무슨 이유에서인지 조용한 곳을 찾아와서 살고자 한다. 록우드는 그 저택의 주인이자 워더링 하이츠(Wuthering Heights: 비바람이 몰아치는 집)에 사는 히스클리프를 만나서 지독한 불친절에 몸서리를 친다. 그리고 하녀 넬리로부터 히스클리프라는 악마가 어떻게 그 두 가문의 재산을 몽땅 차지하게 되었는지를 듣는다. 즉 소설은 처음 1~3장에서만 록우드가 히스클리프와 그 가족들을 만나는 이야기일 뿐, 그것을 제외하고는 끝부분 34장까지 거의 넬리의 회상으로 전개되는, 전형적인 액자소설의 형식을 취하고 있다.

하녀 넬리는 바느질거리를 갖고 오더니 방문객인 록우드에게 자신이 보고 들은 두 가문 3대에 걸친 장장 23년간의 이야기를 풀어낸다. 책의 아주 간단한 줄거리는 다음과 같다.

워더링 하이츠의 주인인 언쇼는 리버풀에 3일간 출장을 갔다 오면서 히스클리프라는 천애고아 꼬마를 데려오는데, 이때부터 워더링 하이츠 가문과 드러시크로스 가문의 모든 비극이 시작된다. 언쇼의 아들인 힌들리는 3년 동안 도회지로 나가서 대학을 다니다가 아버지가 세상을 떠나자 아내를 데리고 들어온다.

어느 날 히스클리프와 캐서린은 들판을 쏘다니다가 드러시크로스 저택의 울타리를 지나 집 근처에까지 갔다가 캐서린은 개에 물려 그 집에 머물게 되고 히스클리프만 돌아온다. 캐서린은 5주 만에 물린 곳을 치료받고 드러시크로스 저택의 아들딸인 에드거와 이사벨라와 함께 돌아온다. 이 아이들 네 명이 모두 다 10대 소년소녀들이다. 워더링 하이츠에서 며칠간을 함께 지내면서도 힌들리와 에드거는 히스클리프를 멸시하고 박대한다.

드러시크로스 저택의 남매가 다녀가고 나서부터 캐서린은 점점 그들과 친하게 지낸다. 힌들리는 아내가 아들을 낳다 죽자 술에 빠져 지내며 어린 아기를 학대한다.

폭풍우가 몰아치던 어느 날 돌연히 히스클리프가 사라진다. 그를 찾아 밤새 들판을 헤매던 캐서린은 몸져눕게 되고 그런 캐서린을 린턴 가의 노부부가 정성껏 간호해 준 덕에 그녀는 건강을 회복하지만, 노부부는 열병을 얻어 차례로 세상을 떠난다.

결국 캐서린은 에드거 린턴과 결혼하여 드러시크로스 저택에서 살게 된다. 나름대로 행복한 결혼생활을 하고 있을 때 돌연 악마 히스클리프가 돌아온다. 그는 집을 나간 지 3년 만에 전혀 다른 모습으로 부자가 되어서 돌아왔는데, 그가 어떻게 돈을 벌었는지는 아무도 모른다.

이제는 히스클리프가 수시로 캐서린을 찾아오면서 오히려 캐서린이 자기를 사랑한다는 약점을 이용하여 남편인 에드거를 모욕하기에 이른다.

"캐시, 저런 젖비린내 나는 겁쟁이를 남편으로 둔 것을 축하하오. 당신의 취미에 경의를 표하겠소. 거품을 물고 벌벌 떠는 저놈이 바로 당신이 나를 버리고 선택한 사내란 말이오?"(p166)

자신의 면전에서 이런 말을 하는 히스클리프를 도저히 견디지 못하게 된 남편 에드거는 어느 날 캐서린에게 양자택일을 요구한다.

에드거가 아무리 설득을 하고 위협을 해도 아내 캐서린의 마음을 돌릴 수는 없었다. 그러나 정작 문제는 다른 데서 터진다. 캐서린을 만나러 드러시크로스 저택을 드나들면서 히스클리프는 캐서린 뿐만 아니라 애드거의 누이동생인 이사벨라의 마음마저도 빼앗아버린 것이다.

히스클리프는 거의 폐인이 된 힌들리의 도박 빚을 대신 갚아주고 워더링 하이츠를 차지한다. 그리고 에드거의 동생인 이사벨라를 꼬여서 함께 야반도주한다.

한편 에드거의 아내 캐서린은 남편과 히스클리프 사이에서 방황하다가 정신병으로 고생하게 되고 결국 생을 마감한다. 에드거 마저 세상을 떠나자, 히스클리프는 에드거의 딸인 캐서린과, 자신과 이사벨라 사이에 태어난 아들 린턴을 강제로 결혼시켜 언쇼 가문과 린턴가문의 재산을 모두 차지한다. 그렇게 그는 자신을 무식한 놈이라느니, 야만인이라느니, 집시의 아들이라느니 하며 멸시했던 두 가문에 대한 복수를 완성한다.

그가 헤어턴에게 애정을 느끼고, 캐서린과 헤어턴이 서로 사랑하게 되면서 이야기는 허무하게 끝나고, 결국 히스클리프는 캐서린의 망령에 시달리다가 생을 마감한다.

이 책은 등장인물이 많지도 않지만, 그럼에도 불구하고 두 가문의 3대가 서로 이리저리 얽혀있는 탓에, 한두 번 읽어서는 그 내용을 온전히 파악하기가 어렵다. 에밀리 브론테는 ≪제인 에어≫의 저자인 샬럿 브론테의 동생으로, 많은 시를 남겼지만, 소설은 달랑 이 작품 하나만을 남기고 30세에 결핵으로 세상을 떠났다.

51. 적과 흑

스탕달 저 • 서정철 역 • 동서문화사 2016 • 680p

파리의 동남쪽 브장송에서도 조금 더 이탈리아 쪽에 가까운 곳에 소읍 베리에르라는 작은 가상의 도시가 있다. 그곳에서 물레방아로 제제소를 경영하는 소렐이라는 영감에게는 쥘리앵이라는 아들이 있었다. 그는 위의 형들과는 달리 몸도 호리호리하고 귀공자처럼 생겨서 힘든 제재소 일을 하기에 적합하지 않았다. 걸핏하면 아버지로부터 코피가 나도록 얻어맞는 쥘리앵이었지만 다행히도 마을의 신부님과 나폴레옹파 퇴역군인으로부터 라틴어를 배우게 되어, 그 인근에서는 라틴어를 가장 잘 한다는 소문이 자자하였다.

베리에르 시의 레날 시장에게는 30세의 아름다운 부인과 세 명의 아이들이 있다. 시장은 어느 날 쥘리앵을 가정교사로 맞는다. 당시 신약성서를 라틴어로 줄줄 외울 정도로 잘 한다는 것은 엄청난 재산이었다. 그는 마을의 유력자인 빈민구제소장 발르노에게 쥘리앵을 빼앗기지 않기 위하여 400프랑이라는 거액의 연봉을 주기로 하고 쥘리앵을 데려온다. 쥘리앵은 아이들을 성심성의껏 가르치고 아이들도 선생님을 좋아하며 따른다.

쥘리앵은 나폴레옹을 존경하는 청년이다. 그가 즐겨 읽는 책은 나폴레옹의 ≪세인트헬레나 회상기≫이다. 쥘리앵은 나폴레옹과 관련된 책들을 읽으며 자신도 언젠가는 파리의 아름다운 부인들 앞에 소개되어 멋진 거동으로, 그들의 이목을 끌 수 있으리라는 꿈을 품으면서 성장한다.

시간이 지나면서 쥘리앵은 점차 미모의 레날 부인에게 마음을 빼앗기게 되고, 레날 부인도 날마다 바쁘기만 한 남편으로부터 받아보지 못한 풋풋한 사랑을 받자 급기야 두 사람은 진한 사랑을 하는 관계에까지 이른다.

어느 날 이 작은 도시에 국왕이 행차하는 행사가 있었는데 여기서 쥘리앵은 국왕의 호위를 맡은 실력자 라몰 후작의 눈에 띈다. 평소 쥘리앵을 아끼고 있던 베리에르 교구의 사제신부가 추천장을 써주어서 쥘리앵은 브장송의 신학교에 장학생으로 들어가게 된다. 321명의 신학생 중에서도 두각을 나타낸 쥘리앵은 얼마 안 있어 신구약성서의 라틴어지도교사가 된다. 당시에 교구를 책임지는 사제신부가 되면 웬만한 장군보다도 더 많은 연봉을 받았으니 이미 그의 출세는 어느 정도 보장된 셈이었다.

그러던 어느 날, 쥘리앵은 권력가인 라몰 후작의 비서로 발탁되어 마침내 꿈의 도시 파리로 진출하게 된다. 파리로 떠나기 전 쥘리앵은 레날 부인을 만나기로 결심하고 야밤에 사다리를 이용하여 레날 부인의 방으로 몰래 들어간다. 이틀간을 레날 부인과 함께 지내며 14개월 동안 이별의 회포를 푼 쥘리앵은 파리로 돌아가서 라몰 후작의 비서로서 능력을 발휘한다. 그의 능력 중 특히 뛰어난 것은 유창한 라틴어 실력과 엄청난 기억력이었다.

라몰 후작은 쥘리앵을 출세시키기 위하여 자신의 죽은 친구 베르네 백작의 아들로 위장시키고, 그를 상류사회에 진입시키려 한다. 그는 오래되지 않아 파리의 400여 개 살롱을 휘젓는 명사의 반열에까지 오르게 된다. 그런데 여기서 후작의 말괄량이 딸인 마틸드와 쥘리앵의 사랑이 싹트기 시작한다. 마틸드는 원래가 권세가 부잣집 딸로 오만하기 짝이 없는 처녀였으나 쥘리앵은 그녀를 자신의 주 무기인 당당함으로 완전히 휘어잡는다.

수시로 바뀌는 변덕과 짜증 속에서도 마침내 쥘리앵은

그녀를 정복하고 임신까지 시킨다. 어느 날 마틸드가 자신이 임신한 사실을 고백한다. 그러나 호사다마(好事多魔)라고 했던가? 쥘리앵에게 파멸의 날이 서서히 다가오고 있었으니….

라몰 후작은 쥘리앵을 비서 이상으로는 생각하지 않았다. 그저 자기 일을 충실히 해주는 청년이니까 적당히 출세시켜주고 싶었던 정도였지 그를 자기의 사위로는 생각해 본 적이 없었던 것이다. 딸 마틸드에게 공작부인이라는 칭호를 물려주고 싶어서 진작부터 젊은 공작을 비롯한 몇 명을 신랑 후보군으로 물색해 놓고 있었다. 그런 아버지에게 딸이 편지를 남겨놓고 떠났고 거의 비슷한 시기에 레날 부인도 쥘리앵을 잊지 못하여 신부에게 고해성사를 하고 라몰 후작 앞으로 편지를 보내 온 것이었다.

쥘리앵은 자신을 파멸로 이끈 레날 부인을 죽이기 위해 권총을 구입하여 성당에서 미사를 드리고 있는 부인을 쏘았으나 죽지는 않았다. 마틸드와 레날 부인이 백방으로 뛰어다녀서 그의 구명은 거의 확실해 보였다. 그러나 배심원들은 그에게 사형을 선고하고 그는 두 여인의 간절한 호소에도 불구하고 상소를 포기하고 죽음을 택한다. 레날 부인도 쥘리앵이 죽은 지 사흘 뒤 아이들을 꼭 껴안고 세상을 떠난다. 다음은 죽기 바로 직전 쥘리앵의 심경이다.

하루살이는 아침 9시에 태어나 저녁 5시에는 죽어 버리지. 만약 이 벌레의 목숨을 다섯 시간만 더 연장해 준다면, 밤이라는 것을 실제로 보고 이해할 수 있을 터인데. 마찬가지로 나도 스물세 살에 죽을 처지야. 앞으로 5년의 생명을 더 얻을 수 있으면 좋으련만, 레날 부인과 함께 살기 위해서…(p631)

적과 흑이라는 제목에서 '적'은 나폴레옹과 장군들의 망토를, '흑'은 성직자들의 사제복을 상징한다. 둘 다 권위를 상징하는 색이며 따라서 이 작품은 출세를 위해 불나방처럼 타 죽은 어느 청년의 짧은 삶을 그린 것으로 보면 적당할 것이다.

52.좁은 문 • 전원교향곡

앙드레 지드 저 • 이동렬 역 • 을유문화사 2009 • 316p

앙드레 지드의 작품은 '성경의 해설서'라고 이름 붙여도 무방할 정도로 성경이야기가 그 밑바탕에 깔려있다. 이 두 작품이 특히 그렇다.

먼저 ≪좁은 문≫의 줄거리를 살펴보자. 제롬과 그의 외사촌 누이 알리사는 어린 시절부터 애정을 느껴오던 사이였다. 그들은 편지를 주고받으며 방학 때면 노르망디 근처의 장원에서 함께 만나곤 한다. 알리사의 동생 쥘리에트도 제롬을 사랑한다는 사실을 알게 되자 알리사는 동생을 위해 제롬을 포기하려고 하던 중, 쥘리에트가 평범한 농부를 만나 결혼하면서 제롬을 사이에 둔 갈등은 끝을 맺는다. 모든 장애가 없어지자 제롬은 알리사에게 청혼을 하지만 알리사는 마침내 현실적인 사랑을 단념하고 종교적 덕성 속으로 피신한다.

이 작품의 제목인 '좁은 문'은 마태복음 7장에 나오는 구절이다.

좁은 문으로 들어가라. 멸망으로 인도하는 문은 크고 그 길이 넓어 그리로 들어가는 자가 많고, 생명으로 인도하는 문은 좁고 길이 협착하여 찾는 자가 적음이라.

알리사는 좁은 천국의 문을 혼자 들어가기로 작정하고 집을 떠나 파리의 요양원에서 죽음을 맞이한다. 알리사가 제롬에게 남긴 일기가 작품의 끝부분을 이루고 있는데, 이 일기는 현실적인 사랑과 행복의 단념이 알리사에게 얼마나 큰 고통이었는가를 잘 보여주고 있다.

제롬! 내 벗, 너도밤나무 숲속에서 나는 몇 번이나 네 이름을 소리쳐 불렀던가.(9월 30일)

주여! 행복의 넓은 문을 잠시나마 제 앞에 열어주소서.(10월 2일)

오 주여! 당신께 불경을 저지름 없이 끝까지 도달할 수 있도록 하여 주옵소서…. 나는 어린애처럼 무릎을 꿇었다…. 나는 지금 빨리 세상을 떠나고 싶다.(10월 15일)

나는 두 작품 중에서 ≪전원교향곡≫이 더 큰 감동과

울림을 준다고 보았다. 중편이라고 하기에는 좀 짧고 단편이라고 하기에는 좀 긴(총 80p) ≪전원교향곡≫은 이타적인 헌신과 자기희생의 극치를 보여주는 작품으로, 사랑이라는 감정은 나이차를 뛰어넘어서도 싹틀 수 있다는 사실, 그리고 아무리 숭고한 성직자라도 그런 감정은 억제할 수가 없다는 사실을 솔직한 언어로 표현하고 있다.

이 작품에도 앙드레 지드의 레시(recit)라는 작품 기법이 등장한다. 즉 이미 다 끝난 사건의 전개를 주인공이나 내레이터가 편지나 독백의 형식을 통하여 서술하는 방식이다.

스위스 어느 산간 마을에서 목회를 하고 있는 목사인 '나'는 어느 날 8km 정도 떨어진 산간 오지마을에서 독신 노파가 죽어간다는 전갈을 받는다. 20년 가까이를 살아온 지방이건만 그 마을은 생전 처음이었다. 할머니의 장례를 치르고 그 집에 있던 장님에 귀머거리 소녀를 데리고 집으로 돌아온다. 그 아이는 거의 방치되어 자랐던 탓에 지능은 말할 것도 없고 온몸에 이가 득실거리는, 그야말로 '버려진 아이'였다. 옆집 여자의 말로는 열댓 살 정도는 되었다지만 아이는 겨우 일곱, 여덟 살로 밖에는 보이지 않을 정도 밖에 자라지 못했다.

이미 다섯 아이가 있는 집안에, 더군다나 막내 아이는 아직 요람에 있는 처지에 귀머거리 소경을 하나 더 데리고 왔으니, 아이들을 먹이고 키워야 할 부인의 입장은 오죽했을까. 제르트뤼드라고 이름 붙여진 소녀는 목사와 아이들의 보살핌 속에 차차 안정을 찾아가던 중, 한 달여가 지난 어느 날 드디어 첫 번째로 미소를 짓게 된다. 목사의 고백이다.

제르트뤼드의 첫 미소는 모든 것으로부터 나를 위로해 주었고 나의 수고를 백배로 보상해 주었다. 왜냐하면 그것은 '진실로 너희에게 이르노니 만일 찾으면 길을 잃지 아니한 아흔아홉 마리보다 이것을 더 기뻐하리라'라는 말씀을 뜻했기 때문이다.

정상을 회복한 제르트뤼드는 놀라우리만큼 빠른 속도로 글과 사물을 익혀 나갔다. 그렇게 몇 년이 지나는 사이, 한창 피어나는 처녀를 사이에 두고 아버지와 아들의 갈등이 시작된다.

"내 말을 잘 들어라. 나는 제르트뤼드를 책임졌어. 이제부터 네가 그 애에게 말을 걸거나 그 애를 만지거나, 그 애를 보는 것은 단 하루도 용납하지 않겠다."

"그렇지만 아버지, 저는 제르트뤼드를 사랑하고, 사랑하는 것만큼 존중한다고 말씀드리고 싶어요."

그런 속에서도 목사는 계속 제르트뤼드를 보살피고, 부녀 사이 같기도 하고 연인 사이 같기도 한 사랑의 감정은 점점 깊어만 간다.

목사의 친구인 의사 마르탱은 제르트뤼드가 대도시로 가서 수술을 받으면 시력을 회복할 수 있다는 진단을 내리고, 마침내 제르크뤼드는 눈 수술을 받고 정상인이 되어서 돌아온다. 시력을 회복한 제르트뤼드는 행복해졌을까? 바로 이 이야기의 결말부이자 이 작품의 클라이맥스 부분이다.

"목사님, 이 말씀을 들으시면 괴로우시겠지만, 그러나 우리 사이에 어떠한 거짓도 남아 있어서는 안 됩니다. 제가 자크를 보았을 때, 제가 사랑한 것은 당신이 아니라 자크였다는 사실을 깨달았어요. 그는 당신의 얼굴을 갖고 있었어요…. 아아! 왜 저한테 그 사람을 물리치게 하셨어요? 저는 그 사람과 결혼할 수 있었을 텐데…"

"하지만 제르트뤼드, 너는 아직도 할 수 있어."

그러나 자크는 이미 가톨릭으로 개종하고 사제가 되기로 작정한 후였다. 이렇게 목사인 '나'는 두 사람과 큰 이별을 하게 된다. 사랑했던 소녀는 죽음으로 인하여 영원히 곁을 떠났고, 아들은 다른 종교를 선택하여 이별 아닌 이별을 하게 된 것이다.

GROUP 14

세계명작 III

53.파리대왕

윌리엄 골딩 저 • 유종호 역 • 문예출판사 1999 • 340p

윌리엄 골딩(1911 ~ 1993)의 첫 장편 소설이자 출세작인 ≪파리대왕≫은 1954년, 골딩의 나이 43세 때 출간된 책이다.

책의 내용은, 어떤 이유에선지 비행기를 타고 가다가 태평양의 무인도에 불시착한 소년들이 섬이라는 좁은 공간에서 주도권 다툼을 하는 이야기로, 작가는 우화적인 이야기를 통해 인간 본성에 대한 탐구를 시도한다.

스웨덴 한림원에서는 "사실적인 설화 예술의 명쾌함과 현대의 인간 조건을 신비스럽게 조명하여 다양성과 보편성을 보여 주었다"는 수상 이유와 함께 윌리엄 골딩을 1983년 노벨 문학상 수상자로 결정하였다.

출판사에서 제공한 책 내용을 인용해 본다.

랠프는 바닷가에 오두막을 세우자고 제의하고 이 때문에 사냥을 강조하는 잭과 대립하게 된다. 잭과 그의 사냥패들은 멧돼지를 잡아서 크게 위세를 떨친다. 랠프의 지도력이 약화되자 그를 옹호하던 돼지라는 별명의 근시 소년이 잭에게 뺨을 맞고 그 바람에 안경 한 알이 깨어지고 만다. 랠프는 다시 회의를 소집하여 봉화의 관리 철저와 오두막의 필요성을 강조하나 잭을 우두머리로 한 사냥패들은 이에 반대한다. 그때까지 소라를 쥔 사람이 발언권을 가졌는데 그러한 습관이 잭에 의해서 무시된다. 죽은 낙하산병을 목도한 꼬마들이 짐승을 보았다고 얘기를 퍼뜨리는 바람에 모두를 안심시키기 위해 랠프는 수색대를 조직한다. 그들은 산의 정상에서 낙하산병의 시체를 보고 질겁해서 도망친다. 다음 회의에서는 랠프와 잭의 결별이 분명해진다.

소년들 대부분이 고기 맛에 끌리어 잭의 사냥 패에 가담한다. 잭은 사냥패를 끌고 멧돼지를 잡아와서 그 머리를 막대에 꽂아 소년들 대부분이 두려워하는 짐승에 대한 제물로 숲속에 남겨놓는다. 그동안 잭은 잔치를 열고 랠프와 그의 또래를 초대한다.

잭 일행의 사냥패들은 소년들 대부분이 자기들의 승리를 자축하기 위해 춤을 추기 시작하고 주문을 윈다. 이때 짐승의

정체가 실은 죽은 시체임을 알려주기 위해 나타난 사이먼을 흥분한 김에 살해해 버린다. 그의 시체는 바다 에 던져진다.

랠프에게는 이제 근시 소년 돼지와 꼬마 몇 명밖에 남아 있지 않다. 잭의 사냥패들은 그들의 진지를 구축하고 또 근시 소년의 안경을 훔쳐가 버린다. 안경이 없어 불을 피울 수 없게 된 랠프와 근시 소년은 잭이 진을 친 성채 바위를 찾아가 안경을 돌려 달라고 호소하나 거부를 당한다. 랠프와 잭이 다투는 사이 로저는 바위를 굴려 근시 소년을 죽게 한다. 랠프는 도망쳐서 숨어버린다. 몇 번의 위기를 넘겨 가까스로 바닷가로 나왔을 때 연기를 보고 섬에 들른 영국 해군 장교의 구조를 받는 것으로 작품은 끝이 난다.

이 작품 속에는 민주주의를 강조하는 랠프, 그의 곁에서 조언을 하는 돼지라는 소년, 랠프와는 상반된 생각을 가진 잭을 따르는 성가대 아이들, 사이먼, 로저 등 다양한 인물들이 등장한다. 만약 이 이야기가 어른들의 이야기였다면 독자들에게 주는 충격이 그다지 크지 않았을 것이다. 그러나 작품 속의 아이들이 모두 10대(어떤 아이는 여섯 살)들이라는 사실이 독자들에게는 충격으로 다가오는 것이다. 바로 이런 느낌이리라.

"아하, 아이들의 세계도 어른들의 세계와 전혀 다르지 않구나. 아이들 사이에서도 저런 주도권 싸움이 벌어질 수 있구나. 아이들도 저렇게 잔인할 수 있구나."

당시 일본에 투하된 원자폭탄의 엄청난 파괴력을 알게 된 인류가 앞으로도 계속하여 평화로운 세상이 가능할까?라는 공포심에, 저자가 무인도에 고립된 소년들을 통하여 '인간의 본성은 악하다'라는 메시지로 대답하면서 우리 인류에게 일종의 경고를 한 것이 공감을 불러일으켰다. 부패하고 있는 시체나 오염물들에 꼬이는 파리로 표현되는 인간의 어두운 본성, 문명과 야만을 대표하는 지도자 랠프와 잭, 그리고 주도권을 놓지 않으려는 그들의 경쟁…. 윌리엄 골딩은 이러한 여러 알레고리를 무인도라는 공간에 노출시킴으로 해서 법과 도덕으로 억제되고 있는 현대 사회 인간들의 악함을 우화적으로 표현하였다.

54.톰 아저씨의 오두막

해리엇 비처 스토 저 • 이종인 역 • 문학동네 2011 • 832p (전2권)

독자들은 어렸을 때에 아마도 '엉클 톰스 캐빈'이나 '톰 아저씨의 오두막'이라고 제목이 붙여진 책을 읽었던 기억이 있을 것이다. 그러나 우리가 읽은 책들은 거의 다가 '압축판'이었다. 여기에 소개하는 문학동네의 두 권짜리 책은 미국의 W. W. Norton 출판사의 원본을 그대로 번역하여 낸 완역본이다.

나 역시도 이 책을 다시 사서 읽으면서 과거의 추억이 새롭게 떠올라 한편으로 가슴 뿌듯하기도 했다. 과거에 서적회사에서 외국서적부의 책임자로 일하면서 영국이나 독일 도서전시회에서 노턴 출판사의 영업대표와 여러 차례 미팅을 했는데, 그녀의 간곡한 부탁에 따라 한번은 내가 미국 뉴욕의 노턴 본사를 들러서 함께 저녁식사를 맛있게 했던 기억이 떠올랐기 때문이다.

이 책은 832쪽에 달하는 대하소설이다. 이야기의 전개 형식은 마치 그 옛날 무성영화 시대에 변사가 영화를 소개하는 것처럼, 저자가 장의 시작을 소개하고 그 후로 이야기가 이어지는 형식이다.

톰 아저씨의 오두막은 저택 바로 옆에 붙어있는 자그마한 통나무집이었다. 검둥이들은 주인의 집을 저택이라고 불렀다. (…) **이제 집 안으로 들어가 보자.**(1권 p48)

이 작품에 주인공으로 등장하는 톰은 세 명의 주인을 만난다. 첫 번째 주인인 셸비와 부인은 참으로 자상하고 친절한 사람들이다. 셸비 씨네 집에서 살 때에는 아들 조지가 톰에게 성경도 읽어주고 알파벳도 가르쳐주는, 그야말로 행복한 생활이었다. 그러나 주인 셸비가 노예상인 헤일리에게 빚을 지는 바람에 어쩔 수 없이 노예들을 팔아넘기게 된다.

1권의 115~116쪽에는 톰을 팔때 끼워 넣기로 팔린 어린 아들을 껴안고 그 엄마 엘리자가 필사적으로 도망치는 장면이 나오는데, 여기서 위기에 처했을 때 나온다는 모성의 괴력이 실감나게 그려진다. 아기를 업은 상태로 엘리자가 얼어붙은 강에 둥둥 떠 있는 얼음을 뛰어넘어 강 건너에 사뿐히 도착하는 것이다. 그녀가 밟고 뛰어 건넌 얼음 위에는 발바닥에서 흐른 핏자국이 낭자했다.

아래 공고문은 도망간 노예에 관한 것으로 당시에 노예 체포 또는 처형이 얼마나 공공연하게 이루어졌는지를 보여주는 대목이다.

하기 서명자로부터 물라토 청년 조지가 도주했음. 키 183센티미터에 살결이 흰 물라토로, 갈색 곱슬머리이며 대단히 똑똑하고 세련되게 말하며 글을 읽고 쓸 줄도 알아 백인 행세를 할 가능성 있음. 등과 어깨에 채찍 자국이 있음. 오른쪽 손바닥에 H라는 낙인이 찍혀 있음. 생포해오면 400 달러를 제공하겠으며, 죽였다는 확실한 증거를 제시해도 같은 금액을 제공하겠음.

톰은 노예로 팔려가던 중, 미시시피 강의 증기선 위에서 에반젤린(에바)이라는 아주 착한 소녀를 만난다. 에바가 갑판에 서서 경치를 구경하던 중, 갑자기 배가 기우뚱 하는 탓에 강에 빠지게 되고 톰이 재빨리 뛰어들어 어린 소녀를 구출해 내게 되는 것이다. 모든 노예들이 하 갑판에 쇠사슬에 손발이 묶여 있는 상태로 '운반'되고 있던 차에 톰이 자유로

이 상 갑판을 거닐 수 있었던 것도 천운이었고, 그때 마침 에바에게 그런 사건이 일어난 것도 천운이었다. 그리하여 톰은 에바의 아버지에게 팔리어 그녀와 함께 생활하게 된다.

세인트클레어 씨와 그의 딸 에바의 사랑을 받으며 살던 톰의 행복도 몇 년을 넘기지 못하고 막을 내린다. 소녀 에바가 시름시름 앓다가 죽어버리자 세인트클레어 씨도 가정 형편 때문에 또 다시 노예들을 팔아버리게 되는 것이다.

노예였지만 나름대로 행복한 삶을 살아왔던 톰에게 마지막으로 큰 시련이 닥쳐온다. 에바의 집에서 또다시 노예로 팔려가서 맞이한 세 번째 주인은 리그리라는 아주 난폭하고 잔인한 농장주인이었다. 다음은 그가 노예시장에서 톰과 다른 노예들을 경매로 사들이는 장면이다.

남자는 노예들을 거칠게 살폈다. 그는 톰의 턱을 잡아당겨서 입을 열어 치아를 살펴보고, 소매를 걷어 올리게 해서 근육을 당겨보고, 걸음걸이를 보기 위해서 뜀뛰기를 시켰다.(2권 p217)

책의 마지막은 어린 소년 조지가 성장하여 그 옛날에 약속했던 대로 톰을 찾아 나서고 결국은 리그리의 농장으로 와서 그로부터 톰과 노예들을 다시 사들이는 장면이다. 톰은 젊은 주인 조지의 품에 안겨서 세상을 떠나고 만다.

"죽으면 안 돼. 절대로 안 돼. 그런 건 생각도 하지 마!"

"아, 도련님, 너무 늦으셨습니다. 주님께서 저를 사셔서 집으로 데려가려고 하십니다. 그곳에 가길 바랐습니다. 켄터키보다 천국이 낫습니다."(2권 p363)

소설 속에 이처럼 많은 기독교 사상이나 하나님에 대한 말이 많이 나오는 책이 또 있을까? 그런 면에서 본다면 이 책은 오히려 기독교 소설이라고 해도 무방하겠다.

55.채털리 부인의 연인

데이비드 허버트 로렌스 저 • 유혜영 역 • 책읽는수요일 2016 • 744p

내가 29세였던 1979년, 현대자동차에서 수출을 담당하며 중동과 아프리카 지역을 돌아다닌 적이 있었다. 사람을 만날 일이 있어서 그리스 아테네를 잠시 들렀는데, 점심 식사 후 시간이 남아서 근처 영화관에 갔다. 그때 영화관에서 본 영화가 바로 이 작품이었다. 화면을 가득 채운 대형 스크린에 벌거벗은 남녀가 나오는 장면은 당시의 나에게는 큰 충격이었다. 그때까지만 해도 국내에서는 가벼운 키스장면만 나와도 무턱대고 가위질을 해 대던 시기였으니 얼마나 놀랐겠는가. 그런데 더욱 놀라운 장면은 주위의 남녀노소 모든 관객들은 아무런 동요도 없이 그저 묵묵히 영화를 보고 있다는 사실이었다.

흔히 ≪채털리 부인의 연인≫ 또는 ≪채털리 부인의 사랑≫이라는 이 작품을 외설적인 책으로 알고 있는데 실상은 그렇지 않다. 아마도 사람들이 그런 생각을 하는 이유가 다음과 같은 구절들 때문이 아닐까 싶다.

그녀는 애쓰며 몸부림치는 그의 몸에 힘없이 두 손을 얹고서 누워 있었다. 엉덩이를 밀어대는 그의 모습이 우스꽝스러워 보였고, 별 볼일 없는 배설의 절정에 도달하려고 갈망하는 그의 페니스도 그저 우습게 보일 뿐이었다. 그랬다. 이것이 사랑이었다. 이 우스꽝스러운 엉덩이의 들썩임과, 그 불쌍하고 보잘것없는 페니스가 축축해져서는 조그맣게 시들어버리는 것이 그 신성한 사랑이라는 것이다!

그래도 이런 정도는 점잖은 편이다. 후반부에는 주인공 코니(채털리 부인)의 음부에 꽃을 꽂아주는 장면도 나온다. 그러나 그런 정사 장면만을 보고 이 책을 (또는 영화를) 외설작품이라고 평가해서는 안 된다. 상당히 파격적인 성행위 장면이 자주 나오기는 하지만, 책 전체로 볼 때 그런 이야기는 전체 분량의 10% 정도에 지나지 않는다. 이 책은 상당히 수준이 높은 문학작품으로 작품 속에는 ≪멋진 신세계≫도 나오고 ≪실락원≫도 나오고 ≪겨울이야기≫도 나온다. 또한 누구의 씨앗이든 후계자만 낳으면 상관치 않겠다는 클리포드 경의 이기적인 생각, 1910년 ~ 1920년대 잉글랜드 중부 탄광지대의 귀족 대지주와 하층민들 사이의 신분상의 차이, 주인공 코니와 간호사인 볼튼 부인의 클리포드 경에 대한 서로 다른 애정관, 그리고 전편에 넘쳐흐르는 탄광촌의 음울한 분위기와 또 그 반대로 자연을 섬세하게 묘사한 식물학자 수준의 자연관 등등이 어우러진, 그야말로 최고의 문학작품이다.

이야기의 줄거리를 살펴보자.

콘스탄스는 1917년 클리포드 채털리가 1차 대전에 참전한 뒤 한 달 동안 휴가를 얻어서 고향에 머무는 동안 결혼하고 신혼여행을 즐긴다. 그로부터 여섯 달 뒤, 클리포드는 심한 부상을 당해 하반신을 모두 절단한다. 형도 전사하고 아버지마저 돌아가시자 클리포드는 모든 재산을 물려받아 래그비 일대 중부 탄광지대의 대지주가 된다.

스코틀랜드의 광활한 자연 속에서 살다 온 문학소녀 코니(콘스탄스)에게 로빈후드가 출몰하였다던 중부지방의 탄광지대는 그야말로 황량하고 무미건조한 곳이었다. 그래도 그녀는 그곳에서 문학에 심취한 남편을 일약 유명한 작가로 출세시킨

다. 탄광촌의 숲 속에 자리 잡고 있는 백여 년 가까이 된 어마어마한 규모의 래그비 저택에서 성불구자인 남편과의 무미건조한 생활, 음습하고 황량한 날씨, 그런 속에서 코니는 그럭저럭 채털리 영부인이라는 호칭에 만족하며 상류층의 생활을 이어나간다. 그러던 어느 날, 산지기 멜러스를 만난다. 숲속을 산책하던 중 산지기의 오두막에서 벌거벗은 그를 보며 그동안 잊고 지냈던 자신의 성에 눈을 뜨게 되는 것이다. 남편과 비슷한 또래인 30대 후반의 멜러스는 한때 인도의 파견군에서 장교생활을 하기도 했던 사람이었다. 그는 아내와 성격의 차이로 그다지 멀지 않은 곳에서 별거를 하고 있는 중이다.

밀회가 계속되던 중, 코니는 가족과 함께 유럽 여행을 떠난다. 코니의 건강이 극도로 나빠져서 요양도 할 겸, 멜러스의 아기를 임신한 사실을 숨길 겸, 그리고 모처럼 가족간의 우애를 확인할 겸 해서 아버지까지 동행하는 가족여행이었다. 프랑스, 이탈리아, 스위스 등지를 돌아다니며 멜러스와 편지를 주고받던 코니는 돌아와서 이혼을 요구하지만 남편 클리포드는 거절한다. 그는 누구의 아이이건 자기의 뒤를 이을 후계자만 있으면 된다는 사고방식을 갖고 있는 사람이다. 그리고 자기의 문학 활동에 여러 모로 도움이 되는 코니를 놓치고 싶지 않은 이기심도 작용하고 있다. 게다가 열 살 연상의 볼튼 부

인이 옆에서 지극정성으로 간호를 하여주며 아내처럼, 그리고 어머니처럼 돌보아주고 있기에, 아내는 그저 '채털리 부인'으로 남아 있어만 주면 되었던 것이다.

책의 맨 마지막은 스코틀랜드 고향집에 가서 머물고 있는 연인 코니에게 보내는 산지기 멜러스의 장문의 편지로 마무리된다. 멜러스는 래그비 저택에서 해고되어 중부지방의 어느 탄광에 말 사육사로 취직하여 지내는 중이었다. 그는 편지에, 참고 지내다보면 클리포드 경은 틀림없이 이혼에 응해줄 것이며, 자기의 이혼문제도 해결될 것이고, 그러다보면 내년에는 함께 살 수 있을 것이라는 희망찬 내용을 적어 보낸다.

56.타임머신

허버트 조지 웰스 저 • 김석희 역 • 열린책들 2011 • 290p

살아 생전에 6,000(우리나라 인터넷 서점에 등록된 도서 종수만 6,027종이다)여 편의 작품을 발표한 다재다능한 작가 조지 웰스(1877 ~ 1946)의 생애를 들여다보자.

그는 1877년 9월 영국 켄트 주 브럼리에서 장사꾼이자 크리켓 선수인 아버지와 주막집 딸인 어머니 사이에서 태어났다. 어려서부터 가난했던 데다가 아버지가 다리를 다쳐서 선수생활도 할 수 없게 되자 어머니가 어느 집의 하녀로 들어가고 웰스는 어머니를 따라 그 집에서 함께 사는 신세가 된다. 우리나라 식으로 말하자면 어느 부잣집에서 어린 자식이 딸린 식모를 들인 꼴이다.

그는 소년시절부터 포목점에서 일하는 등, 어려운 형편에서도 공부에 대한 집념이 강했던지라 과학사범학교에서 물리학, 화학, 생물학, 지질한, 라틴어 등을 공부할 수 있었다. 당대의 유명한 학자인 토머스 헉슬리(찰스 다윈의 학문 동료이자 올더스 헉슬리의 할아버지)로부터 많은 영향을 받았다고 전해진다. 사촌 누이인 이사벨과 사랑에 빠져 시험에 낙제하였고 그 결과 학위를 받지 못하였다. 그는 학교에서 교편을 잡아 생활을 유지하면서 20대 초반부터는 본격적인 창작활동에 들어간다. 처음 작품이 ≪크로닉 아르곤 호≫로 바로 이 책 ≪타임머신≫에 영향을 주었다고 알려진 과학 단편소설이다. 20대 후반에는 이사벨과 이혼하고 자신의 제자였던 제인과 재혼하게 된다.

그에게는 다양한 호칭이 따라다닌다. 풍속 소설가, 저널리스트, SF 소설가, 백과전서가, 사회주의자, 대중계몽가, 고고학자, 유토피안, 페미니스트, 예언자 등등, 그 끝이 없을 지경이다. 그의 창작물 중에서 유명한 것만 들어 보아도 ≪타임머신≫ ≪투명인간≫ ≪모로 박사의 섬≫ ≪달나라 최초의 인간≫ ≪미래의 발견≫ ≪혜성의 시대≫ ≪미국의 미래≫ ≪공중전쟁≫ ≪구세계를 위한 신세계≫ ≪뉴 마키아벨리≫ ≪해방된 세계≫ ≪전쟁을 종식시킬 전쟁≫ ≪주교와 영혼≫ ≪세계 평화의 기대≫ ≪영국의 국가주의와 국제연맹≫ ≪어둠속의 러시아≫ ≪세계사 대계≫ ≪간추린 세계사≫ ≪인간은 신을 좋아한다≫ ≪사회주의의 과학적 동기≫ ≪노동당의 교육이념≫ ≪토미의 모험≫ ≪생명의 과학≫ ≪다가올 세계의 모습≫ ≪세계 백과사전에 대한 견해≫ ≪호모 사피엔스의 운명≫ ≪전쟁과 평화의 상식≫ ≪어두워지는 숲속의 아이들≫ 등등, 심지어는 아동문학과 여성문제까지도 다루었다.

그의 행보는 그야말로 '광폭행보'라는 말이 딱 맞는다. 54세 때인 1920년에는 러시아를 방문하여 레닌, 트로츠키, 고리키 등을 만나서 공산주의와 사회주의에 대한 폭넓은 의견을 교환하였으며, 63세에는 BBC의 토크쇼에 출연하여 세계평화를 호소하기도 하였고, 68세 때인 1934년에는 소련과 미국을 방문하여 스탈린과 프랭클린 루즈벨트와 세계 평화 문제에 대한 의견교환을 하였다. 74세 때는 독일군의 런던 공습이 계속되는 데도 런던을 떠나지 않고 꿋꿋한 모습을 보였으며, 죽기 바로 전 해인 79세에도 ≪막다른 골목에 다다른 정신≫이라는 작품을 발표하였다고 전해진다.

≪타임머신≫에는 문학사상 최초로 과학적 가설을 원용한 시간 여행의 가능성을 제시함으로써 옛날부터 있어 왔던 미래 여행의 성격을 꿈과 마법에서 '있을 법한' 현실로 바

꾸어 놓았다. 이 책에는 ≪타임머신≫과 그 원류격인 작품 ≪크로닉 아르곤≫호를 비롯하여, 웰스의 기막힌 상상력을 여실히 드러내는 ≪수정 알≫과 ≪맹인들의 나라≫ 등, 총 4편의 작품이 수록되어 있다.

그럼 이제 주인공이 실제로 타임머신을 타고 802701년의 미래로 떠나는 장면을 읽어 보자.

"시간 여행자가 심리학자를 돌아보며 그의 손을 잡고는 집게손가락을 내밀라고 말했다. 그리해서 모형 타임머신의 끝없는 여행을 출발시킨 사람은 바로 심리학자가 되었다. 우리는 모두 레버가 작동하는 것을 지켜보았다. 분명히 속임수는 없어 보였다. 한 점 바람이 일었고 램프 불꽃이 흔들렸다. 벽난로 선반 위의 촛불 하나가 꺼지고 작은 기계가 갑자기 회전하기 시작하더니 점차 그 형체가 희미해져갔다. 일순간 유령, 또는 희미하게 빛나는 황동과 상아의 소용돌이처럼 보이더니 사라져버렸다!"

≪타임머신≫의 미래는 진화의 역전 현상이다. 인류는 전성기를 지나고 지구상의 생물들도 퇴화해 간다. 마침내 해변을 뛰어다니는 기분 나쁜 생물들만 남은 채 지구는 차갑게 식어버리고 바다도 죽는다는 것이 웰스가 생각하는 지구

라는 행성의 운명이다. 이것은 다윈이 제창한 진화론의 반대, 즉 '퇴화론'이라고 할 수 있다. '시간 여행자'가 만난 미래 인간의 특징은 다음과 같다.

①키가 120cm 정도로 작다.

②귀가 뾰족하고 털이 없다.

③체온이 낮다.

④우물 속 같은 곳에서 산다.

⑤불을 무서워한다.

올더스 헉슬리의 ≪멋진 신세계≫만큼이나 무슨 기상천외한 일이 벌어질까를 기대하고 이 책을 집어 든 독자라면 실망이 크지 않을까 싶다. 내용이 그다지 박진감 있게 펼쳐지지는 않기 때문이다. 그러나 지금으로부터 120~130년 전에 미래 세계를 상상하고 그것을 수많은 작품으로 남겼다는 사실에 우리는 그를 높게 평가해야 할 것이다.

GROUP 15

세계명작 IV

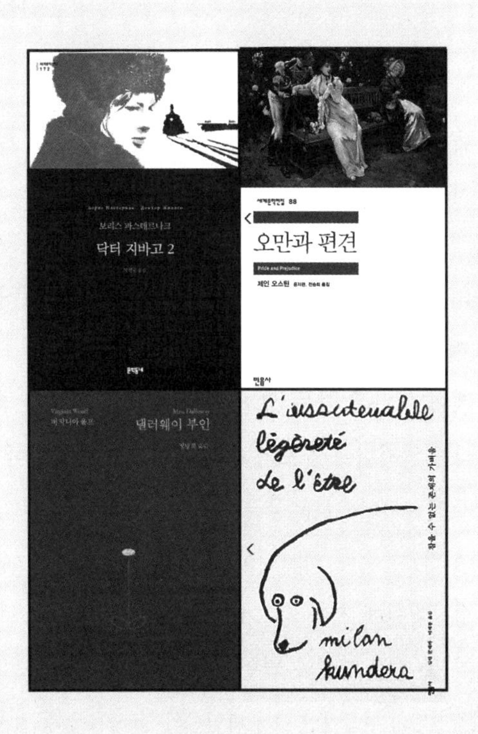

57. 댈러웨이 부인

버지니아 울프 저 • 송명희 역 • 솔 2019 • 276p

내가 즐겨 암송하는 시 중에 박인환의 '목마와 숙녀'라는 시가 있다. 거기에 보면 버지니아 울프라는 작가가 두 번 등장한다.

한 잔의 술을 마시고 우리는 버지니아 울프의 생애와 목마를 타고 떠난 숙녀의 옷자락을 이야기한다. (…)

모든 것이 떠나든 죽든 그저 가슴에 남은 희미한 의식을 붙잡고 우리는 버지니아 울프의 서러운 이야기를 들어야 한다.

그래서 옛날부터 그게 궁금했다. 왜 박인환 시인(1926 ~ 1956)은 자신의 시 속에 버지니아 울프를 등장시켰을까? 어떤 사람들은 정신질환에 시달리다가 스스로 강물에 몸을 던져 죽은 버지니아 울프의 생애와 박인환이 살았던 시대(1926년생이니까 6.25한국전쟁이 한창이던 때가 박인환의 청춘기)를 동일시하였을 것이라고 추측하기도 하고, 또 다른 사람은 그녀가 거대한 장벽과도 같았던 남성우월주의에 과감한 도전장을 던진 데 대한 찬사라고 평가하기도 한다.

≪댈러웨이 부인≫은 버지니아 울프(1882 ~ 1941)가 한창 문학적 완숙기에 들었던 시기인 40대에 3년간에 걸쳐 쓴 작품이다. 그 줄거리는 댈러웨이 부인이 그날 밤의 파티를 위해 런던의 거리로 꽃을 사러 나서는 아침으로부터 시작하여 파티가 정점을 이루면서 끝난다. 그러니까 단 하루 사이에 일어난 사건들인 셈이다. 그러나 사건들이라고 해서 무슨 특별한 일이 있었던 것도 아니다. 단지 그녀가 자신의 과거, 현재, 그리고 미래를 회상하고 떠올리면서 하는 '생각들'이 대부분이고, 정작 그녀가 누구를 만나서 무슨 이야기를 하는 장면은 별로 없다. 실제로 내가 책에 등장하는 대화 장면들을 타이핑하여 보니 그저 A4용지로 다섯 장 정도에 지나지 않았다. 나머지는 댈러웨이 부인이 이리저리 분별없이 하는 생각, 식민지 인도에 대한 회상, 옥스퍼드 거리, 피카딜리 거리, 세인트 제임스 거리, 버킹검 궁전 앞 같은 데서 마주친 사람들에 대한 감상, 아버지의 양복점, 버킹검 궁의 황태자, 런던 상공에서 에어쇼를 하는 비행기구름을 보면서 이 사람,

저 사람이 하는 생각, 홈즈 의사의 이야기, 휴 휘트브레드라는 사람이 중얼거리는 소리가 전부다. 그저 모든 것이 종잡을 수 없는 클러리서(댈러웨이 부인)와 다른 사람들의 생각일 뿐이다. 심지어는 빅벤이라는 시계(웨스트민스터 사원 북쪽 탑의 시계)와 피터 월쉬라는 사람의 주머니칼과 같은 사물을 중간중간에 계속 등장시키면서 과거와 현재를 오가며 생각의 나래를 펼치기도 한다.

정확하게 열두 시였다. 빅벤이 열두 시를 쳤다. 시계 치는 소리는 런던 북쪽 지역을 가볍게 날아 다른 시계 소리들과 뒤섞이고, 구름과 희미한 연기와 흐릿하게 환상적으로 섞여 저 위 갈매기 사이로 사라졌다. 열두 시를 쳤을 때 클러리서 댈러웨이는 초록빛 드레스를 침대 위에 내려놓았고…(p128)

그래도 사람들이 ≪댈러웨이 부인≫을 버지니아 울프의 작품 중에서도 대표작으로 꼽는 이유는, 이 책을 통하여 1920년대 영국 사회의 남성우월주의에 저항하려는 저자의 도전정신을 발견할 수 있기 때문이 아닐까 싶다. 예를 들면 다음과 같은 대목이다.

그녀는 남편보다 두 배나 많은 지력을 가졌지만 남편의 눈을 통하여 사물들을 보아야만 했다 결혼 생활이 가져 오는

비극 중의 하나였다. 자기 자신의 생각을 가졌지만 그녀는 언제나 리처드를 인용해야만 했다. 마치 아침에 『모닝 포스트』지를 보면서 리처드가 무엇을 생각하는지 우리가 알 수 없는 것처럼 말이다! 이 파티들은 모두 리처드, 혹은 그녀가 생각하는 그를 위한 것이었다.(p106)

어쨌든 ≪댈러웨이 부인≫은 줄거리를 파악하기가 쉽지 않다. 책의 전체를 관통하는 기법이 '의식의 흐름'이라는 제임스 조이스 류의 문학기법이기 때문이다.

셰익스피어(1564 ~ 1616)에 자신을 견줄 만큼 당당했다고 알려진 작가, 유명한 여성작가 중의 한 명이라는 말을 극도로 싫어했다고 알려진 작가, 59세의 나이에 우즈 강가로 산책을 나간 후 돌아오지 않았다고 알려진 작가…. 그래서 박인환 시인은 "버지니아 울프의 서러운 이야기를 들어야 한다"고 했던 것인가?

58. 오만과 편견

제인 오스틴 저 • 윤지관 역 • 민음사 2003 • 560p

책을 열면 '까르르' 웃는 다섯 자매의 웃음소리가 터져 나올 것만 같은 이 작품은 소설류에서는 보기 드물게 해피엔딩으로 끝나는 작품이다. 오죽했으면 저자 자신도 "이 작품은 너무 가볍고 밝고 반짝거려서 그늘이 필요하다"라고 했을까. 책은 처음 시작을 이런 문장으로 출발한다.

재산깨나 있는 남자에게 아내가 꼭 필요하다는 것은 누구나 인정하는 진리다.

첫 문장이 암시하는 바와 같이 이 소설은 처음부터 끝까지가 다섯 자매를 둔 한 가정의 연애와 결혼 이야기이다. 그중에서도 특히 첫째 딸 제인과 둘째 딸 엘리자베스의 이야기가 주를 이룬다.

베넷 씨는 귀족 계급도 아니고 서민 계급도 아닌 중류층의 소위 '젠트리'이다. 이야기는 베넷 부인의 딸 다섯을 시집보내려는 욕심, 남편인 베넷씨의 가난하지만 크게 위축되지도 않고 부유한 사람들을 탐내지도 않는 소박한 시민관, 첫째 딸 제인의 상냥한 성품, 그리고 둘째 딸 엘리자베스의 어떤 남자에 대한 오만과 편견이 주를 이룬다.

책에는 이집 저집에서 하는 파티와 춤 이야기 등이 자주 등장하지만 그에 못지않게 1800년을 전후한 시대 영국의 한정 상속 제도에 대한 이야기도 많이 등장한다. 이 제도는 장남에게 전 재산을 물려줌으로 해서 같은 지위와 재산이 계승되게 하려는 목적으로 시작된 법적 장치이다. 당시 베넷 씨 집안 같은 중류 가정의 경우에 딸들에게 있어서 결혼은 사랑보다는 미래를 위해서 필수불가결한 일이었다. 베넷 씨에게는 아들이 없어서 남자 형제의 경제적 도움을 받을 수가 없다. 베넷 씨가 사망하면 재산은 다른 친척 남자에게 넘어가게 되어 있다. 그렇기에 베넷 부인은 딸들의 성공적인 결혼을 위하여 그야말로 '올인'하는 것이다.

그런 생각으로 가득 차 있는 베넷 씨가 사는 시골 마을에 부유하고 젊은 가족이 이사오며 이야기는 시작된다. 빙리라는 청년이 사두마차(四頭馬車)를 타고 와서 집을 보고 갔는데 그 청년의 일 년 수입이 무려 4 ~ 5천 파운드나 된다는 것이다.

엘리자베스와 빙리의 친구인 다아시는 처음 만난 파티 자리에서 서로에 대해서 편견을 갖는다. 엘리자베스는 다아시를 첫인상에 별로 좋지 않게 보았고, 그 때문에 엘리자베스는 다아시의 청혼을 매몰차게 거절해 버린다. 여기에 화술이 좋은 미남 장교 위컴이 등장하여 다아시를 헐뜯게 되자 엘리자베스의 편견은 극에 달한다. 그러나 세월이 흐르면서 엘리자베스는 동생 리디아와 콜린스 목사의 결혼에 다아시가 남모르게 도움을 주었다는 사실을 알게 되면서 자신이 그동안 다아시에 대해서 가졌던 생각이 실은 지독한 '편견'이었음을 깨닫는다.

결국 첫째 딸 제인이 그 동네로 이사 온 빙리와 '우여곡절' 끝에 결혼하고, 둘째 딸 엘리자베스는 빙리의 친구인 거부 다아시와 '우여곡절' 끝에 결혼한다. 여기에서 말한 그 많은 '우여곡절'이 바로 이 책의 제목인 '오만과 편견'인 것이다. 책은 원래 ≪첫 인상≫이라는 제목으로 발표되었단다. 그런 것을 개작에 개작을 거듭한 끝에 후일 세상 사람들의 사랑을 받는 ≪오만과 편견≫이 된 것이다.

이 소설은 단지 사랑과 연애만을 다룬 '애정소설'이 아니다. 오히려 산업 사회로 변모해가는 흐름 속에 사회 서열과 계층 간의 갈등이 곳곳에서 드러난다. 좋은 배경과 재력을 가진 남성과의 결혼만이 여성이 유일하게 미래를 보장받는 길이었다는 시대적 문제가 이 작품의 전편에 깔려 있는 것이다.

책의 말미에 평생을 딸들의 결혼 문제에만 올인했던 어머니 베넷 부인이 다섯 딸들의 문제를 다 해결하고 소회를 밝히는 부분이 매우 인상적이다.

자기가 가장 사랑스러워 하는 두 딸을 치우게 된 날, 베넷 부인은 어머니로서 그렇게 행복할 수가 없었다. 후에 그녀가 얼마나 뿌듯하고 즐거운 마음으로 빙리 부인을 방문했고 다아시 부인에 대해 말했는지는 짐작할 만한 일이다. 그녀의 식구들을 위해서 하는 말이지만, 자식들을 좋은 데로 시집보내고 싶은 그녀의 열렬한 소망이 그렇게 여러 명을 통해 이루어졌으니….

여기서 말한 빙리 부인이란 첫째 딸 제인이고 다아시 부인이란 둘째 딸 엘리자베스, 그리고 콜린스 부인이란 막내 딸을 말한다.

작가인 제인 오스틴을 잠시 살펴보자. 제인 오스틴은 1775년 영국의 햄프셔 주 스티븐턴에서 교구 목사의 딸로 태어났다. 놀라운 사실은 평생을 통하여 공교육이라고는 어려서 3년 동안 다닌 기숙학교가 전부였다는 것이다.

그녀가 생전에 남겼다는 다음의 글은 소설가로서의 자부심이 가득 넘쳐나는 명문장이다.

"소설에는 인간 정신의 가장 위대한 힘이 표현됩니다. 인간 본성에 대한 가장 완벽한 지식, 인간 본성의 다양한 모습에 대한 가장 행복한 묘사, 재치와 유머의 가장 활력 있는 토로가 최고로 정제된 언어로 세상에 전달되는 것입니다."

제2차 세계대전이 한창 치열할 때, 윈스턴 처칠이 아프리카를 방문 중 심한 병에 걸리자 딸이 아프리카까지 날아가 침대 곁에서 이 책을 읽어주었다는 일화도 있다.

59.닥터지바고

보리스 파스테르나크 저 • 박형규 역 • 문학동네 2018 • 912p(전2권)

나는 이 책(영화 포함)을 보면서, 미국의 월트 디즈니를 떠 올렸다. 그리고 그 둘의 인생을 비교해 보았다. 두 사람은 태어난 시기와 죽은 시기가 비슷하다. 보리스 파스테르나크(1890 ~ 1960)는 70년을 살았고 월트 디즈니(1901 ~ 1966) 역시도 비슷한 시기에 65년을 살았다. 그러나 두 사람의 삶의 궤적이나 분위기는 극과 극이다.

파스테르나크는 문학 활동을 하면서 그 공로가 인정되어 노벨상 수상자로 선정되었지만, 끝내는 그 상을 타지 못했다. 국외추방을 두려워 한 나머지 프라우다 지에 자신의 과오를 인정하고 노벨상을 거부한다. 그리고 말년을 쓸쓸히 보내다가 생을 마감한다. 그의 삶은 고스란히 그의 작품 ≪닥터 지바고≫에 투영된다.

반면에 디즈니는 시종일관 자신의 뜻대로 사업을 일구고 우리 인류에게 '테마파크'라는 선물을 안겨주고 떠났다. 그의 전기 ≪월트 디즈니≫(전2권 여름언덕 간)를 읽어 보라. 사업에 어려움을 겪기도 하지만 형과 둘이서 기어코 난관을 극복하고, 미키마우스라는 캐릭터를 탄생시킨다. 그뿐인가? 우리가 올랜드의 디즈니월드에서 이틀이고 사흘이고 묵으면서 즐길 수 있는 것도 다 그의 구상과 집념의 소산이었다.

톨스토이의 ≪전쟁과 평화≫에서 그토록 아름다운 선율이 울려 퍼지던 나라 러시아가 이제는 변방의 그저 그런 나라에 속할 뿐이다. 제대로 만드는 차도 없고 TV도 없다. 러시아제 핸드백도 없고 향수도 없다. 그저 방위산업이나 무기 분야에서만 두각을 나타낼 뿐이다. 그렇게 본다면 국가가 추구하는 '사상'과 '주의'는 다른 그 어떤 가치나 신념보다도 훨씬 더 중요하다고 할 수 있을 것이다.

이야기가 많이 겉돌았지만, 이제부터 본격적으로 이 작품을 이야기해 보아야겠다. 출판사 문학동네에서는 이 책을 이렇게 소개하고 있다.

1905년 혁명 전야부터 1914년 1차 세계대전과 이어지는 내전, 1922년 러시아에 세계 최초의 사회주의정권이 수립되기

까지 대격변의 시기를 살았던 유리 지바고의 생애를 통해 인간의 존엄과 삶의 가치를 되새기는 작품이다. 시인이자 소설가 파스테르나크의 삶이 투영되어 있으며, 자유롭지 않은 세상의 한계를 뛰어넘어 인간을 인간답게 살게 하는 것이 무엇인가라는 근본적 질문을 던진다.

전대미문의 격동기에 의사로서 시인으로서 앞날을 촉망받던 주인공 유리 지바고의 교양 있고 윤택했던 삶은 현저히 굴절된다. 개인의 생활과 존엄, 인간다운 감정조차 허용되지 않는 수난의 시대였다. 이야기는 자유로운 개인을 상징하는 지바고, 가정을 상징하는 토냐, 강인한 생명력의 표상 라라, 혁명을 대표하는 파샤와 악을 대변하는 코마롭스키를 주축으로 전개되고, 그 밖의 다양한 인물의 상징적인 삶들이 빠른 속도로 교차한다. 그들의 인생은 혁명이라는 열차가 달려간 러시아 격변의 역사와 같은 시간, 같은 레일을 달린다.

처음 시작 부분의 러시아 사람들의 화려한 생활에서부터 아버지는 행방불명되고 어머니는 돌아가시고 외삼촌 집에 얹혀 살아가는 유리 지바고, 주인공 유라가 의과대학에서 시체를 들여다보면서 의학을 공부하는 모습, 학생인 라라가 집안 식구들의 생계를 책임지고 분투하는 모습, 각각 결혼하여 유라는 아들을 낳고 라라는 딸을 낳고, 혁명, 반혁명, 제정, 혁명정부, 적군, 백군과 같은 격변기에 이리 쫓기고 저리 쫓기는 힘없는 지식인의 삶, 아버지의 친구이자 변호사로 어린 시절 자신의 정조를 짓밟은 코마롭스키에게 총을 쏘는 라라, 대저택을 부상병들의 임시병원으로 내어주는 백작부인의 노블레스 오빌리지, 혁명이 일어나고 나서 얼마 지나지 않아 물자가 부족하여 빵 한 조각을 두고두고 아껴먹는 장면, 땔감이 없어서 자작나무 한 뭉치와 화장대를 교환하며, 다음에는 피아노를 장작과 바꾸겠다고 하는 장면, 배급소 앞에서 식량을 얻기 위해 긴 줄을 서서 식량을 배급받는 장면, '내 꿈은 한 사발의 배추국'이라는 푸슈킨의 시를 소개하는 대목, 전시에 의사로 간호사로 지바고와 라라가 재회하는 장면, 빨치산 부대에서 지낸 18개월 동안의 군의관도 아니고 포로도 아닌 어정쩡한 생활, 병원에 첫 출근을 하던 날, 전차 속에서 죽어가는 지바고, 지바고의 장례식에서 자신과 지바고의 사랑은 하늘이 맺어준 인연이라는 라라의 고백, 그리고 눈 내리던 그날 헤어지던 때의 추억을 회상하는 라라까지, 정말 명장면과 명대사들이 끝도 없이 나오는 작품이다.

그렇지만 위에 열거한 많은 장면들보다 더 극적인 장면

은 바르이키노에서의 이별장면이다. 라라를 떠나보내면서 지바고가 2층으로 뛰어올라가서 꽁꽁 얼어붙은 유리를 깨고 멀어져가는 썰매를 바라보는 장면이야말로 많은 사람들의 심금을 울리는, 지금도 ≪닥터 지바고≫하면 사람들이 떠올리는 장면이다.

비록 혁명의 소용돌이 속에 어쩔 수 없이 세 번째 아내를 맞이하지만(토냐 - 라라 - 마리나) 지바고의 진정한 사랑은 라라였고, 라라의 진정한 사랑 역시도 지바고(유라) 뿐이었다. 다음은 지바고의 장례식에서 라라가 하는 독백이다.

"기억나세요? 눈이 내리던 그날, 당신과 헤어지던 때의 일을…. 당신은 왜 나를 속이셨어요? 당신 없이 나 혼자 어떻게 살았는지 몰라요. 그러나 나는 당신이 왜 그러셨는지를 알고 있어요. 나의 행복을 위해서…."

책은 에필로그에서 지바고의 원고를 소개하며 끝을 맺는다. 지바고는 유고에서 후손들이 살아갈 나라는 자유가 가득했으면 좋겠다고 염원한다. 그가 세상을 떠난 지 60년이 지난 지금, 그의 소원은 이루어졌을까?

60.참을 수 없는 존재의 가벼움

밀란 쿤데라 저 • 이재룡 역 • 민음사 2018 • 520p

1988년 국내에 처음 소개된 후 지금까지 100만부가 넘게 팔렸다는 체코 작가 밀란 쿤데라의 대표작으로, 출판사에서 소개하는 이 책의 줄거리는 다음과 같다.

고향의 작은 술집에서 일하며 근근이 살던 젊은 테레자는 출장으로 그 도시에 들른 외과의사 토마시와 우연히 만난다. 서로 그 만남을 잊지 못할 만큼 운명적으로 생각하던 중에 테레자는 톨스토이의 «안나 카레니나»와 여행 가방만 들고 그를 찾아간다. 전처와 이혼 이후 진지한 사랑을 부담스러워하던 토마시는 테레자의 순수한 매력에 끌려 그녀와 함께 살기 시작한다. 소련의 침공으로 체코가 자유를 잃은 후, 두 사람은 함께 스위스로 넘어간다. 체코를 벗어나면 토마시의 연인들로부터도 벗어날 수 있을 거라 믿었던 테레자는, 토마시의 끊임없는 외

도에 믿음을 잃은 후 홀로 국경을 넘어 프라하로 돌아간다.

한편 토마시의 또 다른 연인이자 화가인 사비나는 끈질기게 자신을 따라다니는 조국과 역사의 무게에서 벗어나 자유롭게 살고 싶어 한다. 밥을 먹어도, 그림을 그려도, 거리를 걸어도 자신에겐 '조국을 잃은 여자'라는 꼬리표가 붙는 것을 그녀는 견딜 수 없다. 사비나를 사랑하는 학자인 프란츠는 그런 사비나의 '가벼움'에 매료된다.

이 작품은 총 7부로 구성되어 있다. 제1부는 '가벼움과 무거움'이라는 단어를 주제로 니체의 '영원회귀사상'을 언급한다.

뒤집어 생각해 보면 영원한 회귀가 주장하는 바는, 인생이란 한 번 사라지면 두 번 다시 돌아오지 않기 때문에 한낱 그림자 같은 것이고, 그래서 산다는 것에는 아무런 무게도 없고 우리는 처음부터 죽은 것과 다름없어서, 삶이 아무리 잔혹하고 아름답고 혹은 찬란하다 할지라도 그 잔혹함과 아름다움과 찬란함조차도 무의미하다는 것이다.(p9)

토마시의 애인인 테레자는 웨이트리스 생활을 하다가 토마시의 또 다른 애인인 사비나의 도움으로 잡지사에 사진

기자로 취직한 여자다. 책은 1부를 마치면서 '우연'이 삶에 미치는 영향을 반복하여 설명한다.

칠년 전 테레자가 살던 도시의 병원에 우연히 치료하기 힘든 편도선 환자가 발생했고, 토마시가 일하던 병원의 과장이 급히 호출되었다. 그런데 우연히 과장은 좌골신경통 때문에 꼼작도 할 수 없었다. 그는 자기 대신 토마시를 시골 마을에 보냈던 것이다. 그 마을에는 호텔이 다섯 개 있었는데, 토마시는 우연히 테레자가 일하던 호텔에 들었다. 우연히 열차가 떠나기 전까지 시간이 남아 그는 술집에 들어가 앉았던 것이다. 테레자가 우연히 당번이었고 … (p65)

2부 '영혼과 육체'에서는 테레자의 어머니가 어떻게 아홉 명의 남자들 중에서 남편을 골랐으며 어떻게 테레자가 태어나게 되었는지 등등의 '우연'에 관한 이야기를 하면서 중간 중간에 러시아의 전쟁범죄를 고발한다. 50만 리투아니아인 수용소 수감, 수백 만 폴란드인 학살, 크리미아의 타르타르족 멸족과 함께 1968년의 체코슬로바키아 침공 사건도 고발한다. 그러면서 소련이 둡체크를 꼭두각시 국가수반으로 만드는 과정도 넌지시 비판한다.

3부 '이해받지 못한 말들'에서는 사비나와 프란츠가 제네바와 파리 등지를 옮겨 다니며 애정행각을 벌이는 사이사이 그들의 조국에 대한 상반된 관념들이 대조적으로 나타난다. 그러면서 사비나의 고백과 회상을 통하여 '존재의 참을 수 없는 가벼움'이라는 문제를 거론한다.

4부 '영혼과 육체'에서는 테레자의 정사 장면 중간에 소련의 체코 침공 당시의 상황을 고발한다.

테레자는 소련 침공 초기시절을 떠올렸다. 사람들은 모든 도시의 거리 표지판을 떼었고 도로 안내표지도 뽑아 버렸다. 하룻밤 사이에 온 나라가 익명으로 변해 버린 것이다. (p275)

5부에는 또다시 '가벼움과 무거움'이라는 주제로 함께 '필연'을 이야기 한다. 어느 날 토마시는 유명 잡지에 나온 논쟁인 '정치재판이 벌인 합법적 살인'이라는 논쟁에 관해 오이디푸스 왕의 사건을 빗대어 원고를 보냈다. 그것이 꼬투리가 되어 프라하의 종합병원에서 해직되어 80km 떨어진 시골의 조그만 무료진료원의 의사로, 그리고 얼마 지나지 않아 건물의 유리창 닦이로 전락한다. 이 책에서 유명한 베토벤의 일화 Es muss sein!(필연)이 나오는 것도 5부이고 이 책의 가장 핵심인 다음 구절이 나오는 것도 역시 5부이다.

"역사란 개인의 삶만큼이나 가벼운, 참을 수 없을 정도로 가벼운, 깃털처럼 가벼운, 바람에 날리는 먼지처럼 가벼운, 내일이면 사라질 그 무엇처럼 가벼운 것이다."(p364)

6부 '대장정'에서는 '신도 똥을 싸는가?'라는 다분히 신학적인 물음 외에 공산주의와 전쟁에 반대하는 반전운동의 대열에 낀 프란츠와 사비나를 통해 '키치'라는 쿤데라의 철학적 용어를 여러 의미로 소개한다.

7부 '카레닌의 미소'에서는 테레자의 애견 카레닌의 죽음을 바라보는 '나'가 동물을 사랑한 니체를 빗대 동물을 오로지 하나의 도구로만 생각한 데카르트를 비난한다.

가벼움, 무거움, 우연, 필연, 연애, 조국, 사상, 변절과 같이 생각해 볼 테마들이 무궁무진한 이 책은 소설이라기보다는 오히려 철학책에 가깝다고 할 수 있겠다.

GROUP 16

추리소설

61.2061년

이인화 저 • 스토리프렌즈 2021 • 382p

2061년의 세계는 지금과 많이 다르다. 무엇보다도 커다란 변화는 한글(세종대왕 이도의 이름을 딴 이도문자)이 전 세계의 공용어로 사용되고 있다는 것이다. 책은 시작에 주인공 재인이 소변이 마려워 화장실을 찾는 장면을 등장시키며 놀라운 광경을 묘사한다. 미국 연방공무원들이 근무하는 건물의 화장실에는 남자화장실과 여자화장실을 나타내는 팻말이 '쟨틀만' 그리고 '을네이디'라고 되어 있다.

그렇게 된 이유는 인공지능의 발달 때문이다. 그 이전 시대까지 세상을 지배하였던 영어와 로마자를 가지고는 폭발적으로 늘어나는 인공지능의 표현 수요를 따라갈 수가 없었기 때문이다.

인간이 발음하는 분절음은 겨우 3천여 종인데 로마자는

그것조차 완전하게 표기하지 못했다. 인공지능 시대가 되자 각양각색의 발성 기관을 가진 기계들이 자신의 생각을 표현했다. 기계들의 현란하리만큼 다양한 흡착음, 당김음, 기식음, 떨림음, 공명음 앞에 로마자는 무용지물이었다. 어떤 기계는 음고와 억양만으로 수백 개의 다른 단어를 만들었고 어떤 기계는 배음 없이 최소의 진동수를 갖는 바탕음만으로 말했다.

세종 이도(李祹 재위 1418~1450)**가 1443년에 발명한 이 문자는 초성 중성 종성을 결합하여 398억 5677만 2340종의 분절음을 표기할 수 있었다.**(p13)

이 책에는 하나의 큰 사건이 있고 그 사건을 파헤치는 내용이 전체를 이루고 있다. 그 사건이란 2061년의 어떤 사람이 1896년으로 시공간을 이동해서 틸리라는 외국인의 신체를 훼손하고 그의 장기 중 허파를 파내가는 끔찍한 사건이다.

2061년에 살던 의학자 제이크 심(심재익)은 미합중국 대통령의 호출을 받는다. 그는 시공간보호법 위반이라는 죄명으로 12년 형을 선고받고 이제 잔여형기 4년여를 남겨두고 있다. 그러던 어느 날, 미국 대통령 다말 알린스키로부터 1896년의 조선으로 돌아가 임무를 수행하라는 비밀지령을 받는다. 그러면 그의 잔여형기 4년을 탕감해주고 사면해 주겠다는 제안이었다. 다말이라는 여자는 인간과 기계의 결합으로 태어난 마키나, 즉 혼종인이었다. 그녀는 모든 공간과 연결된 초공간지식장을 통해 24시간 동안 쉬지도 않고 잠도 자지 않는 기계인간이다. 심재익이 훈민정음해례본의 비밀을 파헤치는 임무에 선발된 것은 그가 의사이면서도 28년 동안 1890년대의 조선시대 문제를 연구한 역사학자라는 점이 반영된 결과였다.

아마도 이 책에서 가장 독자들을 가슴 뛰게 하는 대목은 바로 아래의 구절이 아닐까 싶다. 우리 한국인이 한글의 저작권료로 1인당 162만 원의 돈을 매달 월급처럼 받는다는 내용이다.

2048년 한국어의 데이터 저작권료가 최초로 분배되었다. 한국어 언어자료를 400조 어절 규모로 모은 데이터 말뭉치의 저작권료였다. 이것을 국가 공유재산으로 발생한 기본소득이라고 결정하여 전 국민에게 균등 분배되었다. 그해 인공지능이 만든 전 세계의 지적재산권 수입 총액은 139조 달러였다. 인공지능들이 가장 많이 선택한 한국어 데이터의 저작권료는 그 가운데 7퍼센트로 한화 973조원이었다. 그해 모든 한국인은 1인당 매달 162만원을 월급처럼 받았다. 사람들은

그제야 알았다. 인공지능 시대에 서민이 의지할 것은 오직 데이터 저작권뿐이라는 것을.

그러나 딱 그 1년이었다. 2049년 한국은 멸망했고 저작권료는 인공지능에게 귀속되었다.(p144)

그렇다면 한국은 왜 멸망했을까? 그에 대한 배경 설명이 38 ~ 39쪽에 나온다. 바로 북의 핵공격 때문이었다.

이 책에서 특히 주목할 부분은 책에 등장하는 사람들이 과거의 유명인사들을 상징한다는 점이다. 이승룡은 건국대통령 이승만을, 주인공 심재익은 명동성당에서 이완용에게 중상을 입힌 이재명 의사를, 유애덕이라는 어의는 조선 최초의 여의사 에스더 박을, 홍씨라고 알려진 프랑스 유학자는 김옥균을 사살한 홍종우를 상징한다. 이 책은 판타지 픽션으로서의 흥미진진함과 역사소설의 교양성을 동시에 포함하고 있는 작품이다.

62.IQ 84

무라카미 하루키 저 • 양윤옥 역 • 문학동네 2010 • 1,991p(전3권)

일본에서 출간 당일 하루에만 68만 부가 판매되었고, 발매 10일 만에 100만 부, 3개월 만에 2009년 일본 전체 서적 판매 1위에 오른 책.

국내에서도 '무라카미 하루키 신드롬'에 본격적으로 불을 지핀 책. 그러한 사실은 이 책이 출간되기 전, 이 책을 먼저 잡으려는 출판사 간의 경쟁이 벌어져 '10억 원 선인세'라는 소문이 자자했던 사실로도 입증된다. 과연 그러한 찬사나 경쟁이 무색하지 않게 이 책은 2010년에 출간되어 베스트셀러에 오른 지 어언 10년이 지난 지금까지도 여전히 베스트셀러 상위를 차지하고 있는, 그야말로 독보적인 책이다.

책의 구성을 살펴보자. 1권은 1984년 4월부터 6월까지의 이야기이고, 2권은 7월부터 9월까지의 이야기인데 총24

장으로 아오마메와 덴고의 이야기가 교대로 12장씩 배치되어 있다. 이러한 구성은 바흐의 작품집 '평균율 클리비어곡집'과 같은 구조라고 한다. 그렇다면 내용은 어떨까? 나는 이 책의 핵심 내용을 다음의 다섯 가지로 압축해 보았다.

①그리워했던 사람은 언젠가는 다시 만난다.

②어린 시절의 상처는 평생 가슴속에 남는다.

③우리 모두는 외로운 존재이다.

④지금 이 세상에 존재하는 나는 과연 진정한 나일까?

⑤사랑은 목숨을 걸만큼 아름다운 것이다.

먼저 첫 번째에 대한 나름대로의 해석은 제1권에 나오는 덴고와 아오마메의 어린 시절 회상 때문이다. NHK 수금원인 아버지를 따라 휴일이면 아버지와 함께 맡은 구역을 돌면서 사람들로부터 멸시와 냉대를 받았던 소년 덴고, 그리고 증인회 신도인 어머니를 따라 휴일이면 온종일 낯선 집의 대문을 두드리며 여호와왕국 전도에 동원되어야 했던 소녀 아오마메, 그들은 평생 어린 시절의 상처를 안고 산다.

두 번째에 대한 단서는 제1권에 두 번이나 등장하는 덴고의 유년 시절의 회상에 있다.

그의 어머니는 블라우스를 벗고 하얀 슬립의 어깨끈을 내리고 아버지가 아닌 남자에게 젖꼭지를 빨리고 있다. 덴고는 그 곁에서 색색 숨소리를 내며 자고 있다. 하지만 동시에 덴고는 잠들지 않았다. 그는 어머니의 모습을 보고 있다.(1권 p205)

세 번째에 대한 증거는 책의 곳곳에서 나오는 혼자 사는 이야기들이다. 현대의 일본이라는 곳이 (지금은 한국도) 혼자서 사는 사람들이 많기는 하지만 여기서도 일본 젊은이들의 혼자 외톨이로 사는 모습이 여기저기에 자주 등장한다.

네 번째에 대하여 내가 갖고 있는 확신은 이 책의 전편을 지배하고 있는 현실세계인 1984년과 가상세계인 1Q84년의 대비에서 찾을 수 있다. 주인공들이 거의 다가 독신인 점, 키워드인 공기번데기, 두 개의 달, 리틀 피플, 마더와 도터, 퍼시버와 리시버, 수도고속도로3호선 비상계단 안의 세계와 바깥의 세계 같은 여러 장치들을 동원하여 우리 자신을 스스로 의심케 만드는 것이다. 현대인치고 '지금 현재의 나는 당당한 나 자신이다'라고 소리칠 수 있는 사람이 과연 몇 명이나 될까? 아마도 하루키는 이렇게 모든 것이 불확실한 현대를 사는 우리들에게 이런 메시지를 던지려고 그 수많은 장치들을 교묘하게 배치해 놓았는지도 모르겠다는 생각이 든다.

다섯 번째에 대한 나름대로의 해석은, 이 책에는 수많은 장치들이 등장하지만 결국에는 주인공 두 명이 어린 시절의 사랑을 다시 찾는다는(再會) 해피엔딩의 이야기에 다름 아니기 때문이다. 초등학교 시절 3, 4학년 동안 한 반이었다는 것을 제외하고는 그 후 어떤 만남도 없었던 덴고와 아오마메, 그들에게 남겨진 건 어느 날 방과 후 맞잡은 손의 온기에 대한 추억 뿐. 이 책에는 그 짧은 만남을 잊지 못하고 그들이 성인이 된 후에도 계속 그 추억을 곱씹으며 과거를 회상하는 장면들이 등장한다. 그리고 마침내 둘은 재회에 성공한다.

무려 2천 페이지에 달하는 상당한 분량임에도 불구하고 인터넷 공간을 보면 책을 전부 읽은 독자들이 그렇게나 넘쳐난다는 사실은 분명히 고무적인 일이다. 국내 작가의 한 사람으로 하루키의 백분의 일 만큼이라도 따라가 보아야 하겠다는 다짐을 하면서, 아마도 하루키가 나와 같이 머리가 나쁜 사람도 열심히 하면 된다는 격려를 해 주기 위해서 다음과 같은 말을 한 것이 아닐까 하는 생각을 해 본다.

하지만 너무 머리회전이 빠른 사람, 혹은 특출 나게 지식이 풍부한 사람은 소설 쓰는 일에는 맞지 않을 거라고 나는 항상 생각합니다. 소설을 쓴다는 - 혹은 스토리를 풀어간다는 - 것은 상당히 저속의 기어로 이루어지는 작업이기 때문입니다.(무라카미 하루키 자전적 에세이 《직업으로서의 소설가》 p26)

63. 양들의 침묵

토머스 해리스 저 • 공보경 역 • 나무의생각 2019 • 638p

흔히 어떤 책을 두고 '손에 땀을 쥐게 만드는'이라던가 또는 '처음부터 끝까지 눈을 뗄 수 없게 하는'이라는 표현이 있다. 이 작품이야말로 그런 표현에 딱 들어맞는 책이다. 주인공, 내용, 결말 부분의 해피엔딩까지 가장 완벽한 스릴러 작품이라고 평해도 지나치지 않을 것 같다.

버팔로 빌이라고 알려진 범인은 20대 초반의 젊은 여성들을 납치하여 살해하고 살가죽을 벗긴 후 강가에 내다 버린다. 지금까지 경찰과 FBI에서 확인한 바로는 첫째 여성은 미주리 주 론 잭 시에서, 두 번째 여성은 오하이오 주 벨베데어 마을에서, 세 번째 여성은 시카고에서, 네 번째 여성은 루이빌 시에서, 다섯 번째 여성은 인디애나 주 에번스 빌에서, 그리고 여섯 번째 여성은 조지아 주 다마스커스 시에서 희생되었다. 이 연쇄살인 사건에는 공통점이 있는데, 그것은 희생자가 모두 20대의 젊고 뚱뚱한 백인 여성이라는 점, 모두가 살가죽이 벗겨진 상태로 버려진다는 점, 그리고 시체 유기장소가 주간(inter-state) 고속도로 인근 강가라는 점이다.

지난 10개월 동안 미국을 공포의 도가니에 몰아넣었던 연쇄살인 사건에 일곱 번째의 실종 사건이 발생한다. 실종자 캐서린 역시도 20대 초반의 뚱뚱한 백인 여성인데, 그녀의 엄마는 테네시 주 상원의원이다. 그녀가 납치되던 당시의 설정이 아주 기발하다.

캐서린은 남자친구와 헤어져 자신의 빌라로 돌아왔다. 창밖을 보니 어떤 남자가 픽업트럭에 의자를 실으려고 하는데 잘 되지 않는다. 그 사람은 한쪽 손에 부목을 대고 있어서 한 손만 가지고 하는데 자꾸만 실패하는 것이다. 보다 못한 캐서린은 밖으로 나가 남자를 도와 의자를 실어 준다. 가까이에서 보니 남자는 수염 하나 없는 마치 여성 같은 얼굴이다. 캐서린이 돌아서려는 순간 그가 부목을 한 손으로 그녀를 내리친다. 그렇게 그녀는 연쇄살인범에게 걸려든 일곱 번째 여성이 되었다. 부목은 가짜였고 그녀를 유혹하려는 도구였을 뿐이다.

지금까지 일어난 여러 차례의 사건에는 엽기적 살인이라는 공통점이 있기 때문에 FBI의 연쇄살인 전담부서인 행동과학부에서 사건을 전담하게 된다. 부장은 잭 크로포드이고 주인공 클라리스 스탈링은 아직 정식 수사관에 임명되지 않은 연수생이다.

이 책에서 가장 비중 있게 다뤄지는 인물은 세 명이다. 그들은 주인공인 클라리스 스탈링이라는 젊은 여성 수사관, 잭 크로포드라는 50대의 노련한 FBI 부장, 그리고 한니발 렉터라는 희대의 살인마이자 정신과 의사로 교도소에 수감되어 있는 자이다.

어느 날 FBI 연수생인 스탈링은 크로포드 부장으로부터 미제 사건 해결을 위해 현재 구금되어 있는 유명한 정신과 의사를 만나라는 지시를 받는다. 그가 바로 한니발 렉터 박사인데, 그는 아홉 명을 살해하고 그들의 인육을 먹은 죄로 수감된 자다. 체포 당시 FBI 요원에게 죽을 만큼 치명적인 상처를 입힌 대단히 위험한 인물이기도 하다. 하지만 정신과 의사로 범죄 추리에 워낙 뛰어난 인물로 알려졌기 때문에 크로포드 부장은 부하가 위험에 처할 수 있음에도 그를 통하여 범인의 프로파일링에 도움을 받고자 하는 것이다.

실제로 렉터 박사는 스탈링과 일대일의 주고 받기식 거래(대화)를 통하여 해당 범죄해결에 상당부분 도움을 준다.

특히 작가는 책에서 우리 인간들은 각자 삶에 저마다의 목적이 있다는 점을 넌지시 강조한다. 범인 제인 검(버팔로 빌)은 여성을 꿈꾸는 전형적인 사이코패스로 젊은 여성들의 살가죽으로 옷을 만들어 입는 것이 목적이다. 초짜 수사관 스탈링은 어릴 적 겪었던 여러 죽음들에 대한 트라우마를 극복하는 것이 목적이고, 수사관이라는 직업을 통하여 그것을 극복하고자 한다. 한니발 렉터 박사는 자신이 최고의 심리학자이자 정신과 의사라는 우월함을 온 세상에 증명하는 것이 목적이다. 그가 스탈링에게 친절하게 대한 이유는 자신이 범인을 잡을 수 있도록 지도해줄 수 있다는 우월의식이 작용한 것에 불과할 뿐이다.

그런데 왜 책(영화)의 제목이 '양들의 침묵'일까? 여기에 대한 해석은 아마도 주인공 클라리스 스탈링의 어린 시절 추억과 관련이 있지 않나 싶다. 즉 스탈링의 심리상태에서 어린 시절 양을 구해주지 못한 기억과 계속하여 들려오는 양들의 울음소리 환청은 현재 그녀를 속박하는 내면의 장애가 된다. 도망가고 싶어도 갈 수 없는 가엾은 양들을 두고 떠나온 스탈링은 그 이후로 계속하여 양들에게 측은함과 미안함이 마음속에 트라우마가 되었다. 양들이 상징하는 것은 버팔로 빌(실제로 버팔로 빌이라는 인물은 서부개척시대에 대평원의 들소를 멸종시킨 주범이다)에게 붙잡혀 있는 상원의원의 딸이다. 책의 마지막에서 렉터가 스탈링에게 "양들은 침묵을 그쳤나?" 라고 물으며 편지를 시작하는 것이 이 책의 핵심 메시지, 즉 "너의 마음속 상처는 치유되었느냐?" 또는 "너는 (기독교적인 구원관에서) 약자를 구출했느냐?"라고 해석하는 평론가들도 있다. 안소니 홉킨스의 연기가 돋보이는 영화이기도 하다.

64. 다빈치 코드

댄 브라운 저 • 안중설 역 • 문학수첩 2008 • 780p(전2권)

댄 브라운을 세계적인 작가의 반열에 올려놓은 작품으로 '성배찾기'류의 소설 중 최고봉이다. 댄 브라운 측에 따르면, 그의 소설 판매량은 해리포터 시리즈의 판매량을 뛰어넘었다고 한다.

그 이유는 무엇일까? 이 책만으로 설명해 보자면 우선 읽기가 편하다. 780 페이지에 달하는 장편임에도 불구하고 읽는 내내 전혀 지루하지가 않다. 그 첫째 이유는 내용의 흡입력 때문이다. 단 이틀 동안에 프랑스, 영국, 스코틀랜드를 넘나들며 여러 사건들이 꼬리에 꼬리를 물고 일어난다. 또 다른 이유는 소설의 단락을 아주 짧게 끊어 놓았기 때문이다. 1부터 시작하여 에필로그까지 총 106개의 챕터로 구분해 놓은 것이 독자들로 하여금 책을 읽는 내내 전혀 지루함을 느끼지 않도록 하였다는 것이 나의 생각이다.

책은 처음을 파리의 루브르 박물관에서 밤 10시 46분에 관장인 자크 소니에르가 괴한으로부터 총격을 받아 살해되는 장면으로부터 시작한다. 괴한의 총알이 복부를 관통하고 나서부터 대략 20여분 동안 자크 소니에르는 자신이 알고 있는 비밀을 유일한 가족인 손녀 소피에게 전하기 위해 혼신의 힘을 다하여 여러 가지 증거를 남긴다.

특별강연을 위해 파리에 체류 중이던 하버드대 기호학자 로버트 랭던은 깊은 밤 급박한 호출을 받는다. 루브르 박물관의 수석 큐레이터 자크 소니에르가 박물관 내에서 살해된 채 발견된 것이다. 시체 주변에 가득한 이해할 수 없는 암호들은 무엇을 말하는 것일까? 그 암호 중의 하나인 'P.S. 랭던을 찾아라'라는 문구 때문에 그는 살인누명까지 받지만, 결국은 자크의 손녀이자 암호해독가인 소피 느뷔와 함께 자크가 남긴 불가사의한 수수께끼를 풀어나가기 시작한다.

랭던과 소피는 시시각각 좁혀오는 프랑스 중앙사법경찰국(DCPJ) 파슈 국장의 끈질긴 추격을 따돌려가면서, 모나리자, 암굴의 성모 등, 천재화가 레오나르도 다 빈치의 작품들 속에 숨겨진 충격적인 비밀을 추적한다. 하지만 코드 속에 감춰진 실마리를 쫓아 진실에 접근할수록 비밀단체 시온 수도회가 지켜온 비밀을 지워버리려는 오푸스 데이의 추격은 더욱 격렬해지고, 마침내 두 사람은 인류 역사를 송두리째 뒤바꿀 거대한 비밀과 마주하게 된다.

이 과정에서 소피는 자신의 친 할머니를 만나는 감격을 누린다. 할머니 마리 쇼벨의 이야기를 통해 모든 사람들이 그토록 찾아 헤매던 성배의 비밀 또는 그 의미를 유추해 볼 수 있겠다.

"어떤 이들에게 성배는 영생을 가져다 줄 술잔으로 받아들여지겠고, 또 어떤 이들에게는 사라진 문서와 역사의 비밀을 되찾는 보물일 테고요. 하지만 대부분의 경우, 성배는 거대한 하나의 이상이 아닐까 싶어요. 영원히 손에 넣을 수 없는, 하지만 지금과 같은 혼돈의 세상에서도 우리에게 끝없는 영감을 불어 넣는 이상 말이에요."

로버트 랭던이 환상 속에서 들었던 이 말이 아마도 이 작품의 진정한 결론이리라.

'성배를 찾기 위한 모험은 막달레나의 유골 앞에 무릎을 꿇기 위한 모험이다. 추방당한 영혼, 잊혀진 신성한 여성성의 발 앞에서 기도를 드리기 위한 여정인 것이다.'

이 책에는 성경, 교회, 기독교, 성화, 성물에 관한 내용이 많다. 그중 어떤 것은 사실이기도 하지만 또 다른 것들은 허구이기도 하다.

그중에서도 기독교계의 거센 반발을 불러일으킨 이유는 책의 전체적인 뼈대, 즉 최후의 만찬에 그려진 예수 그리스도 옆에 있는 사람이 막달레나(막달라) 마리아이며, 마리아는 예수의 부인으로 자식을 낳았다는 대목, 그리고 그 후손에 후손이 바로 이 책(그리고 영화)의 주인공인 소피라는 대목 때문일 것이다. 게다가 모두 죽은 줄만 알았던 가족 중에 할머니와 남동생이 바로 작품의 맨 마지막 퍼즐이 맞추어지는 대목에서 살아 있는 것으로 밝혀지는 다음 대목 때문이기도 하다.

소피의 부모는 놀랍게도 둘 다 메로빙거 가문 출신이었다. 마리아 막달레나와 예수 그리스도의 직계 후손이었던 것이다. 소피의 부모와 선조들은 가족의 안전을 위해 원래 플랑타르와 싱클레르로 되어 있던 성까지 바꾸었다. 왕족의 혈통을 이어받은 그들의 자손은 시온수도회의 철저한 보호를 받았다.

기독교를 믿는 사람들이 이 책에 반감을 갖는 또 다른 이유는, 예수가 콘스탄티누스 황제에 의해 4세기경에 조작된 인물이라는 주장 때문이다. 그 이전까지 예수는 단지 선지자에 불과한 것으로 알려졌으나 기독교를 국교로 공인한 콘스탄티누스 황제가 정치적 통합을 목적으로 신격화하였다는 것이다.

GROUP 17

성장소설

65.어린 왕자

앙투안 드 생텍쥐페리 저 • 황현산 역 • 열린책들 2015 • 132p

언젠가 이 책을 읽으면서 여백에 다음과 같은 구절을 적어 놓았다.

"어른들을 위한 성장소설, 즉, 어른들이 어떻게 하면 어린 아이처럼 꾸밈없이 순수한 마음을 갖고 살아갈 수 있을까, 또는 세상을 바라볼 수 있을까에 대한 방향을 제시해주는 책이다."

위와 같은 생각에 모두가 동의하는 것은 아닐 수 있지만, 적어도 ≪어린왕자≫에는 어른들이 생각해 보아야 할 수많은 잠언, 격언, 통찰력, 우화, 암시 같은 것들이 들어 있다고 믿는다. 가령 다음과 같은 구절들이다.

①어른들은 자기들 혼자서는 아무것도 이해하지 못한다.

②사막이 아름다운 것은 어딘가 우물을 숨기고 있기 때문이야.

③중요한 건 눈에 보이지 않아.

④어른들은 숫자를 좋아한다.

⑤어른들은 어린이들에게 아주 너그러워야 한다.

⑥그렇게도 슬플 때는 누구나 해가 저무는 게 보고 싶지.

⑦저 하늘 어딘가에 내 꽃이 있겠지.

⑧나비를 보려면 벌레 두세 마리는 견뎌 내야지.

⑨죽는다고 해도 친구를 하나 가진 것은 좋은 일이야.

⑩다른 사람을 판단하는 것보다 제 자신을 판단하는 게 훨씬 어려운 일이니라.

⑪술을 마신다는 게 부끄러워서 술을 마신다.

⑫지금은 죽은 화산이지만 어떻게 될지 누가 알아요?

⑬가로등에 불을 켜면 별 하나나 꽃 한 송이를 새로 태어나게 하는 것과 같은 거야.

⑭꽃들은 뿌리가 없어서 아주 곤란을 겪는 거야.

⑮어린애들만 자기들이 뭘 찾는지 알고 있어요.

⑯네가 나를 길들인다면 내 생활은 햇빛을 받은 듯 환해질 거야.

⑰오후 4시에 네가 온다면 나는 3시부터 행복해질 거야.

⑱내 꽃은 이 세상에 단 하나란 걸 알게 될 거야.

⑲마음으로 보아야 잘 보인다. 중요한 것은 눈으로는 보이지 않는다.

⑳잠든 어린 왕자가 나를 이렇듯 감동하게 만드는 것은, 한 송이 꽃에 바치는 그의 성실한 마음 때문이다.

작품 속의 '나'는 비행기 사고로 사하라 사막에 추락(그게 사실인지, 어떻게 구조될지 따위는 중요한 게 아니다. 그저 은유일 뿐)했다. 그는 비행기를 수리하던 중 어린 왕자를 만난다. 그저 커다란 애드벌룬(ad-baloon) 정도의 크기인 소행성 B612에서 온 어린 왕자와의 '은유적인' 대화가 이 책의 전부이다.

생텍쥐페리의 ≪어린 왕자≫는 보아뱀에 대한 이야기로 시작된다. 코끼리를 통째로 삼키고 몸이 볼록해진 보아뱀, 그러나 어른들은 그 그림을 보고 코끼리를 찾아내지 못한다. 그래서 그는 속이 훤히 보이는 두 번째 보아뱀 그림을 그린다. 그런데 소행성 B612에서 온 어린 왕자는 첫 번째 그림만을 보고도 그 속에 코끼리가 들어 있음을 직감적으로 알아차린다.

그러나 이 책에서 가장 큰 울림을 주는 등장인물(만약 '인물'이라는 말을 쓸 수 있다면)은 여우이다. 생텍쥐페리는 여우를 등장시켜서 우리 인간들, 특히 어른들에게 아름답고 가슴 먹먹한 가르침을 준다.

여우는 '길들인다'라는 말을 통하여 우리가 이 세상에 존재하는 진정한 이유는 바로 이 길들임, 즉 서로가 관계를 맺고 그래서 서로를 이해하는 것임을 일깨워 준다. 길들여져야만 서로가 서로에게 필요한 존재가 된다는 말은 이 책이 우리에게 전해주는 핵심 메시지이다. 그러면서 여우는 "만약 네가 나를 길들인다면 내 생활은 햇빛을 받은 듯 환해질 거야"라든가 "가령 오후 4시에 네가 온다면 나는 3시부터 행복해질 거야"라는 말을 한다. 다음 구절은 정말 감동적이지 않은가?

어린 왕자가 잠이 들어 나는 그를 품에 안고 다시 길을 걸었다. 나는 감동했다. 부서지기 쉬운 보물을 안고 가는 것 같은 느낌이었다. 지구 위에 그보다 더 부서지기 쉬운 것은 없으리라는 느낌마저 들었다. "내가 여기 보고 있는 것은 껍질에 지나지 않아. 가장 중요한 것은 눈에 보이지 않아…."(p97)

66. 아몬드

손원평 저 • 열린책들 2017 • 264p

2017 ~ 2018년에 서점가를 휩쓸었던 아주 짧은 소설 ≪아몬드≫, 전국 대학교 도서관 대출순위 1위라는 이 책에 대한 평론 중 한기호님의 평이 가장 인상적이어서 여기에 소개해 본다.

한국형 영어덜트 소설의 등장. 각박한 현실을 반영하듯 최근 영어덜트물의 경향은 주인공들이 극한의 고뇌를 겪거나 '삶 아니면 죽음'이라는 가혹한 선택에 직면한다는 것이다. «아몬드»의 주인공 윤재도 마찬가지다. 윤재는 감정이 고장 난 아이다. 그러나 우리 사회에서 과연 윤재만 특별하고 별난 경우라고 볼 수 있을까? 공감을 잃어버린 시대에, 이 소설은 우리에게 타자를 상기시키고 고통을 표현하며 다른 삶을 상상하게 한다. 비극적인 존재들이 서로의 아픔과 상처를 온몸으로 끌어안고

고통 위를 기어 조금씩 앞으로 나아갈 것임을 예감케 한다. 내가 아닌 타인에 대해 상상해 보는 것은 공감의 씨앗이다.

책은 처음 시작을 '그날 한 명이 다치고 여섯 명이 죽었다'라는 구절로 시작한다. 어떤 사람들이 왜 그렇게나 많이도 죽었을까? 하고 독자들이 궁금증을 가질 사이도 없이 곧바로 설명이 이어진다. "먼저 엄마와 할멈, 다음으로는 남자를 말리러 온 대학생, 그 후에는 구세군 행진의 선두에 섰던 50대 아저씨 둘과 경찰 한 명이었다."

그렇다면 윤재란 아이가 앓고 있는 감정표현 불능증이라는 건 구체적으로 어떤 증상일까?

일러두기에 그 증상을 상세히 소개되어 있다.

알렉시티미아, 감정표현 불능증은 1970년대 처음 보고된 정서적 장애이다. 아동기에 정서발달 단계를 잘 거치지 못하거나 트라우마를 겪은 경우, 혹은 선천적으로 편도체의 크기가 작은 경우 발생한다고 알려져 있다. 편도체의 크기가 작은 경우에는 감정 중에서도 특히 공포를 잘 느끼지 못한다. 다만 공포, 불안감 등과 관련된 편도체의 일부는 후천적인 훈련으로 성장할 수 있다고 보고되고 있다.

여러 상황을 통하여 이러한 증세가 책 여기저기에 묘사

되지만 주인공 윤재가 보는 시작은 이렇다.

엄마는 임신 중에 겪은 스트레스나 몰래 피웠던 한두 개비의 담배, 막말에 못 참고 몇 모금씩 홀짝인 맥주 따위를 후회했지만, 사실 내 머리통이 왜 그 모양인지는 너무 뻔하다. 그저 운이 없었던 거다. 생각보다 운이라는 놈이 세상에 일으키는 무지막지한 조화들이 많으니까. (p32)

작품 속에는 가족의 사랑을 강조하는 대목이 유독 많이 나온다. 비록 엄마와 할멈(외할머니를 윤재는 그렇게 호칭한다)을 잃고 난 후 주인공이 하는 회상이긴 하지만 그래도 이 책의 진정한 주제가 가슴 따뜻한 사랑이라는 걸 확인할 수 있는 대목들이다. 그중 한 군데를 살펴보자.

어딘가를 걸을 때 엄마가 내 손을 꽉 잡았던 걸 기억한다. 엄마는 절대로 내 손을 놓지 않았다. 가끔은 아파서 내가 슬며시 힘을 뺄 때면 엄마는 눈을 흘기며 얼른 꽉 잡으라고 했다. 우린 가족이니까 손을 잡고 걸어야 한다고 말하면서. 반대쪽 손은 할멈에게 쥐여 있었다. 나는 누구에게서도 버려진 적이 없다. 내 머리는 형편없었지만 내 영혼마저 타락하지 않은 건 양쪽에서 내 손을 맞잡은 두 손의 온기 덕이었다.(pp171 ~ 172)

작품에는 또 하나의 주인공인 곤이라는 아이가 등장한

다. 곤이는 교수인 아버지와 기자인 어머니 사이에 태어난 아들이다. 곤이 부모는 아이가 아장아장 걸을 때 놀이동산에서 아이를 잃어버리고 13년 만에 다시 찾지만, 곤이는 그 가정에 적응을 못한다. 이미 비행 청소년들의 온갖 습관이 몸에 배어버린 것이다. 그런 가운데 윤재를 만난다. 곤이와 윤재는 서서히 마음을 터놓는 사이로 발전한다. 비록 겉으로는 거칠고 냉담해도 그들 마음속에는 조그마한 우정들이 싹트기 시작하는 것이다. 왜냐하면 그들은 둘 다 사회적인 기준으로 보면 또라이, 즉 비정상적인 아이들이었기 때문이다. 책의 제목을 빌자면 윤재의 외적 아몬드와 곤이의 내적 아몬드가 만나 서로에게 위로를 주고받는 것이다.

아마도 이 책의 가장 극적인 부분은 여기가 아닐까 싶다. 윤재가 조폭 철사에게 잡혀 있는 곤이를 구출하려고 하면서 책의 첫 부분에 묘사된 엄마와 할멈의 죽음을 회상하는 대목으로, 자신은 결코 그런 방관자가 될 수는 없다는 암시를 하는 장면이다.

멀면 먼대로 할 수 있는 게 없다며 외면하고, 가까우면 가까운대로 공포와 두려움이 너무 크다며 아무도 나서지 않았다. 대부분의 사람들이 느껴도 행동하지 않았고 공감한다면서 쉽게 잊었다. 내가 이해하는 한, 그건 진짜가 아니었다. 그렇

게 살고 싶진 않았다.(p245)

결국 윤재는 철사의 칼에 맞고 임사체험 비슷한 경험을 한다.(여기서는 디팩 초프라나 엘리자베스 퀴블러 로스의 영성 작품들을 생각나게도 한다) 그래도 작품의 마지막을 해피엔딩으로 처리한 것이 조금은 다행스럽다는 생각도 해 본다. 만약 칼에 맞아 죽는 것으로 끝났다면 책 내용도 음울한데다가 결말까지도 그러하기 때문에 독자들에게 영 찜찜한 기분을 남겨주었을 것이다.

67. 소공녀

프랜시스 호즈슨 버넷 저 • 전하림 역 • 보물창고 2012 • 295p

영국 출신 미국작가 프랜시스 호즈슨 버넷이 지은, 동화에 가까운 이야기이다. 버넷은 미국에서 성장하고 활동했지만 그녀의 작품 배경은 영국이기에, 나는 영국 책 중 최고라고 생각하여 이 작품을 선정하였다.

이 책의 장점은 주인공의 '상상력'이라는 마법이 곳곳에 등장한다는 점이다. 이 책에 필적할만한 상상력의 보물창고는 아마도 캐나다 작가인 루시 모드 몽고메리가 쓴 ≪빨강머리 앤≫이 아닐까 싶다. 한국에서도 가히 신드롬이라고 할 만큼 선풍적인 인기몰이를 하여 책 이외에도 기프트카드, 머리띠, 메모지, 컬러링북, 등 다양한 보조 상품들이 나온 '빨강머리 앤'의 주인공 앤도 상상력이 풍부한 소녀이지만, 내가 보기에는 이 책의 주인공 사라의 상상력은 못 따라가는 것 같다.

사라는 군인이었던 아버지가 인도에서 친구의 광산사업에 투자한 것이 실패하고 사망하자, 공주 대접을 받아가며 공부하던 기숙학교에서 졸지에 천덕꾸러기 신세가 된다. 그 전까지는 사라를 극진히 모시던 민틴 교장선생은 태도가 돌변하여 그녀를 비천한 하녀처럼 부려먹는다. 사라가 기거하는 방은 학교의 맨 꼭대기 층 구석방에 쥐들이 들끓고 매트리스도 돌덩이처럼 딱딱하고 난방도 되지 않는다. 공주처럼 지내던 사라가 하루아침에 기숙학교의 급사 겸 하녀로 전락한 것이다. 그러나 사라는 열두 살 소녀의 마음가짐이라고는 도저히 믿을 수 없는 당당한 태도와 생각으로 역경을 극복해 나간다. 자신의 방에 시도 때도 없이 들락거리는 생쥐를 '멜키세덱'이라는 이름으로 부르며 친구로 삼고 지내며.

"멜키세덱은 진짜 사람이나 마찬가지야. 우리처럼 똑같이 배도 고프고 겁에 질리기도 하잖아. 결혼을 해서 아이들도 있고, 어쩌면 우리처럼 생각도 할 수 있는지도 몰라. 멜키세덱의 눈을 보고 있으면 정말 사람을 쳐다보고 있는 것 같거든. 그래서 내가 일부러 이름도 붙여 준 거고."(p138)

사라는 자기 옆방에 사는 하녀 베키를 바스티유 감옥에 갇힌 죄수라고 생각하며 서로 암호를 정해두고 교신을 한다.

"벽을 두 번 두드리면 그건, '거기 있나, 친구?'라는 뜻이고, 노크를 세 번 하면 '그렇다. 여기는 모든 게 정상이다'라는 뜻이야.. 그리고 노크 소리가 네 번 나면 그건 '동병상련을 앓고 있는 친구여 오늘 밤도 편히 잠들게'라는 뜻이지."(p139)

그러나 이렇게 사라가 꿋꿋하게 버티면 버틸수록 기숙학교의 교장인 민틴 선생은 더욱 사라를 학대한다.

…그날도 멀리까지 가야만 하는 힘든 심부름을 이미 몇 군데나 갔다 와서 옷도 흠뻑 젖은 상태였는데 사라는 또다시 거리로 내몰렸다. 모자에 달려 있는 옛날엔 화려했던 깃털은 오늘따라 한층 더 더럽고 우스꽝스러워 보였고, 낡아빠진 신발은 길가의 물을 먹을 대로 먹어 더 이상 마른 부분이 없었다. 거기다 민틴 교장이 버르장머리를 고치겠답시고 벌로 점심을 주지 않은 탓에, 사라는 더욱 춥고 배고프고 힘이 들었다. 그런 사라의 얼굴이 너무도 파리하고 초췌했기에 거리를 지나가던 마음씨 착한 사람들은 동정의 눈길을 보내며 사라를 흘끔흘끔 쳐다보았다. 사라는 얼마 남지 않은 온 힘을 끌어 모아 '상상'을 하면서 다른 생각을 하려 애를 썼다. 그러나 정말로 이번만큼은 약발이 듣지 않았다. (…) 그러나 사라는 오기로라도 '상상하기'를 그만둘 수 없었다. 그래서 계속 혼잣말을

하며 앞으로 묵묵히 걸어 나갔다.

"내가 보송보송한 마른 옷을 입고 있다고 상상하자. 튼튼한 신발을 신고 두텁고 긴 코트를 입고, 우산까지 들고 있다고 상상하자. 그리고 또 무슨 상상을 할까? 그래, 방금 구운 따끈따끈한 빵을 파는 빵집을 지나가는데, 갑자기 길에서 임자 없는 6펜스 동전을 줍는다고 상상하자. 그래서 그 돈을 가지고 빵집에 들어가서 제일 따뜻한 빵 여섯 개를 사서 한꺼번에 다 먹어버린다고 상상하자."(pp181 ~ 182)

≪소공녀 - A Little Princess≫라는 제목에서 알 수 있듯이 작품에는 '공주'라는 주제가 매우 중요하고 또 빈번하게 등장한다. 부유한 아버지를 둔 사라가 항상 공주처럼 품위 있게 행동하면서도 주변의 가난한 아이들이나 불우한 아이들을 무시하지 않고 배려하는 마음씨는 진정 '작은 공주'라고 불러도 손색이 없을 것이다.

아마도 사라의 이런 상상력은 책을 쓴 저자인 프랜시스 호즈슨 버넷의 개인적인 경험에서 비롯된 것이 아닌가 싶다. 실제로 버넷의 어린 시절과 사라의 이야기에는 닮은 부분이 많이 있다. 버넷은 1849년 영국 멘체스터의 부유한 사업가의 딸로 태어났다. 그러나 버넷이 다섯 살 때, 아버지가 세상을 뜨고 가업이 기울어 집안 형편이 어려워지자 급기야는 미국으로 이민을 가기에 이른다. (당시의 미국 이민은 영국에서 내몰린 사람들이 마지막으로 매달리는 희망의 끈이었다고 한다.) 어려워져가는 형편 속에서 버넷은 한동안 기숙학교에 보내져 생활했는데, 당시의 버넷은 바로 사라처럼 상상력이 풍부하고 엉뚱하며 무엇보다도 이야기를 만들어 내고 들려주는 것을 좋아하는 아이였다고 한다.

세월이 가면 사람은 저절로 늙게 마련이다. 누구에게도 정도의 차이가 있을지언정 예외는 없다. 그건 물리의 법칙이요 자연의 법칙이기 때문이다. 그렇더라도 마음만은 항상 어린아이처럼 살았으면 좋겠다. 이 책 ≪소공녀≫의 주인공 사라처럼.

68.우리들의 일그러진 영웅

이문열 저 • 문학사상사 1987 • 300p

작가 이문열의 대표작이자 출세작이다. 제11회 이상 문학상 선정위원회는 이 작품을 선정한 이유를 이렇게 썼다.

"우리는 이 작품을 통해 권력의 형성과 몰락의 과정을 읽을 수가 있다. 이것은 민족사의 규모를 국민학교의 교실에 집약시킨 것이기도 하고, 하나의 수학 분자식처럼 권력의 실상을 생활 영역에 확대해 보인 것이기도 하다. 만약 작가 이상이 살아있어 이 작품에 접하더라도 높은 평가를 아끼지 않으리라. 이 이상의 선정 이유가 달리 있을 수 있겠는가."

이 작품은 초등학교 6학년 교과서에도 실린 작품으로 1992년에는 박종원 감독에 의해 영화화되기도 하였다.

1987년에 출간된 '우리들의 일그러진 영웅'은 40대의 화자가 어린 시절을 회상하는 식으로 되어 있다. 당시 금기시되어 있던 '독재'라는 단어가 어떻게 초등학교라는 작은 울타리 안에서 횡횡하고 소멸해 가는가를 보여준다는 점에서 우리 인생의 교과서라고 할 만하다. 무엇보다도 이 작품의 장점은 초등학교 5학년 어린 아이의 시각에서 보는 한 작은 사회(반)의 권력구조를 통하여 사회의 부조리를 설명하려는 데 있다고 하겠다.

공무원인 아버지의 좌천으로 어쩔 수 없이 서울에서 지방으로 전학을 가게 된 병태는 '이깟 시골학교 쯤이야'하는 생각을 갖고 등교한다. 그러나 막상 부딪쳐보니 그게 아니었다. 한병태는 전학 첫날부터 담임선생님과 반장과 학급 아이들의 분위기에 기묘한 이질감과 거부감을 느낀다. 반장인 엄석대에게 몰려있는 권한, 반장에 대한 담임선생님의 무한한 신뢰, 반장의 말이라면 반드시 순종해야만 하는 반 아이들. 이런 건 이전의 학교에서는 결코 경험해보지 못한 일이었다.

반장인 엄석대는 입학이 2~3년 늦었다고 하는데 보통 반 아이들보다 머리하나 크기만큼이나 덩치가 크고 주먹도 센 '짱'이다. 게다가 전 과목 평균 98점으로 전교1등의 성적이다. 어떻게 이게 가능할까? 병태는 자신의 반을 연구해보기 시작한다. 그러나 엄석대와 그 주변을 탐구하면 할수록 어찌할 수 없는 큰 벽에 부딪히고 자신은 자꾸 따돌림을 당하며 외톨이가 되어 갈 뿐이다.

결국 한병태는 그 거대한 권력에 굴종하게 되고 자신조차도 그 권력의 일부로 편입되어 비로소 안도감을 느낀다. 그러던 중 기묘한 반전이 이루어진다. 그 거대한 권력자 엄석대가 순식간에 몰락하고 마는 것이다. 그 시발점은 다음해에 새로 부임한 젊은 담임선생이다. 도저히 공부를 잘 할 것 같아 보이지 않는 아이가 일제 학력고사에서 평균 98점이라는 놀라운 점수를 기록한 데에 무언가 이상한 낌새를 눈치 챈 담임선생이 그 실체를 파악해 들어가기 시작한다.

"엄석대는 평균 98점으로 전 학년에서 1등을 했고, 나머지는 모두가 전 학년 10등 밖이다. 나는 오늘 이 수수께끼를 풀어야겠다."(p67)

이렇게 시작한 담임선생의 미스터리 풀기는 서서히 효과를 나타낸다. 결국 반 아이들이 돌아가면서 답안지를 바꿔치기했다는 사실, 그리고 석대가 자신의 권력기반을 바탕으로 반 아이들을 착취해왔다는 사실을 밝혀내게 된다.

이 단편은 담임선생의 전폭적인 신뢰와 타고난 신체조건을 기반으로 무소불위의 권한으로 학급을 휘어잡던 엄석대가 결국은 조작된 독재자의 축소판이었음을 보여주고자 한 작품이다. 그리고 그 독재자의 지배를 벗어나기 위해서 우리는 어떻게 해야 하는지를 알려주고 있다. 사실 말이 쉽지, 당시 서슬이 시퍼렇던 군사정권 하에서 이런 소설을 쓴다는 게 쉬운 일은 아니었을 것이다.

"그래서 강릉에 도착하기 바쁘게 기차를 빠져나와 출구쪽으로 가는데, 문득 등 뒤에서 귀에 익은 외침이 들려왔다.

"놔, 이거 못놔?"

형사 한 사람이 차겁게 내 뱉으며 허리춤에서 반짝반짝하는 수갑을 꺼냈다. 그걸 보자 남자는 더욱 거세게 몸부림쳤다.

"이 새끼가 아직도 정신 못 차려?"

보다 못한 형사가 그렇게 쏘아 붙이며 한 손을 빼 남자의 압가를 쳤다. 그 충격에 썬글라스가 벗겨져 날아갔다. 아, 그것은 놀랍게도 엄석대였다. (p85)

이 작품을 읽으면서 저자의 탁월한 심리묘사에도 감탄하였지만, 그가 이 작품을 통하여 우리 국민들에게 불의에 항거하라고 던진 메시지가 인상적이었다. 책의 맨 마지막, 40대가 된 한병태가 가족을 데리고 강릉으로 휴가를 가서 우연히 조우하게 된 엄석대의 몰락장면이 바로 그것이다. 친구들의 소문에 의하면 승승장구하고 있다던 엄석대가 주인공 한병태의 눈앞에서 형사들에게 끌려가는 것이다. 그가 무슨 죄를 저질렀는지는 단지 독자들의 추측에 맡길 뿐이다. 그런 면에서 이 작품은 두고두고 읽혀야 할 '명작'임에 틀림없다.

GROUP 18

전기-자서전

69. 베토벤의 생애

로맹 롤랑 저 • 이휘영 역 • 문예출판사 1972 • 182p

프랑스의 극작가이자 소설가인 로맹 롤랑이 ≪미켈란젤로의 생애≫ ≪톨스토이의 생애≫에 이어 심혈을 기울여 저술한 천재 음악가 베토벤의 일대기이다. 나는 이 책을 읽으면서 책의 분량과는 상관없이 큰 감동을 느꼈다. 어떤 대목에서는 눈물이 나기까지 했다.

이 책의 84페이지에는 요셉 단하우저라는 사람이 스케치한 베토벤의 손가락 그림이 있는데, 그야말로 충격이었다. 마치 엑스레이 사진을 보는 것 같은, 또는 발레리나 강수진의 발을 보는 듯한 착각에 빠질 정도였다. 그런 노력이 있었기에 세계 제1의 악성(樂聖)이라는 찬사를 받는 것일테다.

루트비히 판 베토벤은 1770년 12월 독일 쾰른 인근의

본에서 태어났다. 베토벤은 어린 나이부터 술주정뱅이 아버지를 대신하여 집안을 꾸려나가야 하는 소년 가장이었다. 열한 살에는 극장 오케스트라의 단원이 되어 돈을 벌었으며, 열일곱 살에는 어머니마저 폐병으로 돌아가시고, 그는 두 동생의 교육까지 떠맡았다.

베토벤은 열아홉 살인 1789년에 본 대학의 청강생이 되었으며 20대 중반부터는 청각장애와 위장병에 시달려야 했다. 그러나 그에게는 자신의 음악이 인류에게 주는 선물이 될 것이라는 신념이 있었다. 이 시절 친구 베겔러에게 보낸 편지에는 이런 대목이 있다.

"나의 예술은 가난한 사람들의 행복에 이바지하여야 할 것이다."

다행스럽게도 그가 활동하고 있던 오스트리아의 빈이라는 도시는 음악가들이 많은 도움을 받을 수 있는 곳이었다. 거기에는 베토벤의 천재성을 알아보고 그를 잃는 수치를 당하지 않으려는 음악 애호가들이 있었다. 1809년에는 빈에서 가장 부유한 세 귀족인 루돌프 대공, 로코비츠 공, 그리고 킨스키 공이 베토벤에게 빈을 떠나지 않는 조건으로 해마다 4천 플로렌의 연금을 지급하겠다고 하였다.

30대 중반인 1806년, 베토벤은 사랑하는 여인 테레제와 거의 결혼 직전까지 갔었다. 그러나 그가 온갖 열정을 다 바쳐 사랑했던 여인은 끝내 베토벤을 버렸다. 그 이유는 명확하지 않다. 베토벤 연구가들은 그 이유를 신분의 차이 또는 베토벤에게 재산이 없었다는 것으로 설명한다. 베토벤의 만년에 어떤 친구가 그를 찾아가 보니, 베토벤이 혼자 테레제의 초상에 키스를 하면서 눈물을 흘리고 있었다고 한다.

40대 중반이 되자 그의 귀는 완전히 막혀 버렸다. 1822년의 ≪피델리오≫ 공연 후 쉰들러의 증언은 당시의 상황이 얼마나 비참했는지를 여실히 보여주고 있다.

"베토벤은 총 연습 때 자신이 지휘하고 싶어 했다. 제1막의 2중창에서부터 그가 도무지 듣지 못한다는 것이 그대로 드러났다. 오케스트라는 그의 지휘봉대로 움직였지만 가수들은 제멋대로 나갔다. 전반적으로 혼란이 일어났다. 평상시의 지휘자 움라우프가 잠시 휴식할 것을 제안하였다. 가수들과 몇 마디 주고받은 후 다시 연주가 시작되었다. 아까보다 더한 혼란이 일어났다. 베토벤이 지휘를 계속할 수 없음은 명백하였다. 그러나 아무도 그에게 '퇴장하라'고 말할 용기는 없었다. 베토벤은 불안한 마음이 되어 좌우를 두리번거리며 여러 사람들의 표정을 살피며 어디가 잘못되었는지를 파악하려고 하는 눈치였다. 실내에는 침묵만이 흘렀다. 내가 그의 곁으로 가서

수첩에다가 '연주를 계속하지 말게. 이유는 돌아가서 설명하겠네'라고 썼다. 그러자 그는 관중석으로 뛰어내리면서…"

그래도 그는 병에 굴복할 수 없다는 강한 집념이 있었기에 그렇게 위대한 작품들을 만들어 낼 수가 있었던 것이다. 친구에게 보낸 편지의 일부이다.

"… 결단코 그놈의 병에 눌려서는 안돼. 나는 운명의 목덜미를 잡아 쥐고야 말테다. 아아! 병이 절반만이라도 나을 수만 있다면…"

동생들을 극진히 아꼈던 인간미가 넘치는 사람, 가난한 사람들을 동정했던 휴머니스트, 임종 시에 모르는 사람이 눈을 감겨주었을 만큼 쓸쓸하게 이 세상을 하직한 불쌍한 사람, 그 누구보다도 자연을 사랑하고 숲속에 있기를 즐겨했던 음악가… 아, 베토벤!

70.록펠러가의 사람들

피터 콜리아 저 • 함규진 역 • 씨앗을 뿌리는 사람 2004 • 903p

한국 독자들에게 가장 널리 알려진 록펠러의 책은 미래사에서 출간된 ≪십일조의 비밀을 안 최고의 부자 록펠러≫일 것이다. 미래사의 책은 세계 최고의 부자 록펠러가 십일조를 어린 시절부터 생활화하여 마침내 세계 최고의 부자가 되었다는 이야기인데, 주로 교회생활과 십일조에 그 초점이 맞추어져 있는 불과 260여 페이지의 아주 작은 책이다.

내가 여기 소개하려고 하는 ≪록펠러가의 사람들≫은 1부 아버지, 2부 아들, 3부 형제들, 그리고 4부 4촌들로 구성된 총 903페이지에 달하는 본격적인 '록펠러가의 전기'이다.

여러분이 다 알고 있듯이 록펠러(존 데이빗슨 록펠러)는 지금까지 모든 인류를 통틀어서 단연 최고의 부자이다. 맬콤 그래드웰이 ≪아웃 라이어≫에서 밝혔듯이 현재 가치로 환산하였을 때, 1위는 록펠러($3,183억), 2위는 카네기($2,983억), 3위는 러시아 황제 니콜라스 2세($2,535억), 7위는 헨리 포드($1,881억), 15위는 엘리자베스 1세 여왕($1,429억), 16위는 록펠러 주니어(록펠러의 외아들 $1,414억), 21위는 클레오파트라($958억), 37위는 빌 게이츠($580억), 41위는 워렌 버핏($524억), 57위는 J.P. 모건($398억) 등이다. 이처럼 록펠러 가문은 지금까지 지구상의 부자들 랭킹에서 1위와 16위를 차지할 정도로 거부 집안이다.

록펠러에게 영향을 많이 끼친 사람은 어머니로, 그녀는 엄격한 스코틀랜드 여성답게 신교의 가치관을 어린 록펠러에게 일찌감치 심어주었다. 그중 평생 록펠러가 가장 소중히 하고 지킨 가르침은 무절제한 낭비의 결과는 가난뿐이라는 격언과 십일조를 생활화하라는 것이었다. 불과 일곱 살의 어린 나이에 야생칠면조를 키워서 번 돈과 푼푼히 모은 돈 50달러를 이웃의 농부에게 7%의 이자로 빌려주었다거나, 그래서 일찌감치 "돈이 나를 위해 일하도록 해야겠다"라는 결심을 하게 되었다는 일화는, 그가 어린 시절부터 돈의 소중함을 알고 생활하였다는 증거이다.

그는 남북전쟁 직전 그동안 저축한 돈으로 친구와 함께 유통회사를 차려 약간의 돈을 벌어 기반을 마련한 후, 클리블랜드에서 석유가 발견되면서 본격적으로 돈을 벌기 시작한다. 그전까지만 해도 석유는 그저 아플 때 여기저기에 바르는 만병통치약이거나 아니면 가정에서 등잔불을 밝히는 용도밖에 없었다. 그러던 석유가 본격적으로 산업용으로 쓰이기 시작하고 또 웨스턴 철도회사에서 시카고를 출발하여 클리블랜드를 경유하고 마침내 뉴욕까지 이어지는 철로가 개통되면서 그가 살던 클리블랜드의 땅값은 미친 듯이 폭등하기 시작한다. 오죽하면 $25,000 짜리 땅이 석 달 후에는 $1,500,000에 팔리기까지 하였겠는가.

록펠러는 19살에 감리교회의 집사가 되고 24살이던 1864년에 아내 스펠먼과 결혼하여 그때부터 평생 동안 아내의 내조를 받는다. 그는 26살이 된 해에 록펠러 & 앤드류스라는 회사를 설립하여 클리블랜드 석유산업에 본격적으로 뛰어든다.

록펠러가 초창기에 정작 큰돈을 번 것은 철도운임을 독점하였기 때문에 가능한 일이었다. 록펠러는 자신의 독점권을 이용하여 들쭉날쭉한 수송량을 보장하여주는 대가로 철도회사로부터 싼값에 운송권을 확보할 수 있었다. 그것을 무기로 경쟁사에게는 비싸게 운임을 매기도록 압력을 넣었다. 그는 1870년 자본금 100만 달러로 스탠더드 오일을 창업한 후 남부진흥회사라는 트러스트의 최대 주주가 된다.

그의 기부금으로 인하여 후세 사람들이 두고두고 혜택을 보지만 그중 가장 탁월한 업적이라고 할 수 있는 것은 시카고대학교와 록펠러재단일 것이다. 시카고대학교는 원래 스티븐 더글러스라는 사람이 세운 모건 파크 신학대학이 그 전신이다.

록펠러가 세계적인 기부 왕이 된 데에는 그가 재산관리인으로 영입한 프레데릭 게이츠 목사의 영향이 컸다. 그가 합류 초기에 한 말이 인상적이다.

"회장님의 재산은 눈덩이처럼 불어나고 있습니다. 빨리 나누어주셔야 합니다. 그렇지 않으면 그 눈덩이에 깔려 죽는 수가 있어요. 회장님은 물론 자녀분들, 그리고 자녀분들의 자녀분들까지 말입니다."

그리하여 록펠러재단이 1901년 공식 출범하였고, 맨해튼 한복판에 있는 RCA빌딩을 비롯한 15개 고층빌딩 군으로 이루어진 록펠러센터는 지금도 전 세계 관광객들이 방문하는 명소로 자리매김하고 있다.

록펠러의 하루 일과는 언제나 똑같았다고 한다. 6시 30분 기상, 8시까지 신문읽기, 8시30분까지 아침 식사, 45분까지 식구들과 대화, 10시까지 집무, 12시까지 골프, 1시 15분까지 목욕 및 휴식, 3시까지 점심식사 및 숫자게임, 5시까지 드라이브, 7시까지 휴식 및 독서, 8시까지 저녁식사, 10시까지 숫자게임 및 음악 감상, 밤 10시에 취침, 그리고 아침 6시 30분 기상….

이 책에는 존 D. 록펠러(1839 ~ 1937)의 외아들인 록펠러 2세(1874 ~ 1960)가 그룹의 총수이고 그의 아들인 넬슨(1908 ~ 1979)이 한창 일할 때인 1946년 12월, 록펠러가(家)에서 17에이커(약 2만 평)의 부지를 유엔에 기증하는 대목이 나온다. 바로 현재의 유엔본부 건물이 있는 일대이다.

71.다산 정약용 평전

박석무 저 • 민음사 2014 • 664p

다산에 대해 막연히 알던 사람이라도 이 책을 정독하다 보면 다산의 위대함에 크게 놀라게 될, 다산학 연구에 있어서 독보적인 책이다.

다산의 천재성은 7살 때 지었다는 시를 보면 알 수 있다. 어린 소년의 마음속에 이미 과학적인 탐구정신(원근법)이 들어 있음을 발견하게 되는 대목이다.

작은 산이 큰 산을 가렸네. 멀고 가까움의 지세가 다른 탓이지.

다산의 생애는 다음 세 시기로 구분하면 이해하기 좋을 듯하다. 첫째 시기는 젊은 시절 관료로서 출세하고 왕의 총애를 받으며 벼슬길에 있던 시기(22세 ~ 39세)이다. 둘째 시기는 당파 싸움에 밀려 귀양살이를 하던 시기(40세 ~ 57세), 그리고 마지막은 고향으로 돌아와서 저술을 정리하며 후학을 양성하던 시기(58세 ~ 75세)이다. 이 3개의 시기는 각각 18년 정도씩 된다.

정약용은 8대째 옥당(玉堂: 왕의 측근에서 벼슬을 했던 집안) 가문인 나주 정씨의 후손으로 아버지는 양주 현감, 화순 현감, 진주 목사 등의 벼슬을 했던 사람이고, 어머니는 해남 윤씨의 후손으로 그 선조로는 고산 윤선도가 유명하다. 정약용을 이야기하자면 그의 형제들도 빼 놓을 수 없는 것은 그의 형제들(누이 2명, 형 약현, 약전, 약종)과의 우정이 유별나기로 소문났기 때문이다. 특히 둘째 형 약전과의 우정은, 형은 흑산도에서 그리고 아우는 강진에서 서로 주고받은 받은 편지로 우리들에게 너무나 잘 알려져 있다. 또한 누이의 남편인 이승훈은 우리나라 최초의 세례교인이 된 사람으로 초창기 천주교의 태동에 크게 기여한 인물이다.

먼저 벼슬길에서의 정약용을 알아보자. 큰 틀에서 말하면, 정약용은 정조와 함께 흥하다 망했으며, 서용보라는 사람과의 악연 때문에 귀양살이를 했다고 할 수 있겠다. 정약용은 21세 되던 해에 진사시(초시)에 합격하여 그때부터 열 살 위인 정조의 눈에 들게 되어 죽는 날까지 그의 총애를 받게 된다. 마침내 28세에 문과에 장원급제하고는 경기도 지역 암행어사의 직을 수행하기에 이른다. 비록 한 달도 되지 않은 짧은 기간이었지만 이때 경기북부 지역을 암행하면서 백성들의 비참한 실상을 조정에 직보를 하게 되는데, 여기서 당시 실권자이던 경기도 관찰사 서용보의 비리까지 고발하자 서용보가 곤경에 처하게 된다.

33세 때인 1795년에는 불과 여섯 달 만에 정5품에서 정3품까지 4계단이나 뛰어 올라 동부승지가 되었을 뿐만 아니라, 마침내는 병조참의가 되어 정조의 화성 행차 때에는 궁궐 호위병들을 통솔하여 왕을 화성행궁까지 모시고 다녀오는 임무를 수행한다. 벼슬 기간 동안 정약용은 가벼운 유배형을 받기도 하지만 정조의 배려로 다시 벼슬길에 나아가 금정찰방, 곡산부사 등의 지방직을 하며 백성들의 비참한 생활을 조금이라도 면하게 해주려고 열심히 노력한다. 벼슬길에 있을 때의 대표적인 저술이 마과회통(홍역에 관한 책 전6권)이다.

정약용과 천주교를 함께 언급해야 하는 이유는 그의 집

안이 모두 천주교와 연관되었기 때문이다. 동문수학한 매형 이승훈이 북경에 다녀 올 때 천주교와 실학 관련 서적들을 많이 입수해 왔다. 그것들을 돌려보면서 약용, 약전, 이승훈, 이벽(형수의 동생) 등은 천주교를 열심히 믿게 된다. 천주교의 아주 초기에는 중국에서 세례를 받고 돌아 온 이승훈이 세례를 주었으나 중국인 신부 주문모가 들어오면서부터는 그가 직접 세례를 주어 신유사옥이 발생하는 1801년이 되면 신도 수가 무려 1만 명까지 폭발적으로 증가하게 된다.

1800년을 기점으로 정약용은 벼슬길과는 영원한 작별을 하게 된다. 우선 그를 전폭적으로 신임했던 정조대왕이 승하하였고, 그 전해에는 좌우 정승이 없는 1인 영의정을 하던 절대 권력자이자 시파(사도세자의 죽음에 동정적이던 파벌)의 영수였던 채제공이 노환으로 별세한 것이 원인이었다. 그 뒤를 이어 왕이 된 순조가 너무 어려서 영조대왕의 계비였던 김씨가 수렴청정을 하며 다시 노론 벽파들의 세상이 된다.

1801년에 신유사옥으로 둘째 형 약전은 신지도로 유배당하고 셋째 형 약종은 처형당한다. 이때 정약용은 19일 만에 출옥되어 포항 근처의 장기로 유배된다. 그러나 본격적인 18년의 강진 유배가 되는 계기는 그해 10월에 있었던 황사영의 백서사건 때문이었다. 황사영 백서란 정약용의 조카사위인 황사영이 북경에 보내려고 했던 비단서찰이다. 황사영은 2월의 신유사옥으로 수많은 신자들이 처형당했다는 사실을 충청도의 토굴에 숨어서 가로 38cm, 세로 62cm의 비단에 13,000자를 빼곡히 적었다. 그것이 도중에 관군에 발각되어 황사영은 26세의 젊은 나이에 능지처참을 당하고 다른 수많은 천주교 신자들이 함께 죽임을 당한다. 이때부터 정약용과 약전 형제의 길고 긴 유배생활이 시작되는 것이다. 그러나 39세부터 시작된 유배생활은 역설적으로 그에게 학문과 저술에 여유로운 시간을 준다. 강진에서 유배생활 8년 차에 다산이라는 동네로 옮겨가게 되는데 그는 거기서 '다산'이라는 호를 얻는다. 그 전까지는 '여유당' 또는 '사암'이라는 호를 썼다.

이때부터 다산은 더욱 본격적으로 학문 연구와 저술활동, 그리고 후학의 양성에 전념한다. 후일 '1표2서'라고 알려진 경세유표(행정제도, 토지제도, 납세제도 개혁), 목민심서(절대 권력자인 고을 사또로서 백성을 통치하는 철학), 흠흠신서(사건 처리 및 법의학)을 완성한 시기도 그의 50대 시절이었다.

72.제인 구달: 침팬지와 함께 한 나의 인생

제인 구달 저 • 박순영 역 • 사이언스북스 2005 • 220p

제인은 1934년 4월에 영국 런던에서 태어났다. 그러니까 우리 나이로 치면 올해 88세인 셈이다. 그녀는 어린 아이 때부터 동물에 관심이 많았다. 아주 어렸을 때는 닭이 어떻게 알을 낳는지 궁금하여 하루 종일 닭장 속에 닭이 눈치 채지 못하도록 숨어 있으면서 끈질기게 버틴 끝에 마침내 닭이 알을 낳는 것을 관찰할 수 있었다. 집에서는 엄마가 딸이 행방불명되었다고 막 신고를 하려던 참이었다. 그런 딸을 보고 어머니는 참으로 대견하다고 칭찬해 주었다고 한다. 그러면서 제인은 자기가 그렇게 이해심 많은 어머니를 둔 것이 얼마나 큰 행운인지를 책의 서두에 고백한다. 제인에게 있어서 어머니는 평생의 사업에 충실한 파트너이자 지원자이기도 했다.

제인의 집은 항상 책으로 가득 차 있었다고 한다. 어려서부터 책을 탐독한 그녀가 제일 감명을 받고 또 즐겨 읽었던 책은 휴 로프팅이라는 작가가 쓴 ≪둘리틀 박사 이야기≫라는 책인데, 주인공 둘리틀 박사는 어떤 동물들과도 대화할 줄 알며, 그들을 아끼고 사랑했던 사람이다. 책은 총12권으로 되어있는데, 이 책은 낙천적인 주인공이 앵무새, 개, 돼지 등 동물들과 함께 펼치는 흥미진진한 모험담이다. 이 책을 읽고 후일 크게 된 사람은 제인 구달뿐만이 아니라 진화생물학자인 리처드 도킨스도 있다.

제인은 아프리카에 가서 동물을 연구할 목적으로 대학 진학을 포기하고 옥스퍼드대학교의 교직원으로 취직한다. 그 후 영화제작소에서도 근무하고 식당에서 웨이트리스 일도 하면서 돈을 모아 아프리카의 케냐로 떠난다. 케냐에서도 동물연구를 하려면 돈이 필요했는데 그녀는 마침 운 좋게도 화석연구의 대가인 루이스 리키(1903 ~ 1972)를 만나게 되고 리키 부부의 조수 겸 비서 역할을 하면서 동물 연구의 꿈에 한 발짝 더 다가서게 된다. 어느 날 리키 박사는 제인에게 침팬지를 연구해 보면 어떻겠느냐고 제안한다. 그렇게 하여 제인의 평생 사업인 침팬지 연구가 시작되는 것이다.

지금도 그렇지만 당시 아프리카는 부족들 간의 치열한 전쟁으로 무척 위험한 곳이었다. 제인은 여러 차례 생사의 위험을 겪어가던 중 우여곡절 끝에 1960년 스물여섯의 나이에 탄자니아 탕가니카 호숫가 근처의 곰베 국립공원에서 침팬지 연구를 시작하게 된다.

침팬지 연구를 한다고 해서 곧바로 침팬지들과 친해질 수 있는 것은 아니었다. 그녀가 야생 침팬지 무리들에게 100m 정도까지 가까이 접근할 수 있게 된 것은 1년이 지난 후였고, 다시 몇 년이 흐른 후에야 비로소 침팬지들과 손을 잡을 정도까지 되었다. 그렇게 동물연구는 인내심과 끈기가 필요하다. 그러는 사이에 들소로부터 습격을 받아 위험에 처한 적도 있고 사자 무리들로부터 공격을 받아 죽음 직전의 위기에 처한 적도 있었다. 그런 위험한 순간에도 아프리카의 오지에서 힘을 보태준 사람은 어머니였다. 어머니는 그곳에서 딸 제인과 함께 하면서 동네 사람들을 치료해주기도 하고 옆에서 연구 조수 역을 맡아 주기도 하였다.

그녀의 관찰과 연구에 따르면, 침팬지들은 반가울 때는 끌어안고 입을 맞춘다. 겁이 날 때는 손을 잡거나 서로에게 매달린다. 누구를 달랠 때는 등을 두드려 준다. 사로잡힌 침팬지들은 농아들이 사용하는 수화신호를 300여개 가량 배우기도 한다. 그들은 그림을 그릴 줄도 알고 그림을 보고 설명할 줄도 안다. 사람과 거의 똑같다고 보면 되는 것이다. 제인은 우리가 동물(곤충 포함)을 아끼고 보호해야 할 이유를 그들도 우리와 똑같은 생명체이기 때문이라고 말한다. 동물의 한 종을 멸종시키는 것은 우리가 모르는 사이에 암이나 에이즈 같은 질병의 치료제를 없애 버리는 것과 같은 실수일지도 모른다고 경고한다. 그 예로 그 옛날 영국의 사례를 들고 있다.

영국 전역에서 토끼들이 전염병에 걸려 죽자 여우들에게는 먹을 것이 없어져 버렸다. 그래서 여우들은 농부들의 닭장을 습격하고 닭들을 먹이로 삼았다. 그러자 쥐와 생쥐들이 늘어났는데, 그 이유는 그것들을 사냥할 여우들이 줄어든 때문이었다. 쥐들은 들판의 곡식과 창고의 곡식을 갉아 먹었다. 결과적으로 농부들은 토끼가 사라짐으로 해서 엄청난 가난에 시달려야만 했다.

제인은 지금껏 아프리카의 오지에서 50여 년을 연구와 관찰을 하면서 지냈다. 무려 반백년이다! 그러는 사이에 케임브리지 대학에서 학위를 받기도 하였고, 전 세계를 돌면서 수없이 많은 강연을 벌이기도 하였다. 또 ≪인간의 그늘에서》 《곰베의 침팬지들》 《창을 통해서》 《제인 구달의 아름다운 우정》 등, 수많은 저작물을 남겼다.

지금도 그녀는 아프리카에서 침팬지 연구를 하며 4개월, 연구결과를 발표하고 알리는 데 4개월, 그리고 야생동물 보호와 환경운동을 위한 강연 등에 4개월씩을 보내면서 한 해 한해를 바쁘게 보내고 있다. 1977년에는 영국과 탄자니아에 연구소를 설립하였고, 1992년에는 미국 남가주대학교에 제인구달연구센터를 설립하였다. 어느 한 분야에 자기의 온 생애를 다 바쳐 매진한다는 것은 정말 아름다운 일이다.

GROUP 19

경영-경제

73.권력이동

앨빈 토플러 저 • 이규행 역 • 한국경제신문사 1990 • 616p

아마도 독자들은 출간된 지 30년이나 지난 책을 왜 백 권에 포함시켰을까? 하고 궁금해할 것이다.

중학교 교장으로 은퇴한 친구를 만나 이런 저런 이야기를 나눈 적이 있다. 그때 이웃에게 가장 권하고 싶은 책이 있으면 말해보라고 했더니 그는 서슴없이 이 책을 권하면서 옛날에 읽었던 책을 지금 다시 읽는다고 말했다.

그 말을 듣고 중고서점에서 책을 구입하여 다시 찬찬히 읽어보니 과연 엘빈 토플러(1928 ~ 2016)는 선각자라는 생각이 들었다.

이 책의 카피라이트가 1990년인 것을 감안하면 토플러가 원고를 집필하던 시기는 아마도 우리의 88서울올림픽 전후의 기간이 아니었을까 싶다. 그 당시에 그는 앞으로의 세계는 컴퓨터와 정보통신 쪽으로 모든 권력이 이동하게 되리라는 것을 예견하고 있었다. 그가 얼마나 탁월한 미래학자인지는 책의 한 두 군데만 인용해 보아도 쉽게 알 수 있다.

그는 책의 48페이지에서 도널드 트럼프를 기업권력의 살아있는 상징으로 보면서 트럼프를 훗날의 대통령 후보로 거론하기도 한다. 바로 지난 미국 대통령을 30년 전에 예측한 것이다!

또 한 가지 예를 후반부인 479 ~ 480페이지에서 확인할 수 있다. 새로운 부의 창출체계는 통신을 서로 즉각 주고받는 거대한 데이터와 지식의 흐름을 끊임없이 교환하는 수많은 시장, 은행, 생산센터 및 연구소의 범세계적인 네트워크로 이루어진다고 썼다. 그러므로 (1989 ~ 1990년에서 보았을 때) 앞으로의 경제는 과거 해외에 두었던 생산기지를 다시 미국으로 돌아오게 할 수 밖에 없다는 결론이다. 그 이유는 다름 아닌 '속도' 때문이라고 분석하였다. 변덕스러운 소비자들의 취향 때문에 소매상은 재고율을 낮추기를 바라고, 그 결과 지구 반대편에서 만들던 스웨터나 스커트를 앞으로는 미국에서 직접 만드는 것이 더 경제적이라는 것이다. 그렇게 재고를 실시간에 맞추어 재고비용을 절감하는 것이 해외에서 인건비를 절감하는 것보다 몇 배가 더 이익이라는 설명이다.

이 대목은 현재 미국의 각종 해외공장들이 서둘러 미국 본토로 귀환하는 것과 일맥상통하지 않는가?

나는 이 책의 핵심을 다섯 가지로 압축하여 보았다.

①소량생산 ②초고속 ③정보화 ④세계화 ⑤혁신

토플러는 과거부터 현재까지의 발전과정을 농경목축시대인 제1의 물결, 산업시대, 화폐시대, 공장시대인 제2의 물결, 그리고 정보화시대인 제3의 물결로 구분하였다. 제1의 물결의 화폐가 조개, 금, 은, 가죽이었다면, 제2의 물결의 화폐는 종이화폐, 그리고 금이었다. 이제 제3의 물결의 화폐는 전자신호 또는 전자표시가 되었다.

그는 인력에 관하여도 아주 예리한 분석을 하고 있는데 가령 예를 들면 이런 것이다. (1989 ~ 1990년에서 보았을 때) 앞으로의 사회는 실업자는 100만 명인데 취업기회는 1,000만 명이 생겼다고 하더라도, 그 100만 명이 신규 취업할 기회가 별로 없다. 왜냐하면 기업에서 필요로 하는 인력의 질과 시장에서 남아도는 인력의 질이 다르기 때문이다.

새뮤얼 모르스가 워싱턴 - 볼티모어 간 전신선을 개설한 것이 최초의 정보전쟁의 서곡이었다면(1989 ~ 1990년의 시점에서), 이제는 수퍼마켓에서 신용카드로 결제할 때 노출되는 정보가 15가지 이상이 되는 시대가 되었고, 앞으로(2020년대 이후?)는 고객들이 상점에 들어서서 눈을 한 번 깜빡거리거나 팔을 움직이기만 해도 즉시 상점 측에 더 많은 정보를 제공하게 될 것이다.(제3부 정보전쟁)

앞으로의 권력은 지식소유자 쪽으로 급격하게 이동할 것이다. 과거처럼 한 대의 대형컴퓨터와 그것을 해석하는 소수의 경영층 대신, 앞으로는 수천 대의 PC가 등장하게 되므로 해서 최고경영자와 말단 현장직원 간에 직접적인 의사소통이 가능하게 되고 중간관리자가 필요치 않는 상황이 발생한다는 것이다.(제4부 탄력회사의 권력)

책의 종결부(p563~)에서 저자는 마르크스의 말을 인용하며 잉여질서를 이야기한다. 즉 국민과 경제를 과잉 통제하려는 국가는 결국 질서 자체를 파괴하게 된다면서, 간섭을 적게 하는 국가가 더욱 많은 것을 성취하고, 그 과정에서 국가의 권력을 증대시키게 될 것이라고 주장한다.

74.데일 카네기 인간관계론

데일 카네기 저 • 임상훈 역 • 현대지성 2019 • 348p

1936년에 초판이 출간된 이래 지금까지 전 세계에서 무려 6천만 권 이상이 판매되었다는 자기계발서의 금자탑! 이 책에 어울리는 찬사이다.

데일 카네기(1888~1955)는 미국 미주리주에서 가난한 농부의 아들로 태어났다. 카네기는 어렸을 때부터 사람들 앞에서 말하기를 즐겼으며 학교 토론팀에서 활발하게 활동했다. 워런스버그 주립 사범대학을 졸업한 후에는 교사, 세일즈맨 등 사람을 대하는 다양한 직업을 거쳤다. 1912년 YMCA에서 대화 및 연설 기술을 강연하면서 일생의 전환점을 맞이했다. 카네기의 강의는 풍성한 사례와 함께 당장이라도 적용할 수 있는 실용적인 원칙들을 제시했고, 대중들은 이에 열광했다. 그의 강연은 사람들이 자신의 경험과 성취를 나누는 나눔의

장이 되었다. 이어서 그는 카네기 연구소를 설립해 인간 경영과 자기 계발 분야에서 기념비적인 업적을 남겼다.

먼저 '꿀을 얻으려면 벌통을 걷어차지 말라'라는 제목으로 시작하는 1장의 핵심은 바로 "비난하지 말라"인데, 이 금언이야 말로 이 책의 거의 모두라고 할 수 있다. 즉, 인간은 그 누구도 비난을 받는다고 해서 또는 잘못을 지적받는다고 해서 자신의 실수를 인정하지 않을 뿐더러 바뀌지도 않는다는 것이다. 그러면서 저자는 미국 뉴욕의 악명 높은 싱싱교도소에서 오랜 세월 소장직을 수행한 루이스 로스의 저서 ≪싱싱에서의 2만 년≫이라는 책을 소개하면서 다음과 같이 말한다.

"싱싱에 있는 범죄자 중에서 자신을 나쁜 놈이라고 생각하는 사람은 거의 없습니다. (…) 그들은 자신을 합리화하고 변명합니다. 왜 금고를 털 수밖에 없었는지, 왜 방아쇠를 당길 수밖에 없었는지 (…) 결론은 그들이 감옥에 갇히지 않았어야 했다는 주장으로 귀결됩니다."(p28)

저자는 쌍권총 크롤리나 알 카포네처럼 아무리 흉악범일지라도, 모두 자신은 잘못이 없다고 강변하더라고 썼다. 그들은 모든 잘못을 다른 사람 또는 사회 탓으로 돌리더라는 것이다.

'비난하지 말라'는 항목이 얼마나 중요하면 저자는 책의 곳곳에서 계속하여 설명하고 있다. 링컨의 예를 보자.

1842년 링컨은 가명으로 언론에 기고하여 다른 정치인을 조롱했다. 예민하고 자존심이 강한 상대방은 그 투고자가 링컨임을 알아내고 결투를 신청했다. 상대가 그렇게까지 나오리라고 짐작하지 못한 링컨은 당황했고 마지못해 결투를 수락했다. 그는 자신의 긴 팔이 칼싸움에 유리하리라고 생각하여 도구를 칼로 정하고 그때부터 육사출신을 초빙하여 검법을 배우기까지 했다. 다행히도 주변의 중재가 성공하여 결투까지 가지는 않았는데, 이때 한바탕 혼이 난 링컨은 더 이상 남을 비난하지 않았다고 한다.

책에는 풍성한 사례들이 350여 페이지에 넘쳐나는데, 우선 각 부의 제목들을 살펴보면 이 책이 어떤 책인지 이해하는데 도움이 될 것이다.

사람을 다루는 기본 방법 3가지:

비판하거나, 비난하지 말라 / 상대방을 칭찬하라 / 상대에게 열렬한 욕구를 불러일으켜라.

사람들이 당신을 좋아하도록 만드는 6가지 방법:

다른 사람에게 관심을 가져라 / 웃어라 / 상대방의 이름을 기억하라 / 경청하는 사람이 되어라 / 상대방의 관심사에 맞추어 이야기하라 / 상대방으로 하여금 자신이 중요한 존재라고 느끼게 만들어라.

사람들을 설득하는 12가지 방법:

논쟁을 피하라 / 잘못을 지적하지 말라 / 자신이 틀렸다면 빨리 시인하라 / 우호적으로 시작하라 / 상대방으로 하여금 '네'라고 말하도록 만들라 / 상대에게 말을 많이 시켜라 / 상대가 스스로 생각해 냈다고 여기도록 만들라 / 타인의 관점에서 보라 / 다른 사람의 생각에 공감하라 / 고상한 동기에 호소하라 / 당신의 생각을 극화하라 / 도전 의욕을 불러일으켜라.

기분 상하게 하지 않고 사람을 바꾸는 9가지 방법:

감사로 대화를 시작하라 / 잘못을 지적하려면 간접적으로 하라 / 비판에 앞서 자신의 실수부터 인정하라 / 명령보다는 질문을 하라 / 상대방의 체면을 살려주어라 / 조금만 잘 한 일이 있어도 칭찬하라 / 상대에게 평판을 부여하라 / 격려하라 / 상대가 즐겁게 당신의 제안을 받아들이도록 만들어라.

결혼생활을 행복하게 만드는 7가지 비결:

잔소리하지 마라 / 배우자를 바꾸려 들지 마라 / 비판하지 마라 / 진심으로 칭찬해 주어라 / 작은 관심을 보여라 / 예의를 차려라.

책이 얼마나 훌륭하면 출간된 지 84년이 지난 지금까지도 전 세계에서 끊임없이 독자들의 사랑을 받고 있을까. 지금 이 글을 쓰고 있는 2020년 7월의 시점에서도 교보(자기계발 주간 10위), 예스24(국내도서 62위), 알라딘(자기계발 10위)에서 여전히 베스트셀러의 자리를 지키고 있다는 사실이 이 책의 훌륭함을 대변해 주고 있다.

75.2030 축의 전환

마우로 기옌 저 • 우진하 역 • 리더스북 2021 • 408p

저자인 마우로 기옌(Mauro Guillen)은 현재 펜실베이니아 대학교 와튼스쿨 국제경영학 교수로 재직 중이다.

"10년 후, 지금의 세상은 없다"라는 헤드카피가 말해주듯이 이 책은 미래에 관한 내용을 다루는데, 저자가 이 책에서 제기하는 의문의 초점은 다음과 같은 것들이다.

4차 산업혁명 다음 혁명은 어느 나라가 주도할까? 출생률 감소와 인구 고령화는 코로나19와 맞물려 어떤 양상으로 진행될까? 디지털 시대에 태어난 밀레니얼 세대와 세계에서 가장 큰 소비자 집단인 실버 세대 사이에는 어떤 차이가 있을까? 규모와 수가 빠르게 늘고 있는 도시들은 기후변화와 양극화를 어떻게 극복할 수 있을까?…

저자는 이러한 궁금증들에 대하여 자신의 견해를 8가지 목차로 정리하여 설명한다.

①**출생률을 알면 미래가 보인다:** 식량 생산과 분배에 관한 혁신의 잠재성을 과소평가한 맬서스는 현대 기술이 인간의 성욕을 감소시킬 수 있다는 사실은 생각하지 못한 듯하다. 기술과 성욕의 관계는 놀라울 정도로 간단하다. 이제 수많은 오락거리를 언제든 접할 수 있게 된 우리는 그만큼 성관계에 대한 흥미를 잃어버렸다. (…) ≪성적 행동 보고서≫라는 학술지에 실린 연구 결과에 따르면, 1990년대 후반과 2010년대 초반을 비교하면 미국 성인들의 성관계 횟수가 1•9로 줄었다.

이것이 이른바 역 맬서스의 함정이다. 저자는 이러한 사회현상을 다음과 같은 쉬운 예로 설명한다.

"수입이 많아진다고 해서 차를 10대 20대 사지는 않는다. 또 자녀를 5명 ~ 10명씩 낳지도 않는다. 대신 하나를 낳아서 최고로 키우려고 한다."

②**밀레니얼 세대보다 중요한 세대:** 의학, 영양학, 생명공학을 비롯한 여러 분야에서 일어난 혁신으로 더 많은 사람

이 더 오랫동안 삶을 즐기게 되었다. 2030년이 되면 70대의 평균적인 삶은 지금의 50대와 엇비슷해질 것이다. (…) 새로운 기술이 발전함에 따라 은퇴와 노인의학에 대한 우리의 관점도 바뀔 것이다.

③**새로운 중산층의 탄생:** 저자는 이 장에서 자신의 모든 것을 걸고 맹세할 수 있다고 장담하면서, 2030년이 되면 중국과 인도가 세계에서 가장 큰 소비자 시장이 될 수 있다고 단언한다. 즉 미국, 일본, 유럽의 중산층은 줄어들고, 중국, 인도, 아프리카의 중산층은 2배 이상 많아질 것이라는 주장이다. 한 예로 현재 도박시장의 맹주라고 알고 있는 미국 라스베이거스는 연간 70억 달러를 버는 반면, 중국의 마카오는 연간 330억 달러를 번다는 증거를 제시한다.

④**더 강하고 부유한 여성들:** 2030년이 되면 여성들의 사회 진출은 더 가속화되고, 부유한 여성들의 숫자도 더 많아진다. 그러나 남성과 여성의 기대수명 차이는 줄어들 것이다. 그 이유는 여성의 사회활동이 강화되면서 여성들의 에스트로겐(여성호르몬)은 줄어들고 테스토스테론(남성호르몬)은 증가하기 때문이다.

⑤**변화의 최전선에 도시가 있다:** 지구는 5억km^2의 면적인데, 여기서 도시가 차지하는 면적은 500만km^2이다. 지구 면적의 단 1%에 인구 50%가 살고 있다. 2017년에는 1천만 명이 넘는 도시가 29개였지만, 2030년이 되면 43개로 늘고 그중 14개는 2천만 명을 넘길 것이다.

⑥**과학기술이 바꾸는 현재와 미래:** 저자는 2021년 ~ 2025년의 과학기술계의 현실을 캄브리아기 대폭발로 비유하였다. 5억 4천만 년 전에 일어났던 수많은 새로운 종들의 출현처럼, 지금의 시대는 과학혁명의 시대라는 것이다. 그 예로 가상현실, 3D프린팅, 인공지능, 나노기술, 생명공학과 의공학의 발전 등을 든다. 저자는 극단적인 예로 2030년이 되면 화성에서 3D프린팅 기술을 이용하여 자재를 직접 만들 수도 있다고 예견한다.

⑦**소유가 없는 세상:** 앞으로는 더욱 더 에어비앤비나 우버와 같은 공유경제 플랫폼이 발달할 것이다. 그렇게 보는 이유는 자원을 효율적으로 쓸 수 있다는 점, 참가자들 모두에게 이익이 된다는 점, 공유지의 비극은 일어나지 않는다는 점 등을 들고 있다.

⑧**너무 많은 화폐들:** 저자는 이 장에서, 세월이 가면 갈수록 정부의 힘이 약해지는 대신 개인의 힘이 커지기 때문에 2030년이 되면 수없이 많은 화폐(암호화폐나 비트코인 등)가 등장할 것이고, 또 실제로 유통될 것이라고 주장한다. 그러나 이에 대하여는 저자 자신도 확신은 하지 못하는 듯하다. 왜냐하면, 그 반대론자들인 제이피 모건의 최고경영자나 누리엘 루비니 교수의 '암호화폐는 쓰레기'라는 주장도 설득력 있는 주장으로 책 속에 함께 소개하고 있기 때문이다.

76.ESG 혁명이 온다

김재필 저 • 한스미디어 2021 • 400p

ESG경영이란 한마디로 환경 문제를 기업경영에 접목한 것이다. ESG는 Environment(환경문제), Social(사회문제), 그리고 Governance(지배구조문제)와 같은 비재무적 성과를 경영의 최우선 과제로 삼고 기업을 영위해 나가는 사업방식이라고 할 수 있다. 그렇다면 과거의 이윤추구 또는 주주이익 극대화 같은 기업전략에서 왜 최근에는 ESG 같은 개념들이 중요하게 등장하였을까?

저자는 앞부분에서 이 문제에 대한 개념을 명확히 밝힌다. 즉, 과거에는 공장에서 폐수를 방출하건 말건, CEO가 사회적 물의를 일으키건 말건, 직장 내에서 성희롱 같은 문제나 인종차별 문제가 발생하건 말건, 그런 것들이 큰 문제가 되지 않았다. 그런데 세계 금융위기를 초래한 리먼 쇼크

(2008년 서브프라임 모기지 사태) 이후 기업을 바라보는 사회의 시각이 바뀌기 시작했다. 여기에다 지구온난화, 대기오염 등의 이슈와 인종차별, 인권보호 등의 사회적 이슈까지 대두되면서 기업의 사회적 책임이 본격적으로 강조되기 시작한 것이다.

여기에 결정타를 날린 것은 자산운용사 블랙록의 래리 핑크 최고경영자의 폭탄선언이었다. 그는 2020년 1월 초, "앞으로 ESG 성과가 나쁜 기업에는 투자하지 않겠다"고 선언하였다. 즉, 앞으로 블랙록의 상장지수펀드에 대한 투자는 가치 평가 방식에 ESG를 접목시킨 지표를 통하여 결정하겠다는 것이다. ESG를 투자 지표로 활용하는 투자금액은 2016년 20조 달러에서 2020년에는 40조 달러로 증가하였다. 도이치뱅크는 이 금액이 2030년에는 100조 달러가 넘을 것으로 예상하고 있다. 한마디로 이제 기업들은 ESG 경영을 하지 않고서는 존재할 수가 없게 된 것이다.

저자는 ESG 경영 실패의 대표적인 사례로 다음 세 가지를 든다.

①호주의 광산업체 리오 틴토: 호주의 세계적인 광산업체 리오 틴토는 2020년 5월 철광석을 탐사한다며 필버라 지

역의 4만 6천년 된 주칸 고지(Jukan Gorge) 원주민 동굴을 파괴했다. 동굴 안에 있는 800만 톤의 철광석을 캐내기 위해서였다. 결과적으로 이 회사는 전 세계 환경단체로부터 비난을 받아 CEO를 비롯한 고위 임원들이 사퇴하고 엄청난 손실을 입었다.

②**디즈니의 뮬란:** 디즈니는 1억 달러 이상을 들여 ≪뮬란≫을 제작하였다. 그런데 촬영장소가 중국의 신장 위구르 지역인데다가 나중에 엔딩 크레딧에 '촬영에 협조해 준 중국 정부에 감사한다'는 문구가 들어갔다. 중국 공안 당국이 신장 위구르 주민들에게 인권침해를 한다는 사실은 전 세계가 모두 공감하고 있는 상황에서 이런 디즈니의 행태는 세계인들의 분노를 촉발하였다. 결국 거센 비판에 직면했고 불매운동으로 이어져 ≪뮬란≫은 투자금액의 절반도 회수하지 못하고 조기 종영했다.

③**화장품 회사 에스티 로더:** 이 회사는 파운데이션 세트를 팔면서 선전 문구에 '동양인에게는 어울리지 않는 컬러'라는 문구를 넣었다가 소비자들의 호된 비판을 받고 엄청난 손실을 감수해야 했다.

④**유니클로의 광고:** 유니클로는 광고에 13세 소녀와 98세 할머니를 등장시켜 '제 나이 때는 어떤 옷을 입으셨나요?'라는 질문에, '세상에, 난 그렇게 오래된 일은 기억하지 못한단다'라는 말을 하게 하였다. 그런데 이런 대사가 2차대전 때의 종군위안부 문제를 정당화시켰다는 인식이 확산되면서 불매운동으로 이어졌고, 결국 여러 나라에서 사업을 접어야 하는 사태에까지 이르렀다.

그러면 ESG의 평가항목들은 무엇 무엇이 있는가?

①**혁신활동:** 조직, 공정, 제품 혁신과 기후변화 대응 능력

②**생산공정:** 물류 운송 상의 개선, 에너지의 효율성, 폐기물 관리, 환경사고 예방

③**공급망 관리:** 녹색구매, 동반성장, 공정거래

④**인적자원 관리:** 고용안정, 인력개발, 훈련, 고용평등, 노사화합, 근로환경 개선

⑤**마케팅 및 고객관리:** 공정마케팅, 고객 정보보호, 고객만족 경영, 그린 마케팅

⑥**사회공헌:** 국제 협력, 사회공헌 활동 및 지역사회 투자

⑦**지배구조:** 주주의 권리, 내부거래 및 정보의 투명성, 이사회 구조와 운영

⑧**경영 인프라:** CEO의 의지, 지속가능 경영 전략, 경영 윤리, 이해관계자 커뮤니케이션

ESG는 누가 평가하고 어떤 기업들이 어떤 평가를 받았는가? 전 세계에서 ESG를 평가하는 기관은 무려 125개가 넘는다. 그중 대표적인 기관이 모건스탠리캐피털(MSCI)인데, 이 기관 MSCI가 평가시장에서 차지하는 점유율은 무려 56%에 달한다. 국내에는 한국기업지배구조원이 있다.

AAA: 마이크로소프트, 인베디아, 세일즈포스닷컴, 소니, 테슬라 등

AA: 구글, LG전자, 코카콜라, 유니레버 파타고니아 등

BBB: 이마존, 삼성전자, SK하이닉스, 스타벅스 등

BB: 한국전력, 맥도날드, 삼성바이오로직스, 코스코 등

B: 넷플릭스, 대한항공, 현대차, 퀄컴 등

CCC: 폭스바겐, GM, 한국조선해양 등.

이 책에는 이 밖에도 자원절약과 환경보존에 대한 문제, 인공지능이 앞으로 우리 인류에게 끼칠 긍정적인 영향 등, 읽을거리가 무궁무진하게 넘쳐난다.

GROUP 20

정치외교-신문방송

77.예루살렘의 아이히만: 악의 평범성에 대한 보고서

한나 아렌트 저 • 김신옥 역 • 한길사 2006 • 420p

악의 평범성이라는 심리학 또는 사회학 용어를 탄생시킨 한나 아렌트(1906 ~ 1975)는 정치철학자로 히틀러의 치하에서 유대인 학살을 피해 조국을 떠난 사람이다.

한나 아렌트는 1906년에 독일의 쾨니히스베르크에서 태어났다. 칸트가 평생을 보냈던 도시다. 16세에 칸트의 ≪순수이성비판≫을 읽고 큰 영향을 받았다고 할 만큼 조숙하고 명석한 소녀였다. 가정교육과 베를린 대학교 청강을 거쳐 마르부르크 대학교에 진학하여 그곳에서 신진 철학자로 명성이 자자했던 마르틴 하이데거 교수를 만난다. 18세의 한나와 이미 기혼자였던 35세의 마르틴은 급속도로 가까워졌고, 하이데거는 아렌트의 스승이자 연인이 되었다.

하이데거가 인간의 본질 회복을 개인 차원에서 모색하

였다면, 아렌트는 '인간은 정치적 동물'이라는 아리스토텔레스의 말에 무게를 두고, 정치적 차원에서 찾으려 했다. 그래서 인간의 자유란 곧 적극적으로 정치에 참여함으로써 성립되는 것이며, 그런 자유를 부정하고 모든 사람의 생각을 하나의 의지에 통합하려 하는 파시즘은 정치가 아닌 폭력일 뿐이라고 생각했다.

1929년, 23세가 된 아렌트는 ≪아우구스티누스의 사랑의 개념≫이라는 논문으로 박사학위를 받는다. 그때까지 그녀는 유대인으로서의 자기 인식이 뚜렷하지 않았지만 히틀러가 떠오르면서 그에 저항하기 위해 유대인 조직에 참여하기 시작했다. 1933년 1월, 히틀러는 마침내 권력을 잡았으며, 아렌트는 게슈타포에게 체포되어 일주일 동안 감금되었다가 풀려난 다음 프랑스로 망명했다.

이후 아렌트는 1941년까지 프랑스에 머물며 반 나치 운동에 참여하고, 남편과 이혼한 후 하인리히 블뤼허와 재혼하였다. 그리고 프랑스가 독일에 유린되자 한때 수용소로 보내지기도 했으나 가까스로 벗어나서 미국으로 갔다. 생활이 비로소 안정되면서 그녀는 본격적으로 학술 연구에 몰두하는데, 1951년에는 ≪전체주의의 기원≫을 내놓아 일약 학계의 주목을 받았다. 이 책에서 그녀는 서로 정반대의 이념을 가진 듯한 파시즘과 스탈린 식의 사회주의 체제를 전체주의라는 틀로 묶고, 이들은 어느 것이나 개인의 자유를 말살하고 광기와 공포로 지배하는 정치형태라고 주장했다.

1960년, 나치스의 유대인 학살을 지휘했던 아돌프 아이히만이 아르헨티나에서 이스라엘 정보부에 붙잡혔다. 그가 이스라엘로 압송되어 재판을 받게 된다는 소식을 듣고, 아렌트는 잡지사 뉴요커의 특별 취재원 자격으로 예루살렘으로 가서 재판과정을 취재한다.

이제는 실제로 책 속에서 아이히만의 행적을 살펴보자

아이히만은 1906년 칼과 가위로 유명한 독일 마을 솔링겐에서 태어났다. 그는 직업학교를 그럭저럭 다녔고 전기설비회사 등에서 세일즈맨으로 일했다. 그의 평범한 삶은 1932년에 그가 나치당에 가입하고 친위대에 들어가면서 바뀌기 시작한다. 악명 높은 친위대장 힘러의 지휘 아래 들어간 그는 전쟁이 시작되는 1939년 9월 베를린으로 진출하게 되고(그 전까지는 여기저기 변경 부대에 하급지휘관으로 있었다) 유대인 이주를 책임지는 제국본부의 수장이 된다. '유대인 이주'라고 함은 유대인들을 여기저기서 잡아들여 죽음의 수용소로 보내는 일을 말한다. 다음은 책의 152쪽에 나와 있는 내용이다.

그 해 가을에 나는 직속상관인 뮐러의 지시에 따라 폴란드 서부지역의 학살센터를 조사하러 갔다. 이 죽음의 수용소는 쿨름에 있었는데 이곳은 유럽 전역에서 이송되어 온 30만 명 이상의 유대인이 1944년에 살해된 곳이다. 그들은 모두 옷을 벗고 트럭으로 들어가라는 명령을 받았다. 그 트럭은 넓게 파인 구덩이 앞으로 가서 문을 열었고 그리로 시신들이 쏟아져 나왔다. 한 민간인이 치과용 집게를 가지고 이빨을 뽑는 것을 볼 수 있었다.

이런 보고서를 작성한 후, 아이히만은 거기에 자신의 의견을 "나는 두 손 두 발 다 들었다"라고 기술하여 놓았다. 그런 것으로 보면 이 사람이 이런 일을 즐겨서 하거나 기꺼이 한 것 같지는 않다는 게, 이 책을 읽고 난 나의 소감이다.

78.자본론과 공산당선언

칼 마르크스 저 • 김문현 역 • 동서문화사 2008 • 760p

지난 150여 년의 세월 동안 전 세계에 가장 많은 영향을 끼친 사상이 공산주의이다. 그 공산주의 세상이 되어야 한다는 당위성을 선포한 것이 '공산당 선언'이고 그 선언을 학문적으로 정당화하려는 이론이 바로 '자본론'이다. 이 두 종류의 저서를 남긴 사람이 칼 마르크스(1818 ~ 1883)이고 그의 존재 자체를 가능케 한 후원자가 프리드리히 엥겔스(1820 ~ 1895)이다. 이 두 사람을 모르고는, 특히 칼 마르크스의 ≪자본론≫을 모르고는 1900년 이후의 세계를 온전히 이해할 수가 없다,

좀 더 부연하면, 이들의 사상을 바탕으로 레닌이 러시아 혁명을 완성하였으며 그 뒤를 잇는 스탈린 시절 소련이 공산주의의 종주국이 되었고, 급기야 그 사상은 중국과 다른

제3세계로 들불처럼 퍼져나갔다. 지금은 공산주의의 폐해가 만천하에 드러나서 더 이상 공산주의가 통치이념으로 자리 잡고 있지 못하지만(중국은 공산주의라기보다는 '1당 독재 자본주의'라고 하는 편이 맞다.) 지난 100년 이상의 세월 동안 전 세계에서 수 천만 명을 학살하였고, 수 천만 명을 전쟁에 동원하여 죽게 만들었고, 또 다른 수 천만 명을 굶주려 죽게 만들은 사상의 핵심이 바로 ≪자본론≫이었다.

이렇듯 엄청난 사상을 단 4 ~ 5페이지의 짧은 글로 해설해 보겠다는 시도 자체가 어불성설이기는 하지만, 그래도 나의 해설을 읽고 이 책을 읽는다면 그 '엄청난' 사상을 이해하는 데에 조금은 도움이 될 것이다.

칼 마르크스는 1818년 네덜란드와 프랑스의 접경지대인 트리어에서 태어났다. 마르크스의 부친은 유대교 율법학자이자 변호사였고 가정은 부유하지는 않았지만 나름대로 웬만큼 살았던 것으로 전해진다. 마르크스는 본 대학과 베를린 대학에서 법학과 철학을 공부하고 예나대학 철학부(이 책의 역자 김문현님이 예나대학 출신이다.)에서 박사학위를 받는다. 그 시기에 헤겔 철학에 심취하나 후일에는 헤겔을 비판하는 입장에 서게 된다. 헤겔의 철학은, 시민사회는 자유, 평등, 빈

부격차 등 여러 가지 모순을 안고 있는데, 그것을 국가의 힘, 즉 종교의 힘으로 해결해야 한다는 것이다. 다시 말해 그리스도교를 믿는 신성국가(프로이센)가 모든 문제를 해결해 줄 수 있다는 주장이다. 그러나 마르크스는 다르다. 그는 그러한 모순을 프롤레타리아 혁명으로 해결해야 한다는 주장을 전개한다.

마르크스는 대학 졸업 후 '라인신문'에서 기자 겸 편집자로 활동하던 중 두 살 아래인 엥겔스를 만나고 둘은 죽는 날까지 좋은 친구로 지낸다. 마르크스는 독일에서 활동하던 시기부터 급진적인 주장으로 인하여 당국으로부터 축출당하여 이곳저곳을 떠돌며 생활한다.

1847년 말부터 공산주의동맹 제2차 대회가 런던에서 열렸는데 여기서 참가자들은 만장일치로 마르크스와 엥겔스에게 선언문의 기초를 만들어 줄 것을 위임한다. 그리하여 1848년 2월에 런던에서 작성한 것이 바로 '공산당선언'이다.

공산당선언은 공산주의자동맹의 이론적이고 실천적인 강령으로 작성되었다. 그것은 역사의 유물변증법적 발전을 밝힌 것이다. 사물은 현실세계에서 자연적, 정치적, 경제적, 사회적 관련 내지 운동 속에서 변화하고 발전한다. 이것이 유물변증법 또는 유물사관이다. '유령이 떠돌고 있다. 공산주의라고 하는 유령이'라는 말로 시작하고 '전 세계의 프롤레타리아여, 단결하라!'는 구호로 끝나는 선언은 총 4장으로 이루어져 있다.

아주 핵심만 정리해 보자.

①부르주아와 프롤레타리아: 오늘에 이르기까지 모든 사회의 역사는 계급투쟁의 역사이다.

②프롤레타리아와 공산주의자: 공산주의자는 프롤레타리아를 부르주아의 착취로부터 해방시키기 위하여 사유재산을 폐지시킨다.

③사회주의적, 공산주의적 문헌: 반동적 사회주의, 부수적 사회주의, 그리고 비판적 사회주의 또는 유토피아적 사회주의를 설명한다.

④여러 반대당에 대한 공산주의자의 입장: 공산주의자는 지금까지의 사회질서를 전복시켜서 지배계급으로 하여금 공산혁명 앞에 무릎 꿇려 프롤레타리아의 세계를 만들어야 한다.

자본론은 그가 극심한 가난과 병고에 시달리면서 런던의 망명생활 중에 쓴 글이다. 1권은 마르크스가 49세 되던 1867년에 완성하였고, 2권과 3권은 그가 죽은 후, 친구 엥겔스가 그의 유고를 정리하여 내 준 것이다.

①상품을 분석해보면 그 배후에는 인간노동이 있다.

②노동은 그 아버지이고 토지는 그 어머니이다.

③노동은 상품의 가치를 형성한다.

④자본가는 노동자의 노동을 착취해 잉여가치를 만든다.

⑤자본가는 더 많은 노동을 착취하려고 하고, 노동자는 착취당하지 않으려고 한다.

⑥잉여가치의 양은 자본가에 의하여 착취되는 노동자의 수와 개개 노동자의 착취율에 따라 규정된다.

⑦경지의 목장화, 기계장치의 채용 등으로 농업인구는 끊임없이 도시로 이주하게 된다.

⑧부자는 충분한 보상을 받고 노동자는 거리로 내몰린다.

⑨자본주의적 생산양식과 축적양식은 노동의 수탈을 전제로 하고 있다.

⑩빈민은 황금수저를 입에 물고 태어나지 않기 때문에 사회의 천한 일을 하는 게 자연스럽게 보인다.

79. 약속의 땅

버락 오바마 저 • 노승영 역 • 웅진지식하우스 2021 • 920p

한 권으로 백권읽기에 선정된 100종의 도서 모두가 그야말로 '주옥같은 책'이지만, 그중에서 단 하나를 꼽으라면 나는 주저 없이 이 책을 꼽을 것이다. 이 책은 2009년부터 2017년까지 8년 동안 44대 미국 대통령으로 미국을 이끌고 전 세계에 영향을 끼쳤던 버락 오바마의 자서전이다.

버락 오바마는 하와이에서 케냐 출신 유학생과 백인 어머니 사이에서 출생한 혼혈 흑인이다. 오바마는 어렸을 때 이혼한 후 재혼한 어머니를 따라서 인도네시아로 건너갔다. 어린 시절 잠시 술과 마약에도 손을 댔으나 옥시덴탈 대학교 - 컬럼비아 대학교 - 하버드 로스쿨을 나오면서 인권변호사로 활동한 후 정계에 입문한다. 그 후 시카고에서 일리노이 주 상원의원으로 정계에 진출한 후 민주당 후보로 대통령 선거에 뛰어들어 당선되었다.

이 책에는 총 27개의 큰 주제가 있는데 그중에서도 가장 압권은 맨 마지막의 '오사마 빈 라덴 사살작전'이다. 2001년 9.11테러로 3천명 가까운 미국인을 희생시킨 주범인 빈 라덴을 제거하기 위한 치밀한 작전을 준비하고 그것을 최종 실행에 옮기기까지의 대통령의 고뇌와 결단, 거기에 따른 심리적 압박감을 가장 극적으로 묘사한 부분이 바로 이 27장이다.

2011년 5월 1일 백악관 워룸에 모여서 실시간으로 상황을 지켜보는 장면은 미국이 왜 세계 최강인지를 설명해주기에 충분하다. 상황실이라고 해보았자 그저 웬만큼 큰 집의 응접실 정도로 밖에 보이지 않는 방인데 거기 제일 상좌에 에브 공군 준장이 앉아서 상황을 지시하고 그 옆과 뒤로는 힐러리 클린턴 국무장관, 조 바이든 부통령, 국방장관, 합참의장, CIA 국장 등 미국의 최고 책임자들 10여 명이 지켜보고 있다. 그런데 대통령인 버락 오바마는 에브 준장의 옆에 궁둥이만 걸친 채 끼어 앉아서 잔뜩 긴장한 채로 벽에 비쳐지는 대형 스크린의 상황을 지켜보고 있다.

당시 빈 라덴 사살 작전의 상황은 이랬다. 대통령 취임 초기 오바마는 자신의 최우선 국정 과제 중 하나로 빈 라덴 사살을 꼽았다. 그 후 몇 년 동안의 치열한 정보수집 결과 빈 라덴은 파키스탄 수도 이슬라마바드 인근 도시의 저택에 숨어 있는 것으로 추정되었다. 미국의 모든 정보기관들이 총동원되어 확인한 바로는, 어마어마하게 큰 저택에 5~6명의 부인과 30여 명의 아이들, 그리고 누군지는 몰라도 거물급으로 추정되는 인물이 거주한다는 것이었다. 정보기관에서는 그가 빈 라덴일 가능성이 60% 이상이라고 판단하고 대통령에게 2011년 4월 말경 보고하였다. 여기서 오바마 대통령은 결단을 내려야했다. 60%의 가능성을 믿고 작전을 승인할 것인가, 아니면 40%의 불가능에 무게를 둘 것인가. 오바마는 참모들에게 며칠 동안 생각할 여유를 달라고 한다. 그리고 마침내 그는 최종 '고' 사인을 한다.

여러 투입 가능한 자원 중에서 해군 네이비실 팀이 최종 선정되었고, 그들은 파키스탄 접경지대에서 블랙호크 헬기를 타고 5월 1일 야간에 그 은신처로 추정되는 집에 침입하여 마침내 이런 메시지를 보내온다.

"제로니모(작전 중 빈 라덴을 지칭) 신원 확인."

그리고 몇 초 후엔 이런 메시지가 뜬다.

"제로니모 이케이아이에이."

여기서 EKIA란 'Enemy Killed in Action'의 머리글자로

적을 사살했음을 알리는 암호이다. 곧바로 사살된 빈 라덴의 사진이 전송되어 오고 침투 팀은 착륙 시 부서진 블랙호크 대신 새로 투입된 치누크 헬기를 타고 무사히 파키스탄을 빠져 나온다.

이 책에는 위와 같이 긴장과 스릴이 넘치는 상황들이 여러 곳 등장한다. 예를 들면 취임 직후 터진 서브프라임 모기지 사건, 러시아와 벌인 핵탄두 수 1•3 감축 협상, 탄소배출 감소회의, BP(British Petroleum)의 멕시코 만 원유유출사건에 이르기까지 전 세계의 지도자로서 미국 대통령의 무게를 실감할 수 있는 사건들이 차고 넘쳐난다.

이와 같이 하루의 일과가 그야말로 피를 말리는 '결단'과 '결정'의 연속임에도 불구하고 밤 12시 잠자리에 들기 바로 직전에 마지막으로 하는 일이 있다. 그것은 전국에서 백악관으로 보내 온 수백 통의 편지 중에서 비서진들이 가려 뽑은 편지 10여 통에 일일이 답장을 해 주는 일이다. 또 하나 마지막으로 감동적인 것은 그런 바쁜 일과 속에서도 두 딸에게 책을 읽어주며 아내와 대화하는 시간을 조금이라도 가지려고 노력하는 가장으로서의 인간적인 모습이다.

비록 독파가 쉽지 않은 920쪽의 벽돌 책이지만, 독자들은 이 책을 통하여 미국 정치시스템의 작동원리 뿐만 아니

라 미국 지도자들의 상호 존중과 협력정신(ex 오바마 - 힐러리)
에 대하여도 많이 배우게 될 것이다.

80.민주주의는 어떻게 무너지는가

스티븐 레비츠키-대니얼 지블렛 저 • 박세연 역 • 어크로스 2018 • 350p

이 책은 두 명의 하버드대 정치학자들이 민주주의를 위태롭게 하는 여러 요인들을 다각적으로 분석한 책이다. 민주주의 연구의 권위자인 두 저자는 이 책에서 독재자가 될 가능성이 다분한 극단주의 포퓰리스트들이 어떤 조건에서 선출되는지, 선출된 독재자들이 어떻게 합법적으로 민주주의를 파괴하는지를 세계 여러 나라의 사례들을 통해 생생하게 보여준다.

두 저자는 전 세계 많은 나라에서 민주주의가 매우 유사한 패턴으로 무너졌음을 발견한다. 그러한 패턴 중에서 주목할 만한 것은 ①후보를 가려내는 역할을 내던진 정당, ② 경쟁자를 적으로 간주하는 정치인, 그리고 ③언론을 공격하는 선출된 지도자이다.

이 책에서 가장 강조하는 포인트는 바로 '포퓰리스트를 경계하라'는 말일 것이다. 포퓰리스트는 기성 정치에 반대한다. 그들은 자신이 국민의 목소리를 대변하면서, 부패한 기성의 정치인들과 전쟁을 벌이겠다고 선동한다. 그리고 기존 정당의 가치를 부정하면서, 기성 정치인들을 비민주적이고 비애국자인 자들로 매도한다. 또한 지금의 통치 시스템은 진정한 민주주의가 아니며, 엘리트 집단이 독점한 부패한 가짜 민주주의라고 선동한다. 포퓰리스트의 대표적인 예로는 비록 정치인이 되는 데는 실패했지만, 자동차 왕 헨리 포드(1863 ~ 1947)가 있고, 독일을 망가뜨린 아돌프 히틀러(1889 ~ 1945 히틀러는 포드를 존경했다고 한다)가 있다. 또 페루의 알베르트 후지모리(1938 ~), 베네주엘라의 우고 차베스(1954 ~ 2013), 그리고 미국의 도널프 트럼프(1946 ~)를 꼽는다.

다음은, 선출된 독재자가 이른바 운동장을 기울게 하는 것을 국민 모두가 정신 바짝 차리고 경계하여야 한다는 대목이다. 합법적으로 선출된 포퓰리스트는 야금야금 자신의 충견들에게 사법, 행정, 경찰, 검찰, 세무, 정보 등등의 주요 업무를 맡긴다. 그러면 그들은 그 은공에 보답하기 위하여 열과 성을 다하여 운동장을 기울게 만든다. 이른바 심판매수 행위이다. 이 책에서 시종일관 줄기차게 강조하는 대목은 뭐니 뭐니 해도 '상호관용과 존중의 자세'라는 덕목일 것이다. 저자들은, 민주주의는 상대방을 서로 존중할 때에만 발전할 수 있다면서 이렇게 논리를 펼친다.

민주주의를 무한히 반복되는 경기라고 가정해 보자. 경기가 이어지려면 선수들은 상대방을 완전히 짓밟아서는 안 된다. 상대 팀이 떠나면 더 이상 경기는 없다. 이 말은 승리를 위해 최선을 다하더라도, 어느 정도 선에서 자제하면서 경기에 임해야 한다는 말이다.(p138)

그러면서 아르헨티나의 헌법이나 필리핀의 헌법은 미국의 헌법을 베낀 것이라고 주장한다. 그 근본 취지나 조항은 별다른 차이가 없다는 말이다. 단지 그것을 운영하는 사람들이 그 헌법 정신을 어떻게 해석하고 운용하는가가 문제일 뿐이라는 것이다. 헌법의 운영의 묘를 가장 잘 실천한 사람은 누구일까? 저자들은 서슴치 않고 조지 워싱턴(1732 ~ 1799)을 꼽는다. 역사가 고든 우드는 이렇게 말한다.

워싱턴은 권력을 내려놓음으로써 권력을 얻는다는 진리를 깨달았다. 대통령 권한이 막강했던 상황에서 워싱턴의 이러한 태도는 미국의 초창기 민주주의 제도에 자제의 규범을 불어넣었다. 새로운 공화국을 굳건한 기반 위에 세운 단 한 사람을 꼽으라면 그는 단연코 조지 워싱턴이다.(p165)

이러한 워싱턴의 정신은 후대 대통령들에 의하여 꾸준히 계승되었다.

20세기에 걸쳐 미국 대통령 권한이 크게 강화되었음에도 그들은 놀라운 자제력을 보여주었다. 헌법에는 대통령 권한을 제한하는 구체적 조항이 없었지만, 전시를 제외하고 미 행정부는 일방적인 행보를 좀처럼 드러내지 않았다.(p167)

그런데 여기에 이단아가 등장한다. 그 대표적인 인물이 조지프 매카시(1908 ~ 1957), 뉴트 깅리치(1943 ~), 그리고 도널드 트럼프(1946 ~)다. 이 세 사람이 모두 공화당 소속이라는 것이 좀 아이러니하기는 한데, 어쨌든 매카시는 1950년대를 전후하여 반공주의라는 이념을 자신의 정적들을 공격하는데 무자비하게 사용하였으며, 깅리치는 1970년대에 선동정치로 상호존중이라는 미국의 전통을 무력화시켰다. 이러한 전통 파괴행위는 도널드 트럼프에 와서 정점을 이룬다.

저자들은 책의 7장과 8장을 할애하여 트럼프의 잘못을 지적한다. 트럼프는 뉴욕타임스와 CNN 등을 '언론의 적'이라고 공공연히 비난하였는데, 이는 스탈린이나 마오쩌둥이 썼던 수법이라는 것이다. 또한 선거 결과에 승복하지 않고, 자기 친척을 중요 보직에 앉히지 않는다는 전임 대통령들의 전통도 깨버렸다.

이 책을 읽다보면 과거 무솔리니나 히틀러와 같은 독재자들이 정계에 진출하는데 결정적으로 기여한 인물들이 바로 그들을 얕잡아 본 기성 정치계의 거물들이었다는 분석에는 무릎을 치게 된다. 우고 차베스에게 발판을 깔아 준 라파엘 칼데라 대통령(1916 ~ 2009), 무솔리니의 인기에 편승해 자신의 위기를 극복하고자 했던 지오반니 졸리티 수상(1842 ~ 1928), 히틀러를 수상으로 앉히는데 결정적 기여를 한 힌덴부르크 대통령(1847 ~ 1934) 등등의 케이스는 우리 모두가 곱씹어야 할 '악마와의 거래'의 대표적인 사례들이다.

GROUP 21

심리학-통계학

81.세상에서 가장 쉬운 통계학 입문

고지마 히로유키 저 • 박주영 역 • 지상사 2009 • 240p

최근 들어 여론조사가 매주 발표되면서 일반인도 통계에 대한 관심이 부쩍 늘어났다. 또 조작이나 왜곡이 있다면서 통계에 대한 불신도 많아졌다. 그렇다면 통계란 어떻게 만들어지는 것일까? 통계의 신뢰도는 어떻게 형성되는가? 이 책은 이러한 궁금증에 답하기 위하여 일반인들이 알아야 할 통계학의 기초를 아주 잘 설명해 놓은 책이다. 저자인 히로유키 교수는 일본의 저명한 통계학 전문가이다. 핵심내용을 15개의 항목으로 정리하여 보았다.

①기술통계: 기술(記述) 통계란 관측을 통해 얻은 데이터에서 그 데이터의 특징을 뽑아내기 위해 작성하는 것이다. 출산률, 사망률, 도수분포표, 히스토그램, 평균값, 표준편차 등의

용어가 해당한다. 핼리 위성으로 유명한 에드먼드 핼리의 «사망률 추산»을 시발점으로 본다.

②추리통계: 통계학 방법과 확률이론의 혼합으로, 전체를 파악할 수 없는 큰 대상이나, 아직 일어나지 않는 미래의 일에 대하여 예측하는 것이다. 선거속보, 출구조사, 지구온난화 예측, 보험, 금융 통계 등이 여기 속한다.

③표준편차: 표준편차란 데이터가 평균값 주변에 어느 정도로 넓게 퍼져있는가를 나타내는 통계량이다. 통계학에서는 표준편차가 제일 중요하며 상대적으로 확률은 덜 중요하다.

④도수분포표: 데이터 자체는 현실을 그대로 나타내지만, 이것을 아무리 자세히 본다고 해도 알 수 있는 것은 별로 없다. 그래서 데이터를 축약하는데, 데이터를 축약하는 방법에는 그래프를 그리는 방법과 통계량을 구하는 방법이 있다. 도수분포표는 데이터를 5 ~ 6개 정도의 그룹으로 나눈 것이다. 도수분포표로 데이터가 집중되는 곳이나 대칭성을 파악할 수 있다.

⑤히스토그램: 히스토그램은 도수분포표를 그래프로 바꾼 것으로, 히스토그램을 이용하면 더욱 쉽게 데이터의 특징을 파악할 수 있다. 히스토그램을 막대그래프라고 하면 평균값은 지렛대가 일자로 균형을 이루는 지점(수평)이다.

⑥평균값과 통계량: 평균값은 데이터의 합계를 개수로 나

는 것이고, 통계량은 데이터의 특징을 숫자로 요약한 것이다. 데이터들은 평균값 주변에 분포된다. 나비 가운데 어느 한 종류의 몸길이 평균값이 5cm라면, 우리들은 이 정보를 통하여 그 나비들은 몸길이가 5cm 전후일 것이라고 생각한다.

⑦평균값의 맹점: 여대생들의 키 평균값이 157cm라고 한다면, 우리들은 '대략 여대생들의 키는 157cm 주변에 분포되어 있다'라고 생각해도 좋을 것이다. 그러나 이것만으로는 확실하지 않다. 분명 여대생들의 키는 157cm 주변에 위치해 있기는 하지만, 155cm에서 159cm 주변인지, 아니면 130cm에서 200cm 주변인지는 알 수가 없다.

⑧분산(Variance): 분산은 데이터가 퍼져있는 상태를 평가할 수 있는 자료이다.

⑨평균값과 표준편차: 평균값은 데이터의 분포를 대표하는 수치지만, 표준편차는 그 대표값을 기준으로 해서 데이터가 대략 어느 정도까지 멀리 위치해 있는가를 나타내는 지표이다.

⑩우량상품: 같은 평균수익률이라면 표준편차가 작은 것이 우량상품이며, 같은 표준편차라면 평균수익률이 큰 것이 우량상품이라고 할 수 있다.

⑪표준정규분포: 표준정규분포 데이터 세트는 마이너스 무한대에서부터 플러스 무한대까지 모든 수치의 데이터로 구

성된다. 다만 그 상대도수는 수치에 따라 값이 다르며, 많이 나타나는 데이터도 있고 별로 나타나지 않는 데이터도 있다. 표준정규분포는 평균값이 0이고 표준편차는 1이다.

⑫일반정규분포: 일반정규분포의 모든 데이터 세트는 단순히 표준정규분포의 모든 데이터에 일정한 수를 곱한고, 그 뒤에 일종한 수를 더하는 방법으로 얻을 수 있다. 일반정규분포는 자연이나 사회에서 가장 흔히 볼 수 있는 분포다. 예를 들면 동전던지기에서 앞면이 나올 개수의 데이터 등이다.

⑬신뢰수준: 우리가 흔히 접하는 여론조사에서 신뢰수준이란 미지의 모수가 신뢰상한~신뢰하한(신뢰구간) 내에 있으리라고 확신하는 확률값인데 보통 95%등과 같이 퍼센트로 표시한다.

82.빅터 프랭클의 죽음의 수용소에서

빅터 프랭클 저 • 이시형 역 • 청아출판사 2005 • 220p

빅터 프랭클(1905 ~ 1997)은 오스트리아 빈에서 태어나 빈 대학에서 의학박사와 철학박사 학위를 받았다. 제2차 세계 대전 당시 3년 동안을 다하우와 아우슈비츠 등, 다섯 개의 강제 수용소를 전전하면서도 끝내는 살아남아 불후의 명저를 세상에 발표한 사람이다.

책은 시작부터 충격적이다.

1,500명의 사람들이 기차를 타고 며칠 밤낮을 계속해서 달렸다. 열차 한 칸에 80명이 타고 있었다. 사람들은 마지막 남은 소지품을 담은 짐 꾸러미 위에 누워 있었다. 열차 안이 너무나 꽉 차서 창문 위쪽으로 겨우 잿빛 새벽의 기운이 들어올 수 있을 정도였다. 우리 모두는 이 기차가 군수공장으로 가

는 것이기를 바랐다. 그곳에서는 강제노역이나마 여하튼 일을 할 수 있기 때문이다. (…) 잠시 후 기차가 덜컹거리며 옆 선로로 들어갔다. 종착역이 가까워진 것이 분명하다. 바로 그때 불안에 떨고 있던 사람들 틈에서 울부짖는 소리가 들려왔다. "아우슈비츠야, 저기 팻말이 있어."

끌려간 수용소에서 심사 장면도 충격적이다. 친위대 장교가 한손으로 턱을 고인채로 책상에 앉아서 앞의 죄수에게 손가락을 왼쪽으로 까딱하면 화장터로 가는 것이고, 오른쪽으로 까딱하면 수용소에 남아 강제노동에 종사하는 것이다. 대개 90%의 사람들은 화장터로 향했다고 한다.

빅터 프랭클이 창안안 '로고테라피'란 그리스어 Logos에서 나온 진리, 이성 등의 개념을 정신치유에 접목시킨 치유법으로, 삶에서 어떤 의미를 찾아야 한다는 개념이다. 그의 치유법은 프로이트 학파(쾌락의 원칙과 꿈), 아드리안 학파(우월해지려는 욕구)와 더불어 심리학 또는 정신 치유학의 3대 학파로 인정받고 있다. 그는 단순히 연구실에서 연구만 한 것이 아니라 실제로 3년 동안 여러 수용소에서 삶과 죽음의 경계를 숱하게 넘나들면서 이론을 경험으로 정립시킨 사람이다.

저자는 말한다. 비록 몸은 철조망 안에 갇혀 있을지라도 철조망 너머의 푸른 들판을 상상하며 거기에 꽃이 만발한 장면을 생각하고 꿈을 꾸는 사람은 (그래서 자기 삶에 의미를 부여하는 사람은) 아무리 혹독한 환경에서도 살아남고, 현실세계인 철조망 내부의 비참한 장면만을 생각하며 좌절하는 사람은 시름시름 앓다가 죽어간다고.

이곳에는 시신 여섯 구를 보관하려고 기둥 몇 개와 나뭇가지를 엮어서 세운 임시 천막이 있었다. 그리고 거기에는 배수관으로 통하는 구멍도 있었다. 나는 일이 없을 때마다 이 구멍의 나무 뚜껑 위에 쭈그리고 앉아 있곤 했다. 그냥 앉아서 꽃이 만발한 초록빛 산등성이를 바라보거나 먼 바바리아의 푸른 언덕을 바라보았다. 나는 간절하게 꿈을 꾸었다. 그러면 내 마음은 북쪽에서 북서쪽, 나의 집이 있는 방향으로 날아갔다.
(…)

옆에 있는 시체, 이가 득시글거리는 그 시체도 나에게는 문제가 되지 않았다. (p88)

프랭클에게 그러한 삶의 의미를 부여한 것은 무엇이었을까? 그것은 책의 시작에서부터 이야기하고 있듯이 그가 그동안 연구해온 결과물을 책으로 내려고 써 두었던 '원고

뭉치'와 사랑하는 가족, 특히 아내였다. 잃어버린 원고를 다시 써서 책을 내야겠다는 의지와 혹독한 환경 속에서도 눈을 감고 아내를 그리워하는 상상력이 그를 살도록 해 준 원동력이었다는 말이다.

저자는 강제수용소에서 네 번의 성탄절을 맞이하고 풀려났는데, 그는 자신이 직접 겪은 경험과 수용소 주치의의 말을 인용하며, 1944년 성탄절부터 1945년 새해에 이르기까지 일주일간 사망률이 일찍이 볼 수 없었던 추세로 급격히 증가한 '대량 사망' 현상을 설명한다. 이 기간 동안 노동조건, 식량사정, 기후, 전염병 등의 조건은 전혀 변화가 없었음에도 불구하고 유독 이 기간에 사망률이 늘어난 원인은 무엇이었을까? 그것은 당시 성탄절을 전후하여 모두 석방될 것이라는 소문이 수용소 내에 파다하게 퍼졌는데, 막상 성탄절이 와도 그런 기미가 없자 많은 사람들이 좌절하게 되었고, 그것이 급기야는 신체의 면역력을 급격히 떨어뜨려 이질, 티푸스 등의 원인이 되었던 것이다.

흥미로운 대목이 하나 있어 소개하고 책 해설을 마치려 한다. 바로 '테헤란에서의 죽음'이라는 이야기이다.

돈 많고 권력 있는 페르시아 사람이 어느 날 하인과 함께

자기 정원을 산책하고 있었다. 그런데 하인이 갑자기 비명을 지르면서 방금 자신이 죽음의 신을 보았다고 했다. 죽음의 신이 자기를 데려가겠다고 위협했다는 것이다. 하인은 주인에게 가장 빨리 달릴 수 있는 말을 빌려 달라고 애원했다. 그 말을 타고 오늘 밤 안으로 테헤란으로 도망을 치겠다는 것이었다. 주인은 승낙했다.

하인이 허겁지겁 말을 타고 떠났다. 주인이 발길을 돌려 자기 집 안으로 들어갔다. 그런데 이번에는 그가 죽음의 신과 마주치게 되었다. 주인은 죽음의 신에게 왜 자기 하인을 위협했느냐고 물었다. 그러자 죽음의 신은 이렇게 대답했다.

"위협하지 않았소. 다만 오늘밤 그를 테헤란에서 만나기로 계획을 세웠는데, 그가 아직도 여기 있는 것을 보고 놀라움을 표시하였을 뿐이오."(P95)

83. 생각에 관한 생각

디니얼 카너먼 저 • 이창신 역 • 김영사 2012 • 728p

이 책은 700여 페이지에 달하는 분량에 수백 가지의 통계, 심리, 경제 관련 용어들을 설명하면서 수많은 책들과 논문들을 소개하고 있다. 눈에 익숙한 용어들도 있고 처음 듣는 용어들도 있다. 즉, 연상 작용, 게으른 통제자, 소수 법칙, 기준점 효과, 회상 용이성, 적은 게 많은 것이다, 평균 회귀, 이해착각, 타당성 착각, 직관 대 공식, 외부 관점, 소유 효과, 심리적 계좌, 틀과 사실, 체감 행복 등등인데, 그중 몇 개를 예로 들면 이런 식이다.

①부정성 지배: **혐오 전문가인 심리학자 폴 로진은 ≪나쁜 것이 좋은 것보다 강하다≫라는 논문에서 이렇게 썼다. "나쁜 감정, 나쁜 부모, 나쁜 피드백은 좋은 감정, 좋은 부모, 좋**

은 피드백보다 영향력이 크고, 나쁜 정보는 좋은 정보보다 더 철저히 가공된다. 이들은 부부관계 전문가 존 가트맨의 연구를 인용하여, 부부관계가 장기적으로 순탄하려면 긍정적인 것을 추구하기보다 부정적인 것을 피하는 게 훨씬 더 중요하다고 보았다. 안정적인 부부관계를 유지하려면 좋은 상호작용이 나쁜 상호작용을 5:1의 비율로 앞서야 한다고 한다. 즉, 좋은 일을 다섯 번 하고도 나쁜 일을 한 번 하면 그동안 쌓은 호의적인 감정을 다 날려 버린다는 이야기이다.(pp444 ~ 445)

②점화효과와 연상 작용: 최근에 배고팠던 경험이 있는 사람과 불결함 때문에 망신을 당한 두 사람이 있다고 치자. 그 사람들에게 SO( )P와 W( )SH 두 단어를 보여주고 단어를 완성하라고 하면, 배고팠던 사람은 SOUP(수프)와 WISH(원하다)를, 그리고 더럽다고 창피를 당한 사람은 SOAP(비누)와 WASH(씻다)를 선택할 가능성이 압도적으로 많다는 것이다.(pp85 ~ 88)

③지속시간 무시와 기억소각: 베르디의 오페라 '라트라비아타'는 귀족청년과 화류계 여성 비올레타의 사랑 이야기이다. 청년의 아버지는 가족의 명예를 지키고 곧 다가올 딸의 결

혼을 생각해, 비올레타에게 아들을 포기하라고 설득한다. 비올레타는 희생정신을 발휘해 사랑하는 남자를 퇴짜 놓는 척한다. 그리고 얼마 안 가 폐결핵이 도지고, 마지막 장에서 친구들에 둘러싸여 젊은 나이에 죽음을 맞이한다. 그 전에 소식을 전해들은 청년은 비올레타를 만나러 파리로 달려간다. 연인이 온다는 소식에 비올레타는 희망과 기쁨으로 기운을 차리지만 곧 다시 쇠약해 진다.

이 오페라는 아무리 여러 번 본 사람이라도 청년이 파리로 달려갈 때면 긴장과 걱정에 마음을 졸인다. 청년이 제때 도착할까? 청년에게는 사랑하는 여인이 죽기 전에 도착해야 하는 절박감이 있다고 다들 생각한다. 마침내 청년이 도착하고, 멋진 사랑의 이중창이 울려 퍼진다. 그리고 아름다운 음악이 10분 동안 흐른 뒤에 비올레타는 죽음을 맞이한다.

오페라를 보고 집으로 돌아오는 길에 궁금증이 들었다. 우리는 마지막 10분에 왜 그토록 관심을 둘까? 그리고 곧바로 깨달았다. 오페라를 보면서 비올레타의 삶의 전체 길이에는 전혀 관심이 없었다는 것을. 만약 비올레타가 28세에 죽을 줄 알았는데 27세에 죽었다는 이야기를 들었다면 그가 행복한 1년을 놓쳤다는 사실은 전혀 안타깝지 않았겠지만, 마지막 10분이 없었을 수 있다는 사실만큼은 내게 심각한 문제였을

것이다. 게다가 두 사람이 10분이 아니라 일주일을 함께 있었다고 해도 두 연인의 재회를 보며 느꼈던 내 감정은 변함이 없었을 것이다. 하지만 청년이 너무 늦게 왔더라면 '라트라비아타'는 전혀 다른 이야기가 되었을 것이다. 이야기는 원래 지나간 시간에 관한 것이 아니라 의미 있는 사건, 기억에 남을 순간에 관한 것이다. 따라서 지속시간 무시는 흔한 일이며, 마지막 순간이 인물을 구성하는 일은 흔하다. 이 중요한 특징은 서사 규칙에도 등장하고, 대장 내시경이나 휴가 또는 영화를 기억할 때도 나타난다. 그것은 기억하는 자아가 작동하는 방식이다.(pp564 ~ 566)

그런데 이 책에서는 맨 처음 등장하는 두 용어, 시스템 1과 시스템 2가 매우 중요하다. 그리고 이 두 용어가 처음부터 끝까지 계속하여 반복적으로 나온다. 두 시스템이란 다음과 같다.

- 시스템 1: 저절로 빠르게 작동하며, 노력이 거의 또는 전혀 필요치 않는 직관적 결정이다.

- 시스템 2: 복잡한 계산을 비롯해 노력이 필요한 정신 활동에 주목한다. 흔히 주관적 행위, 선택, 집중에 관련하여 작동한다.

작가인 대니얼 카너먼(1934 ~)은 사상 최초로 노벨경제학상을 수상한 천재 심리학자로 고전경제학의 프레임을 완전히 뒤집은 행동경제학의 창시자라고 알려져 있다. 예루살렘 헤브루대학교에서 심리학을 전공하고 캘리포니아대학교에서 심리학 박사학위를 받았다. 현재 프린스턴대학교 명예교수이다. 불확실한 상황에서 행하는 인간의 판단과 선택을 설명한 혁신적 연구 ≪전망이론≫으로 2002년 노벨경제학상을 수상했다.

84.심리학 콘서트

공공인문학포럼 저 • 스타북스 2020 • 373p

무려 50만 명 이상이 읽었다는 이 책은 그야말로 심리학에 관한 '콘서트'로 다양한 이론으로 심리학을 살짝 살짝 건드리는 책이다.

여기에는 수백 가지 이상의 심리학 용어들이 나오지만 그 중에 대표적인 사례들 20여 가지를 소개해 보면 다음과 같다.

①**생득관념:** 인간은 태어날 때부터 관념을 가지고 태어난다는 데카르트의 이론으로 경험에 의하여 습득된다는 습득관념과는 반대되는 개념이다.

②**톰킨스 가설:** 안면 피드백 가설로도 불리는 이론으로, 억지로라도 웃는 얼굴을 하면 즐거운 기분이 들고, 불쾌한 얼굴을 하면 불쾌한 기분을 일으킨다는 이론이다.

③**기억 5 : 3 : 2의 법칙:** 우리 인생을 추억할 때, 좋은 기억 5, 나쁜 기억 3, 어느 쪽도 아닌 기억 2의 비율로 나타난다고 한다. 즉, 우리 인간은 자신의 삶을 돌아볼 때 "어쨌든 좋은 인생이었다"라고 생각하게끔 되어 있다는 것이다.

④**단순접촉 효과:** 사람들은 단지 CM송을 몇 번 들었거나 로고나 상품명을 몇 번 보았을 뿐인데도 그 상품에 대하여 무의식적인 호감을 갖게 되는 경향이 있다.

⑤**악수의 기원:** 악수는 원시시대 벌거벗고 생활하던 시절, 자신의 성기를 손으로 감싸고 인사하던 데서부터 시작되었다.

⑥**보디 존 심리:** 종착역에서 출발하는 텅 빈 지하철에 사람들이 타면 대개 빈 좌석의 맨 끝에서부터 앉으려고 한다. 인간에게는 기본적으로 자기 전용공간을 확보하고 유지하려는 심리가 있다.

⑦**앉는 방향으로 심리 파악하기:** 대개 권력자의 방은 입구를 정면으로 바라보는 맨 꼭대기 층에 위치하는 경우가 많다.

⑧**얼굴 모양에 그 사람의 성격이 새겨져 있다:** 눈살을 찌푸리는 행동을 오래하다 보면 미간에 주름이 깊게 패이게 마련이다. 따라서 얼굴에 주름이 많은 사람은 욕구불만형인

경우가 많다고 추정할 수 있다.

⑨**입을 손으로 가리고 웃는 사람:** 이런 사람은 내성적이고 사회순응형인 경우가 많다.

⑩**검정색에 짙은 줄무늬 정장:** 이런 옷을 즐겨 입는 사람은 자신이 대단한 권력가라는 사실을 강조하려고 하는 것이거나, 반대로 자신의 지위가 위협받지 않을까 하는 불안심리를 감추려는 심리가 반영된 것일 수도 있다.

⑪**말을 빨리 하는 사람:** 사람은 걱정, 불안, 공포 같은 심리상태에 있으면 자연히 말이 빨라진다.

⑫**마니아:** 심리학적으로 마니아는 일종의 병리현상으로 원래 수집이라는 취미는 한 번 빠져들면 더욱 더 자신의 세계에 틀어박히게 되는 자폐적이고 편집적인 경향이 강하다.

⑬**기르는 애완동물로 사람 성격 파악하기:** 불독을 기르는 사람은 외모에 자신이 없는 경우가 많다. 셰퍼드를 기르는 사람은 사회적 지위를 과시하는 경향이 강하다. 희귀종이나 비싼 새를 키우는 사람은 히스테리 형일 가능성이 크다.

⑭**어른이 인형을?:** 어릴 때 부모가 사준 인형을 어른이 된 후에도 계속 갖고 있는 여성은 유아기의 응석심리가 어른이 된 후에도 지속되는 경우이다. 정신적으로 미성숙한 사람이다.

⑮**남녀는 상호 보완적:** 매사에 대범하고 자잘한 일에 구애받지 않는 남성은 꼼꼼한 여성을 선호하며, 키가 작은 여성은 키 큰 남성을 배우자로 선택할 가능성이 많다. 이런 사실은 생물적, 사회적 단위를 이루는 데서 편리할 뿐만 아니라, 자손에 대한 유전적 문제를 고려할 때도 유리한 측면이 있다.

⑯**흔적이론 또는 기억의 고립효과:** 무, 당근, 토마토, 배추, 바나나, 가지, 오이와 함께 생선과 아기천사 그림을 배열해 놓고 1분 뒤, 어떤 그림이 떠오르느냐고 하면 대개의 사람들은 다른 것은 다 기억 못해도 아기천사나 생선은 기억한다.

⑰**내벌적 - 외벌적 - 비벌적 성격:** 로젠츠바이크는 실패의 원인을 자책하는 성격을 내벌적, 남 탓으로 돌리는 사람은 외벌적, 그리고 그 행동에 자신이 책임이 있다고 느끼고 그것을 해결해 나가는 타입을 비벌적 성격으로 구분한다.

⑱**모리다 요법:** 노이로제 환자 치료의 한 방법으로, 쾌활하게 행동하도록 하면 쾌활해지고, 건강한 듯 행동하게 하면 건강해진다는 이론이다.

⑲**스트레스 자기 진단표:** 시애틀대학 정신과 교수인 토마스 홈즈가 창안한 것으로 배우자의 죽음을 스트레스 지수

100으로 했을 때, 별거는 65, 결혼은 50, 친구의 죽음은 37, 승진이나 좌천은 29, 상사와의 마찰은 23, 이사는 20, 가벼운 법률 위반은 11이라고 한다.

⑳6W 중 Which가 최고: 세일즈맨들은 손님에게 물건을 권할 경우 6W 원칙을 사용하는데, 6W란, 어느 쪽(Which) 색상이 마음에 드십니까? 어떤(What) 크기로 하시겠습니까? 누가(Who) 쓰실 겁니까? 어디로(Where) 보낼까요? 언제(When) 보낼까요? 왜(Why) 내일까지 연기하십니까? 이다. 그런데 유능한 세일즈맨은 이 중에서도 Which를 제일 강조한다고 한다. 그 이유는 "어느 것으로 하시겠습니까?"라는 질문 속에는 이미 물건은 골라 놓았다는 가정 하에 그 중에 어떤 것(Which)을 선택할 것이냐의 '선택'의 문제에만 초점을 맞추어 놓았기 때문이라는 것이다.

GROUP 22

지구과학-물리학

85.오리진: 지구는 어떻게 우리를 만들었는가?

루이스 다트넬 저 • 이충호 역 • 흐름출판 2020 • 390p

이 책은 지구과학에 어느 정도 기초지식이 있어야만 해독이 가능하지만 나름대로 읽어 볼 가치는 충분히 있는 책이다. 우선 목차를 살펴보자.

1장. 우리는 어떻게 만들어졌는가

2장. 사피엔스는 왜 이동을 시작했는가

3장. 인류 진화를 도운 생물지리학적 환경

4장. 신드바드의 세계

5장. 도시의 풍경을 결정지은 재료

6장. 금속은 어떻게 인류 사회를 바꾸었는가

7장. 기후가 만들어낸 실크로드의 지도

8장. 해류와 바람, 인류의 대탐험 시대를 열다

9장. 석탄과 석유가 바꿔놓은 인류의 문화

이 책은 고고학과 진화론을 다룬 책이다. 단지 그 접근 방법이 지구과학에 근거하였다는 점에서 차이가 있을 뿐이다. 책에 있는 50여 개의 삽화도 거의 다가 지구의 지질변화나 해류변화, 그리고 그에 따른 인류 이동과의 상관관계를 나타내는 그림들이다.

예를 들면, 초기 문명의 탄생을 설명하는 관점도 기존의 고고학 • 진화론 책과는 사뭇 다르다. 즉, 저자는 문명이 발달할 수 있었던 근본적인 원인을 지구의 판들이 서로 충돌하면서 산맥과 협곡이 생겨났고 그렇게 하여 쌓인 비옥한 퇴적물들 때문에 농경이 가능했기 때문이라고 본다.

인도판과 유라시아판이 충돌하면서 산맥을 만들고 퇴적물을 쌓아 문명이 발달할 수 있게끔 했다. 미노아 문명, 그리스-로마 문명, 메소포타미아 문명, 이집트 문명, 아즈텍 문명, 황하문명 모두 마찬가지이다.(pp45 ~ 47 **'우리는 판들의 활동이 낳은 자식들이다' 축약)**

저자는 상당히 넓은 학문 분야를 건드린다. 지질학적인 면에서 정치를 해석한 다음과 같은 부분이 대표적이다.

티베트는 세상에서 가장 높고 넓은 고원이며, 이곳에 있는 수만 개의 빙하에는 북극 지방과 남극 대륙을 제외하고는

세상에서 가장 많은 빙하 얼음과 영구동토층이 있다. 빙하와 눈에서 녹은 물은 황허강, 양쯔강, 메콩강, 인더스강, 브라마푸트라강, 살윈강을 포함해 동남아시아 전체로 부챗살처럼 뻗어나가는 큰 강 10개의 원류가 된다. (…) **2030년 경에 중국은 필요한 물 중 25%가 부족할 것으로 예상되기에 티베트 문제는 결코 작은 문제가 아니다.**(pp130 ~ 131 '급수탑' 중에서)

석유에 대한 설명도 흥미롭다.

우리는 석탄과 마찬가지로 석유도 수천 년 동안 사용해 왔다. 석유는 한자도 그렇지만, 영어의 petroleum이라는 단어도 '돌에서 나는 기름'이라는 뜻을 담고 있다. 지표면에서 솟아나온 아스팔트는 4000년 전에 바빌론에서 벽돌을 만드는데 썼고, 2000년 전 무렵에는 도로 건설 재료로 쓰였다. 1100년 전에 페르시아의 연금술사들은 석유를 증류해 등잔에 쓰는 등유를 얻었다. 하지만 우리가 석유를 산업적 규모로 사용하기 시작한 것은 19세기 후반부터였다. (…) **석유와 천연가스는 아주 작은 해양 플랑크톤의 유해에서 만들어졌다. 식물이 육지에서 퍼져나가기 훨씬 오래 전부터 바다에서 많은 생물이 번성했다. 석유는 결국 그런 생물들의 퇴적물이다. 21세기 문명에 동력을 공급하는 석유 대부분은 석탄기 숲이 번**

성한 이후인 2억 년 전에 생겨났다. 그 석유는 지금은 사라진 테티스해에서 1억 5천만 년 전과 1억 년 전의 두 시기(각각 쥐라기 후기와 백악기 중기에 해당하는)**에 만들어졌다.**(pp371 ~ 373 '검은 죽음' 중에서)

저자인 루이스 다트넬은 영국 웨스트민스터 대학에서 과학 커뮤니케이션을 가르치고 있다. 과학에 관한 글로 여러 차례 상을 받았으며, 가디언, 타임스 등의 신문에 기고하고 있으며 BBC 방송에도 여러 차례 출연하였다. 전작 중에는 전 세계 16개 언어로 번역된 베스트셀러인 ≪지식: 인류 최후 생존자를 위한 리부팅 안내서≫가 있다.

86. 뉴턴의 프린키피아

안상현 저 • 동아시아 2015 • 364p

만유인력 법칙은 정말 뉴턴이 사과나무 아래에서 우연히 발견했을까? 우리들이 어려서 들은 바로는 뉴턴이 어느 날 사과나무 아래에서 있다가 사과가 땅에 떨어지는 것을 보고 '아하! 지구에서 물체를 잡아당기는 힘이 있구나!'라고 깨달은 데서부터 이 법칙이 시작되었다는 것이다. 그런데 이 책을 읽어 보면 이 이야기가 사실이었는지 아니었는지 약간은 불분명하다.

런던에 흑사병이 창궐하자 런던에 이웃한 케임브리지 대학에도 휴교령이 떨어진다. 그래서 링컨셔 출신으로 케임브리지 대학에 다니고 있던 뉴턴은 고향집으로 돌아와서 과학사에 있어서 두고두고 놀라운 세 가지 발견을 하게 된다. 빛은 색깔을 가진 입자라는 학설, 미적분, 그리고 만유인력의 법칙이 바로 그것들이다. 과학사학자들은 그러한 발견이 일어난 1666년을 '기적의 해'로 부른다. 그렇다면 당시 유럽의 반대편에 있던 우리나라는 어땠을까? 1666년은 조선의 현종 7년에 해당한다. 당시 조선사회에도 그러한 혜성의 출현을 보고 매우 놀라운 현상이라고 온 나라가 떠들썩했다. 그 기록이 네덜란드 사람 하멜의 표류기에도 등장한다. 그러나 당시 우리 선조들은 그런 현상을 보고 그저 '정신을 차리고 살라'는 하늘의 경고 정도로 밖에는 이해하지 못했다. 서양과 동양의 사고관이 판이했음을 보여주는 단적인 예라고 할 수 있다.

이 책에서 다루고 있는 ≪프린키피아≫는 뉴턴이 40년 이상을 갈고 다듬은 그의 필생의 역작이다. 뉴턴은 ≪프린키피아≫ 제1권을 1686년에 탈고하였는데 그 중심 논점은 만유인력의 법칙이다. 이른바 우주의 물체들 사이에는 서로 끌어당기는 힘이 작용한다는 것이고, 그 인력이 역제곱의 법칙을 따르면 물체의 궤도는 원뿔곡선이 된다는 것이다. 그 후 다시 몇 달의 집필 끝에 제2권을 발표했다. 여기에는 저항이 있는 매질 안에서의 운동, 유체역학 및 파동, 조석(潮汐), 음파학, 그리고 뉴턴의 물리학 이론이 등장한다. 1년 후 제3권도 출간하였다.

뉴턴의 저작들이 출간되어 세상에 빛을 보기까지도 많은 우여곡절이 있었다. 원래는 왕립학회에서 비용을 대주기로 하였으나 여의치 않아서 결국은 친구이자 학문 동료인 에드워드 핼리(핼리 혜성으로 유명한 사람)가 자비로 출간하게 되는 것이다. 뉴턴의 책이 우선 어렵고 또 삽화도 없어서 일반인들이 이해하기가 쉽지 않았기 때문이다. 출간 후 10년이 되어서야 겨우 영국 내에서 인정받기 시작하였고, 20년이 지나서야 프랑스에서도 조금씩 인정되기에 이른다. 그 후 볼테르나 임마누엘 칸트 같은 사상가들이 그의 학설을 인용하기 시작하였다.

뉴턴은 50대가 된 1692년경부터 불면증과 신경과민에 시달려야 했다. 그런 속에서도 그는 꾸준히 자료를 모아 대기굴절표를 만들었는데, 이 대기굴절표야말로 뉴턴의 천재성을 보여주는 업적으로, 1721년에는 핼리에 의해 영국왕립학회에 논문으로 발표되기에 이른다. 그 이후로는 뉴턴의 연구업적은 조금씩 줄어드는 대신 영국왕실 조폐국장(1695)에 임명되고 또 몇 년 후에는 영국왕립학회의 회장으로 선출되어 최고의 명예직에 오른다. 이 즈음에는 케임브리지 대학의 교수직까지도 내려놓고 마지막 연구에 열정을 쏟는다. 그리하여 1704년에는 ≪광학≫을 출간하고, 마침내 1705년에는 기사작위를 수여받는다. 1713년에는 ≪프린키피아≫ 제2개정판을 발간하였으며, 1726년에는 제3개정판을 출간한다. 그로부터 10년 후 사망하여 국장으로 장례가 치러진 후 웨스트민스터 사원에 묻히게 된다.

철학자들이 거의 다 그렇듯, 뉴턴 역시도 사색에 잠기는 일이 많았다고 하는데 이런 일화도 전해진다. 한번은 뉴턴이 말을 타고 가다가 가파른 언덕을 만나 말에서 내려 말고삐를 잡고 언덕을 올라갔다. 언덕 위에 올라 다시 말을 타려니까 말은 온데간데없고 그의 손에는 고삐와 굴레만 있더라는 이야기이다. 또 어떤 날은 친구들을 초대해 놓고 와인을 가질러간다고 가더니 감감 무소식이라서 친구들이 찾아가 보니 책상에 앉아서 문제를 풀고 있더란다. 자기가 친구들을 초대했다는 사실을 깜빡 잊은 것이다.

그는 매우 겸손한 사람으로 알려져 있다. 주변에서 위대한 과학자라고 추켜세웠을 때조차도 그는 그 공을 다른 사람들에게 돌렸다고 한다.

“만일 내가 다른 사람들보다 더 멀리 보았다면, 그것은 단지 내가 위대한 거인들의 어깨 위에 올라 타 있었기 때문이다.”

뉴턴의 ≪프린키피아≫는 모두 일곱 개의 장으로 구성되어 있다. 목차를 잠시 살펴보자.

제1장 기하학

제2장 원뿔곡선

제3장 타원

제4장 쌍곡선

제5장 포물선

제6장 뉴턴의 만유인력의 법칙

책은 처음 시작부터 끝까지 함수, 도표, 계산식, 그래프 등으로 가득 차 있어 일반인들이 이해하기 쉽지 않다는 점은 아쉬움으로 남는다.

87. 만약 시간이 존재하지 않는다면

카를로 로벨리 저 • 김현주 역 • 샘앤파커스 2021 • 220p

최근 과학혁명의 두 축은 양자역학과 일반상대성이론이다. 두 이론 모두 실험을 통해 확인되었지만, 이 두 이론의 세계관은 양립이 불가능하다. 카를로 로벨리가 양자중력 이론을 통해 발견한 것은 우주엔 시간도 공간도 존재하지 않는다는 사실이다.

먼저 카를로 로벨리라는 사람에 대하여 알아보자. 그는 양자이론과 중력이론을 결합한 루프 양자 중력(Loop Quantum Theory)이라는 개념으로 블랙홀을 새롭게 규명한 우주론의 대가로, 제2의 스티븐 호킹이라 평가받는 이탈리아 태생의 이론 물리학자이다. 현재 프랑스 엑스마르세유대학교 이론물리학센터 교수로 활동하고 있다.

책에는 이탈리아가(그리고 세계가) 기초과학을 홀대하는

상황을 탄식하는 그의 푸념이 등장한다. 한마디로 사회는 상품을 요구하지 기초지식이나 문화를 요구하지 않는다는 것이다. 그가 박사학위를 받고도 제대로 된 직장을 구하지 못해 아버지로부터 용돈을 타서 쓰는 백수 신세의 처지도 나와 있다. 이탈리아 국립핵물리학연구소 소장이 그를 정규직으로 채용해 보려고 애썼지만 직장을 얻는 데 실패하고 결국에는 용돈을 타서 쓰는 신세로 지냈다. 그러던 중 기적이 일어났다. 미국의 피츠버그 대학에서 그를 정식 교수로 채용한 것이다. 이렇게 하여 그는 생활비 걱정을 하지 않으면서 연구에만 매진할 수 있었다.

미국에서의 생활은 단지 안정적인 연구에 매진하게 해준 것뿐만이 아니라 평생의 학문 동지인 리 스몰린을 만나게 해준다. 예일대에서 연구를 하고 있던 스몰린은 로벨리의 이론에 적극적인 지지를 보내고 결국은 둘이 루프 이론이라는 새로운 학설을 공동으로 발표하게 되는 것이다. 여기서 로벨리는 배신과 도둑질이 난무하는 과학계의 실상을 솔직하게 폭로한다. 그런 분위기 속에서도 스몰린 같은 양심적인 과학자가 있음을, 그래서 자신은 행운아라는 사실도 이야기한다.

스몰린은 자신의 아이디어 수준에 불과했던 루프라는

개념을 '이론'으로 만들어 준 은인이다. 그런데 막상 학술지에 발표를 앞두고는 공동저자로 하지 말고 로벨리 단독으로 발표하라고 했다는 것이다. 친구가 가난하고 이름도 없으니 그의 형편을 염려해 준 것이었다. 그러나 결국은 두 사람의 공동 명의로 논문이 발표되고 루프 이론은 양자역학에서 초끈 이론(Super String Theory)과 함께 당당히 하나의 정설로 자리 잡게 되는 것이다. 그렇다면 스몰린-로벨리의 루프 이론이란 무엇일까?

책에서는 그가 학회에서 자신의 이론을 설명하기 위하여 피츠버그 온 시내를 다 뒤지고 다녀서 수백 개의 열쇠고리를 사 모으는 장면이 있다. 루프 이론이란, 이 우주공간은 그러한 열쇠고리와 같은 루프들이 서로 얽혀 있는 곳이라는 학설이다. 책의 복잡한 이론을 제대로 설명할 능력이 없어 위키과학백과사전의 내용을 인용하여 설명을 해 보겠다.

20세기 초반에 개발된 상대론(Relativity Theory)과 양자역학(Quantum Mechanics)은 각각 거시 세계의 운동과 미시 세계의 운동을 기술하므로 서로 모순적이다. 그 점을 깨달은 물리학자 폴 디랙은 1920년대 후반까지 두 이론을 화해시키기 위한 방법을 물색했고, 마침내 디랙과 물리학자들은

슈뢰딩거 방정식을 특수 상대론적으로 수정하는 방법을 고안해내는 데 성공했다.

상대성 이론과 양자역학만으로는 전 우주의 역사, 빅뱅이나 블랙홀과 같은 고밀도의 물질들을 제대로 기술할 수 없다. 이것을 설명하기 위해선 중력의 양자론적 해석이 필요하다. 그 점을 깨닫게 된 다수의 물리학자들은 중력의 양자화 과정을 고안해냈다. 대략 두 가지 방법이 있는데, 1967년 브라이스 디윗이 도입한 정준 양자 중력(Canonical Quantization)을 나타내는 방정식인 휠러-디윗 방정식이 있고, 1980~1990년대에 새롭게 제안된 초끈 이론(Super String Theory)이 있다. 1980년대에 이르러 리 스몰린(Lee Smolin)과 카를로 로벨리(Carlo Rovelli)가 루프 중력에 관한 생각을 정립해냈고, 곧이어 그 아이디어의 이름을 루프 양자 중력으로 명명했다. (…) 루프 양자 중력(Loop Quantum Gravity)은 중력의 양자적 속성을 설명하기 위해 개발된 이론이다. 기존에 발견된 고전적인 시공간(10^{-33} 규모의 플랑크 불연속적인 시공간)을 양자화된 1차원 고리(Loop)의 형태로 간주하며, 고리로 간주되는 시공간의 격자들은 기하학을 통해 기술한다. 고전적인 시공간 이론과 우주론에 부합하지 않기 때문에 새로운 이론이 계속 모색되고 있다.(이상 위키

백과)

이 책에는 많은 과학자들과 과학철학자들이 등장하는데, 이 책을 읽으면서 그들의 이론만 겉핥기 정도로 찾아보아도 책값 정도는 충분히 빠질 것이다.

아인슈타인 이전에도 수많은 인물들이 세계관을 혁신적으로 바꾸어 놓은 적이 있다. 코페르니쿠스와 갈릴레이는 전 인류에게 지구가 1초에 30km를 이동한다는 사실을 알려주었고, 패러데이와 맥스웰은 공간이 전자기장으로 가득 차 있다고 하였으며, 다윈은 인간과 무당벌레가 공통의 조상을 가지고 있다고 하였다. 아낙시만드로스는 세상의 물질에 대한 탐험을 시작했던 장본인이기도 하다. 그의 아페이론(apeiron)은 실재를 구성하는 '기본 벽돌'로 여겨진 최초의 이론적 객체이다. 오늘날 원자, 소립자, 물리적 장, 구부러진 시공간, 쿼크, 끈, 루프 등, 우리가 눈에 보이는 세상을 재구성하기 위해 사용하는 모든 개념들의 조상이 되는 개념이다.(pp86 ~ 90)

88. 아시모프의 코스모스

아이작 아시모프 저 • 이강환 역 • 문학수첩 2021 • 356p

아이작 아시모프(1920 ~ 1992)는 러시아에서 태어나 세 살 때 미국으로 건너갔다. 1948년 컬럼비아 대학에서 생화학 박사 학위를 취득하여 보스턴대학교에서 생화학 교수를 역임하였다. 그러나 그는 과학자로보다는 SF 소설가로 더 잘 알려져 있다. 자타가 공인하는 세계 최고의 SF 소설가인 아시모프는 과학에서부터 셰익스피어, 역사에 이르기까지 다양한 주제로 500여 권 가까운 책을 저술하였다.

이 책은 그가 쓴 수많은 논문 중에서 17개의 논문을 골라 한 권으로 묶은 것이다. 다음 목차에 나오는 제목들이 결국 논문 하나하나의 제목인 셈이다.

1. 시간과 조석 현상

2. 다모클레스의 바위

3. 천상의 조화

4. 트로이의 영구차

5. 바로, 목성!

6. 표면적으로 말하면

7. 돌고 돌고 돌고…

8. 명왕성을 넘어서

9. 이리저리 돌아다니기

10. 별로 가는 디딤돌

11. 2개의 태양을 가진 행성

12. 반짝반짝 작은 별

13. 지상의 하늘

14. 반짝이는 자

15. 고향의 풍경

16. 밤의 어둠

17. 한 번에 은하 하나씩

물리학, 화학, 천문학에 정통한 과학자가 쓴 책답게 수학공식도 엄청 많이 나온다. 그러나 그런 복잡한 수식들을 무시하더라도 이 책은 우리에게 우주에 대한 상당한 통찰력을 주기에 충분하다. 또한 최고의 SF 소설가가 쓴 책인 만큼 내용도 아주 재미있다. 나는 나름대로 이 책의 중요한 내용들을 다음과 같이 20개로 정리해 보았다. 우리들이 이미 다 아는 사실도 있고 개중에는 처음 접하는 내용도 많다. 천문학을 복습한다는 생각으로 읽으면 좋겠다.

①우주에는 소행성들이 대략 1백만 개 정도 있을 것으로 추정된다. 그래도 그들 간의 거리는 최소 1,000,000km 정도 떨어져 있어서 서로 충돌할 위험은 별로 없다.

② 태양의 중심으로부터 지구까지의 거리는 148,640,000km이다.

③태양의 중력이 달보다는 절대적으로 크지만, 상대적인 거리 때문에 달이 조석현상에 미치는 효과는 오히려 태양보다 두 배 이상 크다.

④화성의 일교차는 매우 커서 더울 때는 30도까지 오르고 추울 때는 -60도까지 내려간다.

⑤달은 대략 38만km, 화성은 5,600만km, 명왕성은 74억km, 알파센타우리 은하계는 4조km 떨어져 있다.

⑥1광년은 9조 3,760km이다.

⑦지구는 태양 주위를 초속 41.9km로 돈다. 만약 42km 이상의 속도로 움직인다면 지구는 태양계를 이탈하게 된다.

⑧목성의 위성 4개 중 하나인 유로파에 어쩌면 생명체가

존재할 수도 있다.

⑨달의 중력은 지구의 1•6이며 지름은 3,456km이고, 지구의 지름은 12,662km이다.

⑩뉴턴의 친구인 핼리가 발견한 핼리 위성의 주기는 대략 75년이다.

⑪가장 밝은 별은 시리우스(-1.58등급), 두 번째는 카노푸스(-0.86 등급), 세 번째는 알파센타우리(0.06등급)이다.

⑫알파센타우리 은하까지의 거리는 4광년, 백조61까지의 거리는 11광년, 그리고 베가까지의 거리는 27광년이다.

⑬목성은 태양 주위를 도는데 12년이 걸리고, 토성은 29.5년이 걸린다.

⑭BC280년 경 사모스의 아리스타르코스는 달은 지구 주위를 돌고, 지구는 태양 주위를 돈다고 주장하였다.

⑮태양의 반지름은 691,520km이다.

⑯하늘에 있는 별들 중 절반은 적색왜성으로 태양보다 훨씬 어둡다.

⑰1도, 2도, 3도에서 쓰는 도(degree)라는 말은 라틴어인데, 옛날 사람들은 태양이 360개의 계단을 하루 하나씩 올라간다고 보았다.

⑱우리 은하계에는 1천억 개가 넘는 별들이 있다.

⑲초신성은 한 번의 폭발로 1초에 태양이 60년 동안 방출하는 에너지를 방출하면서 완전히 부서지는 별이다. 대략 1천년에 3개 정도의 초신성이 나온다.

위에 내가 20가지로 중요사항들을 아주 간단하게 요약해 보기는 했지만, 책을 꼼꼼히 읽어 보면 유익한 내용들이 많다. 다음과 같은 내용도 그중 하나이다.

우리의 하루를 24시간으로 만든 것은 조석현상이다. 볼록한 부분이 지구 위를 이동하면서 얕은 바다의 바닥을 긁으면 지구의 자전에너지가 마찰열로 바뀌면서 줄어든다. 지구의 자전은 느려져서 100,000년마다 하루가 1초씩 길어진다. 인간의 시간 개념으로 1초는 얼마 되지 않는 짧은 시간이지만, 지구가 45억 년 동안 존재했고 하루가 길어지는 비율이 내내 일정했다면 하루는 총 50,000초, 그러니까 약 14시간 길어졌다. 처음 만들어졌을 때 지구는 겨우 10시간에 한 바퀴씩 자전했을 것이다.(p25)

GROUP 23

생물학-진화론

89. 판다의 엄지

스티븐 제이 굴드 저 • 김동광 역 • 사이언스북스 2018 • 464p

이 책을 가장 잘 설명해주는 사람은 다름 아닌 번역가 김동광이다. 그는 국내에 소개된 스티븐 제이 굴드의 책을 거의 다 번역했다고 할 정도로 자타가 공인하는 '굴드 전문가'이다. 그가 쓴 2016년 옮긴이 후기를 보면 다음과 같은 대목이 나온다.

판다의 엄지는 다른 손가락들과 마주볼 수 있다는 놀라운 구조를 가지고 있다. 그런데 판다의 손가락을 자세히 살펴보면, 엄지를 제외한 나머지 손가락 숫자가 5개인 것을 알 수 있다. 판다의 실제 엄지는 (…) **손목뼈를 확장시켜 엄지로 이용한다는 조금 꼴사납지만 일단 도움이 되는 해결방법에 만족할 수밖에 없었다.** (…) **결국 우리는 필자가 우리에게 하려고 했던 말, "진화란 어떤 목적을 향해 한걸음 한 걸음 점진적으**

로 나아가는 완전한 무엇이 아니다."라는 깨달음을 얻는 것이다. (…) **굴드는 현대의 종합설이 진화를 어떤 틀에 가두어 놓는다고 생각한다. 즉, '국지적인 개체군에서 일어나는 점진적이고 적응적인 변화'라는 다윈주의의 기본 관점에 귀착시키려 한다는 것이다. 굴드는 자연이 훨씬 복잡하고 다양하며 진화는 여러 수준에서 이루어지고 있음을 지적한다.**(pp438 ~ 439)

이 책의 핵심 주장들을 요약하여 보자.

①월리스도 다윈도 맬더스의 인구론에서 힌트를 얻었다.

②자연선택설은 합리적인 경제를 추구한 애덤 스미스의 주장을 생물학적으로 옮겨 놓은 것이다.

③라마르크주의는 그것이 위치해 온 영역에서는 잘못된 이론이지만, 비유적인 의미에서 이야기하자면, 그것은 완전히 다른 종류의 또 하나의 진화를 가져오는 '인류의 문화적 진화' 유전양식이라고 할 수 있다.

④도킨스의 주장에 따르면 진화는 유전자들이 더 많은 자신의 복제를 획득하기 위하여 벌인 투쟁이다.

⑤찰스 다윈은 진화란 그 누구도 생전에 목격할 수 없는 정도의 느린 속도로 일어나는 임의적 변이와 자연선택이 천천히 연속적으로 일어난 결과라고 주장하였다.

⑥헉슬리와 골드 슈미트는 돌연변이에 의한 진화를 주장하였다. 아주 드물게 돌연변이가 발생하고 그러한 돌연변이들은 대부분 실패로 끝나지만, 그중 어떤 것들은 후대로 전달되면서 진화가 일어난다는 주장이다.

이 책은 다음과 같이 총 8부로 구성되어 있다.

제1부 완전과 불완전 - 판다의 엄지

제2부 다윈적 세계

제3부 인간의 진화

제4부 과학을 정치적으로 해석한다

제5부 변화의 속도

제6부 최초의 생물

제7부 무시되고 과소평가된 동물들

제8부 크기와 시간

원체 폭넓은 지식을 갖고 있는 과학자라서 그의 대표작인 이 책을 단 몇 페이지에 압축하기란 사실상 불가능하다. 그럼에도 불구하고 내가 이 책에서 가장 흥미롭게 읽은 부분은 제3부 인간의 진화 중에서 제9장 '미키마우스에 보내는 생물학적 경의'라는 대목이다.

여기서 저자는 1928년 '증기선 윌리'에 처음 나타난 미키마우스가 시간이 지남에 따라 그 50주년이 되는 1978년쯤에는 얼굴과 코, 그리고 눈이 커지고 하체는 상대적으로 작아졌다는 것이다.

디즈니 만화가들은 자연계에서 일어날 수 있는 여러 가지 변화를 흉내 내 미키를 변형시켰다. 그들은 미키가 아이들처럼 작고 땅딸막한 다리를 갖게 하기 위해 바지의 위치를 내려 그의 호리호리한 다리에 헐렁헐렁한 옷을 입혔다. 머리는 몸에 비해 상대적으로 커져 용모는 한층 더 유아와 흡사하게 되었다.(p133)

스티븐 제이 굴드는 다윈의 주장(점진적 진화)과는 달리 '단속 평형설'을 주장한 학자이다. 단속 평형설이란 "대개의 계통은 각각의 역사에서 대부분의 기간 동안은 거의 변화하지 않지만, 이따금 급격하게 일어나는 '종 분화'라는 사건에 의해 그 평형이 끊어진다. 그리고 이러한 끊어졌다 이어졌다 하는 단속(斷續)의 전개와 생존이 뒤섞여 교차하면서 진화가 이루어진다"는 주장이다.

90.노화의 종말

데이비드 싱클레어 - 매슈 러플랜트 저 • 이한음 역 • 부키 2020 • 624p

만약 2,200년 전에 중국의 진시황이 이 책을 읽었더라면 얼마나 좋아했을까? 문득 이 책을 읽으면서 든 생각이다.

저자인 데이비드 싱클레어는 하버드대학교 의과대학 유전학 교수이자 호주 시드니 뉴사우스웨일스대학교 노화 연구실 책임자이다. 이 책의 핵심 내용은 노화는 질병임으로 치료가 가능하다는 것이다.

사람들은 지금껏, 인간은 다른 동물들과 마찬가지로 시간이 지나면 자연스레 늙고, 늙으면 죽는다고 알고 살아왔다. 죽는다는 사실에 별다른 이의를 제기하지 않았다는 말이다. 책에서는 인간이 죽는 단계를 다음과 같이 구분한다.

젊음 -> 끊긴 DNA -> 유전체 불안정 -> 후성유전체 교란

-> 세포 정체성 상실 -> 질병 -> 죽음

이 책에 자주 등장하는 용어인 후성유전체라는 말을 확실히 이해하여야만 책 내용 전체를 파악할 수 있다. 책에는 100여 군데 이상 후성유전체라는 말이 나오는데 정의가 복잡하므로 네이버 백과사전에서 말한 정의를 참고하여 보겠다.

"후성유전체는 이미 존재하고 있는 유전자의 집합인 유전체에 언제 어디서 어떤 유전자가 어떻게 발현할지를 표시하고, 때로는 이를 변형할 수 있는 화학물질로 표현할 수 있다. 따라서 후성유전체는 상위에서 유전체를 조절하는 물질들의 집합으로 DNA나 히스톤단백질에 직접 결합해 유전자의 발현을 직접 조절하는 화학물질과 단백질의 집합체로 정의할 수 있다."

저자는 '어떤 이유'로 유전체에 불안정이 발생하고, 세포가 제 역할을 하지 못함으로 해서 질병이 발생하게 되고, 노화세포가 축적됨으로 해서 늙게 된다고 보았다. 다음은 저자가 주장하는 노화의 아홉 가지 원인이다.

①DNA 손상으로 생기는 유전적 불안정성

②염색체를 보호하는 끝부분인 텔로미어의 마모

③어느 유전자가 켜지고 꺼질지를 조절하는 후성유전체의 변화

④단백질 항상성이라는 단백질을 건강하게 유지하는 능력의 상실

⑤대사 변화로 생기는 영양소 감지능력의 혼란

⑥미토콘드리아 기능 이상

⑦건강한 세포에 염증을 일으키는 좀비 같은 노화세포의 축적

⑧줄기세포의 소진

⑨세포 내 의사소통의 변형과 염증 분자의 생성

이 책의 공동저자인 매슈 러플랜트는 유타대학에서 언론학과 교수로 글쓰기 강의를 하는 사람이다. 그렇기 때문에 어려운 과학 용어도 아주 쉽게 설명해 놓고 있다. 예를 들면 다음과 같은 대목이다.

이를 시각화하는 가장 좋은 방법 중 하나는 우리 유전체를 그랜드피아노라고 생각하는 것이다. 각 유전자는 건반이다. 각 건반은 하나의 음을 낸다. 물론 똑같이 연주한다고 해도 제작사, 재료, 제작 환경에 따라 각 건반이 내는 소리는 조금씩 다를 것이다. 이 건반 하나하나가 우리의 유전자다. 우

리는 약 2만 개의 유전자를 지니고 있는데 사람에 따라 이보다 수천 개까지 많거나 적을 수 있다. 또 각 건반은 피아니시모(부드럽게) 또는 포르테(세게)로 연주할 수도 있고, 테누토(길게) 또는 알레그로(빠르게)로 연주할 수도 있다. 거장은 한 건반을 수백 가지 방식으로 칠 수도 있고, 여러 건반을 무수한 방식으로 조합해 재즈, 래그타임, 록, 레게, 왈츠 등, 우리가 아는 모든 음악을 연주할 수도 있다. 이런 다양한 연주를 할 수 있는 피아니스트가 바로 후성유전체이다.(p95)

이 책에 소개된 수많은 연구결과와 실험결과 중에서 가장 획기적이라고 할 수 있는 것은 시신경의 세포까지도 치료가 가능하다는 연구결과다. 현대 과학은 줄기세포 요법을 통하여 관절질환, 당뇨병, 알츠하이머 등, 웬만한 질병은 치료가 가능한, 즉 재생이 가능한 수준까지 발전하였다. 그러나 척수세포와 시신경세포는 아직까지도 재생이 불가능하다고 알려져 왔는데, 책에 의하면 그것도 몇 년 전에 생쥐실험을 통하여 이미 일정 부분 극복하였다는 것이다.

저자가 이 책에서 강조하는 부분이 있다. 첫째는, 앞으로 머지않은 장래에(아마도 2040년 경?) 인간의 수명은 120세가 기본이 될 것이라는 주장과, 둘째로, 그렇게 되기 위해서는 우리 몸 세포 하나하나를 아주 소중히 다루어야 한다는 주장이다. 저자는 우리가 질병에 걸리는 이유를 세포에 손상을 입히기 때문이라고 하면서 그것을 DVD에 흠집이 난 것으로 비유했다. 우리가 DVD를 쓰면서 평소 소중하게 다룬다면 거기에 약간의 흠집이 있더라도 세정제로 닦으면 다시 깨끗한 음질의 음악이나 영화를 감상할 수 있다. 그러나 그것을 험하게 다루다가 깨지거나 일부분이 떨어져 나가 버린다면 다시는 쓸 수가 없다. 우리의 몸도 바로 이와 똑같은 이치라는 것이다.

어렵고도 딱딱한 생명과학에 관한 연구결과와 학설을 이다지도 쉬운 이야기로 풀어서 설명할 수 있다는 게 참으로 신기하기만 하다.

91. 생명이란 무엇인가

폴 너스 저 • 이한음 역 • 까치 2021 • 226p

폴 너스 경이 어떤 사람인지 먼저 알아보자. 폴 너스(1949~)는 세포의 증식이 어떻게 제어되는지를 연구해온 유전학자이자 세포학자이다. 그는 런던에 있는 프랜시스크릭 연구소의 소장이며, 영국 암 연구소 최고 경영자, 록펠러대학교 총장, 왕립협회 회장을 역임하기도 했다. 1999년에는 영국 여왕으로부터 기사 작위를 받았으며, 2001년 노벨생리의학상을 공동 수상하였다. 2003년에는 프랑스 정부로부터 레지옹 도뇌르 훈장을 받기도 하였다.

나는 이 책을 '노벨상 수상자이자 유명대학 총장의 진솔한 자기고백서'라고 보았다. 그렇게 생각한 이유는 두껍지 않은 책에서 저자 자신의 어린 시절 어려웠던 환경뿐만 아니라, 차마 남에게 고백하기 힘든 이야기까지도 솔직하게 털어 놓고 있기 때문이다.

나는 노동계층에서 자랐다. 아버지는 공장에서 일했고 어머니는 청소부였다. 형들과 누나는 모두 열다섯 살에 학교를 그만두었다. 공부를 계속해서 대학교까지 간 사람은 나밖에 없었다. (…) 나의 부모님은 친구들 부모님에 비해서 나이가 많았다. 그래서 나는 할머니, 할아버지 손에 자라는 느낌이 든다고 농담을 하곤 했다.

여러 해 뒤에 뉴욕 록펠러 대학교의 총장으로 임용된 뒤 나는 미국에서 거주하기 위해 영주권을 신청했다. 그런데 놀랍게도 나의 신청은 기각되었다. 미국 국토안보부가 내가 평생 사용해온 출생증명서에 부모의 이름이 적혀있지 않다는 이유로 신청을 거부했던 것이다. 화가 치민 나는 당국에 나의 출생증명서 원본을 신청했다. 서류가 든 봉투를 열었을 때, 나는 큰 충격을 받았다. 나의 부모님은 부모가 아니라 사실은 조부모였던 것이다. 누나가 바로 나의 친엄마였다. 누나는 열일곱에 임신을 했는데, 당시에는 사생아를 낳는다는 것을 수치스럽게 생각했기 때문에 노리치에 있는 이모 집으로 보내졌다. 나는 그곳에서 태어났다.

우리가 런던으로 돌아오자 할머니는 딸을 보호하고자 엄마인 척하고 나를 키웠다. 이 출생에 얽힌 발견의 크나큰 역

설은 내가 유전학자이면서도 나 자신의 유전학은 몰랐다는 사실이다. 진상을 알고 있던 사람들은 모두 세상을 떠난 뒤였기 때문에 나는 아버지가 누구인지 여전히 모른다. 나의 출생증명서에는 아버지의 이름이 있을 자리에 그냥 줄만 그어져 있다.(pp64 ~ 65)

(…) **사실 나의 삶 자체는 발효에 아주 많은 영향을 받았다. 내가 맥주를 좋아하기 때문만은 아니다. 물론 이른 저녁 빈 술집에 홀로 앉아서 이런 저런 생각에 잠기는 것이야말로 나에게는 진정한 기쁨이다. 열일곱 살에 고등학교를 졸업했을 때, 나는 생물학을 공부하고 싶었지만 대학에 들어갈 수가 없었다. 당시에는 O레벨이라는 시험을 치러서 기초 외국어 실력이 기준 점수 이상이 되어야만 대학에 들어갈 수 있었다. 그런데 나는 프랑스어 시험에 여섯 번이나 떨어졌다. 아마 O레벨 역사상 최고 기록이었을 것이다! 그래서 대학에 갈수 없었던 나는 대신에 양조장에 딸린 한 미생물 연구실에서 연구원으로 일하게 되었다.**(pp94 ~ 95)

이 책은 과학책이면서도 아주 평범한 언어로 서술되었다는 점이 특징이다. 세포 속에 들어있는 미토콘드리아에 대한 설명을 예로 들어보자.

미토콘드리아의 주된 역할은 세포가 생명의 화학반응을 추진하는 데 필요한 에너지를 생성하는 것이다. 에너지가 많이 들어 있는 세포에 미토콘드리아가 많은 이유는 바로 그 때문이다. 심장을 계속 뛰게 하기 위해서, 심장 근육에 있는 각 세포는 미토콘드리아를 수천 개 씩 지녀야 한다. 심장세포에서 미토콘드리아는 가용공간의 약 40%를 차지한다. (…) 미토콘드리아에서 터빈 역할을 하는 미세한 단백질 구조물은 생김새도 발전소의 터빈과 약간 비슷하다. 비록 크기는 수십억 배 더 작지만! 양성자는 분자 터빈으로 쏟아져 들어갈 때, 지름이 1만 분의 1밀리미터에 불과한 통로를 통해서 마찬가지로 매우 작은 분자 회전날개를 돌린다. 날개는 회전하면서 너무나도 중요한 화학 결합을 일으켜서 아데노신삼인산(ATP)이라는 새로운 분자를 만든다. 이 반응은 초당 150회의 속도로 빠르게 일어난다. (…) 우리가 먹는 음식의 대부분은 결국에는 세포의 미토콘드리아에서 처리된다. 미토콘드리아는 음식에 포함된 화학 에너지를 써서 엄청난 양의 ATP를 만든다. 우리 몸의 세포 수조 개를 지탱하는 데에 필요한 화학반응을 모두 추진하기 위해서 미토콘드리아는 놀랍게도 매일 우리 몸무게에 해당하는 만큼의 ATP를 만든다! 손목의 맥박, 피부의 온

기, 호흡할 때의 가슴의 오르내림을 느껴보라. 이 모두가 ATP로 추진된다. 생명은 ATP가 가동한다. (pp117 ~ 120)

세포핵에 대한 설명도 들어보자.

백혈구의 세포핵은 세포 부피의 약 10 퍼센트를 차지할 뿐이다. 그러나 이 놀라울 만치 작은 공간에 2만 2천 개의 유전자 전부를 포함하여 우리 DNA의 사본 전체가 들어 있다는 점을 기억하자. 죽 펴면 길이가 2미터나 되는 것이 똘똘 말려 있다.(pp113 ~ 114)

저자는 돌연변이에 대한 설명 또한 친절히 해주고 있다. 그의 설명을 요약하면 다음과 같다.

①돌연변이는 DNA 서열이 바뀌거나 재배치될 때 일어나게 된다.

②빈도는 대략 10억 개에 한 개 꼴로 일어난다.

③돌연변이 -> 변이된 단백질 생성 -> 유전자 작동방식 변화 -> 기능이상의 고장을 거친다.

92.찰스 다윈 평전

재닛 브라운 저 • 이경아 역 • 김영사 2010 • 990p

찰스 다윈(1809 ~ 1882)을 소개하는 책 중에서 이 책만큼 자세히 많은 정보를 수록하고 있는 책은 없다. 책의 저자인 하버드대학교 과학사 교수 재닛 브라운은 생명과학의 역사, 자연사, 생물학에서 뛰어난 업적을 남긴 진화학계의 세계적 석학이다. 또한 역사상 가장 위대한 발견인 ≪종의 기원≫과 다윈의 생애를 폭넓은 식견, 독보적 연구, 방대한 문헌을 통해 집필한 저명한 과학 저술가이다.

찰스 다윈은 로버트 다윈의 아들이며, 이래즈머스 다윈의 손자이다. 할아버지와 아버지가 모두 의사였던지라 본인도 의사가 되기를 희망하는 집안 분위기에 따라 1825년 에든버러대학에 입학하여 의학을 배웠으나 성격에 맞지 않아 중퇴하였다. 1828년 케임브리지대학으로 전학하여 신학을 공부하였다. 어릴 때부터 동식물에 관심을 가졌고, 케임브리지대학의 식물학 교수 헨슬로와 친교를 맺어 그 분야의 지도를 받았다. 1831년 22세 때 헨슬로의 권고로 해군측량선 비글호에 박물학자로 승선하여 5년 동안 여러 대륙과 섬들을 탐사하고 1836년에 귀국하였다. 특히 타이티 옆의 갈라파고스제도를 관찰한 결과는 그의 연구 인생에 커다란 영향을 미친다.

나는 이 책을 지금까지 세 번 읽었는데, 매번 읽을 때마다 다윈의 끈기에 놀라곤 한다. 그의 업적과 사상, 그리고 인간적인 면을 다음과 같이 몇 가지로 요약해 보겠다.

첫째로, 다윈은 연구가로서 참 복이 많은 사람이라는 생각이 든다. 우선은 그가 부유한 명문가에서 태어났으며 경제적으로 여유가 있었다는 점이다. 다윈의 아버지 로버트는 의사였고 할아버지 이래즈머스 역시도 의사였다. 할아버지는 국왕이 주치의가 되어 달라는 부탁을 받을 정도로 유명한 인물이었다. 형 이래즈머스(할아버지와 같은 이름) 역시도 훌륭한 생물학자였다. 다윈의 아내 에마 웨지우드는 우리들이 잘 아는 명문 도자기를 생산하는 웨지우드 가문 출신이다. 에마는 결혼 후에 평생을 남편의 충실한 비서 역할을 하면서 곁에서 다윈의 연구를 후원하였다.

두 번째로, 다윈은 엄청난 호기심과 집념의 소유자였다. 지금과 같이 컴퓨터나 인터넷이 없던 시절, 그는 어떻게 연구를 했을까? 그 비결은 바로 '편지'다. 이 책을 보면 수없이 많은 편지들이 등장한다. 다윈은 평생 3만 통 정도의 편지를 쓴 것으로 추측된다. 그것도 우리들이 요즘 흔히 쓰는 안부 편지 정도의 분량이 아니라, 웬만한 소논문 수준의 편지라니 그저 놀라울 따름이다.

세 번째로, 다윈은 주변의 친구들로부터 많은 도움을 받았다. 런던 근교의 '다우니'라는 다윈이 살던 동네는 조용하고 살기 좋은 전원이었는데, 다윈의 집은 하나의 거대한 식물원 겸 동물원이었다고 하는 편이 적당할 것 같다. 거기서 그는 앵초와 난초뿐만이 아니라 식충식물과 따개비까지도 연구하였고, 토끼, 비둘기, 새 등의 동물들도 연구하였다. 심지어는 개미들을 유심히 관찰하고는 '붉은개미의 세계에는 인간세계와 같은 노예제도가 존재한다'라고 주장하기도 하였다.

그는 편지로 많은 사람들과 연구 결과를 주고받으며 정보를 수집하는 한편, 자신의 집을 사교장으로 활용하여 수많은 명사들과 교류하면서 그들의 지식을 흡수하였다. 독일의 우생학자 헤켈도 그의 집에서 며칠을 묵으며 후일 '≪종의 기원≫ 만큼 나에게 강렬한 인상을 준 책은 없었다'라고 평가하였으며, 심지어는 ≪자본론≫의 저자인 카를 마르크스도 1862년 친구인 엥겔스에게 보낸 편지에 이렇게 적었다.

"다윈이 수많은 식물과 동물들 사이에서 영국사회를 재발견했다니 놀라울 따름이다. 그가 발견한 사회에는 노동, 경쟁, 새 시장 개척, 발명, 맬더스의 생존투쟁이 고스란히 들어 있다. (…) **다윈의 작품은 매우 중요하다. 게다가 내 목표와도 부합한다. 왜냐하면 자연사라는 학문을 통해 계급투쟁의 근본을 제공하기 때문이다."**(p303)

평소에 그를 적극적으로 후원한 사람들 중에는 토마스 헉슬리(≪멋진 신세계≫의 저자 올더스 헉슬리의 할아버지), 미국 하버드대학교 교수 아서 그레이, ≪지질학 원리≫의 저자 찰스 라이엘, '적자생존'이라는 말을 처음 사용한 허버트 스펜서, 우리가 요즘 흔히 알고 있는 '다운증후군'이라는 질병의 원인을 밝힌 정신과 의사 랭던 다운 등, 수없이 많다.

그중에서도 다윈에게 가장 큰 공헌을 한 사람은 평생의

경쟁자이자 동료인 앨프레드 월리스(1823 ~ 1913)일 것이다. 월리스는 출신 성분이 미천하여 왕립학회나 린네학회의 회원이 되지 못했다. 측량공, 막노동꾼, 배관공 출신인 그는 학자들 사이에서도 말레이 등지를 떠돌며 동식물의 표본을 채집하는 표본조달업자로 알려져 있을 뿐이었다. 그래도 그는 8년 동안 인도네시아, 말레이시아, 보루네오 등지를 옮겨 다니며 억척스레 연구에 연구를 거듭하였다.

끝으로, 다윈은 수많은 박해를 물리친 인간승리의 화신이었다. 당시만 해도 종교가 과학보다 더 우위에 있는 실정이었다. 그런 시대에 다윈은 "신앙심은 도무지 설명할 수 없는 자연현상에 이유를 부여하고자 하는 원시적인 충동이다"라는 말로 대항하며 자신의 주장을 펼쳐나갔다. 신의 존재를 부정하지는 않았지만 1800년대에 기독교가 주류이던 세상에서 진화론을 주장한다는 것이 얼마나 위험한지는 요즘의 누구라도 쉽게 짐작할 수 있을 것이다.

GROUP 24

컴퓨터-인공지능

93.이것이 인공지능이다

김명락 저 • 슬로디미디어 2020 • 196p

인공지능(Artificial Intelligence)을 아주 알기 쉽게 해설해 놓은 책이다.

인공지능은 전문가 시스템과 머신러닝으로 대변할 수 있는데, 전문가 시스템이란 주로 형식지만 입력하는 시스템이다. 의사가 되기 위하여 대학과 대학원에서 배우는 지식이 형식지라고 한다면, 의사가 되고 난 후에 수술결과가 좋지 않았을 때 환자에게 어떤 위로의 말을 하면 좋을지, 환자가 시한부 인생으로 판명된 경우 어떻게 접근하면 좋을지 등은 교과서나 실습실에서 배운다기보다는 꾸준한 경험을 통하여서 습득하는 암묵적인 지식이다.

전문가 시스템은 전문가에 의해서 정리된 명확한 형식지를 인공지능 에이전트에 전달할 수 있기 때문에 에이전트

(매개수단)의 성능을 비교적 빨리 끌어들일 수 있지만, 그에 비해 암묵지에 해당하는 지식을 에이전트에게 전달하기는 쉽지 않다. 머신러닝은 형식지와 암묵지를 가리지 않고 모든 데이터를 에이전트에게 전달하는 방식이기 때문에 처음에는 에이전트의 성능이 기대만큼 뛰어나지 않다. 그러나 인내심을 자기고 학습을 계속해 나가면 전문가 시스템 에이전트보다 뛰어난 성능을 보이게 된다.

인공지능이 가장 활발하게 적용되는 분야는 스포츠이다. 왜냐하면 스포츠는 성과측정이 매우 쉽고 단순하기 때문이다. 우리에게 잘 알려진 이세돌과 인공지능 알파고와의 대결이 대표적이다. 바둑 역시도 승패가 명확하게 갈린다는 점에서는 스포츠와 동일하다.

인공지능이 개념이라면 그것이 실체화된 존재가 바로 에이전트이다. 에이전트의 처음 모습은 갓난아기처럼 할 줄 아는 것이 전혀 없는 상태이다. 머신러닝 또는 전문가 시스템이 훈련 데이터를 장착해 에이전트를 훈련시키면 점점 더 똑똑해진다.

에이전트를 훈련시키는 단계는 훈련 데이터를 확보하는 과정과 훈련 데이터를 전 처리하는 과정, 그리고 이 데이터를 가지고 에이전트를 훈련시키는 과정으로 다시 세분화

된다. 훈련 데이터는 SNS 등의 인터넷에서 가져오는 경우, 문서로부터 가져오는 경우, 그리고 그 밖의 다양한 센서로부터 가져오는 경우로 구분된다. 이렇게 훈련 데이터를 수집하는 과정을 데이터 마이닝(Data Mining)이라고 한다. 데이터를 한 번 수집할 수 있는 통로가 만들어지면 이 통로를 통하여 원하는 주기마다 데이터를 수집할 수 있다. 바로 웹크롤링(Web Crawling), 파싱(Parsing), 센싱(Sensing) 등이 이런 작업을 하는데 용이한 기술들이다.

인공지능의 대명사로 널리 알려진 구글의 딥마인드에 대하여 알아보자. 딥마인드 회사는 벽돌 깨기 게임을 하는 인공지능을 개발했다. 딥마인드가 벽돌 깨기 인공지능을 개발하는 것을 보고 그 잠재력을 알아본 구글은 곧바로 딥마인드를 인수했다. 1976년 아타리라는 게임회사의 신입사원이었던 스티브 잡스가 벽돌 깨기 게임을 기획하고, 워즈니악이 개발했다. 벽돌 깨기 게임의 흥행 성공에 자신감을 얻은 잡스와 워즈니악은 아타리를 나와서 함께 애플을 만들었다. 그때 딥마인드는 잡스와 워즈니악이 컴퓨터와 모바일 시장에서 엄청난 혁신을 일으키고 있었지만 한 가지 놓친 것이 있다고 판단했다. 그것이 바로 인공지능이었고 이것을 제대로 발전시켜 보겠다는 딥마인드 측의 의지를 구글이 알아본 것이다.

구글은 몇 차례의 실험으로 딥마인드에 엄청난 잠재력이 있음을 확인한 후, 딥마인드에 금융과 에너지 분야에서 범용적으로 활용할 수 있는 인공지능 플랫폼 개발에 착수하였는데, 이것이 바로 알파고 프로젝트이다. 그러나 알파고는 초기에 그다지 성공적이지 못하였다. 왜냐하면 금융이나 에너지 분야는 매우 다양한 변수들이 복잡하게 얽혀 있어서 그 성과를 확인하기까지는 오랜 시간을 기다려야 했기 때문이다. 그래서 스포츠로 눈을 돌렸다. 거기에서 그 성과를 확인하고 전 세계에 알파고의 진가를 확인시킨 사건이 바로 이세돌과의 2016년 대결이었다. 서울의 한 호텔에서 열린 5연속 대회에서 알파고는 4승1패라는 경이적인 기록으로 그 존재를 세상에 알리며 인공지능의 대명사가 되었다.

인공지능에 어느 정도 관심이 있는 사람들이 이 책을 읽는다면, 정밀도와 재현율, 레이블링, 오버피팅, 히트맵, 익스플레이너블, RPA, 파이썬, R, 디시전트리, 랜덤포레스트, 텐서플로우 같은 전문적이고 기술적인 용어들도 어느 정도 이해할 수 있게 될 것이다.

94.당신이 알고 싶은 음성인식 AI의 미래 - PC, 스마트폰을 잇는 최후의 컴퓨터

제임스 블라호스 저 • 박진서 역 • 김영사 2020 • 420p

이 책은 음성인식비서 또는 대화형 컴퓨터의 개발에 사활을 걸고 있는 세계 굴지의 대기업들의 소리 없는 전쟁 상황을 가장 잘 설명해주는 책이다. 애플의 시리, 아마존의 알렉사와 에코, 마이크로소프트의 코타나, 구글의 구글나우, 페이스북의 페이팔, 삼성의 비브, 중국의 위챗, 그 밖에 중소 스타트업들의 제품들까지 합하면 그 이름을 열거하기조차 버겁다.

이러한 기술전쟁의 치열함을 가장 극적으로 설명해주는 사례는 바로 애플의 창업주인 스티브 잡스가 2010년에 중소 스타트업인 SRI에서 개발한 '시리'를 인수하기 위하여 무려 35일 동안 SRI의 개발자인 키틀러스에게 매일 직접 전화를 걸었다는 이야기이다.

이렇게 하여 시작된 시리의 인수전에서 처음 850만 달러로 시작한 협상은 2억 달러를 전후한 선에서 타결되었다고 한다. 그렇게 시작한 애플의 '시리'는 지금 명실상부한 음성인식비서 대표 상품이다.

책은 총 11개의 챕터로 구분되어 있는데, 각 장의 제목을 따라가면서 본문의 내용을 간략하게 살펴보고자 한다.

1. 게임 체인저: 지금 우리는 말하는 컴퓨터의 시대로 접어들고 있다. 구글의 CEO인 순다르 피차이는 주주들에게 보낸 편지에서 이렇게 말했다. "앞으로의 컴퓨터는 별개의 장치가 아니라… 디지털 기능은 우리가 숨 쉬는 공기처럼 어디에나 존재할 것이다."

2. 비서: 우리 모두가 하루 종일 갖고 다닐 수 있고 마이크가 달린 AI를 갖게 된다.

3. 거대기업: 음성 컴퓨팅의 선두 주자로서 애플의 확고한 위치는 스마트폰이 있기에 가능한 것이었다. 그러나 아마존이 2014년 에코를 들고 나오자 스마트 홈 스피커라는 새로운 카테고리가 생겨났다. 에코는 AI가 우선인 기기이다. 음성 비서가 휴대폰에서처럼 부가기능이 아닌 본래의 기능이

란 의미이다. 2016년 10월 삼성전자는 미국 스타트업이 개발한 비브(AI비서)를 2억 1,400만 달러에 인수하였다.

4. 음성: 이 장에서 저자는 18세기 헝가리 출신 발명가 볼프강 켐벨렌의 '튀르크인'이라는 기계에서 시작해 AI가 악당이 되는 이야기의 시초인 ≪프랑켄슈타인≫에 이르기까지, 그리고 1877년 에디슨의 축음기부터 1960년대 중반 세계 최초의 챗봇인 MIT의 '엘리자'까지 인공지능의 역사를 설명한다. 에디슨이 처음에 축음기를 발명할 당시에는 음악재생이 목적이 아니었다. 그가 축음기를 상업화하려던 이유는 '말하고 울고 웃게 하는 인형을 만드는 것이' 그 목표였다.

5. 룰 브레이커: 이 장에서는 인공지능의 아인슈타인이라고 알려진 캐나다 몬트리올 대학의 제프리 힌턴 명예교수의 이론을 소개한다. 그와 동료들이 2012년에 발표한 '알렉스넷'이야말로 본격적인 딥러닝 기법을 활용한 인공지능이라고 할 수 있다. 알렉스넷은 수많은 은닉층을 두어서 인간뇌의 뉴런 역할을 감당하게 했다. 예를 들면, 첫 번째 은닉층에서 구형(球型)을 판별하고, 두 번째 은닉층에서 흰색을 감지하고, 세 번째 은닉층에서 재질을 판별하고, 네 번째 은닉층에서 실밥을 판별하고… 이렇게 하여 최종적으로 그 대상물이 '야구공'이라고 판정하게 된다는 것이다.

6. 성격: 이 장에서는 인공지능의 성격을 어떻게 만들 것인가에 대한 개발자들(과학자, 심리학자, 인문학자, 예술가 등) 간의 치열한 논쟁이 소개된다. AI가 비서라면 어떤 성격의 비서를 만들 것인가? 친절한 비서를 원하나? 과묵한 비서를 원하나? 재롱둥이 비서를 원하나?

7. 대화전문가: 이 장에서는 2017년 전 세계의 대학생 • 대학원생 들을 대상으로 한 알렉스 인공지능 대회가 자세히 소개된다. 1등에는 50만 달러(워싱턴대학), 2등은 10만 달러(체코공과대학), 3등에는 5만 달러(에딘버러대학) 등이 수상한 이 대회에서는 어떤 인공지능들이 소개되었는지, 그러한 인공지능을 만들기 위해 그들이 어떤 연구를 진행해왔는지가 소개되는데, 그 과정이 눈물겹기까지 하다.

8. 친구: 인공지능의 프로토타입으로 바비인형을 꼽을 수도 있다. 1959년에 탄생한 바비인형(풀 네임은 바버라 밀리센트 로버츠)에 열광한 어린이들은 옷을 입혀주고 대화를 나누며 밤에 잘 때는 꼭 끌어안고 잤다. 일본의 제미노이드, 기타 다른 나라들의 코그, 키스맷, 아이보와 같은 AI들의 개발과정도 소개된다.

9. 현인: 이 장에서는 모르는 게 없는 만능 AI를 만들기 위하여 개발자들이 인공지능에 지식을 주입하는 방식(인코

딩)이 소개된다.

10. 감시자: 음성인식 AI가 우리의 사생활 감시자가 될 수 있다. 알렉사는 어른들을 감시하고 바비인형은 어린이들을 감시하고… 우리는 머지않아 빅 브러더의 통제 아래에 놓이게 될 것이다.

11. 불멸: 이 장에서는 ≪특이점이 온다≫의 저자로 잘 알려진 레이 커즈와일이 죽은 아버지를 재생하려는 대드봇의 개발 이야기가 소개된다. 대드봇에는 죽은 아버지의 모든 것이 담겨 있다. 얼굴, 몸매, 눈동자도 똑같고 그의 모든 기억을 다 저장해 놓았다. 물론 대화도 가능하다. 그렇다면 아버지는 죽은 것인가? 아니면 살아 있는 것인가?

95. 석세스 에이징

대니얼 레비틴 저 • 이은경 역 • 와이즈베리 2020 • 644p

일만 시간의 법칙으로 유명한 몬트리올 맥길대학교 신경과학자 대니얼 레비틴의 최신작이다. 이 책은 심리학 책이지만 신경인지학의 내용도 많이 담고 있다. 즉, 이 책의 주된 목적은 '어떻게 100세까지(혹은 그 이상까지) 건강하고 활발하게 살다 죽을 수 있을까?'의 문제를 파헤치는 데 있다.

먼저 목차를 살펴보자.

1장 성격은 어떻게 지혜로운 노년기를 결정하는가?

2장 기억력 쇠퇴라는 잘못된 믿음

3장 우리 몸은 세상에 대해 무엇을 이야기하는가?

4장 문제를 해결하는 뇌

5장 정서에서 동기로

저자는 오랫동안 실험실에서 연구도 하고 다른 한편으로는 수많은 유명인사들을 찾아다니며 그들의 장수비결을 연구하기도 했다. 그는 83세의 달라이 라마를 인터뷰한 적이 있었는데 당시 달라이 라마는 해발 1,900m의 산중에서 살고 있었으며 막 125번째 책을 발간하였을 때였다. 인터뷰에서 그는 두 가지 지혜를 얻었는데, 그 하나는 장수를 하려면 잠을 많이 자라는 것이었고(달라이 라마는 매일 9시간씩 잔다), 또 하나는 이타적인 행동을 하라는 것이었다. 실제로 달라이 라마는 그에게 "다른 사람들을 기쁘게 해 줄 때 가장 큰 행복감을 느낀다"라고 고백하였다.

저자는 스트레스가 건강과 장수에 나쁜 이유를 이렇게 과학적으로 설명한다.

사람은 스트레스를 느끼면 카테콜아민과 글루코코르티코이드라는 두 종류의 호르몬이 발생한다. 이런 호르몬이 단기간에 분비되면 문제 해결에 도움이 되고 투쟁-도피 반응으로 이어진다. 그러나 장기간에 걸쳐 분비된다면, 신체 및 정신 건강에 해로운 영향을 미친다. 이런 사태가 발생하는 이유는 스트레스 호르몬이 장기간에 걸쳐 증가하면서 인슐린과 포도당, 지질, 신경전달물질 등 신체와 뇌의 주요 생물학적 조절 장애를 초래한다는 데 있다. (pp241 ~ 243)

저자가 이 책에서 시종일관 강조하는 것은 바로 "죽을 때까지 계속 일을 하라"는 것이다. 몇 명의 인사들을 예로 들었는데 그중 가장 독자들에게 잘 알려진 인물은 할랜드 샌더스(1890 ~ 1980) KFC 창업자일 것이다. 가난하게 태어났고 8세 때 아버지를 여의고 중학교 1학년에 학업을 그만두었으며, 그 이후로 단순 노동, 증기기관차 화부, 농장 일꾼, 대장장이, 군인, 철로 소방관, 마차 도장업자, 전차 차장, 수위, 보험 판매원, 주유원과 같은 수많은 직업을 가져 보았지만 어느 것 하나 성공하지 못했다. 그 후로 식당을 해서 또 망했다. 그렇게 62세까지 수많은 직업에서 단 한 번도 성공하지 못하고 해고와 망하기를 반복하다가, 마지막으로 차린 프랜차이즈 식당에서 마침내 성공하였다. 그는 74세 때인 1964년에 그 회사를 200만 달러에 매각하였는데, KFC는 현재 전 세계에서 매년 30조 원의 수익을 내고 있다. 저자는 샌더스 이외에도 여러 사람들의 케이스를 소개하면서 건강과 능력이 허용하는 한, 일을 하는 것이야 말로 최선의 건강비결이라고 강력하게 주장한다.

상당히 방대한 분량의 과학책을 짧게 요약한다는 게 쉽지 않아 제대로 설명을 하지는 못했지만, 이 책에는 여러 가지 흥미롭고 유익한 내용들이 많이 나온다.

- GABA(감마아미노부틸산): 뇌에 존재하는 억제성 신경전달 물질이다. 인간을 인간답게 해주는 요소로 전전두엽 피질에 존재한다. 가바 뉴런은 도파민 뉴런과 서로 협동하여 뇌에서 집중을 방해하는 요소들을 물리치고 선택한 바에 집중하도록 돕는다.

- 뇌의 가지치기 작업: 인간의 뇌는 2세부터 20년에 걸쳐 사용하지 않는 시냅스를 제거하는 가지치기 작업을 계속해 나간다. 이런 작업을 통하여 우리의 뇌는 자신이 처한 특

정한 환경에 효율적으로 적응하는 능력을 키운다. 만약 가지치기 작업을 제대로 하지 못할 경우 우리의 뇌는 지름이 20km의 거대한 물체가 될 것이다.

- 뇌 용적의 감소: 성인은 대부분 30대가 되면 60대까지 매 10년 마다 5%씩 뇌 용적이 감소하며, 70대가 지나면 더 빨리 감소한다. 그러나 뇌를 계속하여 잘 관리하고 활용하면 이런 일반적인 추세를 상당부분 늦출 수가 있다.

- 건강과 장수비결: 일반적으로 알려진 건강과 장수 비결은 생선, 올리브유, 계란, 우유, 양배추, 버섯, 포도주 등으로 요약되는 지중해식 식단, 소식과 금식, 매사에 관심을 갖는 호기심, 유머 감각 개발, 할 일이 있는 것, 적당하고 꾸준한 운동, 명상과 기도, 충분한 수면, 이타적인 행동, 주변 사람들과의 원만한 관계 등이 있다.

96.수학의 쓸모

닉 폴슨, 제임스 스콧 저 • 이은경 역 • 와이즈베리 2020 • 644p

저자인 닉 폴슨은 시카고대학교의 계량경제학 교수이고 제임스 스콧은 텍사스대학교의 통계학 교수이다. 저자들의 경력으로 알 수 있듯이 이 책은 수학, 그중에서도 통계학에 관한 책이다. 좀 더 자세히 말하자면 수학과 통계학이 컴퓨터, 특히 AI 인공지능에 어떻게 적용되는지의 원리를 풍부한 사례들을 들어가면서 설명한 책이다.

우선 AI 알고리즘의 특징에 대하여 알아보자. AI 알고리즘에는 두 가지 특성이 있다. 하나는, AI는 대체로 확실성 보다는 확률을 다룬다는 사실이다. 예를 들어, 알고리즘은 어떤 신용카드 거래가 사기거래라고는 말하지 않는 대신에 사기일 확률이 90%라고 말한다. 다른 하나는, AI는 무슨 명령을 따라야 하는지 데이터를 학습해 스스로 알아낸다. 전통적인 알고리즘은 무슨 명령을 따라야 하는지 프로그래머들이 미리 명령을 정해 놓는다. 그러나 AI 알고리즘은 사기 거래 사례들을 살펴보고 패턴을 구별할 수 있도록 배운다. AI 개발자의 역할은 기계에게 통계와 확률을 이용해 무엇을 할지 스스로 배우는 방법을 가르쳐주는 것이다.

먼저 눈길을 끄는 대목은 3장, '데이터의 홍수에서 살아남기 - 베이즈 규칙'이라는 챕터이다. 거기에는 미국의 핵잠수함 스콜피온 호의 실종사건이 자세히 소개된다. 그리고 그 실종된 잠수함을 찾는 데 결정적 기여를 한 베이즈 규칙이 소개된다. 먼저 로봇의 작동원리인 SLOM(Simultaneous Localization and Mapping)이라는 용어가 설명된다. 이것은 '동시적 위치 인식 및 지도 작성'이라는 통계학 용어인데, 이 원리는 자율주행 및 로봇 등 거의 모든 영역에서 활용된다.

1968년 5월 27일 미국 핵잠수함인 USS 스콜피온은 핵어뢰 2발을 장착한 채 대서양에서 작전 중 행방불명되었다. 망망대해인 대서양에서 잠수함 한 척을 찾는다는 건, 한강에서 잃어버린 바늘을 찾는 격이었다. 결과적으로 잠수함은 5개월 후인 10월 28일 수심 3천 미터 해저에서 발견되었다. 그런데 여기에 결정적인 기여를 한 인물이 해군 특수작전국의 수석과학자인 존 크레이븐이라는 젊은 수학박사였다. 그레이븐 수색팀은 수천 시간에 걸친 항공수색 결과물, 인터뷰 내용, 계산, 실험, 전문가들의 의견 등을 모두 종합하여 사전확률 지도를 작성했다. 결과적으로 침몰된 잠수함은 사전확률지도의 가장 가능성이 높은 지구인 E5지역에서 불과 240m 떨어진 곳에 있었다. 물론 승조원들 99명은 모두 죽었지만 핵폭탄은 무사히 인양되었다. 또한 책에는 2009년 에어 프랑스 447기의 대서양 추락사건도 소개되고 있다. 거의 2년 동안이나 바다를 수색하며 지지부진하던 이 사건은 베이지언 검색 기법을 도입하고는 불과 1주일 만에 기체를 찾은 것이다. 그렇다면 베이지언 검색이란 대체 무엇일까?

베이즈 규칙이란 영국의 토머스 베이즈(1701 ~ 1761)라는 목사가 정립했다. 그는 에딘버러대학교에서 신학을 공부한 후 수학연구 공동체에 들어가서 수학을 연구했다. 그의 규칙이란 쉽게 말하면 사전확률을 사후확률로 바꾸어주는 이론이다. 이것은 로봇공학의 문제, 즉 SLAM에 완벽한 해법을 제시한다. 처음에 제시한 데이터(사전 확률)가 참이 아니라면 그 옆의 칸(또는 데이터)로 옮겨가서 그곳의 문을 두드려보고 세 번째, 네 번째 … 이런 식으로 계속 이동하여 마침내 올바른 답을 찾아내서 사후확률로 만드는 것이 베이지언 규칙의 원리이다. 이 규칙은 자율주행차는 물론이고 유방조형

술이나 암진단, 사고확률 계산, 도핑검사, 스팸메일 선별 등, 거의 우리의 실생활 전반에서 끊임없이 활용되고 있다. 책에는 도표를 이용한 확률 계산의 실례들이 많이 나오는데 그 설명은 생략하겠다.

두 번째로 흥미로운 대목은 AI의 음성인식 작동원리를 소개하면서 우리들이 어려서 자주 했던 '스무고개 놀이'와 비슷하다고 설명해 놓은 대목이다. 차이가 있다면 AI에서는 질문의 개수가 훨씬 많은 삼백 고개 놀음이라는 것이다. 저자들은 인공지능 AI가 지금도 가장 어려워하는 음성인식의 문제를 어떻게 해결하는지를 두고 다음과 같은 예를 든다.

*The president's new direction has split his party.(대통령이 새로운 방향을 취하는 바람에 여당이 분열됐다.)

위의 말을 인공지능은 이렇게 들을 수도 있다.

*The president's nude erection has split his party.(대통령이 벌거벗고 발기하는 바람에 여당이 분열됐다.)

이 대목에서 저자들은 인공지능의 대모인 그레이스 호퍼(1906 ~ 1992)라는 여성 과학자를 소개한다. 그녀가 바로 컴퓨터에게 영어를 이해시키는 작업을 최초로 시작한 사람이기 때문이다. 어려서부터 호기심이 많고 활동적이었던 호퍼는 예일대학교에서 수학박사 학위를 받은 후 해군 중위로 임관한다. 그녀는 거의 기차 1량의 무게와 맞먹는 마크I이라는 컴퓨터(초당 연산횟수 3회 : 현재 아이폰은 35억 회)와 접하면서부터 컴퓨터에게 언어를 가르치는 일을 시작하였다. 무려 50년 동안을 컴퓨터 언어학습이라는 일에만 매달린 이 여성 과학자는 미국 최초로 여성 장군으로 진급하였으며, 예일대학교에 그레이스호퍼재단이라는 연구기관도 남겼다.

GROUP 25

환경-미래

97. 체르노빌의 목소리

스베틀라나 알렉시예비치 저 • 김은혜 역 • 새잎 2011 • 408p

1986년 4월 26일 새벽 1시 23분, 우크라이나 북서부에 있는 도시 체르노빌에서 원전 폭발 사고가 났다. 인류 역사상 가장 큰 재앙이라고 알려진 사고였다. 체르노빌은 우크라이나와 벨라루스 두 나라의 국경에 위치한 도시이지만 정작 피해는 벨라루스 쪽에 더 컸다. 벨라루스는 원전을 하나도 갖지 않은 인구 1천만 명의 작은 농업 국가이다. 체르노빌이라는 말 자체가 '검은 잎사귀'라는 뜻이다. 주변은 흑토 지대라서 밀 생산량이 많아 벨라루스 - 우크라이나는 '세계의 곡창 지대'로 불리던 지역이다. 북서쪽으로 1천km 지점에 모스크바가 있고 남쪽으로 200km 지점에 키예프가 있다.

피해는 원전이 속해 있는 우크라이나 보다 오히려 그

북쪽에 있는 벨라루스가 더 심하게 입어서 무려 전 국토의 20%가 방사능에 오염되었다. 사람들이 모두 소개되고 발전소 주변 30km는 거주금지 구역으로 선포되었다.

이 책은 벨라루스의 저널리스트인 스베틀라나 알렉세이비치가 수년 동안 위험지역을 돌아다니면서 주민들의 참상을 인터뷰하여 모아 놓은 자료를 한 권으로 묶은 것이다. 벨라루스의 작가가 한국에 소개된 사람이 스베틀라나 말고는 없지 않나 싶은데, 나는 그녀의 대표작 두 편(이 책과 '전쟁은 여자의 얼굴을 하지 않았다')을 모두 읽었다.

원자력 사고의 참상은 우리들의 상상을 뛰어넘는다. 그것이 아마도 스웨덴 한림원이 이 작가에게 2015년 노벨문학상을 수여한 이유가 아닐까 싶기도 하다. 그렇게 위험한 지역을 헤집고 다니면서 수백 명을 인터뷰했으니 그 고통은 이루 말할 수 없었을 것이다. 물론 방사능 피폭에 대한 두려움도 컸을 것이다. 어쨌든 우리는 작가의 그런 용기와 헌신에 힘입어 이 한 권의 책으로 그 당시, 그리고 그 이후의 참상을 자세히 알게 되었다.

이 책에는 섬뜩한 증언들이 수없이 나온다. 그중에서 특히 나의 눈길을 사로잡는 몇 군데를 발췌하여 보았다.

①"체르노빌 사고 전에 벨라루스인 10만 명 중 암 환자는 82명에 불과했다. 현재 통계를 보면 10만 명 중 6천 명이다. 거의 74배나 늘어난 것이다." - 벨라루스 인터넷 신문

②"아침에 정원에 나가보니 익숙했던 소리가 들리지 않았소. 왠지 벌이 한 마리도 없었소. 벌 소리가 전혀 나지 않았소. 이틀째도, 사흘째도… 뭐지? 나중에야 원전에 사고가 났다고 들었는데…" - 주민 인터뷰

③"아주머니들이 어린 우리들을 목욕탕에 데려갔던 기억이 난다. 어머니를 포함한 모든 여자의 자궁이 떨어져 나와서 천 조각으로 잡아맸다. 나는 그것을 봤다. - 표트르(심리학자)

④"내 아이는 죽은 채로 태어났어요. 손가락도 두 개 모자랐어요. 여자아이였어요. 난 울었어요." - 클라브디아(작업자의 아내)

⑤"꽃피는 사과나무를 발견하고 촬영을 시작했다. (…) 노출도 정상이었고 그림도 예뻤는데 뭔가가 이상했다. 냄새가 안 나는 것이었다. 과수원에 꽃이 피는데 냄새가 없었다! 고준위 방사선이 생물체에 작용해 특정 기관만 정지시킬 수 있다는 사실을 나중에야 알았다." - 세르게이(카메라 감독)

⑥"아이들은 온몸이 아파요. 아이들은 어려서부터 탈모라는 말을 배웁니다. 머리카락이 없어요. 눈썹도, 속눈썹도 (…)

아이들은 조회시간에 조금만 서 있어도 기절하고 코피를 흘려요. 항상 졸려하고 피곤하다고 해요. 잘 자라지도 않아요." - 아르카디(마을 간호장)

⑦"우라늄이 반감하려면 238번 반감해야 하는데, 그걸 시간으로 환산하면 10억 년입니다." - 아나톨리(기자)

체르노빌 원자력 사고의 원인은 다음과 같았다고 한다. 즉, 당시 기술자들이 무슨 실험인가를 하기 위해 원자로의 출력을 1 • 3 정도로 낮추려고 하다가 실수로 정지상태에 이를 정도로 낮추어 버렸다. 그래서 재가동이 어렵게 되었는데도 무리하게 제어봉을 올려서 결국 원자로가 폭주하게 되었다. 복잡한 시스템을 수동으로 수습하려고 한 것도 폭발의 원인이 되었다고 한다. 그 결과 핵연료가 파열되고 냉각수는 급격하게 기화되면서 수소폭발이 생겼다는 것이다.

98. 빌 게이츠, 지구재앙을 피하는 법

빌 게이츠 저 • 김민주 역 • 김영사 2021 • 356P

모두가 잘 알듯이 빌 게이츠는 마이크로소프트라는 거대 기업제국을 일으켜서 막대한 부를 일구어냈다. 그리고 지금은 그 부를 이용하여 전 세계인을 위한 자선사업에 쓰고 있다. 은퇴 후에 아내와 함께 설립한 빌 & 멜린다 게이츠 재단을 통하여 지난 10여 년 동안 말라리아 퇴치 사업을 벌인 것 외에도 지금은 지구환경 변화를 막기 위하여 탄소제로 운동에 적극 나서고 있다.

지금 게이츠 재단의 돈은 대략 50조 원 정도로 추산되고 있다. 여기에 미국의 내로라하는 재벌들이 힘을 보태고 있다. 이러한 든든한 배경이 있기에 빌 게이츠는 과감하게 전 세계의 지도자들(올랑드 대통령, 오바마 전 대통령, 모디 총리 등)과 협력하면서 탄소제로 운동에 앞장서고 있는 것이다.

이 책에는 두 가지의 핵심용어가 등장한다. 하나는 510억 톤이라는 인류가 매년 배출하는 탄소의 양이고 또 하나는 그린 프리미엄이라는 말이다. 그린 프리미엄이라는 말은 배출된 탄소를 제로로 만드는 데에 드는 비용을 말한다. 510억 톤 전체를 제로로 만들기 위해서는 톤당 100달러씩 계산하여 매년 5.1조 달러의 돈이 필요하다고 한다.

그가 이렇게 탄소배출 제로 운동에 앞장서는 이유는, 우리가 이산화탄소의 배출을 멈추지 않는다면, 2050년이 되면 지구의 온도가 평균 2도 올라갈 것이라는 위기의식 때문이다. 사람들은 2도 정도야 별 것 아니라고 할지도 모르지만, 이 책에 다르면 가장 최근의 빙하기(12,500년 전) 때에도 지구의 기온은 지금보다 겨우 6도 낮았을 뿐이라는 것이다. 36쪽에는 두 개의 그래프가 등장하는데 하나는 최근 80년간의 탄소배출량 증가 그래프이고, 또 다른 하나는 역시 같은 기간의 지구온도 변화 그래프이다. 놀랍게도 두 그래프의 우상향 곡선은 정확히 일치한다! 책의 82쪽에는 510억 톤을 100으로 했을 때, 인간의 행위 별로 배출하는 탄소 배출 백분율이 다음과 같이 나와 있다.

31%: 시멘트, 철, 플라스틱 등 무언가를 만드는 행위.

27%: 전력 생산에서 발생하는 탄소.

19%: 농업, 축산업 등 무언가를 기르는 행위.

16%: 비행기, 차량, 배, 기차 등 운송 수단.

7%: 냉난방 등에서 발생하는 탄소.

이제 각론으로 들어가 보자. 전 세계에서 소비하는 전력은 5,000기기와트인데 이중 20%에 해당하는 1,000기가와트를 미국에서 소비하고 있다. (그래서 빌 게이츠가 특히나 저탄소 운동에 책임감을 느끼고 있는 것 같다) 책의 123쪽 이하에는 무 탄소 전기 만들기라는 장이 있는데, 그는 여기에서 원자력 발전의 장점을 다음과 같이 말하고 있다.

원자력발전은 밤낮과 계절에 구애받지 않고 전력을 생산할 수 있으며, 지구상 어디에서나 작동할 수 있고, 대규모로 생산이 가능하면서도 유일하게 탄소를 발생시키지 않는 에너지 원이다. (…) **2018년 MIT 연구진은 미국에서 탄소제로를 달성하는 1,000개에 달하는 시나리오를 분석했고, 그중 가장 싼 방법은 원자력을 활용한 방법이었다.**

제조 분야에서 매년 510억 톤의 탄소 배출 중 31%나 배출하는데 이 문제는 어떻게 해결할 것인가? 그는 강철 1톤을 얻는 데는 1.8톤의 탄소가, 시멘트 1톤을 생산하는 데는 1

톤의 나온다는 연구 결과를 인용하며, 이 때 나오는 탄소를 줄이기 위하여 가장 효과적인 방법으로 거기에 투입되는 전기를 청정에너지(예를 들면 화력발전 전기 대신 원자력 전기)로 대체하는 방법을 들고 있다.

6장에서는 사육과 재배에서 배출되는 탄소를 어떻게 줄인 것인가를 말하고 있다. 여기에서는 이산화탄소의 28배나 더 나쁜 메탄가스를 배출하는 주범인 소 사육을 줄이는 방법을 예로 들고 있다. 우리가 1칼로리의 닭고기를 얻기 위해서는 2칼로리의 사료가 필요하고, 돼지고기는 3칼로리, 소고기는 무려 6칼로리의 사료가 필요하게 된다. 그러므로 우리가 소고기 대신 닭고기나 돼지고기를 먹기만 해도 탄소를 줄이는 데에 많은 기여를 한다는 주장이다. 그러면서 인조고기에 대한 이야기도 한다.

특히 나의 눈길을 끄는 것은, 그래서 이 책이 훌륭하다고 추천하는 이유는, 책의 곳곳에서 가난한 사람들을 생각하는 빌 게이츠의 마음을 느낄 수 있었기 때문이다.

기후변화는 상류층이 일으킨 것이다. 가장 가난한 사람들은 그들보다 기후변화의 원인을 적게 제공했음에도 불구하고 기후변화의 피해를 가장 많이 입는다. 이들에게는 전 세계인

의 도움이 필요하다. 지금 받고 있는 도움보다 더 큰 도움 말이다.(p243)

99. 나는 풍요로웠고 지구는 달라졌다

호프 자런 저 • 김은령 역 • 김영사 2020 • 25p

마치 이웃집 할머니가 이야기 하듯 조곤조곤 들려주는 환경 이야기이다. 저자인 호프 자런은 1969년 미네소타주 오스틴에서 물리학 교수였던 아버지의 딸로 태어났다. 미네소타주립대학에서 지질학을 공부하고, 지금은 노르웨이 오슬로대학 지구진화 및 역학 센터에서 교수로 일하고 있다.

이 책에는 1969년이 비교의 준거점이 된다. 그 이유는 그녀가 태어난 해가 바로 1969년이기 때문이다. 저자는 지구를 구하기 위하여 이렇게 하자 또는 저렇게 하자라고 거창하게 이야기하지는 않는다. 대신 자신이 태어난 해인 1969년과 비교하여 지구가 얼마나 망가졌는지, 그리고 이 푸른 별을 후손에게 온전하게 물려주려면 우리가 무엇을 해야 하는지를 아주 평범한 언어들로 설명하고 있다.

아마도 이 책을 가장 잘 이해하는 방법은 맨 뒤에 나오는 부록: '지구의 풍요를 위하여'의 Ⅲ. 환경 교리문답이 아닐까 싶다. 결국은 이 책의 모든 내용이 이것들(교리문답)을 제대로 이해하고 이제부터라도 여기에 대처해야 한다는 내용이기 때문이다.

1969년 이후 전 세계적으로…

- 인구는 2배가 되었고
- 아동 사망률은 절반으로 줄었으며
- 평균 기대수명은 12년 늘어났고
- 47개 도시가 1천만 명 넘는 인구를 자랑하게 되었고
- 곡물 생산량이 3배 증가했고
- 농사를 지을 땅이 10% 늘어났고
- 육류 생산량이 3배 늘었고
- 해산물 소비가 3배 늘었고
- 양식으로 해산물 소비의 절반을 해결하고
- 설탕 소비량은 3배 늘어났고
- 인간이 버리는 폐기물은 2배 이상 늘어났고
- 버리는 음식물만 가지고도 굶주린 사람들을 모두 먹이고도 남으며

- 세계 인구 20%가 전력의 50% 이상을 사용하고

- 전기의 도움을 받지 못하는 인구가 10억 명이며

- 비행기 승객은 10배 늘어났고

- 10억 대가 넘는 자동차가 존재하며

- 화석연료 사용량은 3배 늘었고

- 플라스틱 생산량은 10배 늘었고

- 수력발전의 비중은 15%까지 떨어졌고

- 화석연료의 사용으로 매년 1조 톤의 이산화탄소가 배출되고

- 지구 표면의 온도가 1도 올라갔으며

- 평균 해수면은 10cm 올라갔고

- 모든 양서류 및 새와 나비의 절반 이상에서 개체 수 감소가 일어났고

- 어류와 식물 종의 25%에서 개체수 감소가 일어났고…

저자는 고기를 먹는 행위는 결국 또 사료를 그만큼 투입해야 하기 때문에 잘사는 나라들이 절약하여 모범을 보이자고 책의 여러 군데서 강조한다.

오늘날 인간이 10억 톤의 곡물을 먹어 소비하는 동안 또 다른 곡물 10억 톤이 동물의 먹이로 소비되고 있다. 그렇게

먹여서 우리가 얻는 것은 고작 1억 톤의 고기와 3억 톤의 분뇨다. (…) **만일 미국인들이 붉은색 살코기와 가금류 섭취량을 매주 1,800그램에서 900그램으로 줄인다면, 1억 5천만 톤의 곡류를 절약할 수 있다.** (…) **OECD 국가들이 매주 하루만 '고기 없는 날'을 정해 지킨다면, 올 한 해 배곯는 사람들을 모두 먹일 수 있는 1억 2천만 톤의 식량용 곡물이 여분으로 생기게 된다.**(pp76 ~ 77)

저자는 재생에너지에 대하여 부정적이다.

재생에너지로의 전환이 달성 가능한 목표처럼 이야기하는 사람들이 있지만, 오늘날과 같은 전기소비 수준에서 재생에너지로 완전히 전환하는 것은 미국의 경우 불가능하다. 지금의 전력 소비와 생산 수준에서라면, 미국의 전력공급을 위해 오직 수력발전만 할 경우 50개의 주마다 후버 댐이 50개씩 필요하다. 오직 풍력만으로 미국 전역에 전력을 공급하려면 풍력 터빈이 미 대륙 전체에 1,5km마다 하나씩 세워져야 하므로 총100만 개 이상이 필요하다. 태양광으로 사용량만큼 전기를 생산해 내려면 사우스캐롤라이나 주 크기의 땅을 희생해야 한다. 지금과 같은 효율성 수준에서 재생에너지로의 전환은 불행하게도 허황된 꿈이다.(pp169 ~ 170)

그렇다면 환경 문제에 대하여 뚜렷한 답이 있을까? 없으니까 저자 역시도 그저 소박한 자신의 꿈을 이야기하고 있을 뿐이다.

자동차를 조금 덜 탈 수 없을까? 비행기를 타고 가는 여행을 조금 줄일 수는 없을까? 대중교통을 이용하면 어떨까? 식료품을 40% 덜 구입하면? 설탕이 든 음식을 조금 덜 먹는 방법은? 매주 육류 섭취를 줄여 볼 수는 없을까? 플라스틱 제품을 두 번 이상 사용하는 방법은? 아니 세 번 이상은 어떨까? 조금 덜 사들인다면? 편리함을 조금 더 많이 포기한다면?(p241)

100. 일론 머스크, 미래의 설계자

애슐리 반스 저 • 안기순 역 • 김영사 2015 • 580p

빌 게이츠와 스티브 잡스가 유전자 공학을 이용하여 낳은 사생아! - 이 말 만큼 일론 머스크를 적정하게 표현한 말은 없는 것 같다.

세계를 들었다 놓았다 하는 거물이자 3개 대기업의 그룹 회장이기도 한 일론 머스크, 그렇지만 그에게는 대기업의 CEO나 발명가라기보다는 오히려 어디로 튈지 모르는 기행자의 면모가 더 각인되어 있다. 이 책은 그러한 부정적인 인식을 온전히 바꾸어주는 머스크의 진면목을 보여주는 책이다.

머스크는 1971년에 남아공 백인 계의 아버지와 캐나다 계의 어머니 사이에서 태어났다. 어려서부터 가리지 않고 읽었고 심지어는 브리태니커 백과사전을 두 질이나 통째로 암기하였다고 하는 독서광이다. 그가 읽은 책들 중에서 지금도 제일 좋아하는 책은 ≪은하수를 여행하는 히치하이커를 위한 안내서≫와 ≪반지의 제왕≫이라고 한다.

머스크는 어려서부터 공상과 현실 사이를 오락가락하면서 소년시절을 보냈다. 그런 기질은 다분히 외가 쪽의 피를 닮은 것 같다고 한다. 그가 어렸을 때 외할아버지 부부는 머스크를 자가용 프로펠러 비행기에 태워서 세계일주를 하기도 했다고 한다. 결국 외할아버지는 후일 비행기 착륙사고로 사망하였다. 12살 때부터 컴퓨터에 미쳤으며 그 무렵에 벌써 동생들과 사촌들을 지휘하여 폭약과 로켓을 만들기도 하였다. 사람들은 그가 다른 행성에 식민지를 건설하고 인류를 이주시키겠다고 떠벌이는 것을 보고, 약간 제 정신이 아닌 사람으로 치부하기도 하지만, 사실 그런 꿈은 이미 고등학교 시절부터 계획하여 왔던 일이다.

그를 제대로 알려면 먼저 그의 기행을 복기해 볼 필요가 있다. 10대 때에는 외증조부를 찾기 위해 캐나다로 건너가서 무려 3천 킬로미터에 달하는 거리를 버스로 이동했다거나, 단지 시급이 제일 높다는 이유로 제재소 보일러 청소하는 일을 맡아 하다가 거기에서 나오는 고열로 인하여 죽기 일보직전까지 갔다도 했다는 이야기도 전해진다. 그는 캐나다 퀸스 대학교에서 2년 동안 경영학을 공부하였으며, 미국 스탠포드 대학교에서 1년도 안 되는 기간 동안 물리학을 공부하다가 자퇴하였다. 그는 대학교에 다닐 때 이미 인류의 미래에 가장 큰 영향을 미칠 일이 무엇인지를 심도 있게 연구하였고, 결론적으로 ①인터넷 ②재생에너지 ③우주사업으로 꼽았다.

머스크가 스탠포드 대학교를 중퇴한 이유는 배우는 것은 그 정도면 충분하다고 생각했기 때문이었다. 그 후 머스크는 실리콘밸리로 와서 본격적인 사업을 시작하였는데, 처음으로 벌인 사업은 Zip2라는 회사로, 캘리포니아 팔로알토 지역의 전화번호부를 인터넷으로 찾게 해주는 사업이었다. 형인 일론은 기술개발을 담당했고 동생인 킴벌은 영업을 담당했다. 이렇게 해서 첫 사업의 성공으로 1997년에는 뉴욕 타임스 같은 거대기업도 고객으로 끌어들였다. 이 사업의 성공으로 머스크는 27살에 250억 원을 거머쥔 갑부로 성장했다. 12억 짜리 스포츠카를 샀고 자가용 경비행기를 샀다. 그가 얼마나 열심히 일하는 일중독자인지는 당시 함께 일한 직원들의 이야기가 증명해준다. 어느 직원은 "우리는 매일 20시간씩 일했고 머스크는 23시간 일했다"고 했고 또 다른 직원은 "일론이 하는 일은 무척 빠르다. 심지어는 소변도 단

3초 만에 본다. 마치 소방호스에서 물줄기가 쏟아져 나오는 것만 같다"라고 하였다.

두 번째 사업으로 에릭 잭슨과 공동으로 벌인 페이팔에서 머스크는 2002년 7월 그 회사를 팔아 2억 5천만 달러를 손에 쥔다.

지금 현재 일론 머스크가 벌이고 있는 사업은 세 가지로, 첫째는 스페이스 엑스를 주축으로 한 우주개발 사업, 둘째는 테슬라 모터스를 통한 전기자동차 사업, 그리고 셋째로는 솔라시티를 통한 에너지 재생사업이다.

일론 머스크는 인류를 화성에 보내겠다는 꿈을 일찍부터 꾸어왔다. 이제는 그 꿈을 현실로 옮기고 있는 중이다. 그것도 '저렴하고 빠르게'라는 모토 아래. 2002년 스페이스 엑스를 설립하고 인재들을 하나하나 모으기 시작했다. 직원 채용도 머스크가 직접 한다. 처음에는 80여 명으로 출발하였으나 이제는 수천 명의 직원들이 우주선 발사에 매달린다. 스페이스 엑스는 여러 면에서 독특하다. 우선 기존의 NASA나 보잉과 같은 대형업체들과는 달리 웬만한 부품들을 거의 다 자체 제작한다는 점이다. 그렇게 해서 부품조달 가격을 적게는 10분의 1, 많게는 1,000분의 1의 싼 가격으로 조달한다. 또한 지금까지 미국 정부에서 관행처럼 해 오던 한번 쓰고 버리는 우주선이 아니라, 재활용을 한다는 기상천외의 발상을 하여 2016년에는 지상과 해상에서 회수하는데 모두 성공하였다.

2012년 테슬라모터스는 전기차 모델S를 출시하면서 자동차 산업계를 뒤흔들었다. 출시된 지 몇 달 후 컨슈머리포트 지는 모델 S에 100점 만점에 99점을 주면서 지금까지 생산된 자동차 중 최고라고 평가하였다. 1925년 클라이슬러 이후로 미국에서 신생 자동차 회사가 탄생한 것은 테슬라모터스가 처음이었다. 더욱 놀라운 점은, 1억 원 가까이 하는 자동차를, 더군다나 신생기업의 자동차를 기존의 방식인 딜러 제도가 아닌 인터넷을 통하여 판매한다는 놀라운 발상을 실현시킨 점이라고 할 수 있다.

책을 마치며

1권에 이어 다시 2권 100종의 명품 도서 해설을 마쳤다. 책값으로만 300만 원이 넘는 돈이 들었다. 소장하고 있던 책들도, 두세 번 읽은 책들도 다시 읽었다. 보다 생생한 해설을 하기 위해서였다. 지난 1년 반 동안 책에 해설을 붙이면서, 글을 읽어나갈 독자들을 생각하면서 오랜 시간 고민하기도 했다.

이제 책을 세상에 내놓는다. 그리고 오늘부터 다시 3권의 해설을 시작할 것이다. 그러는 사이에 다른 도서도 추가로 집필할 예정이다.

평생 동안 책을 읽고 사색하며, 좋은 생각을 하면서 나 자신과 남을 사랑하는 삶을 산다면, 그게 바로 성공한 삶이라고 할 수 있지 않을까? 독자들의 행운을 빈다.

- 2022년 초 가평 경반계곡의 집필실에서

다니엘 최

행복우물출판사 도서 안내

● NEW & HOT

○ 네가 번개를 맞으면 나는 개미가 될거야 / 장하은

소심하고 내성적인 아이에서 더 불안한 어른이된 이야기
"불안장애를 겪게 되었을 때 가장 위로가 되었던 것은, '죽는 병이 아니에요' 라는 명석한 의사의 말도, '괜찮아 질 거야'라는 내면의 언어도 아니었습니다."

○ 오리도 날고 우리도 날고 / 김명진

""아빠, 힘들면 도망가!" - 자발적 퇴사자 아빠와 꿈많은 아들이 세계를 날다
세계 최고의 동물원을 만들겠다는 아들의 꿈은 이루어질 수 있을까?
엉뚱한 아들녀석과의 여행은 고통스럽도록 유쾌하다!

● BOOK LIST

○ 음식에서 삶을 짓다 / 윤현희 ○ 삶의 쉼표가 필요할 때 / 꼬맹이여행자 ○ 벌거벗은 겨울나무 / 김애라 ○ 청춘서간 / 이경교 ○ 가짜세상 가짜 뉴스 / 유성식 ○ 야 너도 대표 될 수 있어 / 박석훈 외 ○ 아날로그를 그리다 / 유림 ○ 자본의 방식 / 유기선 ○ 겁없이 살아 본 미국 / 박민경 ○ 한 권으로 백 권 읽기 / 다니엘 최 ○ 흉부외과 의사는 고독한 예술가다 / 김응수 ○ 나는 조선의 처녀다 / 다니엘 최 ○ 하나님의 선물—성탄의 기쁨 / 김호식, 김창주 ○ 해외투자 전문가 따라하기 / 황우성 외 ○ 꿈, 땀, 힘 / 박인규 ○ 바람과 술래잡기하는 아이들 / 류현주 외 ○ 어서와 주식투자는 처음이지 / 김태경 외 ○ 신의 속삭임 / 하용성 ○ 바디 밸런스 / 윤홍일 외 ○ 일은 삶이다 / 임영호 ○ 일본의 침략근성 / 이승만 ○ 뇌의 혁명 / 김일식 ○ 멀어질 때 빛나는: 인도에서 / 유림

행복우물 출판사는 재능있는 작가들의 원고투고를 기다립니다
(원고투고) contents@happypress.co.kr